# 단향

色·을·탐·하·다

단향-색을 탐하다 2

초판 1쇄 찍은 날 | 2015년 10월 15일
초판 1쇄 펴낸 날 | 2015년 10월 23일

지은이 | 차소희
펴낸이 | 서경석

편 집 책 임 | 조윤희
편      집 | 이은주
              주은영
디  자  인 | 신현아

펴 낸 곳 | 도서출판 청어람
등록번호 | 제387-1999-000006호
등록일자 | 1999. 5. 31
어람번호 | 제11-0027호

주소 | 경기도 부천시 원미구 부일로 483번길 40 서경B/D 3F (우) 14640
전화 | 032-656-4452 팩스 | 032-656-4453
http://www.chungeoram.com
E-mail | chungeorambook@daum.net

ⓒ 차소희, 2015

ISBN 979-11-04-90457-8  04810
ISBN 979-11-04-90455-4  (SET)

# 2

차소희 장편 소설

# 단향

色·을
탐·하·다

도서출판 청어람

목차

# 1장.
## 떠나간 임의 향을 좇으며

빛이 없었다. 더 이상 개벽이란 없을 것이라 말하는 것처럼, 끝없는 밤이 이어졌다. 때문에 세상은 어두웠다. 오직 도는 것이라곤 방 한 편에 놓여 있는 호롱불의 간헐적인 불빛뿐.

시간을 가늠할 수 없었다. 황후가 독을 먹고 객혈하며 쓰러진 날로 부터 지금까지, 도통 날을 셀 수가 없었다.

신 상궁은 파들파들 떨리는 눈꺼풀을 내려감은 채 깊은 한숨을 내 쉬었다. 그녀의 깊은 시름이 역력하게 드러났다. 그러나 이는 황후의 생사에 대한 걱정만이 전부가 아닐 것이리라.

설사, 황후가 승하하게 된다면 자신은 법도에 따라 궐을 나가야만 한다. 이십 년간 몸을 담그고 있던 궐을 떠나야 한다는 말이다. 신 상 궁은 입술을 자근자근 깨물며 원망의 마음을 담아 쭉 째진 눈으로 황후를 바라보았다.

적을 만드니 그렇지. 흉악한 적을 온 사방에 만들어 놓으니 그렇지!

업보다. 이는 그간 황후가 해왔던 적악스러운 짓에 대한 업보일 것이다!

그녀는 달뜬 숨을 바삐 내뱉으며 두 손을 바르쥐었다. 거센 힘으로 깨물어진 입술에는 어느덧 핏방울이 맺혀 있었다. 그러나 바로 그때.

"으…… 음……."

황후의 부르튼 입술 사이로 작은 신음이 흘러나왔다. 쫑긋 귀를 세우고 있던 신 상궁에게 들리지 않을 리 없을 터. 그네는 당장에 황후에게 달려가 그 손을 부여잡았다.

"폐, 폐하! 정신이 드시옵니까?"

"시, 신…… 커, 컥……."

한마디가 끝나기도 전에, 황후의 가슴이 들썩이더니 검붉은 피가 물 흐르듯 주르륵 흘러나왔다. 사방으로 튀는 핏방울이 황후의 얼굴에까지 내려앉는다. 그 모습이 흉측하게도, 그리고 안타깝게도 보여 신 상궁의 눈가가 축축이 젖어 들어갔다.

"의, 의원을 불러오겠나이다. 폐하, 잠시만…… 아주 잠시만……."

퍼뜩 정신을 차린 신 상궁이 몸을 일으키려 허리를 세웠다. 그러나 황후는 그런 신 상궁의 옷자락을 힘없이 부여잡았다.

"시, 신 상궁……."

"예, 예, 폐하. 여기 있습니다. 네, 여기 있어요."

옷자락을 잡은 손에 차차 힘이 들어간다. 무언가를 말하려는 듯, 뻐끔뻐끔 입을 열며 눈물방울을 주르륵 흘려보낸다.

"정…… 현…… 이황자……."

간신히 틔워진 목청에서 흘러나온 말. 이는 자신을 해하려 한 정현에 대한 설욕이었으니.

"독을…… 차, 차에…… 컥, 컥……."

죽을 수 없다. 아니, 설사 죽더라도 이리도 억울한 죽음을 맞이할
수 없단 말이다.

"이를 폐하께…… 반드…… 켁, 켁……."

황후의 누르스름한 눈동자와 푹 파인 볼 어귀에서 죽음의 향이 비
릿하게 흘러나왔다. 신 상궁의 옷자락을 잡고 있던 손에서 차차 힘이
풀려간다. 그러다 곧 바닥으로 힘없이 떨어졌다.

"폐, 폐하!"

아아, 아, 황후의 맥박을 만지지 않아도 알 수 있었다. 이미, 이승
에서의 생은 다하였다는 것을.

신 상궁은 달달 떨리는 손으로 황후의 부릅뜬 눈을 천천히 감겨주
었다. 방금 전까지만 하더라도 황후가 끝없이 원망스러웠는데, 이제는
그 죽음에 대한 애통밖에 남지 아니했다. 눈물줄기가 끝없이 흘러나
온다.

이황자, 정현이 황후를 해하였다. 독을 넣어 황후를 죽음에까지 이
르게 만들었다. 제 어미를, 제 혈육을 죽였다.

이를 아는 이는, 이 사변의 실범을 아는 이는 오직 신 상궁, 그녀밖
에 없었다.

여기까지 생각이 미친 신 상궁은 다른 이가 없는지 서둘러 주위를
살펴냈다. 만약, 자신이 이 사실을 알고 있다는 것을 이황자가 알게
된다면……!

궐에서 내쫓기는 것을 걱정할 때가 아니라, 이 목숨을 부지할 수
있을지를 걱정해야 할 때였다.

이를 쉬이 묻을 수는 없을 터. 반드시 사변의 범인을 밝혀내야 했
지만, 자신은 한낱 궁인일 뿐. 이를 만천하에 드러낼 배짱도 힘도 없
었다. 하여, 다른 이의 힘을 빌려야만 했다. 황제 폐하, 황태자 전하,

그리고…….

"태자비!"

신 상궁은 벌떡 몸을 일으켰다.

그래, 태자비가 있었다. 그네는 어느 정치 세력에도 얽혀 있지 않음은 물론이요, 호를 뒤에 업고 센 입김을 내고 있지 않던가.

신 상궁은 다시금 주위를 살피며, 황후의 입가에 묻은 피를 하얀 면포에 슥슥 닦아냈다. 그리고 옷자락을 여미며 서둘러 방을 빠져나갔다. 그 누구도 모르게, 아주 조심히.

그녀가 나간 자리 뒤에는, 한때 궐의 세력을 풍미하던 뱀 한 마리가 죽어 있었다. 아주, 지린 내음을 짙게 풍기며.

❉

"먼젓번, 마마께옵서 이야기하셨던 거래를 받아들이기에 간절히 바라는 바입니다."

향은 문득 웃었다. 방금까지 제 눈에 담기었던 양제의 처량한 얼굴과, 목하 보이는 태위의 얼굴이 같아 보였기 때문일까. 그래. 그러하여 웃을 수밖에 없었다. 그러나 이는 환하고 밝은 웃음이 아니라, 오직 괴괴하기만 할 뿐 그 어떠한 것도 담기지 않은, 그러한 웃음이었다.

"조급한 모양이십니다. 이 늦은 시각에 저를 찾아오신 걸 보아 하니까요."

"송구하옵니다."

"송구는 무슨."

예로부터 남편 잃은 아내는 과부, 아내 잃은 남편은 홀아비, 부모

잃은 아이는 고아라 하였건만, 자식 잃은 부모를 칭하는 말은 없다 하였다. 하여 태위는 속이 썩어 문드러져가고 있을 터였다. 하나뿐인 혈육인 한울을 잃기 직전의 위기에 처하였으니 말이다.

새하얗게 질린 태위의 얼굴을 보며, 향은 자신이 유리한 패를 쥐고 있다는 사실을 인지했다. 픽, 입술을 뒤튼다.

"딸아이를 도와주십시오."

태위의 음성 끝에는 지독히도 짙은 설움과 애통과 분노가 담겨 있었다.

"아이가 옥에서 나올 수만 있다면, 소인…… 마마께서 시키시는 일, 무엇이든 하겠나이다."

"무엇이든이라니요. 그런 무서운 말씀 마시지요."

향은 턱을 빳빳하게 들며 말했다.

"제가 태위께 자결하라 명하면 그리하실 겁니까?"

이리도 도발적인 말에도 불구하고, 태위는 분개하지 못하였다. 아니, 분개하였으나 그저 가쁜 숨을 내쉬며 제 눈앞에 펼쳐진 현실을 수긍하고 또 수긍하려 할 뿐이다.

"그럴 분이었으면 진즉 이런 일이 일어나지 않게 하셨을 테지요. 아니 그렇습니까?"

단향은 과연 현명한 여인이었다. 이황자에 대한 이야기는 결코 꺼내지 않은 채, 양제가 옥에 처박혀 있는 까닭을 교묘하게 태위에게 돌려 그의 죄책감을 가중시킨다. 이는 자신의 조건을 결코 거절할 수 없게 만드는 수와도 같은 것이었다.

"제 조건은 똑같습니다. 호(皓)의 중전을 끌고 오세요. 아아, 공주도 함께 끌고 오면 좋겠군요. 제 눈앞에 그녀들을 무릎 꿇게만 해주신다면, 태위께서 바라는 것을 들어드리겠나이다."

향은 치미는 감정을 애써 억누르며 턱을 들었다.

"물론, 이 일의 뒤처리 역시 말끔하게 해야 할 것이고요."

태위는 어금니를 꽉 깨물었다. 작금의 태자비가 말한 것은 결코 쉬운 일이 아니었다. 그러나 당장의 동아줄이란 태자비밖에 없는 터. 그의 잇새에서 쇳소리가 흘러나왔다.

"……믿어도, 되겠나이까."

"저를 안 믿으면 누굴 믿으시려고요?"

또한 현명하다. 태위가 진원에게 거절당해 단향을 찾은 사실을 이미 간파하고 있다. 물론, 진원이 왜 그런 행동을 했는지는 알지 못하나…… 어찌 되었든 작금 중요한 것은.

"열흘. 열흘을 드리겠습니다. 그 안에 모든 걸 해결하지요."

자신이 택한 길을 끝없이 걷는 것뿐.

향은 제게 고개를 숙이는 태위를 바라보며 조소했다. 그리고 나긋한 몸짓으로 몸을 돌려 동궁으로 걸어간다. 방망이질하고 있는 가슴을 간신히 두어 내린 채.

✷

조금은, 어슴푸레한 새벽녘이었다. 작차고 나오는 태양이 또렷하게 뜰을 갉아낼 때, 여름의 청명한 기운과 더불어 안개 조각이 밀려오고 있었다.

흐릿해지는 세상, 축축해지는 공기, 그것들은 하나로 뭉쳐져 허공을 둥둥 떠다니다, 이내 열린 창을 넘어 향의 처소에까지 들어오게 되었더란다.

"……그것이 무슨 말인가."

그 무명의 침입자의 설핏한 기운이, 향의 뜨거운 열기와 맞닿음과 동시에 탁 타져 방안을 그득히 채웠다.

하늬바람처럼 신선한 기운이었으나 어쩐지 횟대비가 내릴 것처럼 아슬아슬한 기류였다.

"무슨 말이냐 묻지 않았느냐!"

향의 쩌렁쩌렁한 외침이 대기를 뒤틀었다. 그에 향의 앞에 앉아 고개를 숙이고 있는 신 상궁의 몸이 바들바들 떨리는 것은 당연한 일이렷다.

"자, 작금 사변의 죄인은 양제자가 아니오라……."

말을 멈추는 신 상궁을 바라보며 향은 입술을 자근 깨물었다.

태위와의 만남 끝에 승리감에 도취된 것은 사실이나, 딱히 기분이 좋은 것은 아니었다. 어쩌면 불쾌하다고 여길 법한 상태였다. 하여 향은 자못 빠른 걸음으로 동궁으로 온 것이었다. 쉬고 싶었기 때문에. 당장에 요에 드러누워 눈을 감고 싶었기에. 그러던 향을 찾아 온 것은 신 상궁이었고, 그녀는…….

"이황자 저하임을 아뢰는 바입니다."

너무나도 끔찍하여 정히 믿고 싶지 않은 말을 내뱉었더란다.

향의 눈이 가늘어졌다. 지독한 떨림이 묻어 있는 눈가였다.

"한 치의 거짓도 없다는 말이냐."

"황후 폐하께서 운하시기 전 제게 마지막으로 들려주신 것이오니, 하늘에 맹세하건대 한 치의 거짓도 없사옵니다."

아, 향은 짤막한 탄식을 뱉으며 두 눈을 질끈 내리감았다. 두통이 이는 터에 머리가 지끈지끈 아파왔다. 관자놀이를 꾹꾹 누르며 미간을 좁게 찌푸린다.

이황자, 정현. 본디 심성이 곱지 않아 패악을 부릴 것이라 예상은 하였건만, 이런 패륜을 저지를 줄은 몰랐다. 이리 천륜을, 인륜을 어길 줄은 몰랐다. 이런 엄청난 일은 예상치 못하였고, 감히 짐작할 수 없는 것이었기에.

향은 두통을 가라앉히고자 더욱 숨을 빠르게 내뱉었다.

힐끗 눈을 뜬다. 그리고 자신의 앞에 앉아 사시나무처럼 몸을 발발 떨고 있는 신 상궁을 주시한다.

"그리하여."

침묵 끝, 열을 발산하듯 나오는 뜨거운 말.

"나를 찾아온 까닭은 무엇인가?"

신 상궁은 대답치 않는다. 향의 억센 기에 억눌린 탓일까? 아니면 저의 변론을 하고자 눈알을 데굴데굴 굴리고 있는 것일까.

재차 안개가 밀려온다. 그것은 향의 주위를 빙빙 맴돌아 향 본연의 모습을 흐릿하게 만들었고, 신 상궁의 둥그런 눈알에 비친 향의 모습은 진정한 호랑이였으니. 하얀 눈발이 흩날리고 있는 듯, 으슬으슬해진 기운에 절로 어깨가 움츠러들었다.

"황제 폐하도, 태자 전하도, 하물며 순군만호부의 도만호도. 죄인을 밝혀내기 위해 눈에 불을 켜고 있는 이들이 파다한데, 무슨 연유로 나를 찾아왔냐는 말이다."

"그, 그것은……."

침을 꼴깍 삼킨다.

황후의 부고도 알리지 않고 단걸음에 달려온 이유, 향의 앞에 피묻은 면포를 들이대며 사실을 입증하려 한 이유, 그것은.

'내게 빌붙어 궁녀의 일생을 이어볼 요령이렷다.'

듣지 않아도, 보지 않아도 알 수 있는 것이었다. 비식, 향은 실소를 내뱉었다. 지난날, 자신을 마음껏 하대하던 그때의 신 상궁이 떠올라서일까. 더욱 짙어진 비소를 입가에 걸며 고개를 절레절레 가로저었다.

"되었다. 이만 나가보거라."

"마, 마마……?"

"무얼 하는가, 나가보래도. 그리 버티고 있을 요량인가?"

"소, 송구하옵니다."

신 상궁은 종종 뒷걸음질을 치며 방을 나섰다. 그네가 사라진 자리에 남은 것은 피가 흠뻑 적셔진 붉은 면포. 향은 인상을 찌푸리며 새 면포로 그것을 들어 올렸다.

차라리 잘된 일이다. 태위에게 양제를 옥에서 빼내주겠다 으름장을 놓았으나 마땅한 수가 없는 터였는데, 이를 이용해 만천하에 밝히게 되면 양제를 빼내올 수 있을 터였다.

그래. 잘된 일이다. 잘된…… 일이다.

"하, 하하……."

향은 자신도 모르게 실소를 내뱉었다. 이는 허탈함, 그리고 자신에 대한 혐오가 담겨 있는 숨이었다.

자식에 의해 어미가 죽었는데 이를 보고도 잘되었다 느끼다니. 어느 누가 천륜을 어긴 것인가. 인륜을 저버린 것이 누구이던가. ……나 또한 마찬가지가 아닐까.

향은 문득 제 옆에 있던 면경 쪽으로 시선을 던졌다. 그 면경에 비친 것은, 향의 오롯한 얼굴이 아닌 복수에 눈이 멀어 아가리를 뻐끔대고 있는, 호랑. 그뿐이었다.


잠을 자는 둥 마는 둥, 선잠으로 새벽을 지새웠던 향의 눈꺼풀이 무겁게 들어 올려졌다. 이는 궐의 사방에 퍼진 곡소리 때문이렷다.

전일, 황후가 영면(永眠)했다. 사실 그네가 독을 먹은 순간부터 예견되어 있던 일이었다. 그 독한 천남성(天南星)과 바꽃 뿌리가 든 차였으니, 이리 시간을 버틴 것만으로도 용한 것이었다.

향은 부스스 몸을 일으켜 창틀에 턱을 괴었다. 뺨을 스치는 차가운 바람에 흐릿했던 정신이 차차 또렷해지고 있었다.

자신은 이미 실범을 알고 있는 이상, 제 말에 따라 궐의 판도가 뒤바뀔 수 있으리라. 하니, 아직은 드러내면 안 된다. 잠자코 태위가 물어다 주는 먹이를 본 후에 패를 드러내야 할 것이다. 물론, 그동안 양제가 수모를 겪긴 할 테지만…….

향은 제 검은 마음에 놀라면서도 또한 수긍했다. '이 이상 어쩔 수 없는 일'이라며 스스로를 합리화시키고자 노력한다.

아랫입술을 세게 깨물었다. 입술의 여린 살이 뜯긴다. 그 자리에 아물아물한 안개가 내려앉아 쓰라림을 일으켰다.

이 모든 일이 끝나면, 호의 중전을 벌하고 작금 사변의 범인을 밝히고 양제를 풀어주게 되면, 자신은 이 궐을 떠날 것이다. 모두가 바랐던 것처럼. 그래, 진원이 바랐던 것처럼…….

문득, 진원의 무너진 얼굴이 떠올랐다. 울고 있으나 울고 있지 아니했던. 당장에라도 스러질 것처럼 그리도 쓸쓸한 그런 얼굴. 여타한 환영은 커지고 커져 결국 향의 머릿속을 뒤흔들었으니, 향은 괴었던 턱을 들어 올리며 깊은 숨을 내뱉었다. 머릿속뿐 아니라 마음까지 뒤틀려, 오롯이 무언가를 생각할 수가 없는 터였다. 형용할 수 없는 감정이 향의 마음에 깊게 뿌리를 내리기 시작했다.

바로 그때.

"마마."

아주 낮고 또한 아주 부드러운 목소리가 들려왔다.

"언제 일어나시나 기다리고 있었습니다. 하도 눈을 뜨시지 않아, 꿈에서 환조에게 먹혔나 생각이 들더군요."

도겸은 고개를 한쪽으로 치우치며 빙그레 웃었다.

"아, 너무 오래 서 있었더니 다리가 아픕니다. 아파요. 아아, 마마께서 늦장을 부리셨다 하여 문책하는 것은 아니니 오해 마십시오. 그나저나 다리가 정말 아프네요."

그 특유의 농을 건네며 향의 앞으로 얼굴을 가져다 댔다. 일부러 인상을 찡그리며 제 다리를 부여잡는다. 그것이 정녕 아프기에 하는 행동이 아닌 것을 알기에, 향은 야트막한 웃음을 터뜨릴 수밖에 없었다.

"병자 앞에서 무에 좋다고 그리 웃으시면 어찌합니까? 보는 병자 속상해지게."

"아픈 것도 아니면서 무얼. 엄살이라도 하고 오지 그랬나. 오래 기다렸는가?"

"예. 아주 오래요. 정말 오래 기다렸습니다."

칠 년의 세월 동안요. 도겸은 중얼거림을 억지로 삼키며 빙긋 웃음을 지었다.

얼마만이던가? 향을 이리 가까이서 본 것이.

막을 수 없는 연모에서 비롯된 미소가 흘러나왔다. 불현듯 손을 들었으나 닿을 곳을 찾지 못해 다시금 되돌렸다. 감히, 비서승 주제에 감히, 태자비의 몸을 어루만질 수 없었기 때문이다.

"그리 말하면 내 더 미안해지잖아."

"미안해하시라 말씀드리는 건데도요?"

픔, 향은 재차 웃음을 터뜨렸다. 마음 속 가득했던 검은 감정은 사라진 지 오래. 응집해 있던 물방울이 하나씩 개화하여 톡톡 터지는 듯싶다. 향 역시 부드러운 미소를 머금으며 도겸을 바라보았다.

"오랜만이지요?"

"그래, 정말 오랜만이야. 그간 어찌 지냈는가?"

"뭐, 저야 항시 무탈하게 지냈지요, 매우."

도겸은 어깨를 으쓱이며 창가로 더욱 가까이 다가갔다. 찬 이슬에 흠뻑 적셔진 풀잎의 향내가 물씬 올라왔다.

"황후 폐하께서 훙거(薨去)하셨습니다. 뭐, 마마도 알고 계신 것 같지만……. 꽤나 오래 버티신 게지요, 폐하는."

차차 가라앉은 안개를 발로 채뜨리던 도겸의 말이었다.

"마마도, 작금 사변의 실범이 양제라 생각하십니까?"

"……그럴 리가 있겠나."

"저 역시 같은 생각입니다."

도겸은 방긋 웃었다. 그러나 그 미소와는 달리 그의 손끝은 파들파들 떨리고 있었다. 순식간에 파리해진 낯빛에 금세 축축함이 배어들었다.

"아마도, 이황자 저하일 겁니다. 아뇨. 확신할 수 있습니다."

오 년 전, 제게 활을 겨누던 이황자의 얼굴이 떠올라, 도겸은 애써 고개를 흔들며 주먹을 바르쥐었다.

"이것이 제가 마마를 찾아온 까닭입니다."

턱을 내린다. 그리하여 향 쪽으로 조금 더 가까이 얼굴을 기울인다.

차차 걷히고 있는 안개처럼, 그의 얼굴도 한 꺼풀 벗겨져 '어떤' 감정이 또렷하게 드러나고 있었다.

그 감정이란.

"걱정이 됩니다. 물가에 애를 내어놓은 듯, 걱정이 돼요."

근심, 염려…… 에서 비롯된 섬뜩함. 그는 무엇이 두려운 것일까? 무엇이 겁나기에 저리도 얼굴을 파르르 떨고 있는 것일까.

향의 눈이 실처럼 가느스름해졌다.

"황자는 생각보다 만만찮은 이입니다. 절대로 묵과하여 넘길 이가 아니란 말입니다. 그러니 마마, 부디 몸을 사리십시오. 아무것도, 절대 아무것도 하지 마십시오."

"……도겸."

"황자는 자신을 가로막고 있는 이가 있다면 그것이 누구라 하여도 칼부림부터 하고 보는 이입니다. 그의 그런 살의를 마주한 것이 바로 제가 아닙니까. 하니, 부디 제 청을 들어주십시오. 부디 몸을 사리십시오, 마마."

그의 떨림은 이황자를 떠올릴 때마다 항시 일었던 전율임이 틀림없었다.

그래. 황자는 그러하다. 제 욕심을 위해서라면, 앞을 내다보지 않고 무작정 몸을 던진다. 뒷일을 생각지 않고 무작정 칼을 휘두른다. 그리하여 그의 손에 죽은 이가 몇이던가. 그중에 일황자 재민도 있을 터였지만……

도겸의 몸이 휘청였다. 제 머릿속처럼 빙글빙글 도는 시야에 정신을 차릴 수 없었다.

그러다 문득 단향을 바라보았다.

"그리할 순 없다네."

아직은 태양이 온전히 모습을 드러내지 않은 터. 때문에 해맑은 빛은커녕 뿌연 안개가 세상을 채우고 있건만.

"이미 그의 선상에 내가 들어 있을 터. 몸을 감추면 감출수록 그는 나를 더욱 캐내려 할 테야. 숨어 있을 때 당하는 것이 가장 위험한 일이니, 차라리 몸을 드러내고 있는 것이 더욱 낫지 않겠느냐?"

향은 빛나고 있었다. 서산 너머에 묻힌 태양의 빛을 끄집어내 제 주위에 흩뿌린 듯 너무도 여실히 빛나고 있었다. 아, 아아⋯⋯. 도겸은 들리지 않을 탄식을 뱉으며 두 손으로 입을 가렸다.

"괜찮대도. 그리 울상을 지으면 마음이 불편해지잖나. 아무 일 없을 게다. 괜찮아."

단향의 얼굴에 재민의 모습이 오롯이 중첩된다.

적의 사내, 호의 여인. 분명 겉모습도 그 속도 다름이 분명한 단향과 재민이지만, 어쩐지 그 둘은 비슷하다. 아니, 같다 하여도 틀린 말이 아니다.

"마, 마마."

도겸의 말끝이 떨렸다. 입술이 바싹바싹 메말랐다.

재민이, 날아오는 화살을 맞고 쓰러져 피를 꿀렁꿀렁 내뿜었던 재민의 모습이, 도겸의 손을 부여잡고 괜찮다 마지막 웃음을 짓던 재민의 그 모습이! 향의 몸뚱이 위로 또렷하게 그려지기 시작했다.

"아니 됩니다."

숨을 크게 들이마셨다. 이 지독한 환영을 지우려는 듯, 눈을 질끈 감고 고개를 세차게 내젓는다.

"작금 궐의 흉흉한 상황을 보시면 아실 테지요. 전하도, 저도, 그 누구도 마마를 지킬 수 없습니다. 혹 이 사달로 마마께 변고라도 생긴다면⋯⋯."

손끝을 말아 쥔다. 향에게서 흘러나오는 것일까? 비릿한 피 내음이 폐부에 그득 찬다. 아, 어쩐지 눈물이 날 것만 같다.

그러나 향은 단호하다. 꼿꼿한 목과 빳빳한 어깨에서 비춰지는 것은 의연한 결연함이라.

도겸의 입술이 반쯤 벌어졌다.

"……하면, 태자 전하의 옆에 있으십시오. 외출을 할 때에는 전하와 한시도 떨어지지 마십시오. 또한 처소에 있을 때에는 창과 문을 모두 다 걸어 잠그십시오."

"뭐 그리 기우가 많아. 이곳은 궐이네. 궐에서 어찌 흉한 짓을 할 수 있단……."

"붕어하신 황후 폐하를 보고도 느끼는 것이 없으십니까."

향은 대답이 없다. 살풋 눈동자를 굴리며 입술을 조가비처럼 다문다. 도겸은 그에 향에게 한 발짝 가까이 다가가, 아주 조심스럽게 손을 뻗는다.

"조심하십시오."

그 손이 향의 머리칼에 닿을 즈음.

"……고맙네."

향은 몸을 뒤로 젖히었다. 창을 두고 마주 서 있는 그들. 향은 도겸을 향해 작은 미소를, 그러나 부정의 뜻이 담긴 그러한 미소를 지어보였다.

도겸은 쓸쓸한 웃음을 뱉었다. 그리고 고개를 꾸벅 숙인 후, 제가 걸어왔던 길을 되돌아 걸어간다. 한 걸음, 두 걸음, 세 걸음…… 그렇게 길의 한복판에 서, 그는 뒤를 돌아 향을 바라보았다.

여전히도 창가에 몸을 기대 허공을 응시하는 향. 그녀의 시야에는 더 이상 자신이 없었다. 향의 눈앞에 억지로 몸을 들이미지 않는 이상, 향의 뇌리에 자신이 박힐 일은 결코 없을 터…….

"마마께서는."

그의 눈동자가 불현듯 흔들렸다.

"제 마음을 모르시는 것입니까, 아니면 알고도 모른 척을 하시는 것입니까.”

향에게 손을 뻗는다. 그러나 곧, 느릿하게 되돌린다. 그리고 고개를 떨어뜨려 차가운 냉기만이 머무른 손을 바라본다. 막을 수 없는 허탈한 웃음이 흘러나왔다.

“차라리, 모르셨으면 좋겠습니다.”

닿고 싶었으나 닿지 못했다. 칠 년의 세월은, 무색하게도 너무도 긴 시간이었기에.

안개가 온전히 걷혔다. 그리하여 남게 된 것은, 물방울처럼 축축해진 도겸뿐이었다.

✽

“어히야─.”

교군꾼의 가마 메는 소리가 들린다. 신주 가마 신련(神輦)이 길을 트고, 그 뒤를 곡궁인들이 따랐으며, 마지막에는 황후의 재궁(齋宮, 관)이 있는 대여(大輿)가 지나갔다.

본디 입관 후 빙반 위의 평상에 재궁을 놓고 세 달 간 상례를 치러야 함이 옳은 것이지만, 몹시도 무더운 더위 때문에 어쩔 수 없이 장례식을 치를 수밖에 없었다. 염을 했다 하여도 시체에서 흘러나오는 썩은 내를 감내할 수 없다는 것이 그 까닭이었다.

궐 바깥은 소란스럽다. 방방곡곡에서 몰려온 백성들의 울음소리가 그득하였기 때문이다.

보이는 것만을 믿는 우매한 백성들에겐 황후는 자애로운 어미였을 테니, 그네가 생전 얼마나 추악한 짓들을 저질렀는지 알지 못할 테니. 그렇기에 저리도 애달프게 울고 있는 것일 테지.

대여를 마지막으로, 활짝 열렸던 황궁의 문이 차차 닫히고 있었다. 궐을 나간 혼이여, 다시는 돌아오지 말라는 뜻을 담고 있는 의식이었다.

쿠웅, 요란한 소리를 내며 문이 굳게 닫히고, 삽시간에 고요해진 대기. 뜨거운 바람에 이는 흙바람을 느끼며 김 나인은 콜록콜록 마른기침을 내뱉었다.

'그리하여도 나라의 국모였거늘……'

김 나인은 조촐한 상례 행렬을 떠올리며 읊조리듯 중얼거렸다.

동궁의 그 누구도 밖을 내다보지 않았다. 또한 동주궁의 그 누구도 바깥출입을 아니하였다. 이는 살아생전 황후에게 반감을 가지고 있던 이들의 묵언 소요였다.

전일 있었던 식에 태자와 태자비가 참석했다 하여, 이리 출타를 아니 하여도 구관은 갖춘 셈이었으나…… 예(禮)에 의하였을 때 이러한 행동은 필시 어긋난 것이었다.

하나, 한낱 나인 주제에 무엇을 논할 것인가. 그저 윗선이 시키는 대로 할 수밖에. 저가 하는 일은 한시라도 빨리 마마께 돌아가 반과 상을 내다 드리는 것뿐.

김 나인은 내려놓았던 물동이를 머리에 이며 허리를 세웠다. 제 몸집만 한 항아리를 드니 여간 무거운 것이 아니다. 그리하여 걸음을 한 발짝 내디딜 때.

"동궁의 나인이 여기는 어인 일이십니까?"

"에구머니!"

낯익은 목소리가 들림과 동시에 머리통이 가벼워졌다. 김 나인은 짤막한 음을 뱉으며 고개를 쳐들었다.

"분명 황도까지는 출입을 금하였을 텐데요."

머리를 빠르게 굴리며 자신의 앞에 서 있는 익숙한 남정네의 기억을 끄집어낸다.

이자는 분명…… 황태자 전하의 옆을 지키는 호위무사가 아니던가?

여기까지 생각이 미친 김 나인은 재빨리 고개를 숙이며 애걸하듯 대답했다.

"폐, 폐하께서 마지막으로 가시는 길을 한 번이라도 봬야 할 것 같았기에……. 소, 송구하옵니다."

"태자비마마께서도 알고 계십니까?"

김 나인은 대답하지 않았다. 물을 떠온다는 핑계로 동궁을 빠져나와 황도에 슬쩍 발을 디딘 것이었으니, 비가 모르는 일은 당연한 일이었다.

김 나인의 침묵이 부정이라는 것을 눈치챈 기찬이 짧은 한숨을 내쉬었다. 눈썹을 치켜 올리며 관자놀이를 꾹 누른다.

"이번 한 번만 눈감아 드리겠습니다."

"소, 송구하옵니다."

"많이도 송구합니다."

기찬은 슬쩍 웃음을 터뜨렸다. 안절부절못하며 손발을 달달 떨고 있는 김 나인의 모습이 꽤나 귀엽게 보였기 때문이다.

"제, 제가 들겠습니다. 주, 주시지요."

김 나인은 기찬이 들고 있는 물동이에 손을 뻗으며 말했다. 그러나 휙, 몸을 돌리는 그. 재빨리 한 걸음 뒤로 물러나 김 나인의 몸을 아래부터 위까지 훑는다.

"그리 작은 몸으로 이 무거운 것을 어찌 들려 합니까?"

쯧, 혀 차는 소리를 내며 휘적휘적 길을 걸어간다. 그에 다시 안절부절못하며 기찬의 뒷모습을 바라보는 김 나인. 기찬을 따라가야 하나, 아니면 다시 물을 이러 가야 하나 고심하는 모습이다.

그때, 기찬의 몸이 우뚝 멈췄다. 저를 따라오는 발소리가 들리지 않았기 때문이다.

"안 오고 뭐 합니까?"

그 목소리에 퍼뜩 정신을 차린 김 나인이 기찬에게 뛰듯이 다가갔다. 그 모습이 마치 어미를 좇아오는 아기 새와도 같아 보여, 품 웃음이 나오는 것은 당연한 일이었다.

"넘어지면 치료해 줄 사람 없습니다. 천천히 오시지요."

기찬은 휘파람을 불며 발을 재우쳤다. 그의 얼굴에 녹녹한 웃음이 설핏하게 지나간다.

✳

이때에, 호나라 왕실은 때 아닌 서신에 당황함을 감추지 못하고 있었다.

적(赤)의 어미가 훙하였다. 호와 적은 혼인 동맹을 맺고 있는 터. 하니 당장에라도 달려와 상례에 참석해야 할 것이라는 연통이 적나라의 인장이 찍혀 호나라로 전송되어 왔다.

황후가 영면하였다는 것도 놀라운데, 타국의 왕족이 그 식에 참가해야 한다니. 듣도 보도 못한 일이었다. 하나, 이를 거절할 힘은 그들에게 없는 터. 때문에 적잖이도 골치를 썩고 있는 왕실이었다.

"이를 어찌하면 좋겠소. 내 마음만 같아선 당장에 채비를 하고 싶으나……. 국정을 버려두고 갈 수 없는 노릇이 아닌가."

호나라 대왕의 근심 어린 말이었다. 그와 마주 앉아 있던 중전의 눈이 샐쭉하게 찢어진다.

"소첩이 가보겠나이다. 간 김에 옹주의 면도 보고 오지요. 대왕께서도 걱정이 많지 않으셨습니까."

술술 내뱉어지는 말과는 달리, 그네의 누르스름한 눈동자가 데굴데굴 굴러갔다. 이는 분명 '다른 생각'을 하고 있는 것이리라.

바람결에 실려온 말소리를 듣자니, 단향은 적의 태자에게 호된 수모를 당하고 있다 하였다. 태자비라는 직책에 걸맞은 대우는커녕 궁인보다도 못한 대우를 받고 있다 하니, 그 면면을 보고 마음껏 비웃어줄 수 있는 기회가 온 것이리란 생각이 들었다.

"또한 예법에 의해 소첩 혼자 갈 수는 없는 노릇. 공주와 함께 길을 하지요. 공주의 혼례 전 나들이라 생각하겠습니다."

"그리 말해주니 고맙구려. 하면 당장 채비하라 하겠소."

대왕은 흐뭇한 미소를 입가에 걸며 고개를 끄덕였다.

그들 사이를 흐르는 기류는 지극히도 안온하다. 그 어떠한 태풍도 없는 것처럼, 그 어떠한 방해물도 없는 것처럼 그리도 녹녹하나, 언제 어느 때 해일이 밀려와 모든 것을 뒤엎을지. 이를 예상치 못하기에 이리도 평온한 것이런다.


태위는 호나라에서 전달된 서신을 보며 씁쓸한 웃음을 흘렸다. 금일, 중전과 공주가 채비를 한 후 출발하겠다는 내용이 적힌 서신이 태위의 발밑으로 떨어졌다.

제들이 닿는 곳이 과연 환조의 날개인지 호랑의 아가리인지 분간을 못 하고 있구나. 우매한 것들.

픽, 입술을 뒤튼다.

이로써 태자비가 말한 조건이 성립되었다. 호의 중전과 공주를 중간에 빼돌려 사가에 집어넣어 놓기만 하면 태자비가 원하는 것이 충족된다는 말이다.

하나 문제는 그 후였다. 아무리 태자비라 할지언정, 자백이 나온 이상 한울에게서 죄의 올가미를 벗기기엔 다소 무리가 있어 보였다. 그러나 태위는 지푸라기라도 잡는 심정으로 태자비의 치맛자락에 매달렸다. 어떻게든, 무슨 수를 써서라도 한울을 구해내야 했으니. 자신의 오만 때문에 그리된 딸아이를.

또한, 백번 양보하여 태자비가 한울을 옥에서 빼내온다 할지언정 그 후의 상황은 결코 변하지 않으리라 판단되었다. 한울에게는 계속해 죄스러운 시선이 닿을 것이고, 황태자는 더 이상 한울을 끌어안지 않을 것이다. 그래. 그는 한울을 내칠 것이다. 하면, 그러한 상황에서 자신은 어떠한 행동을 해야 하는 것인가.

"제기랄!"

태위는 주먹을 세게 바르쥐며 발을 굴렀다. 이제껏 단 한 번도 느껴본 적 없던 패배감. 그리고 무력감. 이는 애송이라 생각하여 황태자를 업신여겼던 자신에 대한 분노였다.

어찌 되었든, 이 내용을 태자비에게 전달해야 했다. 그리고 그네가 벌일 판을 잠자코 지켜보는 수밖에 없었다. 만약, 정말 만약에라도 태자비가 헛된 짓거리를 한다면……!

"쿨럭, 쿨럭…… 켁……."

태위는 갑작스레 치고 올라온 기침을 채 막지 못하고 토해냈다.

후두둑, 그의 발끝에 떨어지는 검붉은 핏방울. 쿨럭, 쿨럭, 재차 기침을 내뱉는다. 폐부가 쥐뜯기는 것처럼 찾아온 통증에 그는 자신도 모르게 무릎을 굽혔다.

입술을 따라 흘러 턱 끝에 대롱대롱 맺힌 핏방울을 닦아낸다. 검붉은 피. 죽음의 향이 그득 담겨 있는 피.

후우, 후우, 그는 간신히 기침이 멎자 심호흡을 깊게 내뱉으며 두 눈에 힘을 번뜩 주었다.

제게 날이 얼마 남지 않았다는 사실은 그 누구보다 잘 알고 있다. 하니, 오직 제 딸만이라도 평온한 삶을 살 수 있도록 만들어야만 했다. 그러니, 그 앞날을 막고 있는 가장 큰 장애물인……

'태자비를 죽여야 한다.'

그 계집의 숨통을 끊어놓아야만 한다. 자신의 숨통이 먼저 끊기기 전에.

향은 창틀에 앉아 있었다. 뜨거운 대지를 휩쓴 맹렬한 바람이 밀려온다. 뜨겁다. 뜨거워 미칠 지경이야.

언제 축축한 안개가 그득했냐는 듯, 삽시간에 뜨거워진 대기가 향의 어깨를 짓눌렀다. 후우, 한숨을 뱉으며 콧잔등에 맺힌 땀을 닦아낸다.

감고 있던 눈꺼풀을 슬며시 올린다. 그리고 황망함이 그득한 후원을 가만히 바라본다.

푹, 뜨거운 바람이 재차 불어왔다. 향은 인상을 찌푸리며 손부채질을 했다. 창을 열어도 덥고 닫아도 더우니 이를 어찌해야 할지 모르겠다. 미간이 더욱 좁혀진다. 그때.

"나, 나으리! 제가 들겠습니다. 이리 가시다 마마를 마주치기라도 하면…… 제가 혼이 납니다. 제발 주셔요, 네?"

다급함이 묻어 있는 김 나인의 목소리와,

"싫습니다만?"

"나으리!"

기찬의 목소리가 들려왔다.

저들은 왜 같이 오는 겐가? 그리고 김 나인이 들어야 할 물동이를 왜 기찬이 들고 있는 건가? 향은 눈을 가늘게 뜨며 후원을 가로지르는 그들을 주시했다.

김 나인의 얼굴에는 당혹, 그리고 난처함이 묻어 있어 조바심을 드러내고 있었는데, 그와는 상반으로 기찬의 얼굴에는 즐거움, 오직 즐거움만이 묻어 있어 꽤나 이질적인 느낌을 주고 있었다.

"혼이 나셔야지요. 명을 듣지 않고 빨빨거리며 돌아다닌 죄 대신에요."

"그, 그것은 눈감아주신다 하지 않으셨습니까!"

"원래 사내는 한 입으로 두말할 수 있다 하지요."

"너, 너무하십니다!"

"알고 있습니다."

김 나인은 더욱 애걸하며 기찬의 뒤를 쫓았는데, 그런 김 나인을 슬쩍 바라보는 기찬의 얼굴에는 때 아닌 녹녹한 미소가 맺혀 있었다.

피식, 향은 바람 빠지는 소리를 내며 입술을 올렸다. 속이 훤히 보이는 기찬의 행동 때문일까. 재차 미소를 지으며 고개를 까닥인다.

나도 저럴 때가 있었다. 그래. 오 년 전, 나 역시 진원과 저러했었다. 하나 지금은 어떠한가. 서로가 서로를 밀어내려 안간힘을 쓰고 있지 않은가.

향은 자신의 손끝이 차가워지고 있다는 사실을 깨달았다. 이 뜨거운 기류와는 결코 얽힐 수 없는 그러한 찬기가 그녀의 몸에 가득했다.

누각에서 그의 얼굴을 본 후로 며칠이 지났던가. 그에게 모진 말을 내뱉은 후로 얼마의 시간이 지났던가. 며칠, 아니. 몇 달이 지나지 않았던가. 가늠할 수 없는 시간의 흐름을 느끼며, 향은 자신도 모르게 제 몸을 그러안았다.

그를 떠올리는 것만으로도 이리 마음 한 구석이 어릿하고 아파오는데, 그를 떠나게 된다면 과연 어떻게 될까. 과연 어떤 마음이 될까. 겪지 않아도 짐작할 수 있는 것이었다.

향은 고개를 바닥으로 떨어뜨리며 짧은 신음을 내뱉었다. 자신이 선택한 것이 과연 맞는 길일까, 자신이 결정한 것이 과연 옳은 것일까 하는 생각이 끊임없이 밀려왔다.

해일에 뒤엎어진 마을처럼 엉망진창이 된 마음. 향은 애써 마음을 갈무리하고자 노력하며 고개를 들어 올렸다.

"태자 전하 납시오!"

이때에, 내관의 쭉정이 같은 목소리가 들리었다. 곧이어 복도를 걷는 걸음 소리가 들려왔다. 힘이 들어 있으나 또한 나긋하다. 거센 발길이나 또한 부드럽다.

드르륵, 문이 열리고. 다소 핼쑥해진 얼굴의 진원이 문지방을 넘어 방 안으로 들어왔다.

그의 시선은 향에게 닿아 있다. 자신이 아닌 허공을 응시하고 있는 향에게로 올곧이 닿아 있다. 그의 눈동자가 불현듯 떨린다. 서글픔이 금세 축축하게 차올랐다. 애써, 정녕 애써 마음을 접으며 향에게로 가까이 다가간다.

"야위었구나."

그는 어그러진 입매를 바로 세우며 말했다. 그 말에는 분명 수 백, 수 천 가지의 뜻이 담겨 있을 터이니……

향은 시선을 떨어뜨렸다. 아무런 말도 듣지 못했다는 듯, 듣고 싶지 않다는 듯 그러한 행동이었으나,

"많이 야위었어."

원은 재차 감읍하듯 말하였다. 말끝에 묻어 있는 눈물이 더욱 가

까이 느껴졌다.

원은 향을 향해 손을 뻗었다. 조금씩, 아주 조금씩, 향의 뺨에 제 손끝이 닿기 직전. 향은 고개를 내저으며 그 손길을 뿌리쳤다.

아, 원은 해참한 신음을 내뱉으며 손을 되돌렸다. 오므려진 손가락에는 어떠한 힘도 들어가 있지 아니했다.

향은 그러한 원을 향해 시선을 올렸다. 말갛고 흐리게 보이는 그의 얼굴. 상처 받은 것이 역력하여 금방이라도 울 것 같이 보였으나, 그는 애처롭게 웃었다. 괜찮다는 듯, 이쯤이야 괜찮다는 듯, 너와 함께 있다는 것만으로도 행복하다는 듯 그리도 서글프게 웃었다.

향은 다시 눈을 내려 감았다. 코끝이 뜨거워졌으나 이와는 상반되게 손끝이 차가워졌다. 이는 원 역시 마찬가지일 터. 그들의 사이를 헤치는 것은 오직 눈물이 담긴 숨밖에 없을 터였다.

오랫동안 지속되는 침묵, 너머. 원의 입술이 야트막하게 열리었다.

"태위를 만났다고 들었다."

"……그러하옵니다."

"그와 무슨 이야기를 하였느냐."

원이 어찌 알았는지는 중요하지 않다. 그저 중요한 것은 이 질문에 대해 어떤 답을 해야 그의 얼굴에 드리워진 애통을 지울 수 있느냐 하는 것뿐. 향은 치맛자락을 바르쥐며 반듯하게 입술을 열었다.

"호의 중전을 제 눈앞에 끌고 오는 대신, 양제를 옥에서 꺼내주기로 하였나이다."

원의 눈이 문득 커졌다.

향이 설욕을 하고 싶어 함은 알고 있었다. 하여 그것을 도와주고 싶었다. 호나라 따위 당장에 집어삼킬 수 있었고, 하여 중전과 공주의 숨통을 끊어놓을 수 있었으니. 하나 작금은 섣불리 움직일 수 없었다. 이렇게 황실이 흉흉한 때에 함부로 세를 행사할 수 없어 차일피일 시기를 미루고 있던 것이었는데.

'벌써 수를 썼다는 말인가.'

원은 미간을 짙게 찌푸리며 깊은 숨을 내뱉었다.

"양제는 이미 죄를 덮어 쓴 터. 쉬이 그리할 순 없을 게다."

"그네의 죄가 아님을 알고 계시지 않습니까."

"하면, 너는 실범을 알고 있다는 말이냐."

그 문에, 향은 씁쓸한 미소를 입술에 띠우며 고개를 끄덕였다. 이러한 긍정의 반응에, 원은 예상치 못한 것이었다는 듯 얼굴을 바싹 굳히기에 이르렀다.

"곤녕궁의 상궁이 찾아왔나이다. 황후 폐하의 유언을 전달하였지요."

때로는 손을 쓰지 않아도 스르륵 매듭이 풀리는 순간이 있다. 결코 풀지 못할 것이리라 생각했던 그 매듭이, 야트막한 바람에 의해 풀리게 되는 그러한 순간. 그것이 작금의 상황이다.

원의 얼굴에 복잡 미묘한 감정이 스쳐 지나갔다.

"이황자 저하께서……."

"이미 알고 있다."

말을 꺼내는 것만으로도 괴로울 것. 원은 그러한 향의 의중을 알겠다는 듯 말허리를 끊으며 대답했다.

"하면, 그 상궁의 증언을 입증할 만한 물증이 있느냐."

향은 느릿하게 고개를 끄덕이며 서랍장을 열었다. 그리고 고이 보관해 놓았던 피 묻은 면포를 꺼내든다. 하나 이 면포만으론 황후가 운할 때 신 상궁이 옆에 있었다는 것만 입증할 뿐. 그네의 증언을 증명할 수는 없었다. 하나,

"어차피 양제 또한 나인의 자백으로 그리 갇히게 된 것이 아닙니까. 피차일반. 부정할 수는 없을 테지요."

만약 이황자가 증언 따위로 자신을 음해하지 말라 말을 한다면, 양제 또한 증언으로 옥에 갇히게 된 것이니 그네를 풀어줄 수 있을 터였다. 또한 대신들의 시선이 이황자에게 닿을 것이고, 몇 가지 상황만 들어맞는다면 이황자는 낙인의 화살을 피할 수 없을 터였다.

여기까지 생각이 마친 원은 새삼 향이 현명함을 느낌과 동시에, 무럭무럭 피어오르는 불안감을 느낄 수 있었다.

"그것이 끝이냐."

"무얼 말씀하시는 겁니까."

"태위와의 거래 조건이 그것이 끝이냔 말이다."

향은 원의 발간 눈동자를 가만히 응시했다. 오직 진실만을 고해주길 원하는, 그러한 염원을 담고 있는 원의 눈동자를…….

"……다른 것은 없나이다."

애써 피하며 대답했다. 떨어지는 눈빛, 동시에 마음 역시 함께 떨어졌다.

"향아."

그의 목소리가 지극히도 애처롭다. 향의 거짓을 짐작하는 것일까. 아니, 그것이 아니라면.

"향아."

짐작조차 할 수 없을 만큼 오롯이 단향만을 생각하고 있는 것일까. 그의 얼굴에 황량함이 물들었다. 황폐해진 대지처럼, 황망해진 원. 그의 마음에는 필시 모래 바람이 불고 있으리라.

"……나쁜 생각일랑 하지 말아다오."

그의 목소리가 귀에 닿음에 향은 질끈 눈을 내려 감았다. 마음에서 피어오르는 외침을 애써 접어내리며, 그렇게 향은 마음속에 골을 더욱 더 깊게 만들었더란다.

얼마의 시간이 흐른 것인가. 향은 창문 너머로 시선을 내던지며 입술을 달싹였다.

아직도 뜨거운 날씨가 만연하건만. 마치 새빨간 낙엽이 겹겹이 쌓인 듯 하늘이 새빨갛게 변모했다. 태양의 흔적이었다. 일몰을 준비하는 태양의 반가운 인사.

내던졌던 시선을 되돌린다. 그리고 다상 너머, 아직도 온기가 남아 있는 것만 같은 그 좌구(坐具)를 바라본다.

열이 맺혀 있는 것만 같다. 뜨거운 색이 잔재해 있는 것만 같다. 아직도, 그 마음이 담겨 있는 것만 같다.

문득, 향은 자신의 가슴에서 무언가가 차오르고 있다는 느낌을 받을 수 있었다. 눈을 찡그린다. 애써 마른침을 삼키며 가슴을 진정시키고자 노력한다.

그녀의 손끝에는 이미 구겨질 대로 구겨진 서신 한 장이 놓여 있다. 이는 태위가 비밀리에 전달한 연통이었다.

금일 새벽. 호의 가마를 습격해 두 명의 여인을 묶어 고방에 가둬 놓았다고, 하여 언제든 그곳을 찾아가기만 하면 된다는 그러한 내용.

향은 그 추악한 내용이 적혀 있는 종이를 다시 한 번 구기며 짧은 숨을 내뱉었다. 태위 역시 어지간히 급하였나 보구나, 이리도 일을 빨리 진척시키다니. 우스운 생각이 머릿속을 스쳐 지나갔다.

중전과 공주는 어떠한 얼굴을 하고 있을까? 죽음의 첫 자락에 닿은 얼굴을 하고 있을까, 아니면 아직도 때를 모르고 기고만장 고개를 세우고 있을까.

아아, 당장에라도 뛰어가 그년들의 얼굴을 할퀴고 싶다. 모가지를 졸라 숨통을 막아버리고 싶어.

하나 아직은 자중해야 할 터. 향은 습한 기운을 폐부에 집어넣으며 눈썹을 찡그렸다.

"마마. 비서승께서 독대를 청하옵나이다."

향은 들려오는 말을 들으며, 창 너머를 힐끗 내다보았다. 아직도 새벽 기운이 만연하건만, 이 시간에 대체 왜? 의아함을 품은 입술이 열리었다.

"들라 하라."

문이 열린다. 그리고 그 문 너머에는 어쩐지 분기가 역력한 얼굴을 한 도겸이 서 있었다.

"마마."

그렇게 느낀 것이 착각이 아니라는 듯, 도겸의 목소리 또한 분기가 역력하다.

"이 시간에 어쩐 일인……."

"태위와 작당을 하셨습니까?"

그는 앉지도 않은 채 꼿꼿이 서 질문했다. 향은 그러한 도겸의 발끝에서부터 머리까지 시선을 올리며 침착함을 유지했다.

"작당이라니. 말이 심하지 않아."

"그리도 복수를 하고 싶으셨습니까."

향은 대답하지 않았다. 그가 어찌 알았는지는 몰라도, 그 말에 대해 곧이곧대로 답하여 괜한 분란을 일으키고 싶지 않다는 생각이었다.

하나 도겸은 멈출 생각이 없는 듯.

"지금쯤이면 호의 중전이 납거되었겠군요. 어느 빈 고방에 처박혀 있을 테지요. 하여, 중전을 찾아가 무얼 하실 생각이십니까? 고문을 하시려고요? 아니, 그 숨통을 끊으시려고요?"

"……도겸."

"그리하게 되면 태위에게 약점이 잡힌다는 사실을 정녕 모르시는 겁니까!"

"그에게 잡히는 것 따위, 내겐 아무 상관이 없다네."

"마마!"

도겸은 결국 목청을 틔우기에 이르렀다. 그의 외침은 커지고 커져 벽을 치고 천장을 메워 향에게 쏟아졌으니.

"왜, 왜 그리 과거에서 벗어나지 못하시는 겁니까. 그리하면 마마 역시 같은 사람이 된다는 것을 왜 모르시는 겁니까!"

"내가…… 정녕 모르는 것 같은가."

향은 제 귀에 담긴 말길을 애써 씻어내며 답했다.

턱을 빳빳하게 든다. 그리고 이미 비참할 대로 비참해진 눈동자로 도겸을 응시한다.

"나는 곧 궐을 나갈 것이다."

침묵. 도겸의 얼굴에 긴장감이 서렸다. 감정이 응고된 얼굴이란 그 얼마나 처참한가.

"왜 그리 놀라는가. 이를 바란 것이 아니었나? 내게 궐을 나가라 소리치던 것이 기억이 나지 않아?"

"하, 하오나."

"하오나가 아닐세. 나는 이미 결정을 했어. 더 이상의 반론은 필요 없다네."

향은 손사랫짓을 하며 고개를 흔들었다. 그 얼굴이 행동이 모든 것이 너무도 굳건하게 보여……. 도겸은 아랫입술을 꽉 깨물었다.

"피를…… 묻히실 겁니까."

단향의 얼굴과 진원의 얼굴이 중첩되어 펼쳐진다.

"받은 만큼 돌려주고자 하는 마음뿐이라네."

그래. 저 눈빛은 본 적이 있는 것이었다. 저 목소리는 들은 적이 있는 것이었다. 저 모습은…… 정녕 마주한 적이 있는 것이었다.

도겸은 자신도 모르게 주먹을 바르쥐었다. 다리에 힘이 풀려 와락 주저앉을 것만 같다. 애써 허리를 세우며 격동하는 가슴을 가라앉힌다.

"피는 피를 부르고, 또한 피는 피를 탐한다 하였습니다."

하, 향의 잇새에서 바람 소리가 흘러나왔다. 이는 역력한 조소. 그네의 입술에 새빨간 분노가 서렸다.

"그대가 이리 쉽게 말할 수 있는 것은, 그대가 겪어보지 않기 때문이라 내 말하지 않았는가. 그대가 여타한 일이 있었다면, 그리 쉽게 설욕의 마음을 접어 내릴 수 있겠는가?"

"마마. 어찌 그런 말씀을!"

"성인군자 흉내는 그대 홀로 하게나. 나는 더 이상 할 수 없으니."

"정녕…… 복수를 하시면, 행복해지실 것 같습니까?"

"나는 행복을 위해 행하는 것이 아니야."

향은 다상 위에 얹어놓았던 손을 되돌렸다. 손끝에서 일던 떨림이 손등을 타고 손목을 타고 몸뚱이에까지 퍼져왔기 때문이었다.

"더 이상 불행해지고 싶지 않기에 행하는 것일 뿐."

"후회하실 겁니다."

"전하에게도 같은 말을 했지 않은가?"

아, 도겸은 신음을 내뱉으며 두 눈을 질끈 내려 감았다.

"나 역시 전하와 답이 같아."

그렇다면, 마마 역시 같은 절차를 밟게 되실 겁니다. 마마와 전하가 같은 판단을 하는 것이라면, 마마 역시 땅을 치고 후회하게 될 것입니다.

"이만 물러나거라. 곤해."

도겸의 마음은 결국 전해지지 못한 채, 그렇게 공기 중을 노닐고 노닐다 결국 산화했다.

✻

온 세상은 어두웠다. 어두우며 또한 고요했다. 감청색 어둠과 희뿌연 안개가 스멀스멀 땅을 긁어내고 있었고, 풀벌레 우는 소리만이 음률을 타듯 어둠 위를 흘러가고 있었다.

그러한 고요의 한가운데에, '피융!' 대지를 찢어발기는 소리가 들려왔다. 연이어 시위가 팽팽하게 당겨지는 소리가, 그리고 재차 '피융!' 살이 날아가는 소리가 들려왔다.

그 고요와 소란의 중심에, 진원이 존재했다.

"전하."

기찬은 식은땀을 흘리며 활시위를 당기고 있는 진원에게 천천히 걸어갔다. 마른풀을 밟는 소리가 났음에도 불구하고 진원은 시선을 돌리지 않는다. 저 멀리 있는 과녁에만 집중할 뿐.

피융!

살이 날아간다.

탁!

과녁 정중앙에 맞은 화살이 반동에 의해 여러 번 흔들린다.

"전하, 밤이 깊었습니다. 그만하시고 침소에 드시지요."

"찬아."

원은 시위를 내리며 기찬에게 몸을 틀었다. 다소 거친 숨결이 하얀 안개를 투명하게 만든다.

"날이 밝는 대로 신 상궁을 불러 진술을 작성해 수결하도록 하라."

"예, 전하."

"또한."

그는 잠시 말을 삼켰다.

정현, 그리고 태위. 패자는 누가 될 것인가? 가장 먼저 제거되는 말은 누가 될 것인가?

이에 대한 답은.

"정현의 비밀 상단에 대한 문권을 꺼내놓도록 하여라."

인륜을 어기고 패륜을 저지른 정현이 될 터였다. 진원의 입술에 언뜻 일소가 일었다. 반듯하게 펴진 그 입에 담긴 것은 승리감, 그뿐이리라.

"그 패를 지금 꺼내려 하시는 것입니까?"

"아직도 정현의 뒤에 붙어 있는 관료들이 많다. 그들은, 대체 왜. 왜 정현을 잡고 있는 것일까? 이미 그의 뒷배는 사라진 터. 태위의 힘을 합친 내가 있음에도, 왜 관료들이 정현의 바지 자락을 잡고 놓지 않느냐는 말이다. 그들이 정녕 멍청해서일까? 정녕 우매해 앞을 내다보지 못하고 있기 때문일까?"

진원의 시선이 허공으로 돌려진다. 흐릿한 시야를 되돌리겠다는 듯, 눈가를 꾹꾹 내리누르며 눈에 힘을 준다.

"정현이 그들에게 쥐어주는 것이 있기 때문이다."

감히 하늘과도 같은 황실 내에서 뒷돈을 주고받는다라. 청렴결백해야 하는 관리들이 정녕 감히, 돈에 눈이 멀어 뒤꽁무니를 쫓아다닌다라……. 픽, 실소를 뱉는다.

"한낱 이황자 주제에 무슨 재력이 있을까. 그 돈이 어디서 나오는 것인지, 어떤 돈을 자기네들이 받은 것인지 그들도 알아야 하지 않겠느냐?"

"예, 받들겠습니다."

원은 주먹을 세게 바르쥐었다.

그래. 화무십일홍(花無十日紅)이라 하였거늘. 이제 아흐레가 되어 열흘이 다가왔으니, 곧 꽃이 질 때가 되지 않았더냐? 그리고 그 죽은 꽃을 쥐어뜯는 것은.

"그 문권에, 정현의 상단이 벽나라에서 천남성(天南星)과 바꽃을 수입하였다는 기록을 끼워 넣도록. 황후가 먹은 차에 있던 독이다."

바로 내가 될 것이다.

그의 시선이 어릿한 달의 잔영에 닿았다. 그리고 그 뒤에 깔려 있는 칠흑같이 어두운 밤하늘에 내리꽂혔다.

저 밤하늘이 마치 향의 흑단 같은 머리칼과 같아 보였다. 또한 저 빛나는 달이 향의 눈부신 눈동자와도 같아 보였다. 비식, 웃음을 흘린다. 제게 닿았던 향의 뜨거운 숨결을 더듬듯, 목을 어루만지며 재차 웃음을 입에 걸어 올렸다.

"하나, 그를 이황자께서 순순히 인정할까요?"

"우리에겐 여러 대신들이 함께 있다. 그들이 폐하께 작은 입김이라도 넣을 테지. 정현이 갖고 있는 모든 자격을 박탈하라는 정도의, 아주 작은 입김 말이다."

원은 딱딱하게 굳은 기찬을 바라보며 빙그레 미소를 지었다.

예부와 형부를 손에 넣었으니, 후에 병부와 호부의 시랑들만 잡는다면 실세를 장악하는 것도 어려운 일이 아닐 테다. 물론…… 그들이 진원에게 넘어오게 된 것은 모두 태위가 힘을 쓴 덕분이지만.

원은 얼마 전 태위의 붉으락푸르락했던 얼굴을 떠올렸다. '배신감'이라는 감정이 가깝게 와 닿았던 그때를 떠올렸다.

그러나, 태위는 진원을 버릴 수 없을 것이다. 정현에게 돌아가기엔 너무도 먼 길을 온 터. 이미 진원을 이용해 관료들을 모은 터. 어쩔 수 없이 진원이라는 얇은 실을 잡고 있을 수밖에 없다는 말이다.

물론 진원 역시 태위를 버릴 생각이 없었다. 정확히 말하자면 '아직' 버릴 생각이 없었다.

그래, 그는 버릴 수 없지. 그리고 그네의 딸 또한 버릴 수 없는 패지. 그래. 아직은, 정녕 아직은.

"정현의 뒷배들이 썩은 동아줄을 잡고 있다는 것을 깨닫게 만들어야 하지 않겠더냐?"

"그들은 지금도 깨닫고 있을 것입니다."

"깨달으면 무얼 하나. 이미 돌이킬 수 없을 터인데."

원은 탁자에 내려놓았던 활을 다시금 들었다. 시위를 매만지며 살통에서 살을 끄집어낸다.

"상례가 끝난 후, 열리는 편전에서 모두에게 경고를 할 것이야."

시위를 팽팽하게 당긴다. 곧게 펴진 그의 어깨와 팔에서 범접할 수 없는 위엄이 흘러나온다.

"황제 자리는, 나의 것이라고."

피융! 화살이 축축한 공기를 내리 찢으며 날아갔다.

"적(赤)의 아비는 오직 나뿐이노라고."

그러나 살은 과녁에 맞지 아니하였다.

힘을 잃은 살은 허공을 떠돌고 떠돌다 결국 땅바닥으로 곤두박질쳐 안개 속으로 사라졌더란다.

진원은 어둠을 헤치며 걸어가고 있는 중이었다. 분명 동주궁으로 돌아가 몸을 뉘여야 할 시간이건만. 그의 몸은 시선은 숨결은 모두 다 향이 있을 동궁에 닿아 있었다.

결코, 들어갈 수 없는. 그리고 돌아갈 수 없는 그러한 동궁.

원은 설핏 웃었다. 그러나 그것은 정녕 웃는 것이 아니었기에……

그런 원을 지켜보는 기찬의 얼굴에 혹한 바람이 스쳐지나갔다.

돌아가야겠지. 돌아가…… 한시라도 빨리 모든 일을 끝낼 수 있게 발을 굴려야겠지.

원은 떼어지지 않는 발을 움직여 몸을 틀었다. 동주궁으로 돌아가려는 심산이었다. 그때.

"여기서 뵙는군요. 황태자 전하."

익숙한, 그러나 결코 익숙해지지 않은 목소리가 들려왔다. 원의 미간이 좁혀진다. 음성이 들린 곳을 바라보고 싶지 않았으나 제 뒤에서 바로 느껴지는 목소리에 어쩔 수 없이 고개를 돌릴 수밖에 없었다.

"네가 여긴 어쩐 일인가."

"그리 차갑게 말씀하실 건 무업니까. 어쩐 일이라니요. 제 궐을 제 발로 돌아다닌다는데, 무슨 문제가 있나이까?"

이는 명백한 도발이었다. 저리 뻐딱하게 서 있는 자세가 그러했고 음흉함이 깃든 얼굴이 그러했으며 유독 달게 빛나는 저 눈동자가 그러했다.

원은 그런 정현을 상대하고 싶지 않다는 듯, 고개를 절레절레 흔들며 발을 돌렸다.

"가지."

여전히 정현을 노려보고 있는 기찬과 함께 발을 내디딘다. 한 걸음,

두 걸음째 발이 지면에 닿을 때.

"마마께서 일을 벌이고 계시다지요."

우뚝. 원이 멈춰 섰다. 재빨리 정현을 향해 몸을 튼다. 그걸 어찌 알았느냐는 반문이 담긴 행동이었다.

그럴 줄 알았다는 듯, 정현의 입꼬리가 더욱 괴괴하게 틀어지기에 이르렀다.

"태위와 결탁한 태자비마마라……. 하하, 상상도 못 한 일이라서 말입니다."

"무슨 말을 하고 싶은 건가."

"있지 않습니까, 전하."

정현은 원에게 천천히 다가갔다. 자신보다 한 치 정도 큰 그였지만, 그런 원을 똑바로 응시하며 턱을 든다.

"저는 아직도 후회하고 있습니다."

원의 어깨에 손을 올린다. 흡사 그 어깨에 쌓인 먼지를 털어주는 행동과도 같이 보였으나,

"그때에, 전하를 죽이지 않았던 것을."

우둑, 원의 어깻죽지를 세게 부여잡기에 이르렀다. 갈퀴로 할퀴듯 와르르 구겨지는 옷자락. 동시에 원의 마음 역시 와르르 무너지기 시작했다.

"생각할수록 웃기지요. 가만히만 있었으면 살 수 있었는데, 꼴같잖게도 전하를 비호하겠다던 그 머저리가요. 그런 병신들을 해할 바에는 전하 숨통을 끊는 것이 더 이득이었을 텐데. 그때의 저는 참으로 어렸나 봅니다. 그렇지요?"

그의 찢어진 입술 사이로 흘러나오는 숨이 참으로 고약하다. 맡을 수도 없을 만큼 더럽고 추악한 냄새. 원은 잠시 눈을 내려감았다. 이

러한 멍청한 말을 듣고 있자니, 정현을 마주하면서부터 계속해 격동하던 가슴이 조금씩 진정하는 듯싶었다.

"지금이라도 날 죽이는 건 어떤가."

원은 제 어깨를 잡고 있는 정현의 손을 쳐내며 말했다.

그 힘은 짐작했던 것보다 훨씬 거센 것이었기에, 정현의 눈매가 찢어지는 것은 당연한 일이었다.

"나를 죽이고 난(亂)이라도 일으켜 보지그래. 그래서 네가 그리도 원하던 황위를 찬탈하는 것은 어떤가."

원은 꼿꼿하게 목을 세웠다. 정현, 그를 내려다보는 그 위치가 너무도 당연스레 여겨져, 정현은 자신도 모르게 주춤 뒷걸음질을 칠 수밖에 없었다.

"그럴 만한 배짱도 없는 주제에."

원은 그런 정현을 비웃듯 입술을 비틀며 말했다.

저리 위에 있는 것이 어색해 보이지 않았다. 너무도 자연스러워 감히 덤빌 수조차 없게 만드는…… 빌어먹을. 정현은 짧은 욕지거리를 뱉으며 인상을 구겼다.

"오 년 전, 전하께서는 꽁무니 빠지게 도망가느라 듣지 못하셨을 텐데 말입니다."

회심의 일격이라는 듯, 정현은 바득 이를 갈며 목청을 틔웠다.

"제 밑에 깔려 있던 황자가 무슨 말을 하였는지 궁금하지 않으십니까?"

그에 또다시 멈추는 원의 발걸음. 어깨가 오르락내리락하는 것이 너무도 확연히 보였다.

"살려 달라, 죽고 싶지 않다, 또다시 살려 달라, 너무 아프다, 그리고 또 살려 달라……. 하하, 그때엔 참으로 즐거웠는데 말입니다."

주먹 쥔 손이 파들파들 떨리었다. 핏줄이 올라오는 팔뚝, 그리고 어깨, 아니 온몸에 분노에서 비롯된 떨림이 가득 찼다. 가쁜 숨을 몰아쉰다. 그럼에도 치고 올라오는 것은 지독히도 깊은 애통이리라.

"치료를 해주려 하였지요. 예. 그때 치료만 제대로 했어도 황자는 살았을 겁니다. 황자 역시 그렇게 믿고 제게 몸을 맡겼고요."

정현은 삐뚜름하게 고개를 젖히며 말을 이었다.

"그리고 죽였지요."

쏴아아, 바람이 불었다. 여름 내음을 품은 바람. 그리고 오 년 전 여름을 담은 바람. 그러한 기류가 원의 옷자락을 그리고 그의 마음을 흐트러지게 만들었다.

"참으로 재미있지 않습니까. 마지막으로 믿은 이에게 배신을 당해 죽는다……. 그때 황자의 눈을 전하께서 보셨어야 했는……."

"전하!"

결국, 원은 정현의 멱살을 잡아 올리기에 이르렀다. 당장에라도 그의 얼굴에 주먹을 내리꽂을 것처럼 흉흉한 기운을 띠운다.

그러나, 보이는 것은 너무도 여유로운 정현의 얼굴. 흐트러짐 하나 없는 그의 얼굴.

원은 올렸던 손을 천, 천, 히 내리며 가쁜 숨을 몰아쉬었다.

"목하 네놈의 목을 거둬가지 않는 것에 대해 감사하라."

그는 정현을 팽개치듯 내던지며 재빨리 그곳을 벗어났다. 더 이상 그곳에 있다간, 자신이 무슨 짓을 벌일지 모르기 때문에. 나름의 이성적 판단을 한 것이라 생각되건만, 다리가 후들후들 떨려왔다. 당장에 주저앉을 것만큼 그리도 힘이 풀려왔다.

걸음을 멈춘다. 두 눈을 질끈 내려 감는다. 눈까지 차오른 감정의 소용돌이가 도무지 진정되지 아니했다.

잊고 싶은데, 잊혀지지 않는다. 아니, 사실 기억을 잃고 싶지 않다.

원은 그렇게 끝없는 감정의 나락으로 빠지며, 아직도 제 몸에 남은 향의 향취를 더듬었더란다.

## 8장.

### 아픔마저 내가 되게 하소서

적나라, 이백삼십오년 잎새달 초이튿날.

"하하……."

진원은 퀴퀴한 벽에 몸을 기대며 헛웃음을 질질 흘리고 있었다. 쿵, 쿵, 벽에 머리를 박는다. 작금 눈앞에 펼쳐진 현실을 애써 부정하고 싶은 마음에서 비롯된 행동이었지만, 그럼에도 눈에 보이는 것은 변함이 없다. 이 좁디좁은 고방에 갇혀 있는 것은 달라지지 않는단 말이다.

"빌어먹을."

원은 제 머리칼을 쥐어뜯으며 욕지거리를 내뱉었다.

우매했다. 그래. 자신은 너무도 우매했다.

소둔에서 단향을 만나고, 그 길로 적나라 황실에 돌아온 그였다. 황실에 당도하자마자 말에서 내리기가 무섭게 황제에게 달려갔다. 편전이 파하지도 않았건만 그 안으로 몸을 비비며 들어가 황제에게 머리를 처박았다.

정인이 생겼노라고. 그리고 그네와 혼인을 약조하였노라고. 하니 윤허해 달라고 당당하게 말하였으나. 돌아오는 것은 냉대. 그리고 비웃음뿐.

허락도 없이 편전에 난입한 것으로도 모자라, 대신들 앞에서 우스 갯소리를 내뱉은 진원에게 내려진 벌은 참으로 가혹했다.

금족령. 원의 거처에서가 아니라, 황제가 내려준 독방에서. 아니, 낡디낡은 고방에서.

아바마마가 이해되지 않는 것은 아니었다. 자신이 멍청한 짓을 했음을 누구보다 잘 알고 있었다.

그러나 그럼에도 화가 났다. 이는, 자신의 감정을 한낱 아해의 마음이라 치부하였다는 사실에. 그리고 제 감정보다 대신들 앞에서의 창피를 고려했다는 사실에.

황제는 원의 말을 제대로 들어주지 않았다. 아니, 무시했다고 표현하는 것이 더 옳을 테다. 황제는 항상 그런 식이었다. 무슨 말을 하려고 하면 단번에 무시하든가 화를 내든가, 둘 중 하나였다.

물론, 귀비(貴妃)의 아들이 황후의 독자를 제치고 황태자 자리를 꿰차고 있으니 보다 더 많은 기대 그리고 우려를 품고 있다는 것을 알고는 있다만……. 그럼에도 작금의 상황은 받아들이기 힘든 것이었다. 그래. 지학(志學)의 나이에 불과한 진원에게는 납득하기 힘든 것이었다.

"악!"

원은 재차 소리를 내지르며 문 쪽으로 뛰어갔다. 그러나 문은 열리지 않는다. 이 문을 지키고 있는 굳건한 병사들 때문이리라.

빌어먹을. 빌어먹을. 열리지 않는 문 앞에서 원은 재차 욕설을 읊조리며 주저앉았다.

단향과 약속을 하였다. 보름 후에 돌아가겠다 말을 하였다. 그때에는 사람을 끌고 휘황찬란한 가마를 끌고 갈 생각이었다. 하여 단향의 발에 꽃신을 신겨주고자, 그 허름한 의복을 벗기고 새로운 행복을 입혀줄 생각이었다.

하나 현실은 이상과 다른 법. 원은 제 또다시 무력감을 느끼며 벽을 따라 스르륵 주저앉았다. 그때.

"……하."

문밖에서 익숙한 목소리가 들려왔다. 음? 원은 귀를 쫑긋 올리며 문 쪽으로 다가갔다.

"전하. 거기 계십니까?"

"혀, 형님?"

원은 아주 작은 문틈에 눈을 가져다대며 말했다. 바깥에 서 있는 이는 병사가 아닌 재민과 도겸. 그들은 서로를 마주보며 킬킬 웃음을 내짓고 있었다.

"전하. 문에서 비키십시오."

"……에?"

원의 목소리가 채 사라지기도 전에, '쾅!'하는 굉음과 더불어 문짝이 너덜너덜해지기에 이르렀다. 물론, 이를 차마 피하지 못한 원은 뒤로 나자빠진 터였다.

"아프지 않느냐! 살살 좀 해야지!"

"저는 분명 피하라고 말씀드렸습니다만? 안 피한 전하의 잘못이지요."

도겸은 비죽 웃으며 답했다. 그리고 널브러지듯 앉아는 원의 손을 잡아끌었다.

"이, 이렇게 막 들어와도 되는가? 아니, 내가 나가도 돼?"

"황제 폐하의 명입니다."

"아, 아바마마의?"

"네. 아바마마의 명입니다."

재민은 부드러이 말하며 바닥에 나뒹군 원의 옷에 묻은 먼지를 탈 탈 털어주었다. 그 손길이 참으로 녹녹하여, 둘도 없는 우애를 지니고 있는 형제라.

"나를 이리도 내쫓으실 때는 언제고?"

"그러니까 누가 대신들 앞에서 그런 망발을 하라 했습니까. 자업자 득이지요."

"도겸!"

"그 여인을 데리고 오라 하였습니다. 전하께서 억지로라도 황실에 끌고 오면 대신들도 어쩔 수 없을 것이라고요. 아, 하해와도 같은 폐 하의 마음이라. 참으로 성대하지 않습니까?"

"……그럴 거면 진즉에 그리 말하지."

진원은 입술을 비죽이며 중얼거렸다.

"그럼, 가실까요?"

먼지를 다 턴 듯, 재민은 진원에게 어깨동무를 하며 발을 내디뎠 다.

"같이 가도 되는가?"

"아바마마께서 친히 말까지 준비해 주셨는데요."

"……하해 같은 성은이로군. 흥."

퉁명스러운 말이었으나, 원은 재민의 손길에 따라 몸을 옮기고 있 었다. 말은 그렇게 해도 목하 상황이 달가운 모양이었다.

"자, 그럼 제가 친히 안내를 해드릴 터이니."

도겸은 빙그레 웃음을 띠우며 앞장 서 걸어갔다. 팔랑팔랑 뛰어가는 것이, 꽤나 기분이 좋은 모양이었다.

"저놈은 왜 저리 신이 났나?"

"아아, 저놈. 사공께 칭찬을 들은 모양이더라고요. 가지고 온 정보가 꽤나 쓸 만했다나 뭐라나."

"어린애로군."

"……전하도 마찬가지인 것 같은데."

"난 아니다."

"그런 걸로 치지요."

재민은 진원을 더욱 세게 끌어당기며 방긋 웃었다. 그 여유로운, 그리고 이 밤까지 밝혀줄 수 있을 만큼 해맑은……. 원 역시 같은 미소를 맺었다.

그들은 각기 준비된 말에 올라, 서둘러 고삐를 부여잡았다. 진원의 정인이 있을 그곳으로 가기 위하여.

그림자 속에 숨어 그들을 지켜보던 두 명의 인영을 결코 알지 못한 채.


길을 떠날 때에는 분명 해가 중천으로 떠 있었는데, 정신을 차리니 벌써 이슥해졌다.

급히 떠난 길인지라 노잣돈도 여유롭게 챙겨 오지 못해, 여간 배가 고픈 것이 아니다. 꼬르륵, 뱃속에 찬 공기 소리가 적막했던 풍경을 울리었다.

"이건 누구 배에서 나는 소리입니까?"

앞서 가던 도겸의 말이었다.

"……난 아니다."

"전하로군요."

킬킬, 도겸은 웃음을 흘리며 속도를 늦추었다. 그리고 진원과 재민과 함께 나아간다.

"언제쯤 도착하나?"

"뭐, 해가 뜨기 전엔 도착할 것 같습니다. 엄청나게 뛰어오지 않았습니까, 우리."

"그래서 힘들어 죽겠다. 엉덩이가 너무 아파."

재민은 안장 위에서 둔부를 달싹달싹 움직이며 말했다. 장장 한나절을 내리 달려온 것이니 그럴 수밖에. 진원은 이해한다는 듯 면박을 주지 않았다.

"좀 더 가면 작은 마을이 나올 겁니다. 거기서 잠시 쉬도록 하지요."

"아니! 그건 안 된다."

"또 왜 우기십니까."

"우기는 게 아니다. 쉴 틈이 없어. 그이와 약속한 날짜가 다가온단 말이다."

"……예. 어련하시겠나이까. 예. 가란 대로 가야죠."

도겸은 진원을 휙 째려본 후 다시금 고삐를 재촉했다. 조금 속도를 내 앞서 가는 도겸이다.

"저놈, 삐친 것 같습니다."

"내버려 둬라. 내버려 두면 알아서 풀릴 게다. 저런 거 한두 번 보나."

"하하, 그도 그렇긴 합니다."

재민은 여유롭게 웃으며 자세를 고쳐 앉았다.

문득, 까마귀의 소리와도 비슷한 울음소리가 들리었다. 까악, 까악, 다소 불길함을 품고 있는 소리가 온 지천을 누비었다.

오늘은 그 어느 때보다 고요했다. 오직 들리는 것이라곤 새 울음소리와 말발굽 소리, 그리고 간헐적으로 뱉어지는 숨소리뿐. 바람 한 점 불지 않는 날씨 탓에 흐트러지는 잎새 소리도 들리지 아니하는 그러한 날이었다.

또한 오늘은 그 어느 때보다 어두운 밤이었다. 하늘을 할퀴며 찾아온 매지구름이 달빛을 은폐했기 때문이다. 한 치 앞도 보이지 않을 만큼 컴컴한 암흑이 그들 앞에 드리웠다.

시야가 가려지니 청각에 예민해질 수밖에. 그들 모두는 귀를 쫑긋 세우며 더욱 걸음에 박차를 가하고 있었다.

히이힝!

그때, 진원의 말이 느닷없이 날카로운 울음소리를 내지르며 앞발을 굴렀다.

"이, 이놈이 왜 이래?"

진원은 당황한 듯 재빨리 고삐를 붙잡았으나, 성난 말은 멈출 생각을 하지 않고 더욱 앞발을 굴렀다.

그리고선, 냅다 뛰어가는 것이 아닌가.

"야, 야!"

"전하?"

"멈춰!"

도겸과 재민은 어느새 저 멀리 앞서나간 진원의 뒷모습을 바라보며 헛웃음을 내뱉었다.

"말도 제대로 못 다루는 황태자라니요. 이것 참. 황실에 돌아가면 승마를 다시 배우셔야겠습니다."

"뭐, 말이 놀랐나 보지. 저럴 수도 있지 않나."

재민은 낄낄 웃으며 답했다. 갑작스러운 상황이었고, 나름 위험하다 판단될 수 있을 법한 일이었지만, 그럼에도 그들의 표정은 여유로웠다. 딱딱하게 경직되었던 기류가 풀어졌기 때문도 있었고, 오늘 만큼은 진원이 골탕 먹어도 괜찮다는 생각이 들었기 때문이다.

"뭐, 가다보면 만나겠지요. 말이 언제까지 뛰어갈 수도 없는 노릇이니까요."

"그러겠지. 빨리 가자. 엉덩이가 너무 아파."

"좌구라도 드릴까요?"

"……됐어. 사내놈이 무슨."

재민은 휘휘 손사랫짓을 하며 씨익 웃었다. 다시금 찾아온 녹녹한 기운. 그들 사이를 스쳐 지나가는 것은 분명 나긋나긋한 바람이었건만.

그 순간, 맵싸한 바람이 그들을 덮치듯 찾아왔다. 그리고 휘몰아치는 어둠. 동시에,

"으악!"

재민이 말에서 굴러 떨어지기에 이르렀다. 이는 그가 타고 있던 말이 경기를 일으키며 몸을 흔들었기 때문이다.

"저하!"

도겸은 말에서 내려 재민에게 뛰어갔다. 그를 일으키며 재빨리 나무 뒤로 몸을 숨긴다. 혹시라도 모를 상황에 대비하기 위해서이다.

"괜찮으십니까?"

"엉덩이가 아파."

"괜찮으시군요."

도겸은 고개를 절레절레 흔들며 나무 밖으로 힐끔 고개를 내밀었

다. 아까 전 진원도 그렇고 지금의 재민도 그렇고. 기이한 상황이 계속해 벌어지고 있다. ⋯⋯무언가 이상하다. 이상해. 불안함에서 비롯된 떨림이 가슴을 차차 채우고 있었다.

도겸은 눈을 가늘게 뜨며 어둠에 익숙해지고자 노력했다. 깜빡, 깜빡⋯⋯. 조금의 시간이 지난 후 다시금 바깥으로 고개를 내밀었다. 이미 도망가 버린 두 마리의 말이 있는 길에는⋯⋯.

"화살?"

도겸은 좀 더 자세히 살펴보고자 눈을 뻑뻑 비비며 초점을 맞추었다. 저것은 분명한 화살이다. 철전(鐵箭)으로 보이니 분명 궁수는 그리 멀지 않은 곳에 있으렷다.

도겸은 재빨리 주위를 살폈다. 산 능선 쪽을 응시하고, 수풀 너머를 주시하고, 둔덕 쪽을 직시하며 살이 날아온 곳을 찾고자 노력한다.

피융!

그 때, 허공을 가르는 소리와 함께 재차 화살이 쏟아졌다. 이번에는 한 개가 아니라 두 개, 세 개⋯⋯ 아니. 여러 개.

"윽!"

결국 팔을 스치고야 말았다. 재빨리 상처를 틀어막아 보지만, 이미 흘러나온 피는 멈출 리 없는 터. 진득한 핏줄기가 팔을 따라 흘러내렸다.

빌어먹을! 도겸은 욕설을 읊조리며 나무에 딱 등을 붙였다.

쏟아지는 화살을 보아하니 분명 한 명이 아니다. 적어도 여러 명의 궁수가 있다는 말이다! 대체 이게 무슨 일인가? 이런 짓을 할 만한 사람이, 아니 애초에 우리가 암행(暗行)을 나왔다는 사실을 아는 이가 있던⋯⋯.

"이 빌어먹을 자식이……!"

도겸은 미간에 짙은 주름을 그으며 아랫입술을 꽉 깨물었다. 황제에게 명을 하달 받을 때, 멀찍이서 그들을 가만히 지켜보고 있던 이황자의 얼굴이 뇌리에 스쳐 지나갔다.

매사 진원을 노리고 진원의 자리를 탐하고 있던 것을 알고 있었다만, 원체 미친놈인 것을 알고 있었다만, 이리 무모한 짓을 벌여? 개자식 같으니라고!

"저하. 아무래도 이황자의 짓인 것 같…… 저하?"

"이번엔 팔이…… 아니, 다리도 아프다."

"저하!"

도겸은 눈앞에 보이는 것을 믿을 수 없다는 듯 숨을 꽉 멈췄다. 제 무릎까지 번진 피 웅덩이. 이는 화살에 관통된 재민의 팔뚝과 종아리에서부터 흘러나온 핏물이었다.

"괘, 괜찮으십니까? 어, 어찌……!"

"어, 괜찮아. 좀 아픈 거 말고 괜찮다네. 그런데 뭐? 이황자? 정현이?"

"그, 그런 것 같습니다. 가만히 계십시오. 일단 지혈을 해야 하지 않습니까."

"너나 해, 너나. 난 괜찮아."

"전 스친 것뿐입니다!"

도겸은 소리를 빽 내지르며 재민의 팔을 잡아끌었다. 그 순간.

피융!

다시금 날아오는 화살들.

"악!"

도겸은 신음을 내뱉으며 제 허벅지를 움켜잡았다. 이번에는 스친 것이 아니다. 살갗을 찢고 신경까지 침범한 화살촉. 도겸은 애써 신음을 참으며 오금에 내리박힌 화살을 억지로 **빼**내었다.

"너나 나나 다친 곳이 똑같아. 운명인가?"

"저하! 그런 태연자약한 소리가 나올 때입니까! 다리 주십시오. 묶어야 합니다."

도겸은 제 소매를 찢어 재민의 종아리와 팔뚝을 묶어주었다. 제 팔과 다리에서 흐르는 피를 애써 무시한 채, 차오르는 통증을 무시한 채.

"자…… 그럼 우린 어떻게 해야 되지?"

재민은 도겸과 마찬가지로 나무에 등을 딱 붙인 채 말했다. 그 와중에도 끝없이 화살은 쏟아지고 있는 중이었다.

"화살이 떨어질 때까지 기다려야 할까요?"

"화살이 떨어지기 전에 사격을 멈추지 않을까?"

"그럼요?"

"그럼 뭐, 칼 들고 이리로 오겠지. 그럼 우린 죽겠지, 뭐."

"저하!"

"귀 안 먹었다. 소리 좀 지르지 마라."

재민은 이는 통증을 애써 억누르며 고개를 뒤로 젖혔다.

지혈이 전혀 되지 않고 있었다. 땅바닥에 고였던 피 웅덩이는 점점 더 퍼져 나가고 있었고, 피를 많이 흘린 탓에 정신마저 오롯이 잡히지 아니했다. 만약 이 상태가 유지 된다면, 피 냄새를 맡은 산짐승들이 언제 어느 때 튀어나올지도 모르는 일이었다. 그러나 이럼에도 머릿속을 채우고 있는 것은,

"전하가 없어서 다행이다. 그렇지 않느냐?"

말 덕분에 자리를 피하게 된 진원에 대한 걱정뿐이었다.

하, 도겸의 잇새에서 헛웃음이 흘러나왔다.

"이럴 때도 전하를 찾으시다니요. 참 태평한 소리입니다."

"자, 이제 어찌 한다. 활이나 검은 다 말에 지고 있었고, 그놈들이 도망가 버렸으니……. 남은 건 이 단도밖에 없구나. 자결이라도 해야 하나?"

"저하. 제발 좀. 좀!"

"알았다. 닥치고 있겠다."

재민은 입술을 꽉 다물며 고개를 숙였다.

말은 이리 가볍게 해도, 그의 마음속은 엉망진창이다 못해 너덜너덜 찢어진 상태였다. 죽음. 그 가깝게 다가온 흔적이 그의 발을 따라 차츰차츰 기어 올라오고 있었기 때문이다.

"저놈들은 화살도 많이 챙겨왔네. 염병할."

그리고선 느릿하게 눈을 감는다. 후우, 후우…… 깊은 고통에서 비롯된 숨이 가쁘게 올라왔다.


이때에, 진원은.

"느려 터져가지고. 왜 오지 않는 거냐."

어느새 진정된 말의 갈기를 쓰다듬으며 자신이 달려온 길 너머를 바라보는 중이었다.

그리 멀리 오지 않았다. 이놈이 단순히 경기를 일으킨 것뿐이라 그리 먼 길을 달려온 것이 아니란 말이다. 한데, 아무리 기다려도 재민과 도겸의 모습이 보이지 않았다.

"몰래 쉬고 있는 건가."

진원은 입술을 비죽이며 중얼거렸다. 하긴. 재민의 얼굴이 꽤나 파리하긴 했지. 힘들어 보이긴 했어.

"어쩔 수 없지. 다시 가자꾸나."

원은 다시금 안장에 앉으며 고삐를 부여잡았다. 자신도 다시 돌아가 그들과 함께 있을 심산이었다.

한데, 한데…… 이게 무슨 상황인가.

진원은 재빨리 나무 뒤로 몸을 숨긴 채 목하 벌어지는 상황을 이해하고자 노력했다.

수풀 너머에서부터 쉴 새 없이 화살이 쏟아지고 있었다. 그 살이 닿는 곳은 오직 한 곳. 그곳은,

"형님……? 도겸?"

재민과 도겸이 숨어 있는 쪽이었다.

젠장할! 원은 미간을 짙게 찌푸리며 머리칼을 쓸어 넘겼다. 식은땀이 줄줄 흘러나온다. 목과 팔과 손과 아니 모든 몸에 땀이 주르륵 흘렀다. 이는 불안감, 그리고 공포에서 비롯된 현상이었다.

진원은 화살통을 조심스럽게 빼들었다. 사격에는 영 젬병이었으나, 이러한 상황에서 칼을 빼들고 달려갈 수는 없는 노릇.

후우, 원은 심호흡을 뱉으며 시위에 살을 고정하여 수풀 너머로 겨냥했다. 저곳에는 분명 두 명 이상의 사람이 실재하리라. 어느 누구든 한 명만 맞추어야 한다.

피융!

"윽!"

진원의 손을 떠나 밤을 찢으며 날아간 화살이, 누군가에게 박힌 듯, 아니 스친 듯. 신음소리가 금수의 울음소리를 대신했다.

익숙한 목소리. 진원의 눈이 점점 커지기에 이르렀다.

"정…… 현?"

원은 믿기지 않는다는 듯 두 눈을 데굴데굴 굴리었다. 이미 어둠에

적응된 눈, 몇 번을 비벼보아도 눈앞에 보이는 것은 허상이 아닌 실재였다.

저놈이 대체 왜? 아니, 목하 무슨 짓을 하고 있는 것인가? 감히, 감히 환조의 자손을 해치려 하는 것인가? 제 혈육을?

아— 원의 열린 입술을 통해 기함 소리가 흘러나왔다. 믿기지 않는 현실에 대한 한탄이었다.

그때에, 이번에는 원을 향해 화살이 날아왔다. 원은 재빨리 나무 뒤에 몸을 숨기며 머리를 정리하고자 노력했다.

"전하! 거기 계십니까?"

도겸의 목소리였다. 그리 멀지 않은 곳이었기에, 원은 손짓으로 대답을 대신했다.

빌어먹을, 빌어먹을! 여기가 어디라고. 아니, 내가 감히 누구라고! 이 일을 아바마마께서 알게 된다면……! 아니, 아바마마조차 모르게 만드려는 것인가. 모두를 죽여, 아바마마께 갈 수 없게 만드려는 것인가.

후우, 원은 차오르는 숨을 가라앉히며 두 눈을 바로 떴다. 작금 중요한 것은 이곳에서 살아 나가야 한다는 사실이다.

그러나, 할 수 있는 것이 없었다. 화살은 쏟아지듯 내리 부어지고 있었고, 이 와중에 도겸과 재민은 부상을 입은 듯 보였다. 근접전이 아니기에 더 어찌할 방도가 없는 것이리라. 도저히 손을 쓸 수 없는 상태. 속수무책으로 당할 수밖에.

원은 두 눈을 질끈 내려 감았다. 마음 한 구석에는 죽음에 대한 공포가 자리 잡고 있었고, 더불어 자신이 이 사태를 만들었다는 죄책감이 피어오르고 있는 중이었다.

"저하. 좀 괜찮으십니까?"

"안 괜찮아. 아파."

재민은 칭얼거리듯 말하며 감았던 눈을 올려 떴다. 머리를 찌르는 이명이 귓가를 맴돌았다. 화상을 입은 것처럼 뜨겁기만 한 고통이 온몸을 잠식하고 있었다.

"전하가 오셨습니다."

"뭐?"

재민의 눈이 번뜩 떠졌다. 전하가 왜? 여기가 어디라고 와? 먼저 가 있는 게 아니었어? 재민은 황급히 도겸이 가리키는 쪽으로 시선을 던진다. 그곳에는 자신들과 다름없이 궁지에 몰려 있는 진원이 존재했다.

"……젠장맞을."

재민은 처음으로 욕지거리를 내뱉었다. 이는 자신의 목숨보다도 소중한 진원이, 하나뿐인 동생이 저리 사지에 몰려 있다는 사실에 대한 충격, 그리고 진원의 목숨을 잃을 수도 있다는 두려움에서 비롯된 것이었다.

"예상에 없던 일인데. 죽을 거면 우리 둘이 같이 죽으면 되었는데."

"저는 죽기 싫습니다만, 저하?"

"물론 나도 죽기는 싫다. 하지만 전하가 죽는 것보다는 낫지."

"참으로 대단한 우애이십니다. 하."

도겸은 깊은 한숨을 내뱉으며 고개를 절레절레 흔들었다. 이 긴박한 상황에서, 당장 죽을 수도 있는 이러한 상황에서 제 동생만을 걱정하는 재민이 고까웠던 모양일까. 아니, 자신 역시 같은 마음이다. 저는 어떻게 해서든 진원과 재민을 지켜야 할 몸. 도겸은 허리춤에 두었던 단도에 손을 대었다.

저들이 나오기만 한다면, 거리가 좁혀지기만 한다면 당장 달려가리라. 달려가 숨통을 끊어놓으리라!

"너. 그 발로 움직일 수는 있냐?"

"예?"

재민은 도겸의 허벅지를 주시했다. 피가 흐르다 못해 철철 넘치고 있는 그의 다리. 이미 새파랗게 질려 생기를 잃은 모습이다.

"움직여 봐."

재민의 말에 따라, 도겸은 오른 다리에 힘을 주었다. 그러나 다리는 움찔거리기만 할 뿐 온전히 움직이지 않았다. 도겸의 눈동자가 문득 흔들렸다. 그의 숨에 가쁜 떨림이 묻었다.

"치료하면 돼. 괜찮아. 걱정 마. 지금 놀라서 다리가 안 움직이는 걸 거야."

재민은 도겸의 머리칼을 쓰다듬어주며 말했다. 그리고 재빠른 손짓으로 도겸의 허리춤에 있던 단도를 빼낸다.

"화살이 좀 멈췄어."

재민의 말에, 도겸은 격동하던 가슴을 겨우겨우 갈무리하며 나무 바깥으로 고개를 내밀었다. 아까 전만 해도 물밀듯 쏟아지던 살이었는데, 지금은 공격이 아닌 다른 행위를 하고 있다는 것처럼 살의 수가 줄어들었다.

"도겸아."

"네, 저하."

도겸은 바깥으로 던졌던 시선을 되돌려 재민을 바라보았다. 그의 얼굴은 어쩐지 흔들리고 있는 것 같았는데……. 문득, 재민의 볼 어귀에 검은 그림자가 서렸다.

"너만이라도 살아."

"……예?"

"원이를, 지켜줘."

"저…… 하?"

재민의 의도를 채 알아차리지 못한 도겸이 반문하는 그 순간, 재민은 은신처였던 나무 바깥으로 뛰어나가기에 이르렀다.

"저하!"

도겸은 그를 향해 울부짖었으나 몸이 움직이지 않았다. 흙바닥을 긁으며 몸을 기어 보았으나 그마저도 역부족. 그저 재민을 바라보는 것밖에 할 수 있는 것이 없었다.


정현은 따라온 수하들에게 뒤를 지키도록 명한 후 진원을 향해 다가가는 중이었다. 날이 번뜩이는 장도를 손에 들고, 이를 이용해 진원의 목을 쳐내기 위하여.

하나 그를 막아선 것은 다름 아닌 재민이었으니.

"윽!"

재민은 정현 위에 올라 타 그의 멱살을 잡았다.

"이, 개자식 같으니라고!"

통증으로 일그러진 팔이었으나 분노에 가득 찬 그는 개의치 않았다. 오직 머릿속을 채우는 것은 진원을 지켜야 한다, 자신만이 진원을 지킬 수 있다는 생각, 그뿐.

그러나,

"형님!"

매지구름이 걷힌다. 영롱한 달빛이 천, 천, 히 드리워진다. 이는 눈물로 얼룩진 진원의 얼굴을, 고통으로 일그러진 도겸의 얼굴을, 그리고 날아온 화살에 어깨를 관통당한 재민을 비추었으니……

"빌어 처먹을 자식. 감히 내게 손을 대?"

정현은 제 밑에 쓰러져 나뒹구는 재민을 발로 짓밟기 시작했다.

윽, 재민의 잇새에서 고통에 잠식된 신음이 계속해 흘러나왔다.

재민을 구하고 싶었다. 당장 뛰어나가 정현을 밀어내고 재민을 그러안고 싶었다. 하지만, 정현을 비호하여 그 누구도 튀어나오지 못하게 만드는 화살 때문에 그리할 수가 없었다.

"하, 하하! 하하하!"

정현은 섬뜩한 웃음을 흘리며 고개를 쳐들었다. 하늘에서 내리쬐는 것은 오직 새하얀 달빛이건만. 왜 지면에 닿는 것은 새빨간 핏물인가.

"허억, 헉…… 하…….'"

재민은 웅크린 채로 꿀렁꿀렁 피를 토해냈다. 이는 다시금 날아온 화살이 재민의 등허리에 꽂혔기 때문이다.

"진원! 네놈 때문이다! 당장 죽여 버릴……!"

"도, 도망가! 당장!"

재민은 마지막 힘을 짜내 정현의 발을 붙잡았다. 정현의 왼발에 매달리다시피 해 그의 걸음을 제지한다. 쿨럭, 쿨럭, 재차 새빨간 피를 내뿜고……. 자신의 피로 인해 정현의 바지 자락이 젖어 들어가는 것을 바라본다. 그때에, 재민. 그는 스스로 느낄 수 있었다. 길지 않았던 삶, 오롯이 끝내게 된 때가 온 것이노라고.

진원은 숨을 내쉬는 것조차 잊은 채 재민에게 시선을 고정하고 있다. 모든 것이 꿈이었으면. 이 모든 것이 사실이 아니었으면. 애써 부정하고 부정하였지만, 이는 역시나 가없는 부정이었을 뿐.

그 순간. 어찌 된 영문인지 날아오던 화살비가 갑자기 멈추었다. 이때를 놓치지 않고 도겸이 튀어나왔다. 지금이 마지막 기회라고 생각하였는지 온 힘을 다해 다리를 움직였다.

하나 그는 재민에게로 달려가는 대신, 진원의 허리를 붙잡았다.

"전하!"

도겸 역시 알아챈 것이리라.

재민에게는, 더 이상의 삶이 없다는 사실을.

"이게 무슨 짓이냐! 놔라!"

진원의 울부짖음에도 불구하고, 도겸은 진원을 그러안으며 재빨리 말에 올라탔다. 고삐를 부여잡는다.

히이힝―! 말의 울음소리가 들리고,

"형님!"

진원의 울부짖음이 차차 멀어져가기에 이르렀다.

순식간에 일어난 일이었다. 눈 깜짝할 새, 사라져 버린 진원과 도겸.

아, 아아―

"악!"

정현은 제 머리칼을 쥐뜯듯 움켜잡으며 거친 울분을 내뱉었다.

염원하던 일이었다. 진원의 목숨을 제 손으로 끝내는 일이, 꿈에 그리고 기리던 것이었다. 하나 성공하기 일보 직전, 눈앞에서 놓친 터. 그렇기에 그의 허망함은 배로 큰 것이었다.

"이, 이……!"

분기에 의해 말도 곧이 나오지 않는다는 듯, 정현은 새빨개진 얼굴로 울부짖음을 내질렀다.

형님, 형님…… 진원의 그 외로운 외침이 희미해졌다.

그때에,

"이제…… 만족하느냐?"

정현을 잡고 있던 재민의 팔에 힘이 풀렸다. 널브러지듯, 바닥에 쓰러지는 그. 쿨럭, 쿨럭, 계속해 피를 내뿜는다. 그의 하얀 옷과 하얀 얼굴과 하얀 몸은 이미 피로 인해 새빨갛게 물들은 상태이다. 그 모습이 가히 사자(使者)와도 같아 보여, 정현은 문득 몸을 떨 수밖에 없었다.

"쿨럭…… 어찌하느냐. 네놈이 원하던 것이 이루어지 않아서."

"이……! 개자식! 악! 아악!"

정현은 재민의 몸을 발로 짓밟으며 고래고래 소리를 내지르기에 이르렀다. 그러나 재민은 요지부동, 신음조차 내지 않는다. 이 상황을 온몸으로 받아들일 뿐, 저항하지 않는다.

"현…… 아."

그 부름에, 재민을 마구잡이로 짓밟던 정현의 발길질이 문득 멈추었다. 저놈의 마음에 남은 마지막 죄책감인 것일까? 재민은 찾아오는 어둠의 향을 맡으며 생각했다.

"그깟 황위보다 중요한 것은 사람 목숨인 것을."

그의 얼굴에 새하얀 미소가 서렸다. 이는 이 컴컴한 어둠 그리고 새빨간 바람을 잠재우는 것이었다.

"네 반드시 천벌을 받을 것이야."

냉랭하나 또한 처참한 목소리였다. 금방이라도 꺼질 것같이 사그라지고 있는, 그러한 음성. 재민은 올려 떴던 눈을 아주 느릿하게 내려 감았다.

"태위. 그쪽 어르신도 마찬가지입니다."

눈이 감기는 그 순간. 보이는 것은 오직 보름달뿐. 그리고 자신이 지켜낸 진원의 얼굴뿐.

살아줘서, 고맙다.

그렇게 영영 닿지 않을 말을 뱉으며, 재민은 그렇게 영영 눈을 감았다. 오직, 티 없는 새하얀 미소를 머금으며.


"놔라! 당장 형님께 가야한다는 말이다!"

진원은 도겸이 쥔 말고삐를 빼앗으며 외쳤다. 하지만 도겸 역시 고삐를 놓지 않는다. 히이힝, 말울음소리가 더욱 더 커져가고……. 결국 앞발을 들고 뜀박질을 멈춘 말이 그들을 세우기에 이르렀다. 하악, 하악…… 거친 숨을 내뱉는다.

"돌아가야 한다! 형님이 아직 있단 말이다!"

"전하! 제발!"

도겸은 결국 소리를 내질렀다. 이는 흡사 눈물이 섞여 있는 것 같았기에, 진원은 가쁜 숨을 쉬며 그의 터져 나오는 음성을 받아들일 수밖에 없었다.

"돌아가면, 어찌하실 생각이십니까? 얼추 보아도 궁수만 열댓이 되어 보이는데, 돌아가 무얼 하실 생각이십니까? 전하 역시 죽을 수도 있습니다!"

"하지만 형님이!"

"저하께서는 전하를 위해 희생하신 겁니다!"

푸드득, 나뭇가지에 앉아 있던 까막새가 날아간다. 쏴아아, 바람이 흩날리고…… 거친 모래가 공기 중으로 부유하기 시작했다. 그 모든 것들이 휘몰아칠 때. 오직 꼿꼿한 것은 도겸이라, 그의 마음이라.

"당장 황실로 돌아가야 합니다. 이 모든 일을 낱낱이 밝혀 죗값을 치르게 만들어야지요!"

"……."

"저하는 이미 운하셨습니다."

그는 고개를 내둘렀다. 숨을 크게 들이마시며 역시 격동하는 마음을 가라앉히고자 노력한다.

원은 눈을 질끈 내려감았다. 온몸에 이는 떨림이 도무지 멎을 생각을 하지 않는다. 냉기만이 가득한 손끝을 오므리며 애써, 정말 애써 울분을 꾹꾹 누른다. 그러나 그때.

"겨, 겸아."

원의 시야에 들어온 것이 있었으니.

"다리가……."

새빨간 핏물. 이는 도겸의 허벅다리에서부터 흘러나오는 것이었다.

"저는 신경 쓰지 마십시오. 괜찮습니다."

"얼른 지혈이라도 해야 하지 않겠느냐! 보아라. 피가 이리도 많이 나지 않……."

"괜찮습니다!"

도겸은 또다시 외쳤다. 자신 역시 알고 있는 것이리라. 이 상처는, 이미 치료하기에는 너무 늦었다는 것을. 하여 이깟 것에 시간을 뺏길 바에는,

"빨리…… 빨리 가야 합니다. 황실로……."

당장에 돌아가 이 끔찍한 일에 대한 밀고를 해야 한다고. 그는 그리 말하며 눈을 내려 감았다. 곧이어, 툭 쓰러지는 그의 몸. 원은 그때까지도 이 모든 상황을 가만히 지켜볼 수밖에 없었다.

뼈에 사무치도록 다가온 무력감. 그리고 자신의 우매한 선택에 대한 후회, 죄책감.

꽉 쥔 주먹에 새파란 핏줄이 올라온다. 어느덧 몸을 잠식했던 떨림이 멎고, 그 전율이 사라진 자리에 새로운 감정이 새록새록 배어든다.

반드시, 이 패륜에 대한 죗값을 치르게 하겠노라고. 반드시, 형님의 죽음을 헛되게 하지 않겠노라고. 그는 그리 결심하며 다시금 말고삐

를 부여잡았다.

하나 그때의 진원은 몰랐으리라. 그 죗값을 치르게 하기 위해 수많은 시간을 지내야 한다는 사실을.

까막새 울음소리가 더욱 구슬프게 들려왔다. 이는, 곡소리를 대신하는 사자의 울음소리와도 같은 것이었다.

*

"……전하."

기찬의 목소리였다. 이는 진원의 끝없는 상념을 흐트러지게 해주는 것이었다.

진원의 몸이 문득 휘청거렸다. 투둑, 그의 힘이 들어간 발끝이 메마른 흙바닥을 내리 긁었다.

"괜찮으십니까."

기찬은 걱정스러운 말길로 되물었다. 진원은 그에 화답하듯 가볍게 고개를 끄덕였으나, 이는 정녕 '괜찮은' 것이 아님을 알 수 있었다. 진원의 파리하게 질린 얼굴이, 떨리는 몸뚱이가, 가쁜 숨이 '양호함'을 부정하고 있었다.

"찬아."

"네, 전하."

원은 기찬을 향해 몸을 틀었다. 그리고 그에게로 시선을 고정한다. 제법 그럴싸해 보일 만큼 안온한 얼굴이었으나, 기찬도 그리고 진원 그조차도 느낄 수 있었다. 진원의 마음은 작금 활화산처럼 들끓고 있다는 사실을.

"너는……."

그의 말끝에 물기가 담기었다. 물밀듯 찾아온 설움이라는 숨에 기찬은 자신도 모르게 이를 깨물 수밖에 없었다.

"내 허락 없이, 죽지 마라."

"……전하."

"아니, 내 허락 없이 나를 지키지 마라."

진원은 주먹을 바르쥐었다. 제 눈앞에 둥둥 떠다니는 환영을 떨치기 위해 고개를 수차례 흔들었지만, 본디 노력할수록 가까이 다가오는 것은 감정이요, 감각이니. 원은 허물어진 입매를 간신히 움직여 말을 띄웠다.

"넌 오직 너만을 위해 살아라. 날 위해서가 아닌 널 위해서."

그는 그리 말하며 슬그머니 웃었다. 유독 비린 향기가 그의 몸에서부터 흘러나왔다. 마치, 질척한 피와 같은 그러한 내음이.

"오늘은 형님이 보고 싶구나."

점멸한 빛처럼, 원의 얼굴 역시 빛이 사라졌다. 그리고 오직 남은 것은 어둠. 즉 분노뿐이었다.

※

달이 서산 너머로 떨어진 시각이었다. 침식하듯 새벽 기운이 하늘을 메웠고, 달님도 별님도 그 빛을 잃어 희미해지고 있는 참이었다.

자박자박, 발걸음 소리가 들린다. 이는 황실이 아닌, 제도에서 조금 떨어진 야산에서부터 들리는 소리였다.

자박자박, 분명 길이 험한 산중이건만, 걸음에 묻은 고고함은 변함이 없다. 나긋나긋하게 내딛는 발길에는 그 어떠한 머뭇거림도 있지 아니했다.

단향. 그녀의 달큼하고도 진득한 향기가 야산을 그득 메웠다.

그녀는 새벽녘, 김 나인을 몰래 두고 태위가 심어 둔 수하와 함께 이 산에 오른 터였다. 태위가 붙여준 사내이기에 다소 미덥지 않기는 하였으나, 어찌 되었든 여인 홀로 산을 오를 수 없으니. 또한 자신 홀로 '그들'을 마주할 수는 없으니. 하여 그와 함께 가는 것이었다.

어쩐지 기분이 이상했다. 이런 상황이 오면 희열에 가득 찰 줄 알았는데, 당장에 달려 가 그네들의 모가지를 쳐내려고 하였는데, 어쩐지 이상하다. 찝찝하고 또한 퀴퀴한 기분이다.

"후회하실 겁니다."

도겸의 말이 귓바퀴를 떠나지 않았다. 윙, 윙, 소리를 내며 귓가를 끝없이 맴돈다. 향은 애써 고개를 가로지르며 그 소리를 지우려 하였으나.

"정녕 복수를 하시면, 행복해지실 것 같습니까?"

향은 주먹을 바르쥐었다. 식은땀이 찬 터에 손끝에 물집이 잡힐 만큼 축축했다.

도겸의 질문에 절대 그러지 아니할 것이라고 단언하였건만. 왜…… 왜 이리도 마음 한구석이 가라앉는 것일까. 마냥 기쁘지 않은 상황. 향은 제 스스로가 허탈하다는 듯 실소를 내뱉었다.

어느덧 당도한 고방. 사내의 손길에 따라 끼이익, 문이 열렸다. 삐걱삐걱, 발을 내디딜 때마다 썩은 나무의 소리가 들려왔다.

고방 안은 지극히도 컴컴했다. 일출의 붉은 빛이 단 한 점도 들어오지 않는, 그러한 어둠과 고요에 잠식된 곳. 그러나 향은 기탄없는 걸음을 해 안으로 들어가기에 이르렀다.

"……."

향의 걸음이 문득 멈춘다. 이는 꽁꽁 묶여 신음만을 내뱉고 있는 두 명의 인영을 눈에 담았기 때문이었다.

문득, 막을 수 없는 조소가 피어올랐다. 입술이 찢어지도록 피어오른 그 웃음에, 향은 제 마음 속의 얼룩이 차차 지워지고 있음을 깨달았다.

그래. 이를 바란 것이었다. 이렇게도,

"향……! 빌어먹을 계집년!"

처참한 광경을.

아, 향은 제 입을 가리며 더욱 큰 웃음을 내짓기에 이르렀다. 그 모습이 참으로 괴괴하고 흉흉하건만. 작금 호의 중전은 그러한 향의 모습이 겁먹은 것이리라 판단했던지,

"네년이 한 짓이었더냐? 하! 당장 이를 풀지 못할까! 내 대왕께 이를 말할 것이야. 네년이 한 것이라고! 네년이 우리를 사지에 내몰았다고! 하니 네년의 모가지를 쳐버리라……!"

"여전히 말이 많으십니다, 중전 마마."

"단향!"

"아직도 사태 파악이 안 되시나 봅니다."

향은 나긋하게 말하며 중전에게로 다가갔다. 두 손과 두 발이 묶여 있고, 고왔을 게 분명한 옷은 먼지 투성이가 되었으며, 그간 물조차 먹지 못했는지 꽤나 초췌하고 허름한 모습이다.

"범이 없으니 여우가 날뛴다고, 제가 없는 궐에서 꽤나 많은 일들을

하셨다 들었습니다."

향은 제가 들었던 풍문들을 하나씩 머릿속에 끄집어내며 말했다.

중전의 친인척들이 궐을 장악했다더라. 대왕은 허수아비가 되어 영의정에게 권력을 빼앗긴 상태이고, 함부로 상참(常參)조차 할 수 없게 그리 대왕을 가둬놓았다더라.

백성들의 피가 되는 식량과 금전을 모두 제 배로 채워 넣고, 그 원성이 하늘을 찌르나 그 하늘마저 손바닥으로 가리고 있다더라.

하여 좌의정이 일을 벌였던 것이었다. 적의 황제에게, 호의 권력을 줄 터이니 부디 단향을 지탱해 달라고. 그러하여 호를 중전의 마수에서 구해 달라고.

이를 모를 줄 알았더냐. 빌어먹을 계집년.

향은 목구멍이 따끔따끔해지는 기분을 느낄 수 있었다.

"아바마마께 가신다고요."

중전은 아무런 대답도 할 수가 없었다. 겁을 먹은 탓일까. 자신을 금방이라도 집어삼킬 듯 아가리를 벌리고 있는 향의 모습에, 꼴깍 마른침이 그네의 목구멍을 따라 찐득하게 내려갔다.

"제가 언제."

"악!"

향은 중전의 머리채를 잡아들었다.

"마마를 보내 드린다 하였습니까."

그네의 찢어진 눈매에서 흘러나오는 것은 명백한 살기. 그리고 일말의 자비도 없을 본성뿐.

중전은 가쁜 숨을 몰아쉬었다. 제 옆에서 눈물을 와락 흘리고 있는 딸 따위는 눈에 들어오지 않는 터였다. 오직, 살아야한다는 그 헛된 희망에 사로잡혀 있을 뿐.

"있지 않습니까, 마마. 소녀는 궁금한 것이 많사옵니다."

향은 그런 중전을 팽개치듯 내려놓으며 의자에 앉았다. 그녀가 앉자마자 부연 먼지가 부유하듯 솟아올랐다. 그 희뿌연 시야를 바로세우며, 향은 고개를 삐뚜름하게 젖혔다.

"아바마마의 탕약에 독을 넣은 것이 정녕 제 어미였습니까?"

칠 년 전 이야기이다. 그러나 향에게 있어서 비단 칠 년 전의 이야기가 아니었다.

바로 어제 일어난 일처럼, 바로 오늘 일어난 일처럼 끔찍하게도 생생한 기억. 향은 엷은 웃음을 띠우며 고개를 세웠다.

"……아, 아니다. 윤 씨가 한 것은 아니었어."

"하면, 누가 그러하였습니까? 아아, 아니. 물을 필요가 있나요. 마마가 한 짓이었겠지요."

중전은 침묵했다. 그 침묵이 긍정임을 누구보다 잘 알고 있을 터. 향은 몸을 앞으로 숙이며 중전과 더욱 가까이 눈을 마주했다.

"또한 하면, 어마마마를 죽이라 사주한 것은 누구였습니까?"

"그, 그건……!"

"대답 잘 하시지요. 그 답에 따라 이곳에서 멀쩡히 빠져나가느냐, 이 곳을 무덤으로 쓰느냐가 결정될 테니까요."

향은 중전의 턱 끝을 손가락으로 들어 올리며 눈을 번뜩였다. 그네의 잇새에서 지독한 향이 흘러나온다. 분명 고귀하고 청연한 향이었으나, 그 끝이 명백하게 보이는 그러한 향이었다.

하아, 중전은 가쁜 신음을 내뱉었다.

"내가…… 하였다."

"좋은 대답이었습니다."

원하던 대답을 들은 향은 빙그레 웃으며 손을 되돌렸다. 그리고 느

굿하게 몸을 일으킨다. 빳빳하게 펴 있는 어깨는 마치 자비심을 담은 것처럼 보였으나,

"악!"

이는 착각이라는 듯. 향은 거침없는 발길로 혜령의 어깨를 짓누르기에 이르렀다.

"려, 령이 만큼은 건들지 마라! 호, 호의 하나뿐인 공주가 아니더냐!"

"저 역시 하나뿐인 공주였습니다, 마마. 마마 덕분에 이 모양 이 꼴이 되었지만요."

향은 여전히 혜령의 어깨를 짓누르며 청량하게 대답했다.

소맷자락을 올린다. 어깨에서부터 팔꿈치까지 내려오는 거뭇한 피부. 이는 칠 년 전 제게 뜨거운 물을 부은 혜령 탓에 생긴 화상 흉터였다.

"이 흉터, 기억하고 계시지 않습니까?"

이는 단순히 피부에 생긴 흉이 아니었다. 이는 마음의 흉이 되었고, 더 나아가 기억의 흉이 되었으니. 향은 걷었던 소맷자락을 내리며 혜령의 뺨을 쓰다듬었다.

"마, 마마……."

"마마라니요. 위대하신 호의 공주께서 어디 하찮은 옹주에게 그런 말을 하십니까."

향의 입술에는 분명한 미소가 걸려 있건만. 혜령 역시 느낄 수 있었다. 제게 가까이 다가온 죽음의 향을. 그 잊지 못하는 향을.

"사, 살려주십시오. 살려주세요. 제, 제가 잘못하였……."

"기억하고 계시지요?"

혜령은 코끝까지 차오른 눈물을 겨우겨우 삼켜내며 고개를 끄덕였

다. 그럼에도 주르륵 흘러나오는 것은 애통이요 억울함이요 분노이니. 이를 향이 모를 리 없었다.

"꺄악!"

단말마의 비명이었다. 그래. 순식간에 벌어진 일이었다.

중전은 제 눈앞에 보이는 상황을 믿지 못하겠다는 듯, 두 눈을 질끈 내려 감았다. 다시금 올려 뜬다. 그럼에도 보이는 것은 변함이 없다.

혜령의 손은 지면과 밀착되어 있다. 정확히 말하면, 단도(短刀)에 의해 손이 관통되어 지면에 꽂혀 있다.

헉, 허억…… 혜령의 변칙적인 신음 소리가 고방을 그득 채웠다. 그리고 그네에게서 흘러나오는 꿀렁꿀렁한 피가 또한 고방을 채웠다. 더욱이 가까이 찾아온 죽음의 향. 그 끔찍한 내음이란!

중전은 제게 다가오는 향을 바라보며 주춤주춤 몸을 뒤로 뺐었다. 그러나 언제나 끝은 있는 법. 벽으로 내몰린 중전은 결국 눈물을 터뜨리기에 이르렀다.

"마마는 어찌 해드릴까요."

그 질문은 마치 사자(使者)의 마지막 말인 것만 같이 느껴져. 중전은 애걸하듯 무릎을 꿇으며 향의 앞에 머리를 조아렸다.

"사, 살려다오. 살려다오. 내, 내가 죽을죄를 지었다. 제, 제발 살려다오. 응? 향아. 응?"

"저희 어머니도 그리 말씀하였었는데 말입니다."

"제발, 제발. 내, 내가 잘못했다. 응? 요, 용서해다오."

그 말에, 향은 웃을 수밖에 없었다. 그래. 한참을 웃을 수밖에 없었다. 용서라니. 용서라니. 내 어찌 천륜과 인륜을 어긴 계집을 감히 용서할 수 있겠느냐.

향은 또다시 웃었다. 이는 분명히도, 서글픔에서 비롯된 조소였다.

"제가 이런 일을 벌이지 않았다면, 마마께선 사죄 따위 하지 않으셨겠지요."

"아, 아니다. 햐, 향아. 내가 잘못했다. 죽을죄를 지었어. 평생 뉘우치며 살 터이니……!"

"차라리 애초부터 머리를 처박지 그러셨습니까."

향은 고방에 들어온 순간부터 자신에게 내리박히던 중전의 눈살을 떠올렸다.

지금도 마찬가지다. 말로는 용서를 구하고 있으나 저 눈만큼은 지독한 독기로 가득 차 있다.

차라리, 처음부터 용서를 빌었더라면. 그래, 오늘만큼이라도 모든 것을 버리고 제 발밑에 매달렸더라면,

"제 마음에 숨어 있던 어린 제가 흔들렸을 수 있었을 텐데."

티끌만큼 남은 마음을 끄집어내 용서했을 수도 있는 것을.

향의 눈이 황량하게 굳어갔다. 메마를 대로 메마른 그 눈빛, 얼굴, 음성이란. 설핏하게 스쳐지나가는 추악함이 그네의 모든 것을 새빨갛게 물들이기 시작했다.

향은 몸을 틀었다. 그리고 울고 있는 중전과, 고통에 몸부림치는 혜령을 두고 재빨리 고방을 나섰다.

"……어찌할까요."

이는 태위의 수하가 내뱉은 말이었다.

"어찌하긴 뭘 어찌하는가."

건장한 사내의 숨통을 옥여 죄듯 날카로운 음성이었다.

"이대로 살려 보낸다면, 태위께서 저들을 잡아온 것을 호에서 알게 될 터인데."

"……."

"그리하면 태위께서 곤란해지지 않겠나?"

향은 그리 말하며 걸어왔던 길을 되돌아 걸어갔다. 역시나 나긋나긋하여 고고함이 묻은 발걸음이다.

문득, 산 너머를 바라보니 일출이 시작되고 있었다. 검은 밤은 찢어지고, 그 너덜너덜해진 자리에 새빨간 물감이 스며든다.

그리고 향의 뒤편에서도 새빨간 물감이 치솟기 시작했다. 그 피칠갑을 한 화마(火魔)는 하늘 높이 상승하여, 결국엔 검은 연기와 함께 장렬히 산화하였더란다.

❀

황후의 상례가 끝난 지 어언 열흘. 백성들의 통곡 소리가 차차 잦아갈 때 즈음, 황후를 시해한 죄인을 가려내기 위한 편전이 열렸다.

북을 기준으로 왼쪽에는 정(正)의 대신들이, 오른쪽에는 종(從)의 대신들이 서 있다. 매우 이례적으로, 문화시중, 중추원의 모든 관료와 육부의 상서들, 거기다 삼공의 태위와 이황자까지 참석한 자리이다.

때문에 편전의 자리가 마땅치 않아 그들은 뜨거운 태양이 내리쬐는 황도에 서 있었다. 모두가 상복을 입고 있는지라 몸뚱이는 물론이요, 얼굴에서도 조알만 한 땀방울이 뚝뚝 떨어지는 것은 당연한 일이었다.

오시(午時)가 넘어가건만, 황제는 입어(入御)하지 않는다. 뜨겁고 끈적한 여름의 기운이 쉴 새 없이 밀려온다. 대신들 모두의 얼굴에 짜증스러움이 얼룩덜룩 배어들기 시작했다.

그때, 황제의 입어를 알리는 내관의 목소리가 들려왔다. 동시에 한

담을 나누던 대신들의 입이 조가비처럼 꾹 다물어진다. 무릎을 꿇고 용상에 앉는 황제에게 예를 표한다.

오늘의 편전은 적나라 개국 이래 가장 큰 죄를 지은 죄인을 가리기 위해 만든 자리이다. 때문에 대신들의 입은 쉽사리 열릴 생각을 하지 않았다. 혹여 말을 잘못 꺼냈다간 저에게 피해가 올 성싶어서이다.

"······신 병부상서 태세록, 폐하께 올릴 말씀이 있나이다."

용상에 앉아 산더미같이 쌓여 있는 공문을 바라보고 있던 황제의 눈썹이 실룩였다.

"말해보라."

"작금의 사변은 절대로 묵과하여 넘길 일이 아니라 사료되옵니다. 나라의 어머니가 시해를 당하였고, 그 죄인이 명확함에도 불구하고 죄인에 대한 벌이 확정되지 않았사옵니다. 이는 대행 황후의 억울한 붕어에 대한 예가 아니옵니다. 때문에 폐하께옵선 한시라도 빨리 죄인에 대한 형벌을 강구하셔야 할 것입니다."

"신 호부시랑 덕청, 저 역시 병부상서를 이어 폐하께 간청 드리옵니다. 부디 윤허하여 주시옵소서."

병부의 상서, 그리고 호부의 시랑. 그들은 모두 정현의 뒤를 지키고 있는 수하들이다. 황제와 가장 가까운 자리에 서 있는 정현의 얼굴에 비릿한 일소가 스쳐 지나간다.

반하여, 황제의 얼굴은 점점 일그러진다. 경필을 잡고 있는 손이 명백하게 떨린다. 그는 무슨 생각을 하고 있는 것일까. 점점 베일을 벗는 역력한 노기에 대신들은 재차 입을 다물고 시선을 피한다.

그때.

"신 예부상서 혜단민, 폐하께 아뢸 말씀이 있나이다."

"······말해보라."

"양제자가께서 죄인이라는 말은 앞뒤가 맞지 않다 사료되옵니다."

혜단민의 말에 형부시랑과 좌첨의중찬, 판중추원사 모두가 고개를 끄덕인다. 황제는 그것을 놓치지 않고 보고 있다.

진원. 어느새 이리 세력을 키웠던 것인가? 의중찬과 추원사 모두 정현의 손을 잡고 있던 이가 아니었던가?

황제의 입가에 언뜻 미소가 서린다. 그러나 금세 사라진다. 정녕 무슨 생각을 하고 있는 것인지 도무지 알 수가 없다. 혜단민의 목청이 재차 트인다.

"작금 양제께서 옥에 있는 까닭은 양제의 나인이 죄를 실토했기 때문입니다. 하나 그 나인은 예선당에 들어온 지 달포도 지나지 않은 여인입니다. 까닭에, 이는 누군가가 양제에게 누명을 씌우기 위해 벌인 일일 수도 있다는 생각이 드옵니다. 하니, 실범이 확정이 될 때까지 더욱 조사를 해보아야 함이 마땅하다 사료되옵니다."

"그, 그것이 무슨 말인가? 그렇다면 누군가가 양제에게 죄를 미루었단 말인가? 허! 어찌 신성한 궐에서 그런 망발을 할 수 있단 말인가!"

"신성한 궐내에서 대행 황후가 시해되셨습니다. 모든 가능성을 열고 공정하게 조사를 해야 함이 마땅합니다."

작정을 하고 온 것이라는 듯, 혜단민은 덕청의 말에 달려들 듯 반박했다. 구구절절 맞는 말이었기에, 덕청은 애꿎은 마른기침만을 뱉으며 고개를 돌릴 수밖에 없었다.

황제는 또한 대답이 없다. 찾아온 깊은 묵언의 시간 위를 흐르는 것은 뜨거운 태양 볕밖에 없었다. 그뿐이다.

"태위, 그대의 여식이 아닌가? 그대의 사견이 궁금하군."

황제는 태위에게 시선을 돌리며 말했다. 삐뚜름하게 내리꽂히는 시선을 가감 없이 받아낸 태위는 이내 꼿꼿하게 허리를 세우며 잔기침을 내뱉었다. 그리고 저를 바라보고 있는 혜단민에게 보이지 않는 웃음을 지어준다.

"딸아이가 죄인이라면 죄를 받아야 함이 마땅하옵니다. 하오나, 제 딸아이가 죄인이 아닐 시에는……."

그는 노기를 여과 없이 드러내며 이를 으득 갈았다.

진원이 한울을 풀어줄 생각이 없다면, 내가 하면 되는 것이다. 내가 대신들과 힘을 합쳐 한울의 무죄를 밝히면 되는 것이다. 물론 정현의 죄는 밝혀내지 못할 테지만, 그것이 무슨 상관이더냐. 하나밖에 없는 딸이 달포 가까이 옥에 갇혀 있는데!

그의 주름진 눈매가 더욱 팽팽해졌다. 그 확연한 노기의 도달점은 정현과 그의 뒤에 있는 대신들이었지만, 또한 눈앞에 없는 진원까지 포함이 된 것이었다.

한울에게 누명을 씌운 정현이 죽일 듯 미웠다. 그러나 약조를 어기고 한울을 미끼로 자신을 옭아매는 진원은 더욱더 미웠다. 빌어먹을, 빌어먹을! 들리지 않는 욕설을 읊으며 눈썹을 치켜든다.

"딸아이에게 누명을 씌운 이를 찾아내, 감히 대행 황후를 시해한 실범을 찾아내! 사지를 찢는 형벌을 내려야 함이 마땅하다 생각하옵니다."

세월의 흔적이 역력한 잔주름 속에 파묻혀 있던 눈이 번뜩였다. 그 시선의 끝은 태위의 맞은편에 서 있는 정현이었다. 주시하는 눈빛 속, 형형한 살기가 그득하다.

"양제가 정녕 죄인이라면 양제의 사지를 찢어야 한다는 말이로군. 더불어 태위의 몸뚱이도 말이지."

"정녕으로 죄를 지었다면 벌을 받아야 함이 맞을 테지요."

정현의 비꼬는 말. 그리고 그를 받아치는 태위. 그들 사이에 팽팽한 기류가 흘렀다.

분명 오 년 전까지만 하여도 행을 함께했거늘, 이리 앙숙으로 틀어지게 된 사연은 무엇일까. 왜 태위는 정현이 있는 쪽으로 머리도 뉘지 않으려 하는 것이고, 왜 정현은 태위를 잡아먹지 못해 안달이 난 것일까. 그 연유는 정현과 태위, 그 둘밖에 알지 못하는 것.

그러나 황제의 입가가 바삭 굳는다. 정현과 태위를 번갈아 바라보는 그의 눈알에 실핏줄이 얼기설기 터져 올라왔다.

"반드시! 재민 형님의 복수를 할 것입니다. 그들을 형님의 묘 앞에 무릎 꿇게 만들 것입니다! 형님의 뒤를 따라, 사지를 찢어발길 것입니다!"

몇 해 전일까. 재민의 묘 앞에서 자신의 무력함을 탓하여 고개를 떨어뜨렸던 황제에게 고래고래 소리를 지르던 진원의 그 외침이 불현듯 떠올랐다.

그리하여 이런 일을 벌인 것이냐. 그리하여 이리 무모한 일을 벌인 것이냐.

황제는 두통이 이는 관자놀이를 꾹꾹 누르며 눈을 내리감았다.

휘이잉, 바싹 메마른 바람이 불어왔다. 모래바닥을 긁고 온 듯, 퀴퀴한 흙 내음이 가득하다. 콜록, 대신들은 마른기침을 뱉으며 고개를 가로저었다.

그 바람이 차차, 아주 느릿하게 가라앉을 때 즈음.

"강녕하셨습니까, 폐하."

익숙한 목소리가 들려왔다. 멀지 않은 곳에서 황제가 있는 쪽으로 천천히 걸어오는 진원의 목소리였다.

모두가 그를 바라보았지만, 오롯이 눈을 뜰 수 없었다. 화려한 태양의 밝은 빛이 그의 등 뒤에서 쏟아지듯 흐르고 있었기 때문이다.

탁, 탁. 진원의 발이 멈춘다. 양옆으로 서 있는 대신들의 가운데를 지나, 황제에게 가까이 다가가 허리를 깊게 숙인다.

"밀린 일이 있던 터, 늦게 참석하게 되어 송구하옵니다."

황제는 괜찮다는 듯 손을 들며 고개를 끄덕였다. 그에 빙긋이 웃으며 허리를 드는 진원. 그의 얼굴에 때 아닌 승리감이 묻어 있다.

저것이 무슨 뜻일까? 정현의, 그리고 태위의 가슴이 급작스럽게 요동쳤다. 꿀꺽, 마른침을 삼킨다.

"어찌, 죄인이 가려졌습니까? 얼굴을 보아하니 열심히 대담을 나눈 것 같은데 말입니다."

진원은 몸을 빙그르르 돌리며 대신들 하나하나와 눈을 마주했다. 정현과 시선이 닿았을 때는 언뜻 비소를, 그리고 태위와 시선이 닿았을 때는 온화한 미소를 내지었다. 그는 대체 무슨 생각이던가!

태위는 상복을 꽉 쥐며 눈을 달달 떨었다. 구겨진 상복처럼 그의 얼굴 또한 바스락 구겨졌다.

"하! 죄인을 가릴 필요가 있습니까? 옥에 있는 양제가 괜히 하옥된 줄 아십니까?"

"하하, 아직도 양제가 죄인이라 하는 사람이 있군요."

"양제가 죄인이 아니라면 누가 죄인이란 말입니까? 이미 밝혀진 사실이 아닙니까!"

진원은 정현의 분기에도 불구하고 귀를 후비며 태연한 미소를 내지었다. 어깨를 으쓱 올린다. 그리고 다시금 황제에게 몸을 돌려,

"폐하, 아뢰옵기 송구하오나, 소자 한 말씀 올려도 되겠습니까."

황제의 입이 떨어지기까지 기다린다. 마치 먹잇감을 기다리는 맹수의 모습과도 같다. 번뜩이는 붉은 눈, 붉은 머리칼, 마디마디에 서려 있는, 복수심.

"윤허한다."

황제의 목소리가 메아리가 되어 멀리멀리 울려 퍼졌다. 꿀꺽, 누군가가 찐득한 침을 모아 삼켰다.

뜨거운 대기 때문일까. 명치 부근에 맹렬한 아지랑이가 피어오르고 있었다. 역력한 긴장감. 그것을 종결시키는 것은.

"죄인은, 바로 이곳에 있습니다."

진원의 너무도 확고한 말이었다.

"거짓입니다!"

정현의 외침이 뜨거운 대기를 뒤흔들었다. 그의 씩씩거리는 분노가 황도에 그대로 흩뿌려졌다. 언제라도 달려들 수 있다는 양, 병부상서 등은 한 걸음 발을 내디뎠다. 그들의 이마와 목에는 퍼런 핏줄이 서 있다.

"어찌, 어찌 그런 흉한 말을 하실 수 있습니까! 이 편전에 죄인이 있다니요! 그렇다면 대신들을 의심하고 계시는 것 아닙니까!"

"증인이 있습니다. 증거 또한 있습니다."

덕청의 고함은 진원의 단언한 언사에 산산조각 부서졌으니. 진원의 입가에 바람처럼 뜨거운 일소가 서렸다.

"대행 황후께서 훙한 날, 옆을 지키고 있던 곤녕궁의 신 상궁이 대행 황후의 새빨간 피가 묻은 면포를 가져와 마지막 유언을 들었다 증언하였습니다. 황후께서 말씀하시길."

정현을 바라본다.

"독을 마신 날, 자신과 함께 있던 이가 차에 독을 넣었다…… 이리 말씀하셨다 하더군요."

모두가 침묵한다. 그리고 아주 천천히 시선을 돌린다. 시선의 끝은 파리해진 낯빛으로 몸을 바들바들 떨고 있는 정현이다.

그는 퍼렇게 질린 입술을 자근자근 씹으며 눈알을 굴리고 있었는데, 그 모습이 정녕 '죄인'의 모습인 것 같아 덕청은 물론이요, 그 외의 대신들은 한 걸음 뒤로 물러설 수밖에 없었다.

정녕 예상치 못한 일이다. 신 상궁의 증언이라니, 그네가 어마마마의 유언을 들었다니!

어마마마의 숨통을 단번에 끊지 않은 내 잘못인가? 승리감과 우월감에 취해 있던 나의 잘못인가? 아니면······.

"태자, 신 상궁이 태자를 찾아가 말을 한 것이냐?"

"아니요. 태자비에게 전해 들었습니다. 신 상궁이 황후께서 운하신 후 태자비를 찾아가 모든 것을 낱낱이 말했다더군요. 그 진술기재서가 여기 있나이다."

단향, 단향! 그 빌어먹을 계집 때문이다! 나의 잘못이 아니라, 그 찢어 죽일 태자비년 때문이다!

정현의 눈이 샐쭉해지더니 그에서 뚜렷한 살기가 흘러나오기 시작했다. 그것이 당도하게 되는 것은 진원도 아니요, 태위도 아니었으니, 저 멀리 있는 동궁이리라.

"모함입니다!"

정현은 마지막 힘을 짜내어 소리를 내질렀다. 모함이다. 그래, 모함이다. 정현은 얼굴을 축축하게 바꾸더니, 제 옆에 서 있는 덕청 등에게 애걸의 눈빛을 보냈다.

"폐하! 작금 황자 저하는 어머니를 잃은 슬픔에 몹시도 비통해하고 있나이다! 하늘이 보고 있고 땅이 듣고 있는데, 어찌 저하께서 그런 흉한 짓을 할 수 있단 말입니까! 무언가 오해가 생긴 것입니다. 황자 저하는 절대로 그러할 분이 아니옵니다!"

대사농승 사멸효의 말이다. 그에 대신들 여럿이 동의를 한다는 듯 고개를 끄덕였다. 진원은 때를 놓치지 않고 그 대신들을 바라본다. 정현의 뒤에 서 있는 이들을 가려내고자 하는 행동이다.

"오해라니요. 신 상궁의 증언이 있습니다."

"어찌 그런 허술한 증언으로 황자 저하를……!"

"그런 허술한 증언으로 양제를 핍박한 것은 누구입니까!"

진원의 때 아닌 고함에 대신들 모두가 눈을 휘둥그레 떴다. 고래고래 소리를 치는 진원의 이러한 모습을 처음 보았기 때문이다. 그러나 그들보다 가장 크게 놀란 것은,

'태자, 대체 무슨 생각을……!'

양제의 아비, 태위였다.

딸아이를 잡고 겁박하지 않았던가? 풀어주지 않겠다 으름장을 놓던 것이 아니던가? 한데, 손바닥을 뒤집듯 저리 말을 바꾸는 모습이 어쩐지 이상했다. 마음이 불안하다. 분명 저리하는 다른 이유가 있을 터인데……!

그때, 태위와 진원의 눈이 마주쳤다. 당황한 기색이 역력한 태위에게 진원은 눈인사를 보낸다. 하! 기가 찰 노릇이다.

진원은 재차 숨을 크게 들이마셨다. 눈을 깔고 있는 대신들에게 다시 한 번 고함을 내지르기 위해서였다.

"본디 나라에 사변이 생겼을 때에는, 법도에 맞게 죄인을 가려낼 생각을 해야지, 어찌 계집의 말 하나만 믿고 죄인을 확정지을 수 있단 말입니까! 그래요, 양제가 정녕 실범이라면! 황자 또한 실범이 되는 겁니다! 증언이 있으니까요! 증인이 있으니까요!"

그의 말은 틀림이 없었다.

그래. 단지 나인의 증언만으로 양제를 옭아맨 것은 잘못이라 할 수 있다. 그러나 이황자가 실범이라니? 자신의 어미를 죽였다는 말인가?

대사농승 등은 눈을 굴리며 정현을 바라보았다. 그러나 정현은 대답이 없다. 주먹을 꽉 쥐고 입술을 자근자근 깨물며 여과 없이 분을 드러낼 뿐.

"하오나, 저하는 대행 황후의 친아들이 아니옵니까. 황족된 도리로서, 그리고 아들된 도리로서 어찌 인륜을 어길 수 있단 말입니까! 분명 오해가 있는 것입니다. 폐하, 그리고 전하. 부디 여실히 살펴주시옵소서. 이는 저하께 너무도 큰 오명이옵······."

"'어찌' 인륜을 어긴다라······. 상서께서는 황자의 오 년 전 과오를 모르시나 봅니다?"

"태자!"

정현은 오 년 전 사변을 입에 담는 진원에게 달려들 듯 눈을 번뜩였다. 식은땀이 줄줄 흐른다. 온몸이 삽시간에 녹아내리는 기분이다.

"태자? 태자? 법도를 배우지 못한 게더냐? 감히 어느 안전이라 태자라 하였는가!"

"전하께서 말도 안 되는 소리를 자꾸 지껄이시니 하는 말이지요! 양제를 구하려 하시는 것입니까? 그래서 애먼 저를 물고 늘어지시는 겁니까? 하! 하늘이 노할 것입니다! 벌을 받아요!"

"목하의 그 말, 거울을 보고 그대로 읊으면 될 것 같은데 말이야. 하늘이 노하고 벌을 내릴 것은 바로 네놈이라고!"

쾅!

황제는 용상을 내려쳤다. 동시에 진원과 정현의 뜨거운 설전이 끊긴다. 모두가 황제를 바라본다. 분에 그득 차 몸을 퍼덕이며 떨고 있는 황제를 바라본다.

"입을 다물라."

그의 입술이 파들파들 떨린다. 입술뿐 아니라 얼굴이, 목이, 몸이, 모든 것이 떨린다. 분기일까? 아니면 슬픔일까.

"나라의 어미가 죽었다."

삽시간에 조용해진 황도. 그 묵언의 순간을 훑는 것은 어슴푸레한 저녁의 기운이었다.

"그리고 그 어미는 나의 부인이다."

아, 누군가가 홀연 탄식을 내뱉었다. 이 때문인가? 황제가 오늘 내 불쾌함을 오롯이 드러냈던 까닭이. 어쩐지 평소보다 훅 떨어진 기력을 보였던 까닭이. 이 때문이었던가.

"그대들은 나의 부인을 애도할 생각이 없어 보이는군."

아, 진원의 울대가 달싹였다.

그렇다. 황후는 황제의 후(后)이다. 사랑하지 않는다 하여도, 연정을 나누지 않았다 하여도, 그녀는 후였고, 황제의 안부인이었다. 어찌 되었든 서로의 마지막 일생을 함께 다독이며 살아갈 이들이란 말이다.

이러한 것을 염두에 두지 않았다. 생각조차 하지 않았다. 당장의 감정에 급급해서, 당장에 정현을 몰아낼 생각에 급급해서.

진원의 고개가 바닥을 향해 떨어진다.

"편전은 여기까지다. 내일, 같은 시각에 다시 열도록."

황제는 애통에 빠져 있는 진원을 바라보고, 또한 대신들과 속닥거리며 이야기를 나누고 있는 정현을 바라본 뒤 몸을 일으켰다.

황제의 발걸음이 어쩐지 무겁다. 그 속에는, 누구도 알지 못할 깊은 슬픔이 담겨 있는 듯싶었다.

태양은 어느덧 빛을 사그라뜨리며 서산 너머로 지고 있다. 아지랑이가 밀려 올라오던 황도는 차분하게 가라앉고 있었고, 대신들의 열전으로 인해 뜨거웠던 공기는 편전이 파함과 동시에 서늘하게 식고 있었다.

"그리고 그 어미는 나의 부인이다."

후, 원은 짧은 숨을 내쉬며 머리를 쓸어 올렸다. 깊은 상념에 취한 듯, 관자놀이를 꾹꾹 누르며 미간을 찌푸린다.

일을 급하게 진척시킨 탓이다. 아버지의 마음을 고려하지 못하였고, 그러했기에 이러한 변수가 생긴 것이리라.

정현을 끝낼 패가 아직 남아 있다. 그러나 이것을 공개할 수 있을까? 자신의 아들이 정녕 어미를 죽였다는 것을, 아버지 앞에서 당당히 고할 수 있을까?

요동치는 눈동자로 자신을 직시하던 아버지의 얼굴이 떠오른다. 슬픔과 분노가 혼합되어 말갛게 물기가 차오른 아버지의 눈을, 잊을 수 없다. 아아, 진원은 더욱 깊은 한탄을 내뱉으며 한 손으로 얼굴을 쓸어내렸다.

지평선 너머로 사라진 태양에서 마지막 불꽃이 피어올라 왔다. 밀려오는 어둠에 반하는 듯, 몸부림치듯 떨리는 빛발. 그것은 쏜살같이 날아와 진원의 모든 것을 환하게 만들었다.

후, 그는 눈을 천천히 내리감았다. 무엇을 빠뜨린 것일까. 무엇을 고려치 못한 것일까…….

이제껏 자신이 해왔던 모든 일들을 되새김질하며 자신만의 세계로 천천히 빠져든다. 그때.

"황태자 전하를 뵙습니다."

늙은 닭의 울음소리처럼 쭉 째진 목소리가 들려왔다.

태위. 원은 고뇌의 시간을 방해한 것이 불쾌하다는 듯 인상을 찌푸리며 그를 돌아보았다.

"평안하셨나이까, 전하."

"덕분에 매우 평안하였지요. 그대는 그간 두문불출하더니, 오늘은 어인 일로 궐에 나오셨습니까?"

"대사를 결정하는 편전이 아닙니까. 삼공인 제가 어찌 불참할 수 있겠나이까."

그의 말에 가시가 있다는 것을 알지 못할 진원이 아니었다. 그는 태위의 더욱 깊어진 주름을 바라보며 부러 빙그레 웃음을 내지었다.

"상궁의 증언이 있는 줄은 꿈에도 몰랐습니다. 그 중요한 일을 어찌 일러주지 않으셨는지……. 저는 전하께서 딸아이를 내치는 줄로만 알았지요."

원은 태위의 말을 곱씹으며 설핏한 비소를 내지었다.

작금, 태위 주변의 대신들은 진원을 약조를 어기고 양제를 내친 극악무도한 이로 판단하고 있을 터였다.

그리하여 진원은 극적인 상황에 그들의 앞에 나서 '양제를 내친 것이 아니다'라는 뜻을 내비친 것이었고, 더불어 '양제를 위한다'는 명목으로 정현을 몰아붙인 것이었다.

이는 다른 대신들에게 진원이 태위와의 약조를 어긴 것이 아니라는 걸 확실히 보여준 계기였고, 더불어 황태자의 작위를 그들에게 각인시키는 기회가 된 셈이었다.

지독히도 계산적인, 또한 지독히도 총명한 이. 황제의 재목에 더할 나위 없는 이라고 다른 대신들은 필시 판단했으리라.

원은 자신을 똑똑히 주시하고 있는 태위에게 재차 눈길을 돌렸다.

"대사농승의 표정을 보셨습니까? 병부상서의 표정은요? 호부시랑은 어떻고요. 하하, 똥을 먹은 듯싶던데 말입니다. 십 년 묵은 체증이 내려가는 것 같아 속이 시원하더군요."

"전하 덕분이지요. 전하께서 금일 편전에 참석지 않으셨다면……."

태위의 눈가가 슬며시 떨렸다.

그래. 판세는 자신의 쪽으로 넘어왔다. 이는 인정하고 싶지 않지만 진원이 자신의 작위를 이용해 힘을 실어준 덕분이리라. 빌어먹을.

태위는 저의 무력함이 뼈저리게 다가온다는 듯, 입술을 달싹이며 주먹을 세게 쥐었다.

"제 덕분이 아니라 태자비 덕분입니다. 태자비가 제게 상궁의 증언을 일러주지 않았더라면 저 역시 모르고 있을 일이었으니까요."

이는 태위와 단향의 거래를 암시하는 대목이었다. 단향이 원하는 것을 태위가 이루어주었으니, 단향 역시 태위가 바라는 것을 달성시킨 터. 태위의 주름진 눈가에 번뜩 빛이 맺혔다.

"……태자비마마께 큰 은혜를 입었습니다."

"그럼요. 은혜이지요. 뭐, 이미 갚은 은혜일 테지만요."

원은 입술을 비죽이며 말했다.

명백한 도발. 태위는 이를 묵과하지 않았다.

"하오나 소인. 전하께 감히 한 말씀 올리자면."

진원은 한쪽 눈썹을 들어 올리며 자신에게 다가오는 태위를 바라보았다.

"전하의 의중을 짐작치 못하겠습니다."

그의 누렇게 뜬 눈이 무언가의 빛으로 번뜩인다. 그것이 욕망에서 비롯된 것인지, 아니면 정녕 의문점에서 비롯된 것인지는 아무도 모를 일이었다.

"분명 전하께서는 저를 내치지 않으셨습니까. 딸아이를 홀로 두지 않으셨습니까. 그것이 불과 며칠 전이요, 짧은 시일 내에 이리 손바닥 뒤집듯 말을 바꾸시는 전하의 심중을 헤아리지 못하겠……."

"저 역시 태위의 의중을 짐작치 못하겠습니다."

진원은 태위의 말허리를 뚝 끊었다. 답을 할 수 없는 문에는 꼬리를 잡고 늘어지는 것이 옳은 처사일 터. 더불어 상대의 마음을 꿰뚫는 문을 하면,

"저를 황제로 추대해 권력을 독점하려 하는 것인지, 그대가 직접 황위에 오르고 싶어 하는 것인지 모르겠다는 말입니다."

"전하!"

이리 격양된다는 말이지.

원은 제 앞에서 무릎을 꿇고 머리를 처박는 태위를 보며 보이지 않는 실소를 내뱉었다. 예상과 너무도 잘 들어맞는 행에 나오는 웃음을 막을 수 없는 것이리라.

"어, 어찌 그런 흉한 말씀을 하시옵니까. 소인, 단지 딸아이를 위하는 마음에 대신들에게 합을 부탁한 것뿐이옵니다. 전하의 뜻에 반할 생각은 추에도 없었나이다."

"그렇기를 바라야지요."

원은 태위에게 손을 뻗으며 녹녹한 웃음을 지었다. 어디, 정곡을 찔린 기분은 어떠한가라고 말하는 것만 같다. 태위는 더욱 깊게 고개를 숙였다. 벌게진 그의 얼굴에서 분노의 기운이 여과 없이 묻어났다.

"오늘 힘을 써준 관료들에게 인사라도 전해야겠습니다. 아아, 그래. 저녁 즈음 동주궁으로 그들을 부르지요. 어찌, 괜찮겠습니까?"

빌어먹을. 태위는 퍼런 입술을 꾹 깨물며 숨을 참았다.

그래. 황태자는 이것을 원했던 것이다. 내가 한울을 빼내기 위해 안달이 나 수단과 방법을 가리지 않고 관료들을 모을 것이라는 걸 예상했으리라. 그리하여 내가 돈과 힘을 써 관료들을 모을 때까지 기다린 것이다. 그리고 그것을 낚아챌 기회만을 엿보고 있었던 것이다! 이, 빌어먹을 자식! 파렴치한 자식! 어찌, 어찌!

그러나 한낱 대신 주제에, 한낱 삼공 주제에 환조의 후손인 황태자의 뜻을 어길 수 있을까. 답은 생각지 않아도 나와 있는 것이었다.

"……예. 전하의 명을 어찌 어길 수 있겠나이까."

진원은 기분 좋은 미소를 지으며 고개를 끄덕였다. 그의 얼굴 뒤에 잠자고 있는 환조의 모습이 겹쳐 보인다 하면 그것은 착각일까.

"그럼 후에 뵙겠습니다. 한 명도 빠짐없이 부르도록 하시지요."

진원은 이를 바득바득 갈고 있는 태위를 뒤로한 채 콧노래를 부르며 걸음을 옮겼다. 아직도 향이 배어 있는 옷자락을 스치며, 향의 근원인 향의 처소로.


쾅!

어둑한 방 안에 불현듯 요란한 소리가 울려 퍼졌다. 그에 등잔불이 휘청이며 몸을 사그라뜨린다. 더불어 몸을 사그라뜨리는 대신들. 병부상서, 호부시랑, 대사농승……. 금일 열린 편전에서 정현의 편을 들었던 이들이다.

그들은 눈알을 데굴데굴 굴리며 정현의 눈치만을 살폈다.

고요한 순간. 꿀꺽. 누군가의 목구멍에 침이 내려가는 소리가 들림과 동시에 정현의 외침이 시작되었으니.

"대체 무얼 하신 겁니까! 황태자의 무례한 행동에 가만히 있던 다른 이들은 무엇니까! 이 무슨……! 제가 이르지 않았습니까! 단단히 준비를 하여야 할 것이노라고!"

쾅! 쾅! 탁자를 계속해 내려친다. 쿵, 쿵, 찻잔이 흔들림과 동시에 찻물이 바닥으로 주르륵 흘러내렸다. 대신들은 쩍쩍 메마른 입술을 자근자근 씹으며 서로의 눈치를 살필 수밖에 없었다.

"하, 하오나 저하."

병부상서 태세록의 말이다. 그는 다른 이들의 의견을 구한다는 듯, 앉아 있는 모두와 눈을 마주하며 느릿하게 운을 띄운다.

"태자 전하의 말씀이 틀린 것이 없던지라……. 양제자가를 그대로 묶어놓을 수도 없는 노릇이……."

"양제가 범인이라 내 누누이 말하지 않았습니까!"

그러나 그 허리를 뚝 끊는 정현의 말. 초조한 것일까? 그래, 그는 불안한 것이다. 자신의 죄가 낱낱이 드러날까 봐. 그에 따라 자신이 이제껏 만들어놓은 발판이 와르르 무너질까 봐! 그렇기에 그는 더욱 더 격렬한 노기를 내는 것이리라.

"태자 전하…… 아니, 태자비마마께 들어온 상궁의 증언은……."

"거짓입니다!"

그의 목소리가 쩍쩍 갈라졌다. 이는 그의 말이 정녕 '거짓'이라는 것을 방증해 주는 것과 같아 보였다.

"저를 옭아매기 위해 만들어낸 가짜 증거란 말입니다! 그런 파렴치한 이들의 말은 믿으시고 제 말은 믿지 않으시는 겁니까? 거짓입니다! 정녕 거짓입니다!"

대신들을 바라본다. 그러나 그들은 정현의 눈을 피한다.

아, 이 어찌……! 빌어먹을 황태자. 찢어 죽여도 시원찮을 태자비!

주먹을 바르쥔다. 어찌나 세게 쥐었는지 살에 손톱이 들어가 피가 맺힐 지경이다.

"저는, 어마마마의 하나뿐인 아들입니다. 한데 이런 제가, 어마마마를 죽이다니요? 어마마마를 해하다니요? 어찌 그런 망발을 할 수 있단 말입니까!"

애걸을 해야 한다. 동정심을 만들어내야 한다. 나는, 권력 다툼에 졸지에 어머니를 잃은 불쌍한 아들이다. 그래, 나는 죄가 없다!

나는, 나는 황후의 하나뿐인 아들이다. 귀비의 아들인 황태자 따위와는 비교할 수 없는 고귀한 핏줄이란 말이다! 내가 황제가 되어야 한다. 오직, 적(赤)의 주인이 될 이는 나밖에 없단 말이다!

"왜…… 저를 모략하는 이들의 말을 믿으려 하시는 겁니까……."

정현은 부러 고개를 떨어뜨리며 축축한 언사를 내뱉었다. 그에 크흠, 마른기침을 하는 태세록. 그러나 이러한 동조의 분위기를 깨뜨리는 이가 있었으니.

"신 어사대부 경춘, 황자 저하께 한 말씀 올리겠나이다."

경춘은 몸을 일으키며 정현을 주시했다.

"소인은 목하, 이 일에서 손을 떼도록 하겠습니다."

"그, 그것이 무슨 말입니까? 하! 그대, 정녕……!"

"아직 실범이 확실치 않은바, 저하의 편을 들 수도, 전하의 편을 들 수도 없다는 생각에 이리 판단하게 된 것이니 부디 통촉하여 주시옵소서."

"대부!"

정현의 외침에도 그는 거리낌이 없다. 탁자를 정돈한 후 문 쪽으로 걸음을 해 나간다.

어사대부가 손을 떼다니? 그렇다면 다른 이들은……!

"신 호부 판사 소류지, 대부 대감에게 동의하는 바입니다. 송구하오나, 소인 역시 물러나도록 하겠습니다."

"판사!"

소류지 역시 몸을 일으킨다. 이를 바득바득 갈고 있는 정현이 보임에도, 그들은 고개를 절레절레 저으며 어두컴컴한 방을 나섰다.

탁, 문이 닫히는 소리. 그 소리가 마치 자신의 앞날이 닫히는 소리와도 같아 보여, 정현은 헛웃음을, 더불어 비릿한 비소를 내지을 수밖에 없었다.

"저하, 소인들도⋯⋯."

"하하! 하하하!"

호부시랑 덕청의 말이 끝나기도 전에, 정현은 고개를 뒤로 젖히며 허탈한 웃음을 내뱉었다. 하하, 하하⋯⋯ 하하하⋯⋯. 그 웃음이 차차 멎어질 때 즈음, 그의 눈이 샐룩하게 찢어졌다. 분노에 이글거리는 눈동자가 대신들 모두의 몸을 빠르게 훑는다.

"제가 이러라고 그대들의 주머니에 돈을 찔러준 줄 아십니까!"

모두가 숨을 삼킨다. 자신도 모르게 소맷자락을 매만지며 이제껏 정현에게 받았던 패물들을 떠올린다. 만약 이것을 이부가 알게 된다면, 그리고 방을 나선 어사대부가 모든 것을 알게 된다면⋯⋯!

"관직 박탈을 당하고 싶은 겁니까? 목이 달아나고 싶은 겁니까!"

관직은 물론이요, 제 목숨도 보장할 수 없다. 손끝이 오므라든다. 어깨에 긴장이 가 있어 몸이 움츠러든다.

"가보시지요. 이부와 어사대에 알려 그대들의 모가지를 치기 전에, 어디 한번."

쾅! 정현은 재차 탁자를 내려치며 몸을 일으켰다. 그에 대한 반동으로 의자가 뒤로 데구루루 넘어간다.

앉아 있는 모두의 얼굴을 뇌리에 똑똑히 박는다. 만약 내가 이 일에서 실패한다면, 황태자를 몰아낼 수 없다면! 그대들 역시 순탄치 않을 것이라고, 그리 경고하는 듯싶다.

"가보시지요!"

정현은 그 말을 끝으로 쿵, 문을 닫고 방을 나섰다. 그 씩씩거리는 걸음에 담겨 있는 것은 오직 하나. 크나큰 분노뿐.

황태자, 그리고 태자비. 그들을 어떻게 해서든 뭉개야 한다. 다시는 나를 넘볼 수 없게, 다시는 내게 덤빌 수 없게 만들어야 한다!

그의 걸음이 더욱 빨라진다. 그가 지나간 복도에 남는 것은, 아주 지독한 악취. 오직 그것뿐이었다.

한울은 차디찬 벽에 기대어 앉아 작은 창을 올려다보고 있었다.

매지구름이 드리워진 것일까? 달빛조차 보이지 않는 암흑의 세상. 마치 저 정경이 자신의 앞날과도 같아 보여 한울은 조소의 숨을 내뱉을 수밖에 없었다.

찍찍, 쥐의 울음소리가 들려왔다. 더불어 벌레들이 땅을 기는 소리, 다른 옥사에 갇힌 죄인들의 흐느낌 소리가 중첩되어 들려왔다.

피식, 한울은 꺼끌꺼끌한 얼굴을 쓸어내리며 입꼬리를 비틀었다.

너희는 죄인이지. 하지만 나는 아니야. 너희는 죄가 명백하지. 하지만 나는, 나는 아니야!

"아악!"

손질이 되지 않아 날이 서 있는 손톱으로 제 뺨을 할퀸다. 머리칼을 잡아뜯으며 쾅! 쾅! 벽에 머리를 박는다.

이 지옥 같은 공간에서 기약 없는 기다림을 하는 나의 심정을 알까. 오롯이 믿을 수 있는 것이라곤 단향의 '기다리라'는 말뿐이었으나, 단향이 다녀가고 난 후로 며칠이 지났는지 모른다. 바깥의 날짜로는 사나흘밖에 아니 되었을 테지만, 이곳에서는 하루가 보름이요, 이틀이 일 년 같았으니.

희원(希願)의 마음은 갈망이 되고, 갈망의 감정은 결국에 분노가 되어,

"찢어 죽일 계집……!"

모든 비난의 화살이 단향을 향하게 되었더란다.

모든 것은 단향 때문이다! 그 계집만 없었더라면! 그 계집만 적(赤)에 오지 않았더라면! 나는 지금쯤 태자 전하와 행복한 나날을 보내고 있을 터였다. 나는, 나는!

'이런 수모를 겪지 않아도 된다는 말이다…….'

한울은 몸을 웅크리며 울음이 그득한 입술을 꽉 깨물었다.

까드득, 흙바닥을 긁는 소리가 울려 퍼졌다. 뼈마디가 튀어나온 손등에 퍼런 전율이 인다. 하아, 하아. 숨이 거칠어진다. 분노의 기운 때문일까. 정신을 올곧이 차릴 수 없었다. 한바탕 난동이라도 부리고 싶건만, 그럴 힘도 남아 있지 않다. 아, 나는 정녕…….

'죽게 되는 것일까.'

고개를 뒤로 젖힌다. 스멀스멀 기어오는 죽음의 기운은 막을 수 없다.

"……울아."

어딘가 매우 익숙한 목소리에 한울은 퍼뜩 고개를 들고 주변을 내리 훑었다. 전하일까? 전하가 온 것일까? 이제야 찾아와 미안하다 말을 하러 오신 걸까?

그러나 그러한 바람은 와장창 깨진 것이었으니.

"아, 아버지……."

한울의 눈앞에 서 있는 것은 정녕 아쉽게도 아버지일 뿐이었다. 한울의 입에서 설움의 탄식이 흘러나온다. 비칠거리는 몸짓으로 일어나

아비에게로 다가간다.

"아가. 어, 어찌…… 몸이…… 많이 상했구나……."

태위는 창살 사이로 한울에게 손을 뻗었다. 닿는 것은 한울의 뺨이었으나 느껴지는 것은 조각조각 금이 가 있는 마음이었으니.

"아버지도…… 수척해지셨습니다. 평안…… 하셨는지요."

한울은 끓어오르는 슬픔을 내리누르며 대답했다. 그렁그렁 눈물이 맺혀 있는 눈이 안쓰럽기만 하다.

"울아……."

태위의 손끝이 떨린다. 한울의 손을 맞잡으며 저 역시 슬픔의 기운을 역력하게 보여준다.

"저는, 저는 언제 나갈 수 있는 것입니까? 아버지, 저는…… 나갈 수는 있는 것입니까……?"

"내, 내일 편전이 열리는 대로 네 무죄가 밝혀질 것이야. 그리하면 당장 내일이라도 나올 수 있을 테니 걱정치 말거라."

"차, 참입니까? 정녕, 정녕 풀려날 수 있는 것입니까?"

옥에 들어오고 처음으로 한울의 얼굴에 밝은 빛이 돌았다. 매지구름 속 희미한 달빛이 영롱하게 새어 들어오는 성싶었으나,

"그래. 태자 전하와 태자비마마가 힘을 써준 덕분이다. 옥에서 나가게 되면 마마를 찾아가야 할 것이야."

그 빛은 옥의 창살에 막혀 들어오지 못했더란다.

태자비가? 태자비가 나를 위해? 그네의 말이 정녕 진실이었던 것인가? 아니, 아니! 설령 태자비가 나를 구제해 주었다 할지라도!

"거짓말하지 마십시오!"

뼈마디가 창살에 부딪히는 소리가 났다. 동시에 한울의 목구멍에서 쇳소리가 흘러나온다.

"태자비가 저를 위해 힘을 써주었다고요? 아니요! 태자비가 정녕 저를 구제해 주려 하였다면 그 계집이 자리에서 물러났어야 하는 것입니다. 태자비만 없었더라면 제가 이러고 있지 않을 것입니다! 태자비만 없었더라면! 그년의 자리가 제 것이었는데!"

악! 괴성을 내지르며 털썩 주저앉는다. 와르르 무너진 야심, 와르르 무너진 욕망. 그것은 모두, 태자비. 단향 때문이리라…….

"아버지, 아버지."

한울의 얼굴에 축축한 빗줄기가 흘러내리기 시작했다. 달달 떨리는 손을 들어 아비에게로 손을 뻗는다.

"약조하지 않으셨습니까. 저를 태자 전하의 비로 들여주신다는, 약조를 하지 않으셨습니까. 한데, 한데 왜…… 왜…….”

목이 막힌다는 듯, 신음만을 간헐적으로 내며 입술을 반쯤 벌린다. 그 거뭇하고 퀴퀴한 얼굴에서는 오롯이 격분만이 느껴지는 것이리라.

"분합니다. 너무도 분해요! 아버지, 제 마음을 아시지 않습니까. 저는, 저는…….”

"어찌할 방도가 없구나. 울아, 조금만 기다리…….”

"싫습니다!"

한울은 고개를 거차게 흔들며 대답했다.

"이 옥에서 나간다면, 이 지긋지긋한 지옥에서 벗어난다면!"

기다리라고? 또다시 기다리라고? 그렇게 기다리다가, 또다시 이런 꼴을 당하라고? 아니, 아니! 나는 절대 그리 할 수 없다!

"이 설욕을 톡톡히 갚을 것입니다!"

힘을 기를 것이다. 다시는 나를 넘볼 수 없게, 힘을 기를 것이다!

태자비는 오직, 진원의 비는 오직,

'나뿐이다.'

결국 무거워진 구름이 잡고 있던 빗발을 떨어뜨리기 시작했다. 걷잡을 수 없이 거센 빗발이 온 세상을 적신다. 밤기운과 어우러져 음습하게까지 느껴지는 습기에, 사람들은 옷깃을 여미며 서둘러 실내로 들어가기에 이르렀다.

그 순간, 향은 소문 아래에 가만히 서 흐릿한 세상을 응시하고 있었다. 제게로 튀고 있는 빗방울을 피하지 않고, 가감 없이 맞으며 그저 가만히 세상을 바라보고 있다.

이는 마치 추억에 담겨 있는 시선인 것만 같았다. 적(赤)에 처음 발을 디뎠을 때, 진원을 조우하게 되었을 때, 그리고 그에게 모진 말을 듣고, 자신이 모진 말을 하고…… 모든 순간들을 되새기는 것만 같이 보였다.

후회일까. 자신이 한 선택에 대한 회한일까. 그렇기에 이리도 축축한 눈망울을 하고 있는 것일까.

아니. 그것은 아닐 테다. 이미 모든 기억에 의하여 마음은 너덜너덜 찢겼으니. 올곧은 생각조차 할 수 없을 만큼 머리가 조각조각이 났으니.

후회는 아니다. 하나 그렇다고 개운한 것 또한 아니었다. 아직도 감정이 채 갈무리되지 않았으니. 되새겨 보건대 아직 마무리되지 않은 마음이 남아 있으니.

향은 처마 바깥으로 손을 내밀었다. 후둑, 후두둑, 손바닥을 뚫을 듯 쏟아져 내리는 빗발에 어릿한 통증이 느껴졌다. 이는 비단 손에만 느껴지는 통증이 아니었다.

문득, 중전의 고함 소리가 환청처럼 들리었다. 혜령의 신음 소리가 뇌리에 내리 박히었다.

이를 바랐던 것인가. 의문은 끝없이 증폭되어 향의 마음을 집어삼키었으니.

향은 설핏하게 웃었다. 오붓한 미소가 아니었으매 그 어느 때보다도 서글픈 웃음이라.

쏴아아, 빗발이 곤두박질치는 소리가 더욱 크게 울려 퍼졌다. 향은 그 소리를 차근차근 주워 담으며, 차가운 빗줄기 속으로 몸을 내밀었다. 그녀의 발길이 닿는 곳은, 이 모든 일의 마침표를 찍을 동주궁. 진원이 있는 곳이었다.

그때에, 진원은 깊은 시름에 빠져 있는 상태였다.

그는 가만히 벽에 기대어 서 창문 밖을 내다보고 있었다. 빗발이 끝없이 쏟아지고 있는 바깥세상을 응시하고 있다.

자신이 서 있는 이곳은 지극히도 고요하고 평온한데, 고작 벽 하나 둔 바깥은 난이 난 것처럼 뒤숭숭하기만 하다.

마음 역시 마찬가지다. 입 밖으로 나오는 것은 지극히도 사납고 거친 말이건만, 고작 몸뚱이 하나 둔 속내는 찢기고 찢겨 흔적조차 남아있지 않은 상태이다.

이것을 바랐던가.

정히 이것을 바랐던가. 돌아갈 수 없을 만큼 멀리 온 것을 알고는 있다만, 그러해도.

"후회하실 겁니다."

"저는 전하를 떠나려 합니다."

도겸과 향의 말이 가슴을 찌르듯 아니 찢듯 내리꽂혔다. 만약, 자신이 처음부터 도겸의 말을 경청하여 이 사달까지 일을 끌고 오지만 않았더라면, 그랬더라면 인명도 없을 터였고 황제의 애통을 보지 않아도 되었을 터였고 또한 단향 역시 마음을 돌리지 아니했을 것이다.

선택에 후회는 없을 것이라 단언했다. 오직 재민에 대한 복수만이 자신이 살아가는 목표라고, 오직 황위를 얻는 것만이 반드시 이뤄야 할 정점이라고. 그리 생각하여 친우도 정인도 모두를 버렸건만.

결국 돌아오는 것이라곤 후회와 회환과 죄책감.

문득, 작금 내리고 있는 이 빗줄기가 마치 자신의 얼굴에 내리고 있다는 것 같다는 생각이 들었다. 저리도 하염없이 흘리고 있는 빗물이 제 눈에서 흘러나오는 것 같았다. ……나는 대체, 어찌 하고 싶은 것인가.

그는 차오르는 숨을 간신히 씹어 삼켰다. 흔들리는 마음에 의하여 역시 요동치고 있는 눈을 갈무리한다.

돌아갈 수는 없다. 여기서 발을 빼게 된다면, 자신은 물론이요 도겸도 단향도 그 모두가 다치게 될 터이니. 어쩔 수 없이도…….

"……향?"

원은 창문으로 가까이 다가가며 눈을 크게 떴다.

멀지 않은 곳에, 이곳으로 다가오고 있는 한 인영이 보였다. 이는 잘못 본 것이 아니었다. 단향. 그녀가 이 횃대비를 처연하게 맞으며 걸어오고 있는 것이리라.

빌어먹을.

원은 그 길로 달려 방을 나서기에 이르렀다. 말리는 내관에게 대답조차 하지 않은 채 소문을 박차고 나간다.

그에 눈에 보이는 것은,

"……향아."

오직 빗물, 아니 눈물에 얼룩져 있는 단향이었으매.

원은 쏟아지고 있는 빗발을 여과 없이 맞으며, 그렇게 향을 응시했다. 자신에게 점차적으로 다가오고 있는 향을 주시했다.

짐작할 수 있었다. 향이 자신에게 무슨 말을 할지, 자신에게 어떠한 행동을 할지. 짐작이 아니라 이는 확신이었다. 그렇기에,

"전하."

이리도 향을 그러안는 것이리라.

원은 향을 더욱 세게 끌어안았다. 그의 온몸에서 이는 떨림이 향에게까지 전달된다. 그의 격동하는 고동 소리가 향에게까지 들어온다.

"전⋯⋯ 하."

"아무 말 하지 말아다오."

원은 향의 등을 움켜잡았다. 이는 흡사 사라지는 환영을 붙잡는 것처럼 애달픈 손짓이었으니.

"제발. 제발, 향아⋯⋯."

그의 목소리가 희미했다. 아니, 그의 모든 것이 희미했다. 사라지는 연기처럼, 아침이 오면 흔적조차 없어질 그러한 골안개처럼.

"너마저도 나를 버리지 마."

원은 그리도 향을 붙잡았다. 그네의 옷자락을 움켜쥐며, 시리고 시린 말로 그네의 마음을 단단히 쥐며. 그렇게 향을 놓치지 않으려 하였건만.

"저는⋯⋯."

향의 말끝이 흔들렸다. 흩어지는 허망이 담긴 말이었다. 쏴아아, 쏴아아, 여전히도 비는 쏟아지고⋯⋯.

"태자비직을 내려놓을 생각입니다."

그렇게 향은 진원을 밀어냈다. 이 음성은 메아리 쳐 진원의 가슴에

맺힌 골에 머물렀느니. 그의 가슴에 파동이 일어났다. 수면이 아닌, 그 깊은 바다 속에까지 전달되는 그러한 파동이.

비는 멈추지 아니했다. 이는 쉽사리 사라질 비(悲)가 아니었다.

9장.

얼크러진 그물을 끊다

"전하!"

빗물에 얼룩진 향의 외침이었다. 그러나 원에게 오롯이 닿는 것이 아니었으니.

"놔주십시오. 전하!"

그러나 또한 향을 놓지 않는다. 원은 그녀를 끌다시피 해 동주궁으로 들어갔다. 물에 빠진 생쥐처럼 흘딱 젖은 그들의 모습에 궁인들이 놀람을 표하는 것은 당연한 일. 하나 원은 역시 향을 놓지 않았다. 다시는, 결코 놓을 수 없다는 듯 향의 손목을 더욱 세게 움켜쥘 뿐이었다.

드르륵, 문이 열리고. 원은 향을 침상에 내팽개치듯 내려놓으며 가쁜 숨을 몰아쉬었다.

"전하. 제발 제 말을 들어주……."

"아니 된다."

원은 향의 어깨를 붙잡았다. 만만찮은 힘이 들어간 손이지만, 그럼에도 가까이 다가오는 것은 떨림이라, 원의 마음에 이는 고동이라.

향은 눈을 내려 감았다. 이는 눈을 찌르는 빛발에 의한 것일 수도 있었고, 제 마음에 쏟아지는 설움에 의한 것일 수도 있었다. 뜨거운 숨을 수차례 내뱉는다. 그럼에도 원은 향을 놓지 아니했다.

"그토록…… 바라던 일이 아니셨습니까. 제게 몇 번이고 말하지 않으셨습니까. 저를 밀어내지 않으셨습니까. 그러하여 전하의 명을 듣고자 하였거늘. 왜 이제와……!"

저를 붙잡는 것입니까. 향은 경련이 이는 마음을 접어 내리며 말하였다. 간신히 뱉은 말이었거늘, 원은 그조차 들어줄 생각을 하지 않는다.

"이제 와 내가 이러는 것이 우습겠지. 이제와 네 소중함을 알게 된 내가 천치바보 같겠지. ……하나, 하나. 향아."

불현듯, 오 년 전의 그 끔찍한 광경이 원의 눈앞에 스쳐지나갔다. 재민의 얼굴과 향의 얼굴이 중첩되어 펼쳐진다. 새빨간 피를 내뿜으며 생명의 빛을 잃던 재민과, 냉한 찬기를 품으며 무정의 빛을 드러내는 단향의 얼굴이 너무나 같아 보여…….

"난 널 놓아줄 수 없다."

원은 향을 그러안았다. 분명 제 품에 단향을 붙잡고 있건만, 제 품에 단향의 숨결이 맺혀 있건만.

"너마저 나를 떠나지 말아다오……."

왜, 네가 사라지는 것만 같을까. 왜, 네가 없어지는 것만 같을까.

원은 향을 더욱 세게 끌어안았다. 그녀의 머리와 목과 어깨와 몸이 으스러질 정도로 그렇게 세게……. 놓지 않겠다는 듯, 놓지 못하겠다는 듯.

"네가 날 버린다 하면 너를 쫓아갈 것이다."

"전하."

"그럼에도 네가 도망친다 하면 너를 묶어놓을 것이다."

원은 향과 눈을 마주했다. 감정의 소용돌이가 담겨 빛발이 일렁이는 그 눈동자를 주시한다.

저 심연을 품은 눈에는, 어떠한 마음이 가라앉아 있는 것일까.

"다시는, 내게서 벗어날 수 없게."

원은 말을 끝으로 향을 쓰러뜨리듯 눕히었다. 향의 뒷머리를 그러당기며, 제 입술을 포개 얹는다.

뜨거운 열기를 담은 입술이, 그리고 부드러운 혀가 향을 속박하듯 파고들었다. 저항할 수 없었다. 반항조차 할 수 없었다. 원의 숨을 통해 들어오는 질척질척한 감정이 너무도 가까이 느껴져…… 향은 두 눈을 질끈 내려감을 수밖에 없었다.

이는 연모의 입맞춤이 아니다. 그토록 바라던 것이 아니야. 이는 단지…….

"윽……."

원은 향의 들린 허리를 감싸 안으며 더욱더 그녀를 옭아매었다.

향의 치마 안으로 차가운 손이 들어왔다. 허벅지를 조심스럽게 더듬는다. 처음 느껴보는 감촉에 쭈뼛 열이 올라왔으나, 향은 이를 가감 없이 느낄 수 없었다. 이는 원의 손끝에 전율이 일고 있기 때문이었고, 이는 그의 요동치는 마음을 숨김없이 드러내고 있는 것이기 때문이었다.

그러나, 원은 향을 놓지 아니했다. 안타까울 정도로 꺼지고 있는 숨을 뱉으며, 그녀의 옷매무새를 풀어낸다.

향의 새하얀 살이 드러난다. 달빛에, 등불에 반사되어 보이는 것은 백옥과도 같은 살결이었으나. 또한 도드라지는 것은 그녀의 눈에 맺힌 보슬이라.

붙잡고 싶은 것일까. 이렇게라도 해서 그녀를 묶어두고 싶은 것일까.

향은 무너지는 가슴을 채 막을 수 없었다. 간신히 떨어진 입술, 고개를 돌리며 그를 피한다. 떨어진 얼굴, 그에서 피어나는 눈물이란 얼마나 참담한가.

원 역시 눈을 질끈 내려 감았다. 후들거리는 손이 그의 마음을 방증해주듯, 원은 향의 몸 위로 포개듯 쓰러졌다.

"미안하다."

금방이라도 꺼질 듯 희미한 말길이었으나, 향을 안고 있는 그 손과 몸에는 꺼지지 않는 확신이 존재했다.

"내가 미안해."

향은 감았던 눈을 천천히 올려 떴다. 그 눈에 담기는 것은 오직 천장과 등불이건만.

"하니, 제발 날 버리지 마……."

왜인지, 진원의 얼굴이 시야를 가득 채웠다. 오 년 전 그의 새맑은 얼굴과, 지금처럼 설움을 머금고 있는 얼굴이.

"은애한다, 향아."

아아, 결국 떨어지는 것은 눈물이 아닌 마음이었다.

✳

바람이 불어온다. 둔중한 어둠과 질척한 비가 섞인 바람이었다. 그처럼, 감청색의 낮은 암흑이 차차 기어올라 붉은색 높은 빛살을 삼키고 있었다. 그 어둠과, 빛의 한가운데를 걸어가고 있는 도겸.

그의 얼굴은 기뻐 보이는 것 같기도. 아니, 무감각해 보이는 것 같기도. 아니, 슬퍼 보이는 것 같기도 하여 의아함을 자아냈다. 정녕 무슨 생각을 하고 있는 것인가?

그리하여 그의 발걸음이 멈춘 곳은 누각도 아니요, 후원 끄트머리에 있는 화단이었으니.

"곱구나……."

과꽃 한 송이를 꺾어 올리며 읊조리듯 말했다.

보랏빛으로 보이기도, 연분홍빛으로 보이기도 하는 그 꽃잎에 도겸은 슬며시 미소를 걸어 올렸다. 향과 처음 마주하였을 때의 그 '빛'이 떠올랐기 때문이렷다.

소매에 꽃을 넣는다. 행여 구겨질까, 조심스러운 몸짓이다.

다시 걸음을 재우친다. 후원을 벗어나 황도를 가는 울퉁불퉁한 길. 그 위를 걷는 것은 다리를 저는 도겸에게 쉬운 일이 아니었으나 그의 얼굴에는 힘든 기색은커녕 옅은 미소가 그득 걸려 있었다. 그리고 그리던 임을 만나러 가기 때문일까. 닿지는 못하나 닿고 싶은 임의 생각이 가득하기 때문일까.

그렇게 동궁과 동주궁의 사이에 다다랐을 때.

"아……."

도겸의 손가락이 하나씩, 아주 느릿하게 접히기 시작하였다. 곧이어 바르쥐어진 손이 옷자락을 세게 움켜쥐었다.

그의 시야에 담긴 것은 단향이 아니요, 울고 있는 단향이 아니요, 진원이리니. 단향을 감싸 안고 설움을 뱉고 있는 진원이리니.

"하, 하하……."

도겸은 휘청하게 된 다리를 겨우 일으키며 허탈한 웃음을 내뱉었다. 급작스럽게 흐릿해진 시야를 가다듬으며, 단향을 안고 있는 진원을, 진원에게 안겨 있는 단향을 주시한다.

하, 하하……. 막을 수 없는 헛웃음이 계속해 흘러나왔다. 이 무슨 감정일까. 이 무슨 심경일까.

분명 원하지 않았더냐. 진원과 단향이 백년해로하여 행복한 삶을 살아가는 것을, 바라고 바라지 않았더냐. 한데, 한데 왜…….

'왜 이리도 마음이 아픈 것이냐……'

이해는 하였으나 마음으로 받아들이지 못했던 것일까. 아는 것과 보는 것이 다르다 하거늘, 알고는 있었으나 실재하여 마주하니 슬픔이 올라오는 것일까. 막지 못한 아픔이 솟구치는 것일까.

아, 도겸은 결국 탄식을 내뱉으며 고개를 처연하게 떨어뜨렸다. 볼 수 없었기에, 보지 못하였기에.

코끝이 뜨거웠다. 가슴을 치고 올라온 뜨겁고도 요동치는 감정이 머리를 뒤흔들었다. 눈물이, 어쩐지 눈물이 나올 것만 같다.

차라리 화를 내고 싶다. 칠 년 전 나를 왜 만났느냐고. 칠 년 전 왜 내게 웃음을 지어 주었었냐고. 칠 년 전 왜 그 나무 아래에 서 있었느냐고!

그러나 이는 이뤄지지 않는 바람이었으니. 예상한 일이 아니더냐. 바라고 바라던 일이 아니더냐. 정녕…… 기원하던 일이 아니더냐. 그러니 부디 물러서자. 욕심을 부리지 말아. 나는, 내 자리는.

'아주 먼 곳일 뿐이니……'

어쩌면 욕심을 내고 있었던 것일지도 모른다. 말로는 진원을 위한다, 진원의 마음을 돌린다 하면서도 단향을 탐내고 있었던 것일지도 모른다.

단향이 자신과의 기억을 끄집어냈을 때, 바라고 있었는지도 모른다. 향이 자신을 알아주기를…….

'모두 무상한 것이거늘.'

그러나 그것은 모두 욕심이다. 욕심, 욕망, 탐욕……. 절대로 가져서는 안 되는 감정일 뿐이다.

그는 천천히 걸음을 되돌렸다. 뒷걸음질을 쳐 그들과의 거리를 점점 넓힌다. 계속해 발을 재우친다.

손을 뻗어도 닿을 수 없는 곳으로. 소리를 질러도 닿을 수 없는 곳으로. 눈물을 흘려도 알아채지 못할 곳으로 다다를 때까지.

'마마도, 이제는…….'

시선을 고정하여 흐릿한 점이 된 작은 인영을 바라본다.

검은 인영이었으나 어찌 된 까닭인지 연분홍빛 기운이 흘러나오는 것 같았다. 그만큼의 달큼한 향이 밀려온다.

향을 처음 보았을 때의, 그날에 그 시각에 느꼈던. 안온하여 감미로운 내음이 코를 찌르고 눈을 찔러 축축한 울음을 내뱉게 만들었더란다.

아주 순간적으로, 스스로도 막을 수 없는 눈물이 후두둑 떨어지기 시작했다. 아, 아아…….

두 손에 얼굴을 묻으며 쉴 새 없이 입술을 달싹인다. 가슴이 들썩이는 소리가 황량한 후원을 그득 채운다. 신음 소리가 먼 산 까막새 울음소리를 덮는다.

뚝, 뚝, 떨어지는 눈물방울 그 끝에.

'마마도 이제는, 나비가 되셨나 봅니다…….'

새는 울어도 눈물이 없고, 꽃은 웃어도 소리가 없다 하였다.

'꽃이 없어도 되는, 나비가 되셨나 봅니다…….'

그러나 인간이란 본디 울면 눈물이 있고, 웃어도 소리가 있다 하였다. 울음에서 비롯된 눈물은 감춰질 테고, 웃음에서 비롯된 소리는 세상 널찍하게 퍼질 테지. 내 눈물은, 소리 소문 없이 묻히고 묻힐 테지.

'꽃은 존재치 아니하여도 될 테지요, 이제는⋯⋯.'

소매 깊은 곳, 감춰져 있던 과꽃이 바스락 구겨졌다. 동시에 그 꽃잎의 짙은 향이 소리와 눈물 없이 퍼지기 시작하였다. 어쩐지, 바람을 탄 향의 뒤를 쫓는 하얀 나비가 눈앞에 있는 성싶다.

나비는 계속해 세상을 누비었다. 다친 날개가 붙은 나비는, 더욱더 세상 높이 날아가고 있었다. 도겸의 마음을 난도질하며, 그의 마음을 짓밟고 짓밟으며.

❋

김 나인은 동궁 대문 앞에서 발을 동동 굴리고 있는 중이었다. 목을 길게 빼 황도 저 너머를 바라보기도, 다시금 시선을 거두어 주변을 살펴보기도 하며 오매불망 누군가를 찾고 있다.

이는 어젯밤 처소에 들어오지 아니했던 단향을 기다리고 있는 것이었다.

요즘 들어 종종 새벽녘에 나가는 것은 알고 있었다. 그러나 항상 언질을 주고 나갔지, 이렇게 아무 말도 없이 처소에 들어오지 아니한 것은 처음이다. 하여 김 나인은 피어오르는 걱정을 막을 수 없는 것이었다.

발을 동동 굴리며 재차 이리 저리 시선을 둔다. 어디에 있는지도 모르니 찾으러 갈 수도 없는 노릇. '태자 전하께 말을 해야 하는 것일까' 하는 생각이 뇌리를 스치고 지나간다.

"거기서 뭘 하고 계십니까? 뭐 마려운 강아지처럼 종종거리고."

등 뒤에서 들려오는 소리에 김 나인은 화들짝 놀라며 몸을 돌렸다.

"나으리?"

그러한 부름에, 기찬은 빙긋 웃으며 김 나인의 옆에 어깨를 마주하며 섰다. 힐끗, 그녀를 내려다보며 피어오르는 웃음을 애써 참는 중이었다.

"무얼 하고 있던 겁니까?"

"아, 그게…… 마마께서 처소에 들지 않으셔서……."

"걱정되어서 나온 겁니까? 왜요, 찾으러 가지 않고요."

"어디 계시는지도 모르고…… 혹 찾으러 갔다가 마마께서 돌아오시면 어떡해요."

"아주 사서 걱정을 하는군요."

기찬의 툭 뱉는 말에, 김 나인은 아랫입술을 비죽 내밀며 고개를 푹 숙였다.

토라진 것처럼 보이는 그 모습이 퍽이나 귀여워 기찬은 손을 뻗었지만, 이내 되돌린다. 황도를 오가고 있는 궁인들의 시선이 느껴졌기 때문이었다.

"마마께서는 태자 전하와 함께 계십니다."

"……네?"

"동주궁에 계신단 말입니다. 하니 걱정하지 않아도 됩니다."

"예?"

김 나인은 믿기지 않는다는 듯 두 눈을 동그랗게 뜨며 재차 반문했다.

태자 전하와 함께 있다니. 하면 그분들께서 이제 겨우 초야를 치루었단…….

여기까지 생각을 마친 김 나인의 얼굴에 새빨간 열이 올라왔다.

"이상한 생각을 하시나 봅니다?"

이런 김 나인의 변화를 놓치지 않은 기찬의 말이었다. 그에 더더욱 불타오르는 그네의 얼굴. 고개를 절레절레 가로지르며 시선을 떨어뜨렸다.

"어이고, 계속 생각하고 있나봅니다?"

"아, 아닙니다! 그, 그만 놀리세요."

기찬은 허리를 숙여 김 나인의 얼굴을 응시했다.

그만하세요! 빽 소리를 지르며 얼굴을 가리는 김 나인. 그 귀여운 면모에 넉넉한 웃음이 기찬의 입가에 피어 올랐다.

"반과(飯菓)라도 준비해놓고 있으시지요. 마마께서 곧 오실 터이니."

네, 네. 김 나인은 거듭 고개를 주억거렸다. 그럼에 시선은 땅에 고정되어 있으니, 이것 역시 꽤나 깜찍한 모습이리라.

"끝까지 저를 안 보실 겁니까?"

"아, 아니요! 봅니다! 보고 있습니다!"

그네는 화들짝 놀라며 고개를 들었다. 그리고 제 바로 앞에 있는 기찬과 눈을 마주했다. 흡, 숨을 삼키며 어깨를 들어올린다.

"귀엽기는."

물 흐르듯 잔잔한 중얼거림이었으나 가까이 있는 이상 당연히도 들리는 터. 김 나인의 커다래진 두 눈에 당혹스러움이 서렸다.

"그럼 돌아가 보겠습니다. 후에 보지요."

기찬은 그리 말을 남기고 훌훌 찾아왔던 것처럼 훌훌 떠나 버렸다. 여전히도 불그스름한 뺨을 하고 있는 김 나인을 뒤로 하고, 그리고 자신들을 지켜보고 있던 두 개의 눈을 뒤로 하고.

어느덧, 태양이 서쪽으로 기울어진 때. 향은 동궁, 처소에 가만히 앉아 눈을 내려 감고 있었다.

아침녘까지만 하여도 진원과 함께 있었다. 방을 나서려할 때에 애걸하는 말길로,

"제발 내 옆에 있어라."

해가 솟아오를 때까지 향을 놓지 아니했다.

하나 그렇게 온종일 방에 처박혀 있을 수는 없는 노릇. 해가 점차 떨어질 때에 그는 그녀를 동궁에까지 친히 모셔다 주었더란다.

그러나 전과 다른 것은, 동궁의 모든 궁인들을 내쫓았다. 오직 김 나인과 향을 제외한 모든 이들을. 그리고 대문을 걸어 잠갔다. 출입을 할 수 없게, 오직 자신만이 출입할 수 있게.

이는 보이지 않는 족쇄를 향의 다리에 매단 것과 다름없었으니…….

향은 문득 웃었다. 웃을 수밖에 없는 상황이었다. 그래. 지금 자신이 겪고 있는 이 현실은 꿈에도 예상치 못한 것들이었으니.

떠나라 하여 떠난다 하였다. 은애하지 말라 하여 그렇게 한다 하였다. 더 이상의 행은 하지 말라 하여 그러한다 하였다.

한데, 그는 왜…… 나를 붙잡고 놓지 않는 것일까.

아니, 애초에 나는 어떤 마음으로 그를 찾아갔던 것일까. 원을 찾아가 궐을 나가겠다 말을 하지 않고, 그저 홀로 짐을 싸 몰래 궐을 빠져나가도 되는 일이었다. 그러나 향은 원을 찾아갔다. 그에게 말을 하였다. 그리고 이렇게도 붙잡혔다.

어쩌면, 나는…… 이를 바랐던 것이 아니었을까.

향은 치맛자락을 바르쥐며 헛웃음을 내뱉었다. 들끓는 마음 속, 종

잡을 수 있는 것이라곤 없었으니. 지금은, 지금은 단지.

진원의 말갛던 얼굴만이 떠오르고 있었다. 결코 잊을 수 없는 그 얼굴이.

향은 천천히 눈을 올려 떴다. 그리고 창밖, 마지막 발악을 하듯 힘껏 붉은빛을 내뿜고 있는 태양을 가만히 응시했다.

저 광경이 마치 타오르고 있는 대지와도 같아 보여, 그러하여 타오르던 오 년 전의 과거와 그젯밤의 화염과 같아 보여, 향은 자신도 모르게 조소를 머금을 수밖에 없었다.

어머니가 죽던 날의 기억은 결코 지울 수 없는 것이었다. 마음을 떠나지 않고 뇌리를 머무르는 그 기억은 사라지지도, 사라지게 만들고 싶지도 아니했다. 그래서 설욕을 한다면 잊을 수 있을 줄 알았다. 어머니의 복수를 갚는다면 그 기억을 마음 깊은 곳에 묻을 수 있을 줄 알았다.

하나 그것은 오만이요, 착각이었으니.

이제는 새로운 기억이 덧대어진다. 그젯밤 제 손으로 중전과 공주를 농락했을 때의 기억이. 제게 울며불며 매달리던 그 광경들이. 마지막으로 시뻘겋게 타오르던 그 밤하늘이.

매캐한 내음이 코를 찌른다. 이는 오 년 전 화마가 아닌, 불과 며칠 전 일어났던 그 화마에서 비롯된 악취였다.

이 기억 역시 평생을 안고 살아갈 터였다. 결코 잊지 못할 테지. 이제 눈을 감으면 악몽이 떠오를 것이고 눈을 뜨면 환영이 보일 것이다.

이를 짐작하고 마음의 준비를 하고 있었건만.

의욕이 없다. 이제 무얼 해야 할지, 어떤 것을 바라 진척시켜야 할지 생각조차 들지 않는다.

"후회하실 겁니다."

도겸이 말하던 것이, 바로 이러한 파동이었던가.

향은 서늘하게 웃었다. 제 손끝에 머무는 거무스름한 빛을 고이 내려다본다. 그때.

드르륵, 문이 열리는 소리가 들리었다. 저 인기척이 누구의 것인지 보지 않아도 알 수 있었다. 향은 또다시 눈을 내려 감았다. 그리고 저를 등 뒤에서 감싸 안는, 그. 향은 원의 향을 폐부 깊숙이 집어넣었다.

"향아."

음성이 귀에 박히지 아니했다.

"향아."

마음으로 들어오는 것만 같았다. 마음속으로, 아주 깊숙하게.

그 순간, 향은 제 코끝이 뜨거워짐을 느낄 수 있었다. 애써 숨을 가라앉히며 턱을 든다.

"정무를 아니하시고 이리 오시면 어찌합니까."

"네 생각이 나 집중할 수가 없었다."

"……전하."

"향아."

원은 향의 얼굴을 자신 쪽으로 그러당겼다. 마주하게 된 눈빛, 뒤얽히는 숨결. 향은 느릿하게 눈을 깜빡였다.

"내가 그리도 밉더냐."

허물어진 목소리였다. 모든 것을 포기한 것처럼, 그러나 놓지는 아니할 것처럼 그리도 가냘픈 음성.

향은 보이지 않게 치맛자락을 바르쥐었다.

"저를 이리 가둬두시니 밉습니다."

"이리 하지 않으면 네 도망갈 것이 아니더냐."

"전하께서 하셨던 말씀이……!"

"알고 있다."

원은 향의 머리칼을 모아 귀 뒤로 넘겨주며 설핏 웃었다.

"내 네게 그런 말을 했던 것, 못된 짓을 했던 것, 모두 다 알고 있어."

향의 손에 자신의 손을 포개 얹는다. 차마 감출 수 없는 떨림이 여과 없이 전달되고 있었다.

"하여, 가슴 깊이 사무치고 있는 중이거늘."

그의 눈꺼풀이 처참하게 무너졌다. 떨림과 눈물이 공존하는 그의 얼굴에는 그 얼마나 많은 회환이 담겨 있는 것일까.

"용서를 구할 기회라도 주었으면 한다."

향의 손을 바르쥔다. 깍지를 끼며, 제 몸에서 올라오는 열기를 그대로 전달한다.

"내 너를 얼마나 아끼는지."

"……."

"내 너를 얼마나 은애하는지."

"……."

"내 네게 얼마나 죄스러운지."

"……."

"표현할 수 있는 기회라도 주려무나."

원은 향의 흔들리고 있는 눈동자를 바라보았다. 저렇게도 요동치는 얼굴처럼, 마음마저 요동쳐 자신을 바라보아 준다면. 그 얼마나 행복한 일일까.

"그럼에도 네가 나를 떠난다 하면, 그때에 정히 보내주겠다."

상상만 하여도 마음이 아프다. 그 먼 미래를 떠올리는 것만으로도 억장이 무너진다. 하나 이를 드러낼 수 없을 터.

"하니, 지금만큼은……."

원은 향의 손을 당겨 그 손등에 슬며시 입을 맞추었다.

"나를 바라봐 다오."

그리고 떨어진 손에는, 새하얀 가락지가 곱게 끼워져 있었다. 오 년 전, 차마 갖지 못하였던 그러한 가락지가, 그리고 마음이.

일몰이 시작되고 있었다. 지고 있는 태양, 차오르는 달. 이중에 어떤 것이 개벽을 알리는 신호인지는 각기 받아들임이 다를 터였다.

❋

"윽!"

도겸은 전도(剪刀)를 바닥으로 떨어뜨리며 손을 쥐어 감쌌다. 분재를 다듬던 중 전도를 잘못 놀려 살을 벤 것이다. 피가 뚝뚝 흐르기 시작하는 손. 도겸은 재빨리 면포를 들어 제 손을 틀어막았다. 새하얀 면포에 붉은색이 번지기 시작했다.

"괜찮으십니까?"

황급히 뛰어온 기찬의 말이었다. 그에 도겸은 사붓 미간을 찡그리며 고개를 주억거렸다.

"요새 정신을 놓고 다니나 보아. 먼젓번에도 이러더니."

도겸은 면포를 더욱 세게 누르며 지혈했다. 어릿한 통증이 신경을 따라 올라오기 시작했다.

"오늘은 비가 그쳤구나."

"하루 종일 퍼부었으니 그칠 때도 되었지요. 드문 일입니다. 이리 비가 오던 경우는 없었는데."

"나라에 일이 있으려나 보지."

도겸의 흐르는 말이었건만, 기찬은 저 홀로 뜨끔했던지 헛기침을 내뱉기에 이르렀다.

"있지 않아, 찬아. 이 분재를 다듬는 이유를 알고 있나?"

도겸은 향나무 가지가 곱게 피어 있는 화분을 어루만지며 말했다.

"여기에 가끔씩 잔가지들이 올라오기 때문이다. 그렇기에 수시로 잘라줘야 돼. 만약 제때 자르지 않는다면, 모양이 틀어지고 옹이가 생기거든. 그렇게 된다면 분재로서의 가치가 사라질 테니……."

바삭, 잘린 가지가 도겸의 손에 의해 바스스 부서졌다. 그러한 도겸의 모습이 어쩐지 이질적으로 느껴졌다.

"가치가 사라진 물건은 버려지는 것이 당연한 터. 그것이 세상의 이치지. 그렇지 않느냐."

기찬은 입을 굳게 다물었다. 누구를 빗대어 하는 말인가? 황자? 태위? 한울?

아니, 그것이 아니라면, 자신을 빗대어 하는 말인가.

기찬은 아랫입술을 꾹 깨물었다. 진원만큼은 아니더라도 자신이 존경하고 따르는 도겸인 터. 이렇게도 파리한 모습을 보고 싶지 않았기 때문이다.

"찬아."

기찬은 시선을 내려 도겸과 눈을 마주했다. 지혈되지 않았는지, 피가 뚝뚝 떨어지고 있는 그의 손이 눈에 들어왔다.

"나는 작금의 사달이 끝이 날 때."

그가 어쩐지 울고 있는 것 같다 하면, 그것은 착각일까.

찬은 눈을 가늘게 찌푸렸다.

"낙향할 생각이다."

침묵. 기찬은 와락 얼굴을 구기며 어금니를 깨물었다.

"헛소리 좀 하지 마십시오. 낙향은 무슨. 전하께서 허락해 주실 줄 아십니까?"

"지겨워서 그렇다."

"저도 이 궐은 지겹습니다. 다 같이 버티는 게지요. 전하 하나만을 보고요."

"아니, 그게 아니라."

도겸은 손끝을 오므렸다. 찡그려진 얼굴에서 향수(鄕愁)의 기운이 흘러나오고 있었다.

도겸은 해맑아진 바깥세상을 바라보았다. 자신이 있는 이 허름한 문고와는 달리 화려하고 웅혼한 바깥세상을.

진원은 이렇게도 무거운 황실을 짊어지고 있는 것이겠지. 나 따위가 감히 손을 뻗을 수 없는, 하늘을 어루만지며 지상을 보살피는 그러한 황제가 될 테겠지. 그러니,

"닿지 않는 마음을 붙잡고 있는 것이 너무도 지겹다."

단향은 그러한 진원의 비(妃)이니. 나 따위가, 감히 넘볼 수 없는 그러한 여인.

도겸은 서늘한 미소를 띠우며 시선을 되돌렸다. 그 모습에 기찬은 자신도 모르게 탄식을 내뱉었다. 도겸의 그 쓸쓸하고도 허전한 마음을 알아챘기 때문일까.

"전하께는 비밀이다. 내가 후에 말하겠다."

피는 멎었으나 그 질척한 내음은 더욱 짙어지고 있었다. 도겸의 몸을 감싸고 있는 향의 향을 덮을 만큼.

"게 아무도 없느냐! 술이 비었지 않아!"

정현은 술병을 바닥으로 내던지며 고래고래 소리를 질렀다. 그러나 답해 들려오는 것은 없다. 그제야 정현은 처소 궁인들을 모조리 내보냈다는 사실을 깨달았다.

하, 하하. 조소가 섞인 웃음을 뱉으며 흘러내린 머리칼을 쓸어 넘긴다.

"빌어먹을. 빌어먹을!"

쾅! 쾅! 주먹이 아스러질 정도로 탁자를 수차례 치고 난 후에야 씩씩대던 숨소리가 멈췄다. 하나 그것은 폭풍 전 고요와도 같은 것이었으니.

쨍그랑!

그는 탁자 위에 있던 모든 것을 광포하게 쓸어버리며 거친 숨을 몰아쉬었다. 오도 가도 못하여 전율만이 이는 손끝에 담긴 것은 맹렬한 살기라, 광기라.

"악!"

정현은 머리를 쥐어뜯으며 괴성을 울부짖었다. 이는 분노를 막을 수 없었다. 목구멍을 틀어막은 격분의 감정이 사라지지 않는다. 어찌해야 할까. 어찌해야 이 분이 풀릴 수 있을까!

그래, 산 채로 껍질을 벗기자. 소금을 뭉개며 살점을 베어내자. 모조리 다 찢어 죽여 버리자!

그는 탁자를 난포하게 뒤엎으며 재차 소리를 내질렀다. 쨍그랑, 쨍그랑! 유리 파편이 엇갈리는 소리에 기기괴괴한 절규가 덧대어졌다.

"하, 하하하!"

그는 고개를 뒤로 젖히며 메마른 웃음을 끊임없이 내뱉었다. 토악질을 하듯 숨을 헐떡이며 쇳소리를 내는 그 모습이 참으로 기괴하다. 끝이 난 것일까? 제 꾀에 제가 넘어가 결국 생을 마감하게 되는 것인가? 아니, 아니! 절대로 그럴 수 없다. 절대로, 절대로!

"태자비……! 빌어먹을 계집년!"

그 계집의 말만 없었더라면, 그 계집이 입을 닥치고 있었더라면……! 이런 결과가 나오지 않았을 게다. 양제와 태위를 몰아내고 진원을 뭉개 버릴 이 계획이 틀어지지 않았을 거란 말이다!

태자비를 찾아가야 한다. 찾아가 상궁의 증언이 거짓이었다는 위증을 하게 만들면 되는 것이다.

그의 손끝이 거뭇하게 물들었다. 벌려진 손가락에 짧은 전율이 인다. 손등에 퍼렇게 올라온 핏줄이 그의 적확한 격노를 방증했다.

"태자비……!"

그의 몸이 무언가에 이끌린 듯 일으켜진다. 끌려가듯 휘적휘적 내딛는 발걸음. 그의 비칠거리는 몸뚱이 너머로 보이는 것은, 바닥에 나뒹구는 술병들뿐이었다.


불현듯, 등 뒤가 서늘해졌다. 그 냉랭한 기운에, 진원은 재빨리 뒤를 돌아 컴컴한 어둠 속을 꼿꼿이 주시했다. 그러나 시야에 들어오는 것은 없다. 오직 다가오는 것은 한 치 앞을 내다볼 수 없는 껌껌하고도 퀴퀴한 어둠의 기운뿐.

"왜……."

진원은 제 척추를 따라 흐르는 식은땀을 느끼며 불안한 마음에 입술을 달싹였다.

눈을 가늘게 뜨며 멀지 않은 곳에 있는 동궁을 내다본다. 처마 끝에 달린 등잔의 붉은 불빛이 넘실거리고 있는 궁. 그 모습이 마치 화마(火魔)에 휩싸인 것만 같이 보여, 진원은 피어오르는 불안감을 막을 수 없었다.

쏴아아―

세찬 바람에 맞부딪힌 나뭇잎의 스산한 소리가 귓가를 맴돌았다. 대기를 요동치게 만드는 바람. 그리고 진원의 마음을 뒤흔드는 기류.

그는 자신도 모르게 한 발자국 앞으로 몸을 내밀었다. 기우일까? 아니면 예측일까. 맥박이 뛰는 관자놀이를 꾹꾹 누르며 마음을 가다듬고자 애를 쓴다.

"기찬!"

그는 어둠 속을 향해 외쳤다. 잠시 후, 암흑의 기류를 헤치고 나오는 기찬. 그 역시 같은 기운을 느낀 것일까. 가느다란 눈에 뚜렷한 확신이 담겨 있었다.

"내가 나온 후 동궁으로 들어간 이가 있었느냐."

"아니요. 인기척은 느끼지 못했습니다."

"……어쩐지 느낌이 좋지 않구나."

쏴아아, 재차 바람이 불어왔다. 그에 담긴 모든 기세가 한 곳으로 우르르 쏟아졌다. 바람의 방향도, 하늘 높이 흩날리는 나뭇잎들의 방향도, 하다못해 눅눅한 매지구름의 방향도 모두 다 동궁을 향하고 있었다. 불안감이 점점 증식되는 것만 같다.

"태자비마마께 다시 가보는 것은……."

"쉿."

진원은 기찬의 말허리를 끊고 그의 어깨를 잡아 누르며 몸을 낮췄다. 그들의 말소리가 사라지자 다시금 찾아온 적막. 그 고요한 공간 속.

그때,

"꺄악!"

공포에 질린 비명 소리가 들려왔다. 그와 동시에 매캐한 검은 연기가 피어오르기 시작한다. 그 모든 것들의 근원은, 동궁.

"향……?"

진원의 몸이 뻣뻣하게 굳는다. 희번덕 떠진 눈에 극도의 공포가 물들기 시작했다.

"다, 당장 병부로 달려가 군사를 불러 오거라!"

정신을 차린 진원이 재빨리 동궁 쪽으로 뛰어가기 시작했다.

'아니다, 아니야! 아무 일도 없을 게다. 절대로, 절대로 아무 일도 없을 테다.'

진원은 발을 더욱 재우치며 쉴 새 없이 읊조렸다. 부디, 향이 무사하길 바라며.

✼

"마마……."

김 나인의 목소리가 꽤나 희미했다. 흔적을 찾을 수 없을 만큼 꺼져가는 그 음성에, 향은 슬그머니 고개를 들어 그네를 바라보았다.

"왜. 왜 그리 불러."

김 나인은 코를 훌쩍이며 향을 올려다보았다.

금일 아침. 마마와 전하께서 합궁하셨다 들었을 때에는 부끄러움과 기쁨이 공존했다. 드디어 마마와 전하께서 마음을 합하셨나 보구나, 하니 이제 마마께서 고생할 일은 없을 것이다…… 하고.

한데 이게 무어냐. 여전히도 마마의 얼굴에는 어두움이 드리워져 있으며 더욱 더 무정하고 메마른 듯 보였다. 대체 무슨 일이 있었기

에, 대체 어떠한 것을 겪었기에,

"차라리 소리를 지르세요, 마마. 차라리 화를 내세요. 차라리 우세요. 왜, 왜…… 아무것도 하지 않으셔요……."

이리도 사람이 황량해 보일 수 있는 것인가. 김 나인은 아랫입술을 꽉 깨물었다.

"정말 궐을 나가고 싶으신 거여요? 정말 자가께 자리를 넘기고 나가실 생각이셔요? 정말, 정말 전하를 두고……."

"말희야."

"저는 싫어요, 마마. 아니, 마마도 싫으시잖아요. 마마도 그리 되기 싫잖아요. 하니 마마, 제발……."

결국 참지 못한 눈물이 눈을 비집고 흘러내렸다. 오열하는 것은 아니었으나 저렇게도 떨어지는 눈물방울이 정히 안쓰러워 보여……. 향은 얼굴에 드리웠던 그림자를 거두며 사붓 입술을 들어 올렸다.

"이번에는 너까지 힘들게 만들었구나."

"아, 아니에요. 마마. 아니에요. 저는 하나도 힘들지 않아요."

"미안하구나. 미안해."

향은 제 왼손에 끼워져 있는 가락지를 어루만지며 말했다. 이를 만질 때마다, 볼 때마다 마음 한 구석이 저릿해진다. 또한 그럼과 동시에 원의 얼굴이 떠오른다. ……내가, 과연 어찌 해야 하는 것인가.

"홀로 있을 시간을 주지 않으련."

향은 그리 말하며 또다시 서글프게 웃었다. 저 모습은 마치 허물어지고 있는 도성과도 같아 보여……. 김 나인은 코를 훌쩍이며 몸을 일으켰더란다.

하나 그때에.

"태자비는 어디에 있느냐!"

바깥에서 요란스러운 소리가 들려오기 이르렀다. 황급히 커지는 두 눈. 김 나인은 재빨리 방을 뛰쳐나갔다.

복도 끝에서 보이는 것은 이황자 정현이요, 여기까지 풍겨오는 술 냄새를 보아 하니 짐승으로 변모한 이였으니.

"저, 저하. 시, 시간이 많이 늦었습니다. 부디 오늘은 이만 물러가시 옵고……."

당혹스러움으로 인하여 낯빛이 파리해진 김 나인의 말이었다.

작금의 동궁은 그 누구도 나갈 수 없고 그 누구도 들일 수 없다. 이는 황태자의 명이옵고 또한 그의 말은 은이라. 감히 어길 수 있는 것이 아니건만.

"당장 비키지 못할까! 내가 태자비를 만나겠다는데 네년이 무슨 상관이더냐? 당장 태자비를 불러오거라!"

정현은 김 나인의 손길을 뿌리치며 고래고래 소리를 지르기에 이르렀다.

한 손 가득 술병을 들고 있는 그. 그리고 그가 말을 할 때마다 풍기는 지독한 술 냄새. 김 나인의 미간에 짙은 주름이 잡혔다.

"하오나 저하!"

"비키래도!"

"악!"

정현은 김 나인을 패대기치며 성큼성큼 앞으로 나아갔다. 그네를 도와줄 수 있는 이는 없다. 정현을 막을 수 있는 이들은 없단 말이다.

하나 그때.

드르륵.

"……무슨 일이냐."

문이 열림과 동시에, 검은 야장을 걸치고 있는 단향이 걸어 나왔다. 짧지 않은 거리를 두고 서로를 마주하고 있는 정현과 단향. 그들의 눈빛이 맞부딪치며 거센 기운을 만들어내기 시작했다.

픽, 정현의 입꼬리가 솟아오른다.

"아이고, 이게 누구십니까. 고귀하신 태자비마마가 아니십니까? 하하, 잘 지내셨는지요? 매우 평안해 보이십니다? 저를 벼랑 끝으로 내몰아 놓고서는요."

"……들어오시지요."

향은 정현을 고까운 눈길로 바라보며 말했다. 향의 향을 덮을 만큼 지독한 술 냄새가 풍겨져왔다. 이를 향이 모를 리 없을 터. 후우, 향은 한숨을 내지르며 문지방을 밟았다.

탁, 문이 닫힌다. 굳건하게 닫혀 있는 문 너머로, 방 안을 들여다보려 애를 쓰고 있는 김 나인의 모습이 흐릿하게 보였다. 향의 인상이 찌푸려진다. 아직까지도 방방 뛰고 있는 가슴팍은 가라앉을 생각을 하지 않는다.

"……앉으시지요."

향은 맞은편에 자리를 내어주며 말했다. 사납게 올라간 정현의 눈을 보자니 목이 턱턱 막히는 듯싶었다.

"저하, 시각이 몇 시인 줄은 아시는 게지요?"

목하 정현의 행동은 궐의 법도를 어기는 것이라는 뜻의 말. 이를 모를 리 없는 정현의 눈이 더욱 흉흉하게 빛이 났다.

"하하, 시각이요? 미천한 황자 따위는 아무것도 모르겠습니다만? 어찌, 고귀하신 마마께서는 알고 계시나 봅니다? 예?"

"황자 저하."

"제가 황자라는 것을 알고 있다면!"

쾅! 다상을 주먹으로 친다. 쾅, 쾅, 쾅, 뒤엎어진 병과 찻잔처럼, 향의 마음 역시 뒤흔들리기 시작했다.

"그에 따른 예를 갖춰야 하는 것이 아니겠습니까?"

"……제가 저하께 무례를 범했다는 말씀이십니까?"

"그렇지요. 무례를 범하였지요."

정현의 누리끼리한 눈동자가 향을 주시했다.

호의 계집이라 하여서 쥐새끼인 줄로만 알았지, 이런 호랑(皓狼)의 피를 이어받은 계집일 줄은 상상조차 하지 못했다. 뒤로 수를 쓰고 제 이득을 취할 계집인지 알지 못하였단 말이다.

정현은 제 우매함을 탓하는 대신 향에게로 원망의 화살을 돌렸다. 저는 잘못한 것이 없으므로.

"죄인이라니, 하! 죄인이라니! 그깟 상궁의 증언 하나로 나를 죄인으로 몰아? 하하! 하하하! 하늘이 노하고 땅이 노할 일이야! 암, 그렇고말고. 어찌 황족을 모략하려 할까? 어찌 환조의 아들을 짓밟으려 할까? 감히, 야만인 계집 따위가 말이야."

어미를 죽인 것은 자신이 아닌 양제, 태위의 딸이었으므로.

그렇게 정현은 끊임없이 되뇌었다. 황후를 시해한 이는 양제라고, 자신은 하루아침에 어미를 잃은 불쌍한 아들일 뿐이노라고.

그렇게 자신조차 가짓부렁으로 물들이는 그. 이젠 무엇이 진실인지, 무엇이 거짓인지 분간이 안 될 정도다.

"……그깟 나인의 증언 하나로 양제를 몰아세운 것은 누구였습니까."

그러나 정현의 이러한 거짓 세계를 깨뜨리는 것은 향이었으니.

향은 두 눈에 힘을 번뜩 주었다. 혹여 정현이 자신을 해하면 어찌하나 하는 심중에 이는 걱정을 두어 내린 채, 오직 진실만을 말하고자 다짐한다.

"양제는 죄가 없습니다."

"태자비!"

"죗값은 죄를 지은 이가 받아야 하는 것입니다. 저하, 이제라도 순순히 말씀하시지요. 형벌이 덜어질 수도 있지 않겠습니까."

"이, 이……!"

정현은 벌떡 몸을 일으켰다. 그의 거센 몸짓에, 오롯하게 빛나던 호롱불 여럿이 스산하게 흔들렸다. 붉은 기운이 그의 얼굴에 스며든다. 마치, 딱딱한 불꽃과도 같은 기운이.

"작금 이 일이 나만을 위한 일인 줄 아느냐? 네게 있어 눈엣가시가 양제임을 내 몰랐을 것 같으냐? 이 일만 제대로 진척이 되었더라면! 양제가 벌을 받았더라면! 너도 좋고 나도 좋은 일이 아니었더냐? 하! 죗값은 죄를 지은 이가? 말도 안 되는 소리!"

쾅! 정현은 차오르는 분노를 누를 수 없다는 듯, 거센 발길질로 다상을 차버렸다. 쾅! 쨍그랑! 허공을 향해 솟구치다 바닥을 향해 곤두박질친 물건들의 마지막 비명이 들려왔다.

향은 가만히 눈을 내리감았다. 달달 떨리는 손끝을 마주 잡으며 숨을 고르고자 노력했다.

"죗값은, 힘이 없는 이가 받는 것이다. 아둔한 이가 받는 것이야! 절대로, 내가 그리 될 수는 없단 말이다!"

"……저하."

"나는 황제가 될 몸이다! 너 따위에게, 너 따위에게……!"

정현은 들고 있던 술을 벌컥벌컥 마시더니 이내 술병을 바닥에 내팽개치고는, 향의 멱살을 잡고 일으키기에 이르렀다.

"악!"

갑작스러운 손길에 아무런 저항조차 하지 못하고 정현의 손에 매달리게 된 향.

켁, 켁……. 숨이 막바지로 차오르는 소리가 방 안을 그득 채웠다. 그 숨소리가 희미해짐과 동시에 정현의 얼굴에 쓰인 붉은 화마(火魔)가 더욱 짙어지고 있었다.

"당장! 당장 도만호에게 말을 해라. 신 상궁의 증언이 거짓이었다고! 양제가 나인에게 독초를 전달하는 것을 보았다고!"

"콜록, 켁, 켁……! 노, 놓으십…… 콜록……."

"약조하지 않으면 네년을 죽여 버릴 게다!"

그 말과 함께 정현은 향을 바닥으로 내던졌다. 콜록, 콜록……. 마른기침이 향의 목구멍에서 연거푸 쏟아져 나왔다. 아득해진 눈앞, 컴컴해진 시야. 향은 가슴팍을 내려치며 숨을 내뱉고자 노력한다. 하아, 하아…… 입술을 까득 깨문다. 비릿한 피 냄새가 향의 온몸을 휘감았다.

"당장 대답하라!"

"악!"

정현은 성큼성큼 걸어와 향의 머리채를 잡아당겼다. 타오르는 통증이 느껴졌으나, 그것보다 더욱 가까이 다가오는 것은, 공포.

향은 정현의 손을 손톱으로 바득바득 긁으며 몸을 비틀었다.

정녕 이자는 미친 게다. 미치지 않고서야 이런 무자비한 행을 할 수 없다!

"마마! 무슨 일이십니까! 마마!"

문밖에서 김 나인의 다급한 목소리가 들려왔다. 그에 순간적으로 힘이 빠진 정현의 손. 향은 그 틈에 정현을 간신히 뿌리칠 수 있었다.

짙게 다가오는 술 냄새에 정신이 아득해질 지경이다. 애써 다리에 힘을 주며 정현을 향해 형형한 눈빛을 쏘아냈다.

"끝까지 네 주제를 모르는구나! 명이다, 명! 내가 네게 내리는 명이란 말이다! 당장, 당장 도만호에 가⋯⋯!"

"싫습니다!"

향은 고개를 거차게 흔들며 대답했다. 독기가 그득 담겨 있는 눈동자가 오직 정현만을 주시했다. 까득, 까드득, 이를 세게 깨물며 핏대를 세운다.

"저하께서 아무리 이러신다 한들! 저는 절대로 증언을 철회할 생각이 없습니다!"

두려움이 가득하여 발발 떨리는 몸뚱이였으나, 그 목구멍에서 나오는 말만큼은 꼿꼿한 것이었으니.

향은 숨을 크게 들이마셨다. 이곳은 동궁이다. 지엄한 황실의 동궁. 그러니, 정현은 절대로 나를 죽일 수 없다.

여기까지 생각이 미친 향은 더욱 빳빳하게 허리를 폈다. 다시금 돌아온 고고한 자태. 절대로 꺾이지 않는 소나무와 같은 모습. 이러한 향의 기세에 당황한 것은 정현이요, 몸을 뒤로 빼는 것 또한 정현이었으리라.

"말씀드리지 않았습니까? 저를 죽일 수 있다면 죽여보시라고! 그래요, 죽여보시지요!"

"태자비!"

향의 악에 받친 목소리에 정현의 외침이 뒤섞였다.

"한 번, 아니, 두 번입니까? 저하의 손에 피를 묻힌 것이?"

그의 눈이 휘둥그레 떠졌다.

"하늘이 노하고 땅이 노한다 하셨습니까? 그것은 저하가 하실 말씀이 아닙니다! 형제를 죽인 것으로도 모자라 어머니의 생마저 뺏은 저하가 하실 말씀이 아니란 말입니다!"

향은 고래고래 악을 내질렀다. 정현에게 잡혔던 목덜미가 아팠고, 또한 그에게 잡혔던 머리채가 아프다. 그러나 물러설 수 없다. 여기서 물러선다면 꼼짝없이 그에게 옭아매지는 것이리라.

"벌을 받으실 겁니다! 외명부의 벌이 아니라, 하늘의 벌을요!"

정현의 시선이 먹먹하게 변모한다. 사실은 그 역시 알고 있으리라. 자신이 얼마나 큰 죄를 지었던 것인지. 또한 그에 따른 죄책감이 그의 마음 깊은 곳에 숨어 있었으리라.

"이, 이, 이……!"

그는 재차 뒷걸음질을 쳤다.

달빛에 어릿하게 반영되는 향의 얼굴에,

"모든 것을 순군만호부에 고할 것입니다! 저하께서 하신 모든 일을 요!"

황후의 얼굴이, 그리고 재민의 얼굴이 중첩되어 보인다 하면 그것은 착각일까.

향의 등 뒤로 어릿어릿한 검은 기운이 피어올라 왔다. 그 기운은 황후의 모습으로 변모하기도, 또한 재민의 모습으로 변모하기도, 그들이 죽었던 그날의 모습으로 정현에게 성큼 다가오기 시작했다.

그는 두 손에 얼굴을 묻으려 하였으나, 새빨간 피가 얼룩덜룩 진 손바닥에 기겁을 하며 자리에 주저앉았다. 옷자락에 핏자국을 닦으려 하였으나 닦아지지 않았다. 오히려 점점 더 번져가는 핏자국.

"악!"

그는 몸을 돌려 벽을 향해 달려가기 시작했다. 쾅! 쾅! 머리를 박는다. 아, 그럼에도 눈앞에 펼쳐진 환영은 사라지지 않는다.

피를 뚝뚝 흘리며 자신에게 다가오는 황후, 그리고 재민.

아, 아……!

그는 도망치려 하였으나, 발이 움직이지 않았다. 꺽꺽 막혀오는 목구멍이 그의 마지막 삶을 방증해 주는 것만 같았다.

"나, 나는……! 나는 아니야! 내가 한 짓이 아니야……!"

쨍그랑!

"꺄악!"

그의 격렬한 뒤흔듦에, 호롱불 여럿이 바닥으로 곤두박질쳐 두툼한 요에 불이 붙기 시작했다. 예상치 못한 불길에 향은 주춤 뒷걸음질을 쳤다. 매캐한 검은 연기가 정현을, 그리고 단향의 몸을 타고 올라오고 있었다.

그 타오르는 불길 너머로 보이는 것은, 피눈물을 뚝뚝 흘리고 있는 황후. 그리고 가슴이 훤하게 뚫린 재민. 보지 않으려 눈을 감았으나 더욱더 또렷해지는 환영에,

"아악!"

그는 제 머리칼을 쥐어뜯으며 방 밖으로 뛰쳐나갔다.

점점 커지고 있는 불길 속, 혼자 남게 된 향. 그러나 향의 몸은 움직여지지 않았다. 바짝 굳은 몸뚱이에 뜨거운 열기가 새어든다.

아, 아…… 어머니.

향의 손끝이 뜨거워진다. 가슴에도 불이 난 듯 몸이 뜨거워지기 시작했다. 도망쳐야 한다, 도망쳐야 한다!

"마, 마마! 부, 불이……! 뭣들 하십니까! 당장 물동이를……! 마마!"

그러나 움직일 수 없다. 제 신장만큼 커진 불길, 이를 헤치고 나갈 자신이 없다는 말이다.

김 나인의 계속된 재촉이, 외로운 울부짖음이, 어느덧 자그맣게 들리기 시작했다.

"콜록, 콜록……."

움직이고자 하였으나 몸이 말을 듣지 않는다.

아, 나가야 하는데, 방을 나서서, 진원에게 말을 해야 하는데…….

눈앞이 점점 캄캄해지기 시작했다.

＊

"단향은! 단향은 어디에 있느냐!"

진원은 어느새 삼삼오오 모인 인파 사이를 헤집으며 울부짖듯 소리
쳤다.

짙고 검은 연기와 새빨간 화염에 휩싸인 동궁. 그리고 그 주변에 서
서 발을 동동 구르고 있는 궁인 몇과 서둘러 물을 뿌리고 있는 이들.
그들 사이를 아무리 헤치고 헤쳐 보아도 단향은 보이지 않는다. 단향
을 쫓아다니던 나인 역시 보이지 않는다! 대체, 대체……!

"단향!"

진원은 외로운 고함을 내지르며 발을 더욱 재우쳤다. 나오지 못한
것인가? 아직 방 안에 있는 것이야? 향아, 향아, 제발……!

원의 쩍쩍 갈라진 입술 사이로 눈물 섞인 숨이 거칠게 흘러나왔다.

그때, 멀지 않은 곳에서 익숙한 목소리가 들려왔다.

"태자 전하!"

원은 재빨리 고개를 돌린다. 거뭇거뭇한 시야를 또렷이 하고자 눈
에 힘을 준다.

"햐, 향아……."

그곳엔, 김 나인에게 안기듯 쓰러져 있는 향이 있었다.

아, 진원은 안도의 숨을, 그리고 또한 걱정의 숨을 내뱉으며 향에게

뛰어간다.

"향아, 왜, 왜……."

진원은 김 나인에게서 향을 받아 안으며 그녀를 꼭 끌어안았다. 뜨거운 몸뚱이, 꾹 감겨 있는 눈. 끝이 타버려 바스러진 머리칼.

혹 다친 것은 아닐까? 달달 떨리는 손길로 곳곳을 살피며 거친 숨을 몰아쉰다.

"왜, 왜 눈을 뜨지 못하는 것이냐? 다친 것이야? 태의는 불렀느냐? 어찌 된 일이냐? 어서, 어서 말해보란 말이다!"

"마, 마마는 괘, 괜찮습니다. 불길이 거세지기 전에 제가 모, 모시고 나왔습니다. 다, 단지 정신을 잃으신 것뿐……."

"하, 하아……."

김 나인의 말에 그나마 다행이라는 듯, 진원은 고개를 처연하게 떨어뜨리며 입술을 바득 깨물었다.

검고 검은 연기가 그들 사이를 스쳐 지나간다. 불길은 사그라질 생각을 하지 않아, 더욱더 몸집을 키우며 하늘 끝까지 솟구치는 중이다.

"어찌 된 일이냐."

김 나인은 진원의 목소리에 짙은 살기가 담겨 있다는 것을 알아챌 수 있었다. 정녕 분노에서 비롯된 떨림이 그의 몸을 그득 채우고 있었기 때문이다.

김 나인은 화끈거리는 손을 두어 내리며 뚝, 뚝, 눈물방울이 묻어 있는 목소리로 답했다.

"화, 황자 저하께서 차, 찾아오셨습니다. 방에서 대담을 하셨는데, 갑자기 큰 소리가 나더니…… 불이……."

"이황자가…… 찾아왔단 말이냐?"

"그, 그러하옵니다."

"빌어먹을!"

진원은 주먹을 세게 바르쥐었다. 쾅, 쾅! 흙바닥을 주먹으로 내려치
며 차오르는 분을 가감 없이 표해낸다. 향을 더욱 끌어안는다. 혹여
연기가 들어갈까, 소맷자락으로 향의 코를 막아주는 그이다.

"전하!"

기찬의 외침. 그는 단걸음에 뛰어와 휘둥그레진 눈으로 진원의 어
깨를 부여잡는다.

"이, 이 무슨 일입니까? 부, 불이 왜…… 마마는…… 김 나인!"

"나, 나으리……."

그러다 김 나인의 거뭇한 몰골을 보고는 서둘러 김 나인에게 다가
가 그 손을 부여잡았다. 불에 덴 듯 껍질이 다 벗겨진 그녀의 손을 바
라본다. 이 어찌 된…….

기찬은 당황한 기색을 애써 감추며, 눈물을 뚝뚝 흘리고 있는 김
나인의 눈가를 닦아주었다.

"찬아."

어금니가 바득 부딪히는 소리가 들렸다.

기찬은 재빨리 진원을 향해 고개를 돌렸다. 원의 눈동자는 서늘하
기도, 또한 타고 있는 동궁처럼 활활 타오르기도 하였으니.

"이황자를, 찾아라."

그의 눈에 맺혀 있는 것이 눈물인지, 아니면 복수의 감정이 담겨
있는 피눈물인지는 정녕 모를 일이었다.

같은 이에게 소중한 사람을 두 번이나 잃을 뻔하였다. 그것은 감히
상상조차 하지 못할 만큼의 크나큰 분노였으니!

"찾아, 내 눈앞에 데리고 오거라, 당장!"

그의 위엄찬 목소리가 대지를 쩌렁쩌렁하게 울렸다.

곧이어, 와르르— 궁이 무너지기 시작했다. 오직 대기를 뒤흔드는 것은 궁의 마지막 괴성뿐.

그것은 아마도, 전조(前兆)였다. 궐에 불게 될 피바람의, 전조.

## 10장.
### 그대 오직 나를 적시는 비가 되기를

궐은 조용했다. 늦여름의 열기를 품은 바람의 스산함도, 부연 먼지의 헤엄 소리도 들리지 않을 만큼 앙상하고 또한 고요했다.

궐은 또한 어두웠다. 정오가 되어 해가 쨍쨍 듦에도 불구하고 어둑한 음의 기운만이 가득했다. 이는 해가 뜨는 동쪽의 궁이 새빨간 화염으로 휩싸여 거뭇한 잔해로 변모한 탓이 컸다.

마지막으로, 궐은 흉흉했다.

동궁에 불이 난 이후로 황제는 편전을 더 이상 열지 않았고, 아주 가끔씩 기색을 비추는 황태자는 한겨울의 딱딱한 얼음장처럼 서늘하고 또한 매서웠다. 그렇기에 관료들은 어깨를 움츠리고 각자의 눈치를 보며 황도를 오다닐 수밖에 없었다.

이와 같은 연유로, 궁인들은 처소에서 나오지 않고 있는 이황자가 동궁에 불을 저질렀다는 풍문을 사실시하고 있었다. 더불어 이황자가 황후를 독살하였다는 풍문 역시 사실시 되어가고 있으니, 그가 언제 어느 때 죗값을 받게 될지 모두가 궁금해하는 눈치였다. 그러나 아직 편전은 열리지 않고 있었다.

그러하다면, 하루아침에 궁을 빼앗기게 된 태자비는 어디에 있을까.

사실, 그녀의 행방을 알고 있는 이는 아무도 없었다. 행간의 말로는 그녀가 별궁에 처박혀 있다고 하기도, 아니면 궐 밖으로 내쫓겼다 하기도 하였으나, 확실한 것은 없었다. 오직 알 수 있는 것은 작금의 사변에 등이 터진 것이 태자비라는 것뿐.

하여 동정론이 스멀스멀 올라오고 있었다. 이는 그간 태자비가 보여주었던 '무정'한 얼굴 때문이 분명했다.

마치, 폭풍 전야와 같은 나날들이 계속해 흘러가고 있는 시점이었다.


하늘 높이 바람이 솟구친다.

쏴아아―

부유물들의 잠시의 비행 끝에 하늘의 어딘가를 콕 찍은 바람이 쏜살같이 내려와 대기를 요란하게 뒤흔든다.

한데 이상한 일이다. 허공을 마냥 떠다니는 것만 같던 바람이 한곳으로 흩날리기 시작했다.

휘잉, 휘이잉, 겹겹이 층이 쌓여 두터워진 바람의 도달점은 예선당. 한울의 처소였다.

딸랑딸랑―

예선당 처마에 걸려 있던 작은 방울이 맵싸한 바람을 만나 낭자하게 흔들렸다.

편전이 열리지 않았음에도, 지엄하신 황제의 명에 의해 옥에서 나오게 된 한울. 역시 기척 없는 황제의 의중은 그 누구도 알 수 없었기에, 한울조차도 영문을 모른 채 바깥세상에 발을 내딛게 된 것이었다.

그 후로 어언 아흐레가 지났건만 바깥바람은 아직도 생소하게 다가왔다. 때문에 예선당은 꽤나 시끌벅적 부산했다. 이는 궐의 주인이 되돌아온 것에 대한 반가움도 있었을 테지만,

"더, 더! 더 아름다운 것을 가지고 오란 말이다! 이까짓 옥비녀 따위를 내게 줄 심산이냐? 이런 허름한 것이 나와 어울릴 것 같아? 당장 패물함을 가져오너라!"

갑작스레 변한 한울의 성정 때문이기도 하였다.

본디 개국공신 태위의 독녀라, 특유의 고고함과 오만함은 참을 수 있었다. 그런 성정이라 하여도 궁인들에게 패악을 부린다든가 하는 도리에 어긋난 짓은 하지 않았으니. 그러나,

쨍그랑!

"이것밖에 없느냐? 엊그제 찾아온 의중찬이 가져온 것이 있지 않아! 네년들이 숨긴 것이냐? 어디에 가져다 놓은 것이야!"

작금의 한울은 달랐다. 하루에도 수십 번 화를 내는 것은 당연한 일이요, 너무도 급작스럽게 탐욕이 커졌다. 본디 금전욕이 있음을 알았지만, 이리 재물을 긁어모으던 이가 아니었는데……

서로의 눈치를 보던 궁인들 중 한 명의 입이 열렸다.

"자, 자가. 목하 그것이 저, 전부입니다. 부디 노여치 마시옵고……. 후에 아랫것들을 시켜 가져오도록 하겠습니다."

한울은 그의 대답이 마음에 들었다는 듯, 또다시 환한 웃음을 머금고 고개를 끄덕였다. 후우, 안도에 찬 숨소리가 들린다.

한울은 그들을 뒤로하고, 작은 면경을 들어 제 얼굴 곳곳을 살펴

보기 시작했다. 주름이 진 곳은 없는지, 분이 잘못 칠해진 곳은 없는지, 눈썹은 반듯한지, 입술은 색이 배어 있는지.

다른 이들이 볼 때의 한울의 외양은 모든 것이 완벽해 흠잡을 곳이 하나 없었으나, 정작 그 본인은 그렇게 생각하지 않았다. 면경에 담긴 한울, 자신의 모습은 어쩐지 거무튀튀하고 또한 추악했다. 뽀얗기만 했던 살결인데, 눈 밑에 그늘이 진 것이 마치 죄인의 형상인 것만 같다. 그네의 얼굴이 바삭바삭 구겨진다.

"다시 씻어야겠구나. 물을 받아놓거라."

어쩐지 텁텁한 냄새가 나는 것만 같다. 퀴퀴한 옥에서 배인 냄새가 아직도 사라지지 않는 것만 같다.

이것은 각인(刻印)이리라. 그때의 다짐을, 무너졌던 마음을 잊지 못하게 하는 족쇄와도 같은 것.

한울은 목덜미를 벅벅 긁으며 인상을 찌푸렸다.

"하, 하오나 자가…… 오늘만 하여도 벌써 세 번째이신……."

눈알을 살금살금 굴리던 궁인 한 명의 말이었다.

목간은 쉬운 일이 아니었다. 물을 길어오는 것뿐 아니라, 그를 따뜻하게 덥히는 일은 궁인 여럿이 달려들어 해야 할 만큼 어려운 일이었다. 그렇기에 생전 황후 폐하조차도 하루 두 번을 넘기지 아니하였는데…….

말을 뱉었던 궁인의 숨이 좁혀졌다. 쭉 째진 눈으로 자신을 쏘아보는 한울의 시선이 느껴졌기 때문이다.

"감히 내 말에 토를 다는 것이냐? 내가 씻고 싶다 하지 않아! 내가, 내가!"

"아, 아, 아닙니다! 다, 당장 세수간 나인을 시켜 물을 받아놓도록 하겠나이다."

궁인의 빠른 대답에 빽 소리를 치던 한울의 목구멍이 다시금 잠잠해졌다. 만족스러운 웃음을 머금으며 속눈썹을 손으로 올린다.

"그래, 오늘은 들린 소식이 있더냐?"

"소식이라면 어떤 것을 말씀하시는 것인지……?"

"태자비 그 계집에 대해 들려온 것이 있냐는 말이다!"

"아, 아니요. 아무것도 없나이다. 그저 어르신들의 말씀으로는…… 궐에 아니 계시는 것 같다고……."

그 말을 들은 즉시, 한울의 입꼬리가 곡선을 그리며 솟아올랐다. 그것엔 분연히 차오른 욕망이라는 감정이 묻어 있으리라.

이러한 궁인들의 예상이 들어맞는다는 듯, 한울의 새빨간 입술이 열렸다. 재잘재잘 흘러나오는 목소리는 퍽이나 고운 소리였으나, 그에 담긴 뜻은 정녕으로 밉살스러운 것이었다.

"하! 내 그럴 줄 알았지. 단번에 내쳐진 것이 아니더냐. 쓸모가 없어지니 버려진 게지. 쯧, 하기야. 믿을 만한 것은 그 얼굴뿐 아니었더냐. 호나라 야만인 주제에 감히 태자 전하를 넘보려 하다니. 업보지, 업보야."

열을 발산하는 바람이 한울의 주변을 맴돌았다.

본시 푸르디푸른 기운을 머금고 있던 그네였는데, 서늘하다 못해 냉랭한 기운을 머금고 있던 이였는데.

어찌된 일인지 옥에서 나온 직후 그네의 주변에는 붉고 붉은 기운이 그득했다.

그 시뻘건 기운의 방증은,

"그 계집보다 내가 더 곱지 않더냐? 그 계집의 얼굴이라곤 쭉 찢어진 눈밖에 없는데, 내가 더 어여쁘지. 암. 내가 그 계집보다야 백번 낫지. 그렇지?"

바로 불악귀에 빙의된 듯 흉흉한 언사였다.

궁인들은 조알만 한 입술을 꾹 깨물며 고개를 주억거렸다. 저 말에 동의하지 않는다면 '나를 무시한다'는 연유로 온갖 것이 날아올 것이 뻔하였으니. 며칠 사이에 한울에게 순응하게 된 자신들의 모습이 꽤나 헛헛하게 느껴졌다. 그러나 어찌하겠는가. 자신들은 힘이 없는 궁녀이거늘.

그때, 문 바깥에서 부산스러움이 느껴졌다.

"자가, 태위께서 드셨습니다."

"아버지께서? 어서 뫼시거라."

한울은 헝클어졌던 옷자락을 정돈하며 드르륵 열리는 문을 바라보았다. 문지방을 밟고 넘어오는 태위를 바라보며 이보다 더 밝을 수 없는 환한 웃음을 짓는다.

"아버지! 오늘은 어인 일이십니까?"

태위는 방실방실 웃고 있는 딸을, 그리고 딸의 주변에 있는 갖가지 패물들을 바라보며 보이지 않는 숨을 내쉬었다.

"……모두 물러가 있거라."

태위의 말을 끝으로 궁인들은 삼삼오오 흩어지기 시작했다.

"자가, 요즘 무얼 하시는 것입니까."

태위의 낮은 목소리가 한울의 귓가를 울렸다. 마치 의성처럼, 외로이 울리는 그 언사에 한울은 저도 모르게 실소가 튀어나왔다.

"어머, 제가 무얼요? 무얼 했기에 그리 도끼눈을 하고 보시는 겁니까?"

깔깔 일소를 흘리는 한울의 모습이 꽤나 못마땅했다. 태위의 미간이 짙고 좁게 찌푸려진다. 그 자글자글한 주름 속에는 야속함이라는 감정이 깊게 담겨 있었다.

"이 아비가 옥에서 했던 말을 잊었습니까? 자가를 구해준 것은 태자비마마라 알아듣게 말을 했건만!"

"하!"

한울은 콧방귀를 뀌며 고개를 휙 돌렸다. 새초롬하게 끼고 있는 팔짱이 꽤나 굳건하게 보여, 한울의 마음이 견고하다는 것을 방증해 주는 것만 같았다.

"아니, 아닙니다. 저를 구해주신 것은 그 계집 따위가 아니라 황태자 전하이십니다. 호나라 계집 따위가 무얼 했다고요? 신임을 잃어 내쳐진 계집 따위가 무얼 했다고요!"

"자가!"

태위의 쩌렁쩌렁한 외침이 스산한 방을 메웠다. 그러나 한울은 굴하지 않는다. 꼿꼿하게 목을 세우며 콧방귀를 뀔 뿐.

"태자비 전하는 아직 궐에 계실 겁니다. 단지 황자 저하의 위협에 의해 비호 받고 계신 것일 뿐. 왜 한 치 앞의 날도 보지 못하십니까. 조금만 더 생각하면 알 수 있는 것이거늘!"

"곧 내쳐지겠지요."

"자가. 작금의 태자 전하께서는!"

"제게 돌아오실 겁니다. 지금은 단지 바람을 타고 있으실 뿐이에요. 곧 돌아오실 겁니다. 소첩은 알고 있나이다."

태위는 입을 꾹 다물었다. 허망이라는 희망에 몸을 기대고 있는 자신의 딸이 안타까웠기 때문일까. 아니면 저 역시 그것을 바란다는 뜻일까.

한울은 흐트러졌던 머리카락을 한 곳으로 모으며 말을 이었다.

"고작 그 계집 하나 때문에, 저를 버리시진 않겠지요."

옥에서 사무치게 느꼈던 패배감과 두려움이 재차 느껴진다는 듯,

어깨를 바르르 떨며 눈에 번뜩 힘을 주었다.

"빌어먹을 계집년."

그 욕설이 들림에 있어, 태위는 한숨을 길게 내쉬었다. 너무도 급작스럽게 변한 딸이 익숙지 않다. 그러나 이러한 변화는 바로 자신 때문이리라.

그리 생각한 태위는 어쩔 수 없다는 듯 목에 힘을 풀었다. 등을 낮추고 몸을 앞으로 기울이며 한울의 손을 부여잡는다.

"작금 궐이 이상할 정도로 조용합니다. 이럴 때일수록 몸을 낮추고 상황을 살펴야 합니다. 애꿎은 궁인들에게 분을 푸는 것이 아니라요. 자가, 현명하게 행동하십시오. 아직 자가의 상황이 나아진 것이 아닙니다."

"나아진 것이 아니라면, 제가 또 옥에 갇힐 수도 있다는 말씀이신가요?"

픽, 한울의 입매가 지독하게 어그러졌다.

"아니요, 아니요, 저는 절대로 돌아가지 않을 것입니다. 돌아갈 수 없지요. 그곳에 들어가야 할 이는 제가 아니라 태자비일 테니까요. 아니, 아니, 호나라 계집이 들어가야지요. 태자비는 저이고, 황후가 될 여인 역시 저일 테니까요."

이러한 말이 한울의 마음속에 담긴 모든 것을 표현해 주는 것이리라.

옥에 갇혔을 때에 느꼈던 두려움과 슬픔이라는 감정이 합쳐져 분노라는 새로운 감정을 만들어냈다. 그것이 향하는 것은 자신을 해하려 했던 정현도 아니요, 저를 이용하려 했던 아비도 진원도 아니요, 바로 태자비 단향이었다.

뒤틀린 방향. 그것을 정정할 수 있는 이는 아무도 존재치 않았다.

"……이 아비가 누누이 말을 했지요, 너무 큰 탐욕은 화를 부를 것이라고."

그러나 태위는 마지막까지 끈을 놓지 못하고 있다. 뒤바뀐 딸을 되돌려 놓겠다는 듯, 애걸하듯 절절한 목소리로 말을 잇는다.

마주 잡은 태위의 손이 벌벌 떨린다. 한울은 그 손을 물끄러미 내려다보았다.

깊은 주름이 자글자글 가 있는 검은 손. 늙은이의 애걸에 동정심이라도 일 법하건만, 그를 내려다보는 한울의 눈동자는 황망하다. 감흥이 없는 듯 무심한 표정으로 대답한다.

"아버지께서 언제 그런 말씀을 하셨다 하시는 겁니까?"

삐뚜름하게 빗겨 나간 얼굴에서 일소가 튀어나왔다.

"아버지께서 제게 가르쳐 준 것은, 수단과 방법을 가리지 않고 권력을 탐하라는 것이었습니다. 그것을 아버지께서 몸소 실천해 보여주지 않으셨습니까?"

"자가!"

태위의 쩌렁쩌렁한 외침이 방 안을 그득 채운다. 맵싸한 바람이 창틀을 넘어 한울의 양 뺨을 스쳐 지나갔다.

"저는 기다리고 싶지 않습니다."

붉으락푸르락 열이 올라온 태위와는 상반되게 한울의 얼굴은 너무나도 안온하다. 바득 쥐어 잡은 옷자락을 제외하고는 너무도 평온한 모습이다.

"태자비의 자리는 본디 저의 것이었으니까요. 그러니 기다릴 수 없지요."

빙긋 웃는다. 그 웃음 속에 담긴 것은 매섭도록 시린 욕망, 그뿐.

그것을 알아챈 태위의 입이 쩍 벌어졌다. 달라진 한울의 모습에 대한 의문점은 접어 내려야 했다.

작금 중요한 것은 한울이 큰일을 벌이지 않도록 막는 것뿐. 그렇게 태위의 목에서 소리가 튀어나오려 할 때,

"밖에 아무도 없느냐. 아버지께서 물러가신단다. 배웅해 드려라."

한울이 선수를 치며 말했다.

퍽이나 냉랭한 목소리였으나 빙긋이 웃는 얼굴은 일그러지지 않았다.

어쩌면 미미하게 실금이 가 있을 수도 있었으나 태위는 그것까지 알아챌 수 없었다. 저의 눈앞에 서 있는 이가 정녕 제 딸인지, 아니면 생전 모르는 타인인지 분간이 안 되었기 때문일까.

"아버지, 편히 물러가십시오. 저는 제 뜻대로 행동하겠습니다."

휙, 한울은 등을 돌렸다. 그에 부연 먼지가 허공으로 솟구쳤다.

그 먼지에 산산이 반사되는 것은, 넋을 놓고 한울의 뒷모습만을 처연하게 바라보는 태위의 모습뿐이었다.

✻

"으…… 아……."

어둑서니가 잠식한 방. 컴컴하다 못해 꿉꿉함이 그득한 곳. 달빛 한 줌 들어오지 않는 방 안에, 벽의 모서리에 쪼그려 앉아 있는 정현이 존재했다. 그는 알아들을 수 없는 신음을 흘리며 목덜미를 벅벅 긁기도, 제 머리칼을 쥐어뜯기도 하며 천천히 어둠 속으로 잠식되어 가고 있었다.

"제발……."

그는 환영에 시달리고 있었다.

눈을 감으면 입가에서 피를 뚝뚝 흘리고 있는 황후가 보였고, 눈을 뜨면 머리에서부터 발끝까지 피칠갑을 하고 있는 재민이 보였다.

이는 열흘 전, 단향의 궁에서 '실수'로 불을 지른 후로부터 계속된 환영이었다.

하, 하하……. 막을 수 없는 일소가 흘러나왔다.

죄책감은커녕 없던 일이었다는 듯 살고 있던 나인데, 단 한 번도 그때를 떠올렸던 적이 없던 나인데! 왜, 왜! 대체 왜, 내 눈앞에서 이것들이 사라지지 않는 것인지. 대체 왜! 왜!

"악!"

그는 머리를 처박으며 손톱으로 바닥을 벅벅 긁기에 이르렀다. 어찌나 세게 힘을 주었던지, 얇아진 손톱이 찢어지며 살갗을 베어냈다. 뚝, 뚝, 떨어지는 핏방울 위로 그는 재차 바닥을 긁어냈다.

차라리 벌을 줄 것이면 열흘 전 그날에 벌을 주어야 했다. 옥에 가둘 것이라면 그리했어야 했다. 그러나 작금 아무런 벌도, 아무런 언질도 없다. 너무도 조용해 무서울 지경이다.

언제 어느 때 순군만호부 대원들이 들이닥칠지 모른다. 그렇기에 두려웠다. 또한 언제 어느 때 끌려가 고문을 당할지 모른다. 그렇기에 무서웠다. 마지막으로, 언제 어느 때 죽임을 당할지 모른다. 황후를 시해하고 태자비를 시해하려 한 죄는 사형으로 끝날 것이 아니기에, 그렇기에 매일매일 지옥 길을 걷는 것처럼 간담이 서늘했다. 매의 부러진 날갯죽지처럼, 아무것도 할 수 없었다. 더는 마음을 추스를 수 없게 되었다. 때문에 두렵다. 너무도 두려워!

"빌어먹을, 빌어먹을……!"

그는 욕설을 읊조리듯 말하며 두 손으로 두 눈을 틀어막았다. 손바닥에 고여 있던 피가 눈을 따라 뺨으로 주르륵 흘러내린다. 마치 피눈물을 흘리는 것만 같다. 그만큼 괴괴한 모습이다.

그때.

"꼴사나운 짓을 하고 있구나."

익숙한 목소리가 들려왔다. 정현은 힘없이 고개를 간신히 쳐들며 시선을 위로 올렸다.

소리의 근원은, 문이 열린 틈으로 새어 들어오는 빛발을 등지고 있는, 진원. 그간 처소에서 두문불출하고 있다던 그 진원이었다.

어쩌면 정현은 진원이 올 것임을 예상하고 있었을지도 모른다. 그의 입가에 배인 비소가 방증이었고, 당연하다는 듯 비칠비칠 몸을 일으키는 것이 또한 입증이었다.

"살아도 사는 것이 아닌 꼴을 구경하고자 왔건만…… 꽤나 미련한 모습이로군."

원은 정현의 얼굴에 묻은 핏자국을 바라보며 인상을 찌푸렸다. 정돈되지 않은, 난장판이 된 방 안을 내리 훑는다. 빳빳한 시선이 형형하여 온 곳을 내리 뚫을 것만 같다.

"진원……!"

이 치밀어 오르는 분노의 근원. 참을 수 없는 노기의 시발점.

정현은 이를 바득바득 갈며 거친 숨을 몰아쉬었다.

그러나 그는 원에게 달려들 생각도 못한 채 눈을 가늘게 뜨며 주춤 뒷걸음질을 쳤다. 진원과 중첩되어 보이는 재민의 환영을 떨쳐 내기 위해서였다.

"하하! 이젠 예를 갖출 생각조차 없는 게냐? 참으로 당당하군. 참으로 뻔뻔해."

원은 머리칼을 뒤로 쓸어 넘기며 정현에게로 다가갔다. 반쯤 입을 벌린 채, 초점이 맞지 않는 눈으로 허공을 바라보고 있는 그의 모습

이 참으로 괴괴해 보였다. 그러나 불쌍하지는 않다. 일말의 동정심조차 일지 않는다. 그것은,

"네, 네놈이 했지! 네놈이 나를……! 아니, 아니! 그, 그 망할 계집년……! 그년이 향을 피웠을 것이야. 호에는 독초가 많다 하지 않아. 향을 피워 나를 이 지경으로 몰아세운……!"

이리도 우매한 행을 지속하기 때문이다.

원의 눈동자는 고요하다. 분노가 굽이굽이 치고 있는 정현과는 달리, 너무도 고요하여 황량해 보일 지경이다. 그러다 곧.

짝!

순간의 움직임으로 정현을 내려치는 그. 힘없이 고꾸라진 정현의 몸뚱이 위로 진원은 매서운 눈길을 내리 쏘았다.

"이번에도 내 탓으로 돌리는 것인가."

또한 매서운 말을 내리 뱉는다.

"오 년 전에도, 그리고 지금도."

원은 뻐근했던지, 오른 손목을 돌리며 뒤돌아 걸어갔다.

그리고 가까운 곳에 쓰러져 있는 의자를 일으켜 세워 자리에 앉는다. 왼 다리를 꼬아 올리고, 몸을 앞으로 해 널브러져 있는 정현을 직시했다.

"네게 묻고 싶은 것이 있다."

한겨울 날의 상고대처럼 시리고 냉한 시선. 그리고 또한 서늘한 언사.

"왜 죽였느냐."

너는 더 이상 도망칠 곳이 없다는 듯, 온몸을 샅샅이 훑는 그 시선에, 정현은 몸을 일으킬 생각조차 하지 못한 채 헛헛한 웃음을 내뱉을 수밖에 없었다.

"누굴 말하는 게냐? 멍청한 어미? 아니면 순해 빠진 네 형님? 그도 아니라면 그 병신 같은 태자비?"

"……다시 묻는다."

스르륵, 이는 도실(刀室)에서 검을 빼어 드는 소리이다. 원은 일말의 망설임도 보이지 않은 채, 정현에게 검의 칼날을 겨누었다.

"왜 죽였느냐."

매끈한 도신(刀身)에 바르르 몸을 떨고 있는 정현의 모습이 비쳤다.

"내가 목하 너를 죽인다 하여도, 폐하께서는 나를 벌하지 않을 것이다. 네가 발작을 일으켜 내게 달려들려 하기에 베어버렸다 말을 하면 대신들 역시 내 말을 믿을 것이다. 하니, 묻는다. 왜 죽였느냐."

예상치 못했다. 감히, 이황자인 나의 앞에서 칼을 꺼내들 것이라고는 절대로 예상치 못했다. 이는 무너진 나의 권위를 방증해 주는 것이던가? 하, 하하! 음습한 비소가 그의 목구멍을 타고 흘러나왔다.

"사실대로 말하면 나를 죽일 것 같고, 거짓으로 말하자니 후에 나를 죽일 것 같고. 입을 다무는 것이 상책이 아닌가?"

정현은 얼얼한 뺨을 매만지며 몸을 일으켰다. 벽에 허리를 기대고, 널브러지듯 앉아 고개를 까딱인다. 그 모습이 참으로 가증스러워 보여 원은 가슴이 미어지는 것을 겨우 억누른 채 묵언을 유지할 수밖에 없었다.

"왜 죽였더라……. 그래, 그래, 그랬었지."

그는 진원의 뒤편, 우두커니 서서 자신을 바라보고 있는 재민의 환영을 바라보며 말을 이었다.

"네가 싫었기 때문이다."

재민의 환영, 뒤에는 꼿꼿하게 앉아 있는 진원이 존재했다. 정현의 눈살은 재민에게 닿기도 또한 진원에게 닿기도 하였으니. 정히 그가 뜻하는 것이 누구인지는 모를 일이었다.

"너 때문이다. 네놈만 없었더라면 내 탄탄대로를 걸을 수 있었을 텐데! 네놈만 없었더라면 아바마마께 인정을 받을 수 있었을 텐데!"

픽, 입꼬리를 틀어 올린다.

이미 죽은 네가 무얼 할 수 있겠냐는 듯, 이미 죽어버린 이의 넋을 좇는 너 따위가 무얼 할 수 있겠냐는 듯, 정녕코 타끈한 모습이다.

"황위가 싫다 하지 않았느냐? 하면 그 자리를 박차고 나갔어야지! 구질구질하게 붙잡고 놓지 않던 네가 아니었더냐! 하면 싫다는 말을 하지 말았어야지! 애꿎은 고문을 하지 말았어야지! 너 때문이다. 너 때문에 내가 이리 되었어!"

그의 눈가가 불현듯 축축해졌다. 그 눈물은 죄책감에서 비롯된 것도 아니요, 동정심에서 비롯된 것도 아니니.

"그래서 죽였다. 왜, 이것이 내 잘못인가?"

그것은 단지, 곧이어 잃게 될 권력에 대한 욕심에서 비롯된 것이었다.

주르륵, 두꺼운 눈물이 흘러내린다. 그에 얼굴에 묻어 있던 핏방울이 핏물이 되어 뚝뚝 떨어지기 시작했다.

"……네게."

원은 몸을 뒤로 젖히며 입술을 달싹였다.

그의 얼굴은 정녕 살차고 냉정해 보였으니, 그가 단단히 화가 나 있다는 것을 방증해 주는 듯싶었다.

"고맙단 말을 하고 싶군."

그러나 그의 냉랭한 얼굴에서 쏘아 나온 것이라고는 상상도 할 수 없을 만큼, 그의 말길은 축축하여 참으로 질척거렸다.

또한 홧홧하여 빛나고 있는 눈매와는 다르게, 그의 눈동자 안에는 세찬 횃대비가 주룩주룩 흐르고 있었다.

그래, 고맙구나. 참으로 고마워.

"잠자고 있던 분노를 다시금 끄집어내 준 것에 대해."

너의 죄를 잠시나마 가볍게 여겼던 나를 일깨워 준 것에 대해.

원은 비죽이 웃으며 몸을 일으켰다. 서슬 퍼런 빛을 내는 칼날을 정현에게 들이대며 목청을 틔운다.

"살고 싶으냐?"

정현은 대답하지 않았다. 그러나 너무도 당연히 긍정을 뜻하는 문이었기에, 진원은 더욱이 살찬 어조로 말을 이을 수 있었다.

"살고 싶다면, 고하라. 고하여, 네 죄에 대한 벌을 톡톡히 받아라."

정현을 직시한다. 눈물과 핏물로 얼룩진 그의 얼굴을 주시한다. 늠름하고 당당하게 보였던 '이황자'의 모습을 제 손으로 없앤 채, 이제는 벌을 기다리고 있는 넋이 나간 혼을 응시한다.

어찌하겠는가. 돌이킬 수 없는 강을 건넌 것인데.

진원의 눈가가 첨예하게 올라갔다. 가슴에 박힌 한을 끄집어낸 듯, 외롭게 꿈틀거리고 있는 '무언가'를 입술에 얹으며 숨을 몰아쉬었다.

"그렇지 못하겠다면."

정현의 시선 너머로 죽은 황후와 죽은 재민이 존재했다. 그리고 그들의 환영이 아스라한 안개 속으로 사라질 때에.

"죽어라."

탁, 그의 앞에 떨어진 검만이 오직 시야를 채웠다.


밤하늘을 찢어발기는 늑대의 울음소리가 들려왔다. 깎아지른 절벽에서부터 피어 나오는 괴성 아닌 울음이. 그 흉흉한 소리에 어깨가 움츠러질 법도 하건만. 원은 그쯤은 신경 쓰지 않겠다는 듯 걸음을 재우치는 데에 힘을 다 하고 있었다.

망종(芒種) 때가 지났건만, 어둑시근한 하늘의 공기는 여름녘의 바람이라 하기엔 다소 차갑고 또한 무거웠다. 손끝이 아리도록 다가온 한기에 원은 사붓 인상을 찌푸리며 동주궁의 소문을 열어젖혔다.

긴 복도를 걸어간다. 그런데 이상한 일이다. 복도를 지나고 지날수록 보이는 궁인들의 수가 적어지는 것이 아닌가. 원은 이것이 익숙하다는 듯 더욱 걸음을 재우쳤다. 그리고 그의 발걸음이 멎은 곳은, 복도 끝자락에 있는 아주 작고 외진 방문 앞이었다.

드르륵, 문이 열린다. 동시에 달님의 하얀빛이 시야를 가득 메웠다. 그 빛이 차차 점멸하고, 오롯해진 시선에 닿는 것은, 눈을 감은 채 가냘픈 숨을 뱉고 있는 단향이었다.

코끝에 와 닿는 공기가 서늘했다. 병자의 기운이란 바로 이런 것일까. 방을 그득 채우고 있는 낯선 기류에 원은 자신도 모르게 입술을 자근 깨물었다.

조심스러운 발걸음으로 향에게 다가간다. 혹여나 향이 깰까, 숨을 죽인 채 다가가는 모습이 참으로 안타까울 뿐이다.

"……."

원은 침묵했다. 아니, 침묵하고자 노력했다. 목 끝까지 차오른 설움의 기운을 차마 막을 수 없어, 손으로 입을 틀어막으며 두 눈을 질끈 내려감는다.

화마가 지나간 이후 향은 지금까지 동주궁에서 날을 보내고 있었다. 아니. 날을 보낸다고 하기엔 비약적이다.

향은 시간의 흐름을 온몸으로 맞이하고 있었다. 눈을 감은 채, 깊은 잠에 빠진 채, 암흑의 꿈길을 걸으며. 그렇게 향은 죽은 것도 아니요, 산 것도 아닌 나날들을 보내고 있었다. 그러니 더욱 병색이 만연해지고 낯빛이 파리해지고 있었다. 태의의 말로는 마땅한 병이 있는 것은 아니라 하였다. 그러나 기력이 쇠해졌다고, 이는 마음의 병이 있는 것이라고. 그리 말하며 기력을 보강하는 탕약만을 지어줄 뿐이었다.

그렇기에 원의 마음은 이리도 찢어지게 아픈 것이리라. 제가 향을 이리 만든 것 같았기에, 제가 향을 이리도 아프게 한 것 같았기에. 끝이 없는 죄책감이 밀려와 진원의 마음을 머리를 모든 것을 옭아매고 있었다.

"……향아."

그 목소리 끝이 흔들렸다. 향은 일어나지 않는다.

"향아. 향아."

부르고 불러도 닿지 않는 그 이름이란. 내 얼마나 많은 과오를 저질렀던가.

"네 내게 말했지. 두 개의 갈림길에서, 너는 한 가지의 길을 택한 것이라고."

향은 본디 자신을 택하려 하였다. 오 년 전의 연정에 이끌려, 마음에 가라앉아 있던 복수심을 내리고 원을 택하려 하였다. 그러나 이를 저버린 것이 누구였던가.

원의 떨어진 시선이 불현듯 요동쳤다.

"나 역시 두 개의 갈림길이 있다. 하나."

황위를 계승해 복수를 하는 것. 정현과 태위를 몰아내 그들의 사지를 찢어발기는 것. 그러나.

"나는 너를 택하겠다."

복수라는 것은 결국 흩어지는 허망과도 같은 것임을, 너무도 늦게 깨달았기에.

"그러니 이제 그만 눈을 떠주지 않으련."

원은 향을 향해 손을 뻗었다. 그 창백한 낯빛을 조심스럽게 쓰다듬
는다.

"나를 용서해 달라 하지 않겠다."

손끝에 맺히는 것은 오직 눈물이라. 달리 변함없는 그 마음이라.
원은 부르튼 입술을 수차례 달싹였다.

"그저, 그저……."

문득, 결코 풍기지 않을 것만 같던 꽃내음이 그의 코끝을 스쳤다.
나비를 불러 모으는 그러한 달큼한 냄새가, 그러한 향이.

"부디 본래의 너로 돌아와 다오."

그의 모든 것을 집어삼켰더란다.

✳

하얀 햇살이 대지에 내려앉아 산산이 부서질 때, 불현듯 황도가 부
산스러워졌다. 이는 근 열흘 만에 열리게 된 편전 때문이리라.

개중엔 급작스런 부름에 영문을 모른 채 참석한 대신들도 있을 테
고, 모든 것을 예상한 후 평온하지만은 않은 심정으로 참석한 대신들
도 있을 터였다.

그러한 이들을 멀찍이서 바라보는 진원의 얼굴은 매우 어두웠다.
태양이 중천에 떠 있어 빛을 쨍쨍 내리쬠에도 불구하고 그의 얼굴은
밤이 찾아온 듯 시커멓고 또한 암울했다.

"후우."

그는 짤막한 숨을 내뱉으며 고개를 치켜 올렸다. 날카로운 턱 선에
부연 흙먼지가 내려앉으려 하였으나, 이내 재차 뱉어지는 한숨에 여지

없이 흩어졌다.

오늘은 그토록 기대하고 고대하던 날이건만. 정현을 쫓아낼 수 있는 절호의 기회이건만.

왜일까, 마음 한구석이 찌릿찌릿 아파오는 이유는. 왜일까, 추를 매단 듯 목구멍이 턱턱 막히는 이유는.

'미치겠군.'

진원은 한 손으로 얼굴을 쓸어내리며 달싹이려는 입술을 가라앉혔다.

아마도, 희원의 달성 지점을 눈앞에 둔 인간이라면 모두가 겪는 불안함이 아닐까.

이러한 마음은 필시 편치 않은 마음에서 비롯된 것일 터. 이 일만 끝난다면 다시금 가라앉으리라. 그러니 괜찮다. 괜찮을 게다.

그는 다시금 발을 내디뎠다. 무겁디무거운 발걸음이었으나, 자신을 지켜보고 있는 대신들의 눈초리를 알기에 그는 부러 몸을 가볍게 해 허리를 꼿꼿하게 세웠다.

'오늘만 지나면, 끝이다.'

그는 걸음을 더욱 재우쳤다. 한시라도 빨리 모든 것을 끝내고 싶었기에.


모이고 모여 한 덩어리가 된 인파들이 갈라질 때, 한 줄기 빛발이 그들 사이를 스치며 지나갔다.

뜨거운 열기.

찐득한 땅덩어리에서부터 올라오는 아지랑이 때문일까. 아니, 모여 있는 대신들의 몸에서부터 흘러나오는 뜨거운 기운 때문임이 틀림없었다.

그 뜨거움은 불안함에서 비롯된 것일 수도, 혹은 등등함에서 비롯된 것일 수도 있을 터였다.

그들의 쑥덕거림 중에는 이황자의 처벌을 논하고 있는 것이 가장 크게 비중을 차지했고, 태자비 단향의 거처에 대해 논하고 있는 것이 그다음을 차지했다.

그러나 이런 사비(辭費)를 말하고 있는 대신들은 태위의 뒤에 서 있던 이들, 혹은 그 어느 쪽의 손도 들지 않았던 사람들밖에 없었다.

이황자 정현의 뒤에 서 그에게서 떨어지는 콩고물을 받던 몇몇의 대신들은 아무 말도 하지 못한 채 파리한 낯빛으로 짐짓 헛기침만 내뱉을 뿐이었다.

"황제 폐하 납시오!"

그때, 황제의 등장을 알리는 우렁찬 목소리가 들려왔다. 그제야 달뜬 토론을 벌이던 대신들의 고개가 조용히 떨어지기 시작했다.

무거운 침묵. 그 위를 흐르는 것은 황제의 따가운 눈빛밖에 없다.

며칠 사이에 더욱 또렷해진 깊은 주름. 이는 황제가 그간 무거운 시름에 시달려 왔다는 것을 방증해 주는 것과 다름없었다.

"도만호."

"예, 폐하!"

황제의 묵직한 음성이 들려옴과 동시에 도만호가 튕기듯 앞으로 걸어 나왔다.

"그간 있었던 일련의 사건에 대하여 낱낱이 고하라."

모든 이들이 마른침을 모아 삼킨다. 의기양양한 표정의 도만호. 그는 어깨를 더욱 빳빳하게 세우며 소맷자락에서 두루마리 하나를 꺼내 들었다.

"이백사십년 열매달 열아흐렛날. 대행 황후께서 운하였나이다. 당일 황후께서 드신 차에 바꽃과 천남성 가루가 남아 있던 것으로 보아, 차를 탄 궁인들을 중점으로 수사하였습니다. 와중, 태자 전하의 후궁인 양제자가의 처소나인이 죄를 자백하여 자가를 후송하였고, 처분만을 기다리고 있었습니다. 하나, 대행 황후께서 마지막으로 남긴 유언을 태자비마마께서 전달해 주신 바, 황후께서는."

두루마리에 가 있던 시선을 올린다. 그리고 병부상서, 호부시랑, 대사농승 등을 바라보며 비죽 웃음을 짓는다.

"이황자 저하를 범인으로 지목하셨다 하였습니다."

묵언의 시간. 그 무음의 음률을 타는 것은 들뜬 얼굴의 도만호밖에 없다. 그뿐이다.

"하나 먼젓번 대답을 한 대로, 증언만으로 죄인을 밝히는 것은 어려운 일이 아니옵니까? 태자비마마께서 거짓을 고할 수도 있는 것인데……."

병부상서 태세록이 끝을 흐리며 웅얼거리듯 말했다. 그에 동의한다는 듯 고개를 끄덕이는 다른 몇몇 대신들. 황제는 그러한 모습을 가만히 지켜보고 있었다. 마치 때를 기다리는 범과도 같이.

"도만호, 계속하라."

예, 도만호는 짧게 대답하며 턱을 되똑하게 세웠다.

"병부상서의 말씀대로 증언만으로 이황자 저하를 죄인으로 몰기엔 어불성설이라 할 수 있습니다. 하나."

재차 두루마리를 편다. 빼곡하게 적혀 있는 검은 글씨를 보며 굵직한 음성으로 말을 잇는다.

"이백사십년 하늘연달 엿샛날, 태자비마마의 처소인 동궁에 큰불이 났습니다. 이는 자연발생적인 것이 아니라 고의로 인한 방화라 사료됩니다. 때문에 동궁의 궁인들의 증언을 조합해 본다면."

탁. 두루마리를 모아 닫는다.

"당일 새벽, 마마를 찾아갔던 이황자 저하가 불을 질렀다 입을 모아 말하였습니다."

이는 너무도 명명백백하다. 발뺌을 할 수 없을 만큼 분명한 터에, 앞서 나왔던 태세록은 하얗게 질린 낯빛으로 뒤로 물러설 수밖에 없었다.

"도만호. 그대는 이황자가 어떠한 연유로 동궁에 불을 질렀다 생각하는가?"

황제의 이러한 한마디는 정현이 동궁에 불을 질렀음을 사실이라 인정하는 것과 다름없었으니.

꿀꺽. 누군가의 메마른 목구멍을 타고 침이 내려가는 소리가 들려왔다. 동시에,

"소인의 미천한 식견으로는…… 대행 황후의 사변에 대하여, 신 상궁의 증언을 태자비마마께서 전달하지만 않았더라면 양제자께 그대로 혐의가 갈 일이었을 것입니다. 그러나 마마께서 증언을 전달한 터. 때문에 실범인 이황자 저하께 혐의가 돌아가니, 저하께서 분을 이기지 못하고 마마를 찾아간 것이 아닐까…… 사료되옵니다."

준비를 하고 왔다는 듯 술술 말을 잇는 그. 아마도, 다른 이들 역시 이 말에 동의할 것이다. 그간 이황자가 어떤 행실을 행해 왔는지 모르는 이가 없을 터이니.

"그대들은 어찌 생각하는가?"

황제는 안절부절 두 손을 쥐어 잡고 있는 병부상서 등을 바라보며 말했다.

그에 파리해진 얼굴로 입술을 잘근잘근 깨물며 눈알을 이리저리 굴리는 그들.

꿀꺽. 재차 마른침 넘어가는 소리가 들려온다.

"신 호, 호부시랑 덕청. 외람되오나 한 말씀 올리옵자면…… 동궁의 방화 사건은 저하께서 하신 일이 맞다 하여도, 대행 황후의 사변은 명확한 증거가 없기에…… 두 가지 사변을 한꺼번에 묶어 판단하는 것은 아니라 생각되옵……."

"그것은 제가 말하겠습니다."

모두의 눈길이 한곳으로 몰린다. 문득, 내리쬐는 태양에 그의 붉은 머리칼이 더욱이 반짝였다.

"황태자……."

누군가의 작은 중얼거림이, 서 있는 모두의 어깨를 오그라뜨리게 만들었다.

그에 진원은 천천히 시선을 올린다. 그리고 자신을 주시하고 있는 대신들과 하나씩 눈을 맞췄다.

불과 몇 달 전까지만 하여도 한낱 애송이처럼, 작은 새끼 강아지처럼 보였건만, 어느새 그 눈빛만 받아도 소름이 우드드 돋을 정도로 위엄찬 존재가 되고 말았다.

바드득, 누군가가 이를 세게 깨물었다. 그러나 그 소리의 주인은 찾을 수 없었다. 진원을 주시하고 있는 눈빛들이 너무도 많았기 때문이다.

내리쬐던 빛발이 순간 밀려온 구름에 가려졌다. 어두움이 드리워진 대기. 그에 진원의 붉은 눈동자가 마치 금수의 아가리처럼 쩍 벌어지기 시작했다.

"아바마마, 제가 올린 서면을 보아주십시오."

진원은 황제와 시선을 맞췄다. 분명 분기가 역력하게 드러나 있는 황제의 얼굴이었으나, 그 안에 숨겨진 것은 분기가 아니라 깊은 슬픔일 것이리라.

괜찮으십니까.

진원의 눈동자가 그리 말하는 듯싶다.

괜찮다.

황제의 깊은 주름에 담긴 물기가 그리 말하는 듯싶다.

진원은 큰 숨을 들이마셨다. 그럼에도 방방 뛰는 가슴이 가라앉질 않는다.

후, 후우— 말라붙은 입술 사이로 마른 숨을 계속해서 내뱉던 그는, 이내 결심한 듯 허리를 세우며 목청을 틔웠다.

"이황자의 비밀 상단에 대한 문건입니다. 이황자의 사금으로 만들어진 것이며, 삼 년 전인 이백삼십칠년부터 이어져 온 것입니다. 저는 이 년 전부터 그것을 쫓았으며, 이황자가 상단을 이용해 불법으로 자금을 끌어들이고 있다는 것을 알게 되었습니다. 또한."

반대편에 서 있는 병부상서 등을 바라본다.

"대행 황후의 찻잔에 들었던 바꽃과 천남성을 벽나라에서 수입하였다는 사실을 알게 되었습니다. 열매달 아흐렛날에 말입니다."

아—

탄식이 흘러나왔다.

누구의 말이 진실인지 긴가민가하여 중립적 위치를 고수하고 있던 대신들의 입에서 흘러나온 소리였다.

"대행 황후의 유언이라는 신 상궁의 증언과 독초를 수입하였다는 증거를 바탕으로, 이황자가 대행 황후 시해 사건의 실범임을 명백하게 밝히는 바입니다."

명확하다.

이황자가 황후를 시해하였다는 사실이, 그리하여 그 사실을 밝힌 것에 대한 보복으로 인해 태자비를 시해하려 했다는 사실이.

어찌 사람의 탈을 쓰고 그런 짓을 할 수 있는가……!

웅성웅성, 황도가 시끄러워지기 시작했다. 고개를 뚝 떨어뜨린 병부상서 등과 이제는 되었다는 듯 희미한 미소를 짓고 있는 태위의 모습이 상반되어 펼쳐진다.

그러나 진원의 얼굴에는 아무것도 그려져 있지 않다. 무(無)의 얼굴. 오직 보이는 것은 그의 번뜩이는 붉은 눈동자뿐.

황제는 이 모든 모습을 위에서 지켜보며 두 눈을 질끈 내려 감았다. 인정하고 싶지 않지만, 인정하여야 했다. 받아들이고 싶지 않지만, 그러해야만 했다.

"통탄…… 스러운지고."

어찌, 자식이 어미를 살해하였다는 그 말도 안 되는 패륜을 역사에 남길 수 있겠는가.

마음이 미어지듯 아파왔다. 욱신욱신 찌르는 그 고통에 황제는 눈썹을 와락 찡그릴 수밖에 없었다.

그러나 이를 나타낼 수는 없었다. 자신을 지켜보고 있는 이들이 있기 때문에. 또한 나의 자식, 진원이 눈앞에 있기 때문에.

"이황자는…… 어디에 있느냐."

황제는 간신히 입술을 열어 느릿하게 말했다.

그에 도만호를 비롯한 여러 대신들이 고개를 좌우로 돌리며 정현의 흔적을 찾는다. 그러나 정현은 없다. 되짚어보면, 편전이 열릴 때부터 정현은 없었던 것 같다.

혹, 도망친 것은 아닐까?

진원의 눈이 불현듯 가늘어졌다. 더불어 웅성거리는 소리가 커지기 시작했다.

"도만호, 당장 이황자를……."

"아니요, 아바마마."

그때, 황제의 말허리를 뚝 끊는 익숙한 목소리. 타박타박, 흙바닥을 내딛는 소리가 겹쳐 들려왔다.

보지 않아도 알 수 있었다. 아니, 듣지 않아도 알 수 있었다.

그는,

"불충한 소자, 제 발로 걸어왔나이다."

죄인, 정현이었다.

그가 들어섬과 동시에, 야외임에도 불구하고 술 냄새가 훅 풍겨왔다. 정현과 가까이 있는 대신들은 재빨리 코를 틀어막았다. 참을 수 없을 정도로 너무도 고약한 냄새였기 때문이다.

"황자."

짤막한 부름이었으나, 수만 가지의 뜻이 담겨 있는 것일 터. 황제의 그러한 음성엔 지독한 떨림이 묻어 있었다.

"벌을 받아야지요. 누구의 말처럼 천륜을 어기고 인륜을 어긴 것이니까요. 아, 그럼 어떤 벌을 내리시렵니까? 사지를 찢는 벌이요? 맹수들이 우글거리는 우리에 넣는 벌이요? 아, 쉽게 사약이라도 내리실 건가?"

"황자!"

황제는 자리를 박차고 일어날 듯, 어깨를 달싹이며 외쳤다. 제발 그만하라, 잘못했다 용서를 빌라는 마지막 애원이 담긴 눈빛. 그러나 정현은 그러할 생각이 없던지,

"하나 저에게만 벌을 내리시면 아니 되지요."

술에 취해 비칠거리는 걸음으로 왼쪽에 서 있는 대신들에게 다가갔다.

"제 뒤꽁무니를 졸졸 쫓아다니며 떨어지는 콩고물을 받아먹은 이들에게도 벌을 내리셔야지요. 그들이 제게 야금야금 타간 돈만 하여도 얼마인지 아십니까? 하하, 그간 타간 것이 있으니 돌려주는 것도 있어야 할 테지요. 암요, 그렇고말고요."

정현은 병부상서 태세록의 어깨를 부여잡으며 말했다. 꽉 잡은 그의 손, 분노가 느껴지리라.

그는 또한 태세록의 옆에 서 있는 대사농승 사멸효에게 얼굴을 가까이 가져다댔다. 그리고 그의 귓가에 속삭이듯, 그러나 쩌렁쩌렁 울릴 듯한 억양으로.

"그것이 그대들의 목숨일지라도!"

탁, 손을 놓는다. 그에 비틀거리는 태세록. 그들의 얼굴은 파리하다. 하얗게 질린 얼굴에 담긴 것은 필시 공포이리라.

"아아, 이게 누구십니까. 황태자 전하 아니십니까?"

정현은 또한 걸음하며 진원에게로 다가갔다.

"전하는 좋으시겠습니다? 이제 곧 황제가 되실 테니까요. 하하! 제가 닦아놓은 계단 위에 오르시니 그 기분은 어떠십니까? 신이 나시지요? 신이 나서 미쳐 버릴 것만 같지요? 하하!"

진원의 팔을 부여잡으려 손을 뻗었으나,

"네가 무엇을 잘못했는지 모르는 것인가?"

그 손을 내치며 우악스럽게 답하는 원. 그의 형형하여 매서운 눈빛에 오금이 저릴 법하건만, 정현은 물러설 생각이 없었다. 비릿하게 조소하는 그의 얼굴이 불현듯 일그러졌다.

"죽을 것은 내가 아니라 너여야 했다!"

정현은 진원에게 달려들 듯 다가가 그의 어깨를 세게 부여잡았다. 손질을 하지 않아 날카로운 손톱이 의복을 파고들어 통증을 만들어냈다.

윽, 인상을 찌푸리는 원.

"아아, 아니, 죽여야 할 것은 너였다 해야 하나? 그래! 널 죽였어야 했다! 너를! 너를! 그때에 일황자가 아니라……!"

쾅!

진원이 무어라 답을 하기 전에 황제의 움직임이 먼저 단행되었다.

탁자를 거세게 내려친 황제. 그 역력한 노기에 모든 이들은 숨을 죽일 수밖에 없었다.

"닥치거라!"

황제는 당장에라도 정현을 씹어 삼킬 듯, 분노에 이글거리는 눈으로 정현을 주시했다. 그러나 정현은 입을 다무는 대신 비죽배죽 웃는 것으로 답을 하였으니.

"아바마마, 입이라도 살게 해주시지요. 이제 곧 죽을 제가 아니겠습니까? 그러니 죽기 전 말이라도 해야지요."

"정현!"

"아아, 그러고 보니 태자비마마는 어찌 되셨습니까? 아쉽게도 살아 있다지요? 아, 전하는 보셨습니까? 못 보셨겠지요. 불이 피었을 때 어쩔 줄 몰라 하던 그 모습이란! 낄낄, 장관이었는데 말입니다. 참으로 아쉽습니다, 같이 보았어야 했는데."

더욱더 괘씸한 말을 끊임없이 내뱉었더란다. 정히 죽을 것을 각오했다는 듯. 그에게서 풍기는 술 냄새가 더욱 짙어지기 시작했다. 고약하다 못해 썩은 내로 느껴질 정도이다. 마치, 부패한 그의 얼굴처럼.

"아, 어마마마의 마지막 모습은 아무도 보지 못하셨지요? 저만 본 것이지요? 낄낄, 저는 처음으로 보았습니다. 어마마마의 공포에 질린 얼굴을요. 아, 죽기 전에 그런 장관을 보았으니 더할 나위 없습……!"

쨍그랑! 결국 분을 참지 못한 황제가 벼루를 내던짐과 동시에, 정현의 일장연설은 기어코 끝이 났다.

그는 더 이상 말을 잇지 않았다. 제 발 앞에 내던져져 산산조각이 난 벼루를, 그리고 황제를 번갈아 올려다볼 뿐.

어쩌면 그는 이것을 기다리고 있었던 것이 아닐까 하는 생각이 들 정도로 정현의 얼굴은 무연히도 허탈해 보였다.

궁지에 몰린 쥐새끼처럼 물러설 곳이 없었던 터. 내가 아니다, 이는 모함이다 외치고 외쳐 간신히 벌을 면한다 해도, 이미 죄인이라는 화살이 꽂힌 이상, 자신의 뒤에 서 있던 대신들은 떠날 것이 분명함에 과거와 같은 영광을 느낄 수 없지 않겠느냐.

그럴 것이라면, 이제껏 쌓아왔던 공든 탑이 무너진 것이라면.

내 살아도 사는 것이 아닐 테지. 그럴 테지.

정현은 고개를 쳐들어 황제와 눈을 마주했다. 얼룩덜룩 슬픔이라는 감정이 깊게 배어 있는 황제의 얼굴에, 어쩐지 마음 한구석이 콕콕 찌르듯 아파왔다. 이제 와 죄책감이라는 것을 느낄 리 없을 텐데.

픽, 일소를 뱉는다. 모든 것을 내려놓은 듯한 허탈한 웃음이다.

"도만호, 황자를 끌고 가라."

"아바마마."

황제의 명에 의하여 자신에게 다가오는 도만호를 뒤로한 채 정현은 재차 입술을 열었다.

"왜 제게 화를 내지 않으십니까? 왜 경을 치지 않으십니까?"

목하의 말길에는 비웃음도, 그러한 배짱도 담겨 있지 않았다. 그저, 황도에 들어선 직후 처음으로 비춰진 또렷한 음성일 뿐.

"……그럴 만한."

그러한 정현의 말을 애써 무시한 황제는 몸을 벌떡 일으켰다. 불규칙적인 떨림이 그득한 몸뚱이가 애처롭기만 하다.

"가치가 없구나."

훅 불어온 청명한 바람에 훅 풍기던 지독한 술 냄새가 사라졌다.

'끝이다.'

누군가의 말을 끝으로, 정현의 자취 또한 공기 중으로 사라졌다.

그리고 다시금 응집한 붉은 공기가 새로운 잔영을 만들어냈다. 오직 하나뿐인 일황자 재민이라는 환영을.


어슴푸레한 저녁노을이 세상을 잠식해 갈 때 즈음.

편전이 파한 후, 여타한 대신들은 솔개 본 풋병아리처럼 뿔뿔이 흩어지기 시작했고, 도만호는 황제의 어명에 따라 정현을 순군만호부로 인도할 준비를 하고 있었다.

일은 너무도 쉽게 끝이 났다. 물론 그간 해왔던 노력과 노고에 비하면 '쉽게'는 아닐 테지만, 어찌 되었든 결정적으로 정현의 진술 덕에 너무도 손쉽게 처분이 결정된 것이리라.

원은 어깨에 올려두었던 긴장을 풀어내며 깊은 한숨을 내쉬었다.

"후우……."

길어진 머리칼을 쓸어 넘기며 목을 돌린다. 그럼에도 마음속 어릿한 긴장감은 풀리지 않는다.

분명, 바라는 대로 일이 끝이 났건만. 분명, 원하는 대로 흘러가고 있건만. 왜 이리도 가슴이 저릿한지. 왜 이리도 불안한지. 영문을 모를 일이었다.

"혈색이 좋지 않으십니다?"

언뜻 들려온 목소리에 진원은 재빨리 등을 돌렸다.

그곳엔 자신을 직시하고 있는 정현이 삐뚜름하게 서 있었는데, 그는 진원과 눈을 마주침과 동시에 느릿한 걸음으로 가까이 다가오기 시작했다. 얼기설기 주름이 간 그의 얼굴에 체념이라는 기운이 묻어 있는 것 같다 하면, 그것은 착각일까.

"좋아해야지요. 기뻐 춤을 추셔야지요. 전하께서 바라고 바라던 일이 아니셨습니까?"

"……왜."

"왜 죄를 인정했느냐 물으시는 것입니까? 하하, 글쎄요."

그는 풀어헤친 머리를 헝클며 콧잔등을 찌푸렸다. 그에 얼핏 목과 쇄골 즈음에 나 있는 붉은 상처가 보였다. 분명, 저 스스로 자해를 한 것이리라. 환영에 빠져, 환청에 홀려 저도 모르게 몸을 갉아낸 것이리라.

"어차피 전하께서 모든 것을 빼앗아가지 않으셨습니까. 돌아갈 곳도 없게요. 돌아가 몸을 뉘일 곳도 없게. 그렇게 빼앗아놓고선 제게 왜 그리 했냐 묻는 것이 마땅하다 보십니까?"

힘이 빠진 목소리였으나, 그에 담긴 것은 분명 원망이라, 질타라. 그러나 진원은 그러한 시선을 애써 무시했다.

원망을 받아야 할 것은 제가 아니라 정현이었기 때문에. 질타를 받아야 할 것 역시 정현이었기 때문에.

이제 와 돌아온 어쭙잖은 동정심에 마음이 흔들리면 아니 되는 것이었다.

"하지만, 전하."

길지 않은 침묵을 깨뜨린 정현의 목소리. 그는 진원의 어깨에 손을 턱 올리곤, 그 손끝 하나하나에 힘을 주어,

"저는 속죄하며 살지 않을 것입니다. 아니요, 비웃어주지요. 제 손에 죽은 이들의 넋을 조소하고 업신여기며! 그리 살 것입니다. 그것이

제가 전하께 할 수 있는 마지막 앙갚음이 아니겠습니까?"

비릿한 일소를 흩뿌린다.

하, 진원은 헛숨을 뱉으며 고개를 절레절레 흔들었다. 세월이 지남에 사람이 변할 줄 알았건만, 산수만 변할 뿐 사람은 변하지 않는다. 오히려 더욱 깊고 단단해질 뿐. 악을 타고 나온 이는 평생을 악에 받쳐 산다는 말이다.

자그맣게나마 일었던 동정심이 아깝다는 듯, 진원은 정현의 손을 뿌리치며 냉랭한 시선을 쏘아냈다.

그러나 이때에, 정현의 얼굴이 삽시간에 파리해지기 시작했다. 경련이 일어난 듯, 얼굴이 딱딱하게 굳으며 시선이 황량해졌다.

주춤, 뒷걸음질을 친다. 진원의 얼굴을 보지 않겠다는 듯 두 손으로 얼굴을 가리며 간헐적인 신음을 내뱉는다.

그것은, 진원이 재민과도 같아 보였기에. 진원의 얼굴에 재민의 피투성이 얼굴이 겹쳐 보였기에. 또다시 환영이라는 지옥의 그림이 펼쳐질 것만 같았기에!

꿀꺽. 찐득한 침을 삼킨다. 눈을 끊임없이 깜빡이며 애써 이러한 마음을 감추려 노력한다. 진원에게 흉한 꼴을 보일 수 없기 때문이다.

후우, 후우. 몇 차례의 짧은 숨을 내뱉은 끝에야 점차 시선이 또렷해지기 시작했다. 꾹 깨문 입술에 잇자국이 맺힌다. 후우, 고개를 까딱이며 방방 뛰는 마음을 진정시키고자 애를 쓴다.

그때, 시야에 잡히는 것이 있었으니,

"이게…… 누구십니까? 태위 대감이 아니십니까!"

다름 아닌 태위의 모습이었다.

정현은 대지를 쩌렁쩌렁하게 울리는 큰 목소리로 태위에게 말을 건넸다.

이는 태위가 자신을 보고도 지나치지 않게 하기 위해 한 행동이었고, 남아 있는 대신들의 시선이 주목되기를 원해 한 행동이었다.

때문에 태위는 어쩔 수 없다는 듯 미간을 찌푸리며 정현에게 다가왔다. 그리고 진원과 정현을 번갈아 바라본 후 고개를 끄덕였다.

"……저하."

"잘 지내셨는지요? 잘 지내셔야지요. 암요. 잘 지내야 하고말고요. 어찌, 대감은 혼령에 시달리지 않으시나 봅니다?"

그게 무슨 말이냐는 듯 고개를 갸웃거리는 태위. 정현은 그럴 줄 알았다는 듯 빙그레 웃으며 속삭이듯 작은 목소리로 대답했다.

"일황자 저하의 혼령에요."

아! 태위는 자신도 모르게 탄식을 터뜨렸다. 그러다 자신도 놀란 듯, 화들짝 입을 틀어막는다.

그 모습을 하나도 빠짐없이 낱낱이 보고 있는 진원. 그의 얼굴에 거뭇한 그림자가 들어앉기 시작했다.

"이제 저하의 혼령은 저를 거친 후 대감께 갈 것입니다. 긴장해야 할 것입니다. 잠도 못 이룰 만큼 끔찍한 악귀일 테니. 암요, 저만 죗값을 받을 수는 없지요. 하하! 그렇고말고요."

정현은 이를 드러내고 손을 갈퀴며 태위를 향해 포효했다. 마지막 발악인 듯 보였으나 태위는 그리 받아들이지 않는 모양. 새하얗게 질린 얼굴로 주춤 뒷걸음질을 친다. 순식간에 메마른 입술에 기운이 없다.

"기대하고 계십시오, 태위."

정현은 그 말을 끝으로, 도만호를 따라 걸어가기 시작했다. 아마도 순군만호부에 끌려가는 것이리라.

진원은 그러한 정현의 뒷모습을 직시하며 거뭇해진 입술을 어루만졌다. 후, 짧은 숨을 내쉬며 한 손으로 얼굴을 쓸어내린다. 그리고 자신을 향해 몸을 튼 태위를 힐끗 바라보았다.

"……태자 전하를 뵙습니다."

"방금 전까지만 하여도 또랑또랑해 보이셨는데, 낯빛이 꽤나 파리해졌습니다?"

태위는 대답이 없다. 긴장이 역력한 얼굴로 데굴데굴 눈알을 굴릴뿐.

진원은 그러한 태위를 오롯이 응시했다. 그래, 이제야 알겠다. 내 마음이 이리도 불안했던 이유를. 아직 끝나지 않은 것처럼 찝찝했던 이유를.

피식, 입가에 일소를 걸어 올리며 환한 얼굴로 말을 잇는다.

"정현의 말을 곱씹어보니 맞는 것 같기도 합니다."

일황자를 해친 정현을 잡아넣었으니, 그 팔다리를 잘라 힘을 못 쓰게 만들었으니,

"일황자가 태위를 찾아갈 것이라는 말이오."

그다음 먹잇감은 다름 아닌 네가 아니겠느냐? 곧이어 네 사지를 찢어발겨야 하지 않겠더냐?

"그렇지 않습니까, 태위?"

그래야만 이 모든 것이 끝이 날 테니.

저녁노을이 더욱 짙어진다. 그 붉은 빛이 짙어짐에 있어, 더욱 붉게 빛나는 것은 오직 진원, 그 하나뿐이었다.

✻

쏴아아— 쏴아아—

내리는 거센 빗발 가운데에, 우산을 쓴 채 끌리지 않는 발걸음을 내딛고 있는 인영(人影) 몇이 보였다.

그들 각자의 주름진 얼굴엔 무거운 수심(愁心)이 담겨 있었는데, 그 이유는, 황태자의 때 아닌 부름 때문이리라.

"전하께서 저희를 부르셨다는 말씀이십니까?"

예부상서 혜단민의 걱정이 묻어 있는 말에 판중추원사 연해는 낮게 웃으며 대답했다.

"그렇습니다. 별일은 아닌 듯하니, 그리 걱정하지 않으셔도 됩니다."

크흠, 어사대부 경춘 역시 헛기침을 뱉으며 불편한 마음을 여과 없이 드러냈다.

이들이 이러한 자리를 거북하게 여기는 이유는, 작금 이황자의 뒤를 봐주던 대신들이 순군만호부에 끌려가 있는 상황이기 때문이다.

이황자와 가까이 지내지는 않았다만, 그의 말 한마디에 정2품 대신들까지 싸그리 끌려가 고초를 받고 있는 상황이니, 혹시라도 자신들에게 불똥이 튈까 노심초사할 수밖에 없다는 말이다.

"대체 무슨 말씀을 하시려고 이 늦은 시각에……."

"그것은 가보시면 아시겠지요."

연해는 발길을 재촉하며 경춘의 등을 떠밀었다.

경춘이 정현과 손을 잡았었다는 것은 궐의 모두가 알고 있는 사실. 그렇기에 저리 파리해진 경춘의 낯빛은 너무도 당연히 자연스러운 결과였다.

픽, 연해는 실소를 내뱉었다.

그러니 줄을 잘 섰어야지. 미래에 누가 승자가 될지 자알 판단했었어야지. 눈앞의 이익만 좇던 멍청한 이들.

연해는 금세 수척해진 경춘의 얼굴과 조마조마함이 담긴 혜단민의 얼굴을 번갈아 바라보며 더욱 발을 재우쳤다.

그들이 향한 곳은 어두운 밤하늘 아래 환한 불이 켜져 있는 작은 고방이었다.


끼이익―

낡은 문이 불편하게 미끄러지는 소리를 시발로, 고방 안쪽은 온전히 모습을 드러내게 되었다.

방의 가운데에는 희미한 불꽃을 살랑이고 있는 호롱불이 하나, 그 너머에는 엉기성기 쌓여 있는 수 개의 쌀가마니가, 천장에는 사람 몸통만 한 거미줄이 보였다.

그리고 그 아래로 시선을 돌리자 보이는 것은 먼저 도착해 긴 탁자에 앉아 있는 태위, 형부시랑, 좌첨의중찬, 호부판사, 병부상서 등이었고, 더불어,

"태, 태자 전하를 뵙습니다."

턱을 괴고 앉아 그들을 직시하듯 낱낱이 살펴내고 있는 황태자가 존재했다.

이를 벌리지는 않았으나 포효하는 듯싶었다. 형형한 눈빛을 쏘아내지는 않았으나 금방이라도 달려들 것처럼 발을 박찰 준비를 하는 듯싶었다.

이러한 환영과도 같은 것이 펼쳐지는 이유는, 그만큼 살차고 매서운 기운이 황태자의 주변을 넘실거리고 있기 때문이리라.

그렇기에 방에 들어갈 생각도 못 한 채 서둘러 고개를 조아리는 그들. 그런 대신들을 가만히 지켜보던 진원의 얼굴에 보이지 않는 비소가 그려졌다.

"어서 들어오시지 않고요. 먼 길 오느라 수고 많으셨습니다."

"소, 송구하옵나이다."

혜단민은 움직이지 않는 발을 겨우 떼어내어 방 안으로 들어섰다. 그 뒤를 따라 천천히 안으로 들어서는 연해와 경춘.

진원은 그들이 자리를 잡은 것을 봄과 동시에 허리를 세우며 나직하게 목청을 틔웠다.

"오랜만은 아니지요? 금일 한 번씩 본 분들이 아닙니까. 어찌, 얼굴이 핀 것 같습니다. 뭐 제가 모르는 좋은 일이라도 있으신가 봅니다?"

며칠 전과는 달리 다소 가벼워진 대신들의 얼굴을 하나씩 훑으며 한 말이었다.

그 연유를 뻔히 알고 있음에도 모르쇠로 일관하는 진원을 꽤나 타끈한 인물이라고 생각했지만, 이런 감정을 감히 겉으로 나타낼 수는 없었다.

서로의 눈치를 보며 대답 대신 헛기침만을 내뱉는 그들. 연해는 그때를 이용해 재빨리 끼어들었다.

"그간 골을 썩였던 일이 마무리되지 않았습니까. 그러니 얼굴이 환한 게지요."

이황자 정현을 이르는 말일 터.

진원은 끝이 시린 웃음을 입에 걸며 오른손에 얼굴을 기댔다.

"황자 저하의 죄를 묻게 된 것은 전하께옵서 조사하신 비밀 상단의 비중이 컸습니다. 이 년 전부터라 하셨지요. 어찌 그때부터 비범한 행을…… 참으로 존경스럽습니다."

"하하, 칭찬이 과하십니다, 추원사."

"송구하옵나이다."

연해는 낮게 웃으며 고개를 조아렸다. 진원의 녹녹한 미소인 즉, 자신이 원하던 반응이었으리라.

진원은 그러한 연해를 티가 나지 않는 날카로운 눈빛으로 주시했다.

연해. 판중추원사. 왕명의 출납을 맡고 있는 중추원의 최고직. 예로부터 야망과 욕심이 그득하다 풍문이 자자한 이. 그렇기에 아마도 훗날 큰 도움이 되리라 판단되는 대신들 중 하나.

픽, 진원은 보이지 않는 실소를 머금으며 목을 세웠다. 너무도 확연하게 자신의 쪽으로 몸을 돌린 연해의 모습에 어쩐지 뿌듯함이 올라왔기 때문이다.

"아, 그러고 보니 황자의 뒤를 돌봐주던 대신들 모두가 순군만호부에 끌려갔다 하지요. 대감들은 이를 들으셨습니까?"

분명 창은 굳건하게 닫혀 있음에도 훅, 근원을 모를 바람이 불어왔다. 동시에 잠잠하기만 했던 공기가 소용돌이치듯 요동친다. 그와 같은 것은 가시방석에 앉아 있는 대신들의 마음이리라.

서로의 눈치를 보던 와중, 제 죄를 스스로 고백하겠다는 양 호부판사 소류지의 입이 열렸다.

"……예, 이곳에 오기 전에 내관들에게 전해 들었나이다."

"쯧, 화무십일홍(花無十日紅)이라 하였거늘. 만발한 꽃은 곧이어 질 것임을 왜 모를꼬."

흘러가듯 내뱉은 말이었으나 그 안에는 분명 또렷한 뜻과 힘이 담겨 있는 터. 소류지와 경춘이 숨을 들이켜는 것이 보였다.

불행 중 다행인지 정현의 손아귀에서 빠져나온 지 불과 열흘도 채 되지 않은 이들이었기 때문이다.

자칫하면 이곳 고방이 아니라 순군만호부에 있을 법하였기에, 저리 낯빛이 파리해진 것이리라.

크흠, 경춘의 헛기침을 뒤이어 진원의 목청이 재차 트였다.

"자자, 왜들 그렇게 굳어 계십니까. 좋은 자리가 아닙니까. 다들 긴장을 푸시지……."

"전하께서 저희를 부른 연유를 알고 싶습니다."

그러한 진원의 말허리를 뚝 끊는 태위의 목소리. 그에 모두의 시선이 태위에게로 몰린 것은 당연한 일이었다.

건방지다 경을 쳐도 할 말이 없을 법한 태위의 행동. 그러나.

"하하, 참 급하십니다. 그렇잖아도 말하려 했는데요."

진원은 여유롭다. 오히려 더욱 부드러운 미소를 지으며 태위를 달랠 뿐이다.

정현과는 너무도 판이한 진원의 다정한 모습에 경춘과 소류지의 눈에 경의의 빛이 담긴 것은 또한 당연한 일이렷다.

"여러분들을 자리에 모은 이유는 다름이 아니라……."

스윽, 진원은 발밑에 두었던 큰 함을 꺼내 탁자 가운데로 밀어냈다.

금과 은으로 수공된 환조가 박혀 있는 적색의 함. 옥으로 만든 자물쇠 걸이와 윤기 나는 비단으로 둘러싸인 터에, 한눈에 보아도 꽤나 값비싼 물건이라는 것을 짐작할 수 있었다.

진원은 그쪽으로 쏠리는 대신들의 눈빛을 느끼며 벌컥 함을 열어젖혔다.

"감사의 인사를 전하고 싶어서 말입니다."

함 안에는 방금 전 함을 보았을 때 느꼈던 경이를 잊게라도 해준다는 듯, 평상시에 결코 구경할 수도 없는 각각의 금괴와 은괴, 그리고 옥과 보석으로 만들어진 장신구들이 넘치도록 담겨 있었다.

이것만 갖고 있다면 도성 내 그 어떤 부호도 부럽지 않으리라.

꿀꺽. 탐욕에 찌든 끈적끈적한 침이 누군가의 목구멍을 타고 내려가는 소리가 들려왔다.

동시에 딱딱하게 굳어 있던 대신들의 얼굴이 봄날 얼음이 녹듯 환하게 풀어진다.

피식, 진원은 이것을 예상하였고 또한 바랐다는 듯 실소를 내지었다.

"크흠. 전하, 소인들은 이런 것을 바라고 한 것이 아님에……"

"당연히 알고 있습니다. 하나, 대신들 덕에 일이 진척된 것 아닙니까. 하온데 어찌 이를 묵과할 수 있겠습니까. 제 작은 성의이니 부디 받아주시지요."

"화, 황은이 망극하옵나이다!"

연해의 외침을 시작으로 모든 대신들이 탁자에 얼굴을 박을 듯 고개를 조아리며 재차 '감읍의 인사'를 내질렀다. 물론 태위는 꼿꼿하게 자리를 유지하였다만은.

"물론."

뚝. 순식간에 싸늘하게 굳은 진원의 입가가 무섭게 비틀렸다.

"제가 아닌 태위 대감을 위하여 힘을 쓴 것임을 알고 있지만 말이지요."

헙, 모두가 숨을 들이마셨다.

진원의 말대로, 그들은 진원, 황태자를 따른 것이 아니었다.

그들은 태위, 국가 최고직에 있는 그의 권세를 얻기 위해 따른 것뿐.

그렇기에 태위의 딸인 양제가 어려움에 처해 있을 때 두 손을 걷고 달려든 것이리라.

물론, 태위의 신임을 얻기 위해서.

절대로, 진원의 신임이 아닌.

진원에게서 흘러나오던 무거운 기운이 짙어졌다. 마치 회오리바람이 휩쓸고 간 듯, 황량해진 분위기에 대신들은 저마다 눈치를 보며 눈을 내리깔 뿐이었다.

"하기야 저인들 태위인들 무엇이 중요합니까. 이미 대감과 저는 인척이 된 것인데요. 그렇지요, 태위?"

"……망극하옵나이다."

"망극은 무슨. 어여쁜 딸을 부족한 저에게 보내주신 것만으로도 제가 망극할 지경인데요."

언제 사나운 말을 내뱉었냐는 듯, 다시금 다정한 말길을 넉넉하게 흘리며 방긋 웃는 그.

손끝이 차가워졌다. 말아 쥔 주먹에서 식은땀이 줄줄 흘러나왔다.

단순히 말 한마디로 자신들을 허공으로 들어 올렸다가 순식간에 지하 깊은 곳으로 곤두박질치게 만들 수 있는 이.

이러한 황태자의 능력은 두려운 것이었으나 또한 상당하여 존경할 만한 것이기도 하였다.

후우, 경직된 분위기가 다시금 흩어졌다.

그때를 놓치지 않고 혜단민이 불쑥 끼어든다.

"대감께서는 좋으시겠습니다. 전하께서 이리도 양제자가를 어여삐 여기시니 말입니다."

"그럼요. 좋다마다요. 너무 좋아서…… 당장에라도 혼례를 무르고 싶을 만큼이요."

"대, 대감……! 노, 농이 지나치십니다."

"왜, 제가 틀린 말을 했습니까? 아니요. 틀린 것은 없을 텐데요? 그렇지 않습니까, 전하?"

태위는 진원을 바라보며 그 서슬 퍼런 이를 여과 없이 드러냈다.

왜 저리 악을 지르는 것일까? 왜 저리 분을 참지 못하여 밑바닥까지 드러내 보이는 것일까.

그 이유는 묻지 않아도 알 수 있는 것. 양제에게 말을 전해 들었음이 틀림없었다.

미우니 고우니 하여도 제 딸이라는 것인가.

흉흉하게 빛나는 진원의 눈빛이 태위에게로 향한다.

그 가감 없는 매서움에 모두가 숨을 죽이고 어깨를 움츠릴 수밖에 없었다. 그러나 그럼에도 눈은 패물함에 가 있으니, 이것 참 우스운 일이었다.

"곧이어 아바마마께서 공표를 하실 것입니다."

태위를 호되게 경칠 줄 알았건만, 태위를 비호하기라도 한다는 듯 부러 말을 돌리는 진원. 그 모습에 재차 감탄의 숨을 내뱉는 이는 소류지와 경춘뿐 아니라 대신들 모두였다.

"제가 대리청정을 하게 될 것이라는 걸요."

대리청정. 황제를 대신하여 황태자가 모든 정사를 보게 됨을 시사하는 것.

이는 이황자 정현이 사라짐에 '가까운 시일 내에' 황태자가 즉위함을 의미하는 바였다.

선연하게 보인다. 이 차디찬 기운을 내뿜고 있는 황태자가, 황제가 되어 대륙을 제 손아귀에 넣고 태연하게 놀음을 할 모습이.

그렇다면 현재 이 고방에 있는 대신들이 해야 할 일은,

"감축드리옵니다!"

"경하드리옵니다, 전하!"

황태자의 앞에 머리를 처박고 그의 가호를 바라는 것뿐이리라.

모든 이들이 합심하여 큰 목소리로 감축을 전할 때, 그 꼿꼿한 허리를 숙이지 않는 것은 오직 태위뿐. 그의 이마에 짙은 주름이 짧게

나마 생겼다 사라졌다.

"하하, 감축은 무슨. 물 흐르듯 흐르는 섭리일 뿐인데요."

진원은 빙그레 웃으며 괴었던 턱을 들어 올렸다.

"아직 이립(而立)도 되지 않은 아해라 부족한 부분이 많습니다. 하여 대신들이 보다 많은 도움을 주셨으면 합니다."

"천부당만부당하신 말씀이시옵니다. 어찌 저희 따위가……."

"따위라니요. 함께 힘을 합쳐야지요. 모두가 함께 길을 가야, 대신들도 저도 좋은 일이 아니겠습니까."

"황은이 망극하옵나이다!"

대신들은 거듭 머리를 조아리며 황은을 울부짖었다.

이 속에는 분명 정현의 삐뚜름한 심산에 이골이 났던 경춘과 소류지의 외침도 담겨 있을 테고, 더불어 갈피를 못 잡고 있던 여러 대신들의 확고한 마음에서 비롯된 외침 또한 담겨 있을 터였다.

"자자, 다들 잔을 들지요. 오늘은 즐거운 날이 아닙니까. 코가 삐뚤어질 때까지 마셔보아야지요."

진원은 자신에게로 흘러오는 유리한 기류에 거듭 기쁨을 내뱉으며 술잔을 들어 올렸다.

그래, 이렇게 돼야지. 이렇게, 나를 섬겨 믿고 따라야지. 그 끝이 어디인지,

'아무도 알지 못할 테지만.'

진원은 여전이 오만상을 찌푸리고 있는 태위를 힐끗 쳐다보았다. 제아무리 날고뛰는 권세를 가지고 있다 하나, 황족에 비할 수는 없을 터.

순식간에 수족을 잘린 듯 허망해진 그의 눈동자를 바라보며 진원은 올라오는 비소를 가까스로 삼켜냈다.

다시금 시선을 돌린다. 그리고 자신을 뚫어져라 바라보며 감탄의 숨을 뱉고 있는 대신들을 바라본다. 픽, 채 막지 못한 실소.

잔을 머리 위까지 높이 들어 올린다. 담긴 술이 넘쳐흐를 정도로. 그를 똑같이 따라 하는 이들.

"태평성대를 위하여."

태평성대, 태평성대…….

물론, 나의 나라도 아니요, 너희의 나라도 아닐 테지만.


"후우……."

원은 깊은 숨을 내쉬며 목 언저리의 매듭을 풀어냈다. 그 옮죄고 있던 끈이 사라짐과 동시에 숨통이 트였다. 후우, 재차 숨을 내쉬며 흐트러진 머리칼을 거칠게 넘긴다.

원은 벽을 따라 그대로 주저앉았다. 이는 다리에 더 이상 힘이 들어가지 않았기 때문이었고, 더불어 더 이상 서 있고 싶은 마음이 없었기 때문이었다. 그래. 서 있고 싶지 않았다. 이 자리에, 올곧게 서 있을 자신이 없었다.

정현은 유배를 갈 것이라 하였다. 이는 황제의 마지막 배려. 배려(背戾)가 아닌, 배려(配慮)라 하였다.

원은 설핏 입술을 뒤틀었다. 오 년 동안 참고 참았던 분이 터진 순간이 바로 오늘인데, 그리하여 축배를 들어도 모자랄 판국인데 왜 이리 마음이 헛헛한 것인지. 허망함이라는 감정뿐이 차오르지 않는 것인지.

원은 자신도 모르게 손가락을 오므렸다. 냉기만이 머무는 손끝이 불현듯 저려왔다.

원은 시선을 들어 여전히 눈을 감고 잠을 청하고 있는 향을 바라보았다.

밤하늘을 그대로 옮겨온 듯 감청색의 고운 머릿결, 분을 찍어 바른 듯 하얗디하얀 낯빛, 옥과도 같이 미끈한 살결, 그 위에 오목조목 자리를 잡고 있는 큰 눈과 오똑한 코와 작은 입술…….

저 조막만 한 입안에는 어떤 설움이 담겨 있을까 하는 우스운 생각이 문득 뇌리를 스쳐 지나갔다.

작금, 들리는 풍문에 의하면 호나라 중전과 공주가 적나라에 오던 도중 행방불명이 되었다고 하였다. 그러하여 호에서 사람을 보내 곳곳을 뒤졌으나, 그들을 찾을 수 없다고 하였다.

하나, 원의 명에 의해 발 빠르게 움직였던 기찬이 발견한 것은 제도 북쪽, 불에 타 흔적조차 없어진 건물에 있던 시신 두 구였다. 불에 타 어그러진 장신구들을 보아하면 분명 호나라 중전과 공주일 것이라고, 기찬은 그리 확언했다. 더불어 새까매진 단도를 내밀었으니……. 그는 향이 품고 다니던 은장도임이 분명했다.

하여 진원은 확신했다. 태위가 호나라 중전과 공주를 잡아오는 대신 향은 태자비직에서 물러나는 것이라고. 그런 묘연한 거래를 했으리라 원은 확신했다.

"향아."

원은 손을 뻗어 향의 손가락을 어루만졌다.

"너도 나와 같은 마음이었느냐."

동시에 그는 떠올렸다. 자신을 찾아왔던 향의 얼굴에 담겼던 그 허망함을, 검은 빛만이 가득하던 그 허무함을.

"너 역시……. 이리도 죄책감을 품고 있는 게더냐."

그러하여 이렇게 눈을 뜨지 않는 것이냐. 눈앞의 현실이 싫으니 꿈속에서라도 현실을 잊고 싶은 것이더냐.

원은 향의 손에 제 이마를 대었다. 두근두근, 뛰고 있는 맥박이 가깝게 다가왔다.

"일어나서 말을 해다오."

요를 바르쥔다. 바들바들 떨리는 손등에 퍼런 핏줄이 우후죽순 솟는다.

"내 눈을 보고 말을 해다오."

이제는 애원하듯, 발밑에 매달려 애걸복걸하듯 요를 끌어당긴다. 푹 수그러진 고개는 결코 일어날 생각을 하지 않는다.

"보고…… 싶구나."

감정의 소용돌이가 지난 지금, 이제는 힘조차 들어가지 않는다.

힘이 빠진 손이 바닥으로 곤두박질치듯 떨어졌다. 동시에 그의 축축한 눈가에서 '무언가'가 떨어졌다. 이는 바닥을 적셔 나뭇결을 시커 멓게 만들었으니…….

"부디 나를 용서해다오……."

그의 울음소리는 공명했다. 메아리가 되어 방을 울리는 그 음성은 끝끝내, 향의 눈꺼풀을 들어올렸더란다.

✳

하늘은 푸르렀다. 구름 한 점 없이 맑은 하늘은 투명한 푸른빛을 온 지천에 드러냈고, 그 사이를 일렁이는 바람은 태양빛을 교란시키며 따사로움을 내리쬐어 주었다.

세상은 푸르렀다. 끝이 보이지 않는 초록 들판은 향긋한 싱그러움을 흩뿌렸고, 곳곳에 피어 있는 이름 모를 꽃들은 방긋방긋 웃음을 흘리며 색색의 아름다움을 드러냈다.

아무것도 없으나, 가득 차 있는 곳.

향은 그러한 곳에 실재했다.

향은 자신의 몸을 휘감는 따스한 바람의 흐름을 느끼며 고요했던 눈을 들어 올렸다. 흩날리는 바람처럼 나풀거리는 웃음이 입가에 맺힌다.

생전 처음 보는 곳. 그리고 오랜 시간 꿈꾸고 그리워해 왔던 곳.

향은 조심스럽게 발을 내디뎠다. 신발을 신지 않은 발, 부드러운 풀의 포근한 느낌이 살갗을 스쳤다.

얼마나 걸었을까. 향은 재차 휘날리는 바람에 흐트러진 머리칼을 쓸어 넘겼다.

하얗게 부서지는 눈발, 푸르른 정경을 제외하고 시야 속에 담기는 것이 있었으니.

바로 향, 자신의 모습이었다.

또 다른 자신의 왼손에는 어린 남자아이의 고사리 같은 손이 포개져 있었고, 오른손에는 갓 태어난 아이의 숨결이 맺혀 있었다.

또 다른 향의 허리를 꼬옥 감싸고 재잘재잘 이야기를 하는 아이, 또 다른 향의 품에 안겨 새근새근 잠을 자고 있는 아이. 힘들 법도 하건만, 그네의 얼굴에는 환한 웃음이 가득 묻어 있었다.

참으로, 행복해 보이는 모습.

향은 자신도 모르게 입을 틀어막았다. 이유는 모르겠으나, 울음이 와락 터질 것 같았기 때문이다. 자신이 그토록 바라고 바라왔던 모습을 목하 마주했기 때문일까.

걱정 근심이 없는, 암투와 적의가 없는, 그 어떤 것도 없는 공간에서 일생을 보내는 그러한 바람.

어쩐지 가슴이 쓰라리게 아파왔다. 평범한 사람들이라면 누구나

누릴 수 있는 일임에도 자신은 간절히 기도하고 바라야 한다는 사실에, 그리 원하여도 이루어진다는 확신이 없는 사실에…… 향의 시야가 흐릿해진다. 발간 눈가에 눈물이 그득 차올라 눈앞이 희뿌옇게 변모했기 때문이다.

그때, 멀지 않은 곳에서 또 다른 향을 향해 뛰어오는 이가 있었으니.

진원. 원, 원…….

그의 얼굴 역시 평온했다. 평온하다 못해 환희로 그득 차 있는 것만 같았다.

그는 자신에게로 뛰어오는 아이를 그러안으며 또 다른 향에게 다가갔다. 머리칼을 쓰다듬고, 뺨을 어루만지며 입을 맞추는 그.

그 모습이, 너무도 행복해 보여, 향은 눈물을 감출 수 없더란다.

이때, 원의 눈길이 향에게로 돌려졌다. 직시하듯 뚜렷한 눈빛. 곧이어 그는 청현한 웃음을 띠우며 향에게 손을 흔들었다. 괜찮노라고. 이 것은 네가 겪게 될 미래의 모습이노라고. 걱정치 않아도 된다고…….

그 너무도 선연한 모습에…….

향은 꿈에서 깨어날 수 있었다.

❋

"으음……."

향은 무거운 눈꺼풀을 슬그머니 올려 떴다. 초점이 맞지 않는 시야. 담기는 것은 오직 묵직한 어둠 뿐. 느릿하게 눈을 깜빡인다. 몸을 일으키고 싶었으나 온몸에 힘이 들어가지 않았다. 손가락 하나 까딱할 힘도 없었다. 그럼에도 눈을 올곧이 뜨고 있으니 이것 참 이상한 일이었다.

다시 눈을 깜빡인다. 그럼에 보이는 것은 여전히도 어둠이리니.

획, 무언가가 스쳐지나갔다. 먼지의 부유일까. 아니면 존재치 않음에도 있는 것처럼 보이는 어둑서니일 뿐일까.

"향아?"

그때, 시야에 문득 붉은 잔영이 담기었다. 수차례 눈을 더 깜빡인다.

"향아?"

간신히 맞춰진 초점. 향은 눈동자에 하얀 빛이 담기었다. 동시에 원의 얼굴 또한 함께 담기었다.

"드디어…… 일어났구나, 향아. 내가 보이느냐?"

향은 그런 진원을 가만히 응시했다. 그의 붉은 머리칼을, 그 아래 새하얀 살결을, 굵은 눈썹을, 또렷하여 매서움을 품고 있는 그 눈동자를, 쉼 없이 달싹이는 입술을.

아, 진원이구나. 꿈에서 보았던, 진원.

향은 자신도 모르게 얕은 미소를 머금었다. 무어라 말을 하고 싶었으나 목소리가 나오지 않았다. 끓어오르는 음성이 많았으나 내뱉어지지 않았다. 답답한 마음에 괜스레 울컥 분이 올라왔다.

"아프진 않아? 괜찮은 게야? 물이라도 가져다줄까?"

원은 향의 뺨을 부드러이 쓰다듬으며 말했다. 그 손길이 너무도 따뜻하여, 그렇기에 서글퍼서. 향은 치미는 눈물을 꾹꾹 삼키며 손끝만을 달싹였다.

"아니, 내 이럴 때가 아니지. 태의를 불러오겠다. 잠시만 기다리거라."

진원은 그리 말하며 벌떡 몸을 일으켰다. 당장에 방을 뛰쳐나갈 생

각이었으나,

"향아?"

제 옷자락을 잡는 향의 손덕에 그리하지 못하게 되었다. 다시 몸을 앉힌다. 그리고 향의 손을 꽉 맞잡는다.

"왜 그러느냐. 어디가 불편한 게야?"

다정하다. 눈물이 날 정도로 끔찍히 다정해. 향은 제 손을 따라 느껴지는 온기를 더듬으며 생각했다.

"……전하."

"그래, 향아. 왜 그러느냐."

"저는……."

설움이 들어 있는 멍울이 목에 가득 차 내려앉지 않는다. 향은 잠시 숨을 삼켰다. 뜨거운 애통이 그녀의 목구멍을 타고 흘러내려갔다.

"무섭습니다. 또, 또다시 같은 일이 일어날까…… 또다시 전하께…… 전하의 이런 말을 들어도…… 또다시 전하께서 저를……."

"아니다."

원은 고개를 가로저으며 답했다.

구름이 걷힌 밤. 홀연한 달빛이 창을 넘어 방 안으로 쏟아져 들어왔다. 그에 원의 얼굴이 보다 또렷하게 보인다.

열흘 전 보았던 그 얼굴과는 다른, 너무도 수척해진 그리고 너무도 서글퍼진 얼굴. 향은 제 마음이 뒤틀리고 있음을 알아챘다.

"백 번을 말하고 천 번을 말해도 다 할 수 없거늘."

물기가 담겨 있는 말. 그 습기가 원의 손에 대롱대롱 맺히었다.

"내가 미안하다."

향을 잡고 있는 손에 힘을 준다. 이는 혹에라도 향이 사라질까 두려움에서 비롯된 것이었으니……. 원은 향의 손등에 제 이마를 대며 가쁜 숨을 몰아쉬었다.

"나는 너를 보낼 수 없다."

아프다.

네가 받았던 상처의 조알만큼도 되지 않겠지마는 내가 너무도 힘들다. 너를 앞에 두고도, 너를 옆에 두고도 너를 밀어냈던 내가 떠올라, 그 죄책감에. 그리하여 힘들구나. 그리하여 아파.

"은애한다."

그러니, 이 마음만큼은 온전히 전해지기를. 이 차오르는 설움만큼은 온전히 알아주기를.

"정녕…… 은애한다."

향은 흔들렸다.

아둔한 머리가 진실한 마음을 이기지 못한 것이라. 그렇기에 향은 원의 그 마음을 더 이상 외면할 수 없게 되었고, 또한 이 순간을 꿈꾸던 자신의 마음을 외면할 수 없었는지도 모른다.

향은 두 눈을 느릿하게 내리감았다. 떨림이 사라진다. 그 빈자리에 묻는 것은 희열에 찬 눈물이리니.

"내 모든 것을 버릴 만큼."

또다시 향은 흔들렸다.

달금한 원의 눈빛이 제게 말한다.

네가 지닌 모든 아픔을 그러안아 주겠노라고. 반드시 네가 봄날의 빛을 느낄 수 있게 만들어주겠노라고.

"네가 아닌 무엇도 필요 없게 되었다."

닫혀 있던 향의 마음이, 끝내는 참지 못하여 빗장을 열고 쏟아져 나왔다.

눌러왔던 그리움은 순식간에 터져 향의 온몸을 휘감았고.

그래. 그리웠다. 이 순간이, 이 말들이, 그리고…… 진원이.

원은 그 어느 때보다 맑은 미소를 지었다. 축축한 물기가 묻은 자리에 새로운 빛이 스며든다.

마음을 이길 수 있는 것은 아무것도 없다. 적어도, 이제야 모든 것들을 내려놓은 두 사람에게는.

"이런 나를…… 받아주겠느냐."

아, 어둑서니가 밀려온다. 그러나 어둑서니는 올려다볼수록 큰 것이었다.


"날씨 한번 좋구나."

도겸은 마룻바닥에 드러누운 채, 새까만 밤하늘을 올려다보며 혼잣말을 내뱉었다.

사실 이 시간이라면 비서감(秘書監)의 밀린 일들을 해야 할 때지만, 오늘 하루만큼은 놀고 싶었다. 아니, 당분간은 서책은커녕 경필도 잡고 싶지 않았다.

뭐 어쩔쏘냐. 내게 신경을 써주는 이는 아무도 없을 텐데 말이야.

도겸은 자조적인 웃음인지 아니면 마음에서 우러나온 웃음인지 모를 것을 하하 내뱉으며 머리카락을 쓸어 올렸다.

"외롭구나."

그의 얇은 입술 사이로 픽, 실소가 튀어나왔다.

그래, 그는 외로웠다.

기도위(騎都尉)에 오를 적, 그는 우림기병을 감독하며 셀 수 없을 정도로 많은 사람들 사이에 둘러싸여 있던 이였다.

그러나 오 년 전 그 사건으로 인해 다리를 쓰지 못하게 되어…….

본디 궐에서 내쳐져야 함이 옳았으나 진원의 탄원으로 인해 간신히 비서승직을 하사받을 수 있게 된 것이었다.

하나 그러면 무얼 하나. 재미도 없는 낭관 셋 사이에서 하루 종일 서책과 씨름해야 하는 것을. 해가 없을 때 나와 해가 없을 때 돌아오니 이 무슨 재미가 있단 말이냐.

뛰놀고 싶다. 말을 타고 훤한 들판을 쏜살같이 내달리고 싶다.

하나 그리 할 수 없음을 그 누구보다 잘 아니.

"애먼 투정은 부리지 말자꾸나."

그는 머리를 헝클며 몸을 반쯤 일으켜 세웠다. 뻐근한 것인지, 목을 이리저리 돌리며 어느덧 컴컴해진 하늘을 올려다본다.

검은 천에 은빛 실로 촘촘하게 수를 놓은 듯, 환한 낮인 양 하늘을 밝히는 저 은하수가 참으로 아름다웠다.

저 많은 별들 중에 내 님도 있으련만.

도겸은 제 스스로도 허튼 생각을 했다며 피식 실소를 뱉으면서 고개를 떨어뜨렸다.

향이 보고 싶다.

그러나 찾아갈 수 없다.

향은 내 친우의 여인이니…… 감히 내가 우러러볼 수 없는 여인이니.

그러니 이 아프고 찢긴 마음을 홀로 주워 담아야 할 테지.

차라리 아버지라도 곁에 있으면 좋으련만. 그래야 이 아픈 마음을 고하며 위로를 받을 수 있으련만. 그 누구도 내 마음을 몰라주니, 내 스스로 갈무리해야 할 뿐이니, 그렇기에 더욱 슬픈 것일 테지. 아무도 모르는, 그러한 슬픔을.

도겸은 손으로 얼굴을 쓸어내리며 고개를 절레절레 가로저었다. 허튼, 생각을 하지 말자. 부디.

심호흡을 뱉으며 들끓는 마음을 정돈한다. 바로 그때에, 대문 바깥에서 낯선 인기척 소리가 들려왔다.

이 시각에 나를 찾아올 이가 없을 텐데? 도겸은 어깨를 움츠리며 천천히 대문 쪽으로 걸어갔다.

끼이익, 문이 열리고. 그곳엔,

"아…… 버지?"

도겸의 아비, 사공이 있었다.

그는 제가 보는 것을 믿지 못하겠다는 듯, 벙한 표정으로 몇 번이고 눈을 비비며 사공에게로 다가갔다.

그에 멋쩍게 웃으며 굽혔던 허리를 펴는 그.

"예끼! 이상한 소리가 들리면 숨을 생각부터 해야지, 어딜 기어나오누?"

들고 있던 지팡이로 도겸의 어깨를 팍 내려치고는 설렁설렁 집 안으로 걸어 들어간다.

"예나 지금이나 변한 것이 없구나. 이 빌어먹을 허름한 집도 말이다."

뒷짐을 진 채 이곳저곳을 살피는 그의 모습이 사 년 만에 만난 아비라고 할 수 없을 만큼 익숙했다. 하, 도겸은 어처구니가 없다는 듯 헛웃음을 뱉으며 그에게로 재빨리 다가갔다.

"아니, 아니, 아버지! 사 년 만에 나타나 놓고는 고작 하는 말이라곤 불평입니까? 대체 여긴 어쩐 일이십니까? 또 무슨 바람이 불어서요! 무슨 짓을 하시려고……!"

"그래, 그래, 바람이야 불었지. 그 바람이 나를 인도하지 뭐더냐. 하나뿐인 아들을 보러 가라고 말이야."

사공은 도겸의 뺨을 꽉 꼬집으며 빙그레 웃음을 지었다. 그러나 그것이 거짓임을 모를 리 없을 터. 도겸은 인상을 팍 찌푸리며 사공의 손을 떼어냈다.

"헛소리 좀 하지 마십시오! 하나뿐이긴 무슨, 제 생각을 하긴 하셨습니까? 제 생각을 했다면 사 년 동안 저를 버려둘 리 없지요!"

"어이고, 아비에게 하는 말버릇 하고는. 쯧. 자식 키워봤자 다 소용이 없다니까."

"아버지!"

그러한 외침에도 불구하고 사공은 못 들은 척 귀를 후비며 도겸의 팔을 이끌었다.

"귀청 떨어지겠다, 이놈아! 됐다, 됐어, 이리 있을 시간이 없어. 자, 가자꾸나."

"예? 어딜요? 어딜 갑니까? 저도요? 저는 왜요?"

"예끼! 뭔 사내자식이 이리 말이 많아! 종알종알 대지 말고 따라오기나 하거라."

"아니, 아버지!"

영문을 몰라 당황의 기색이 그득한 도겸의 외침을 뒤로하고, 사공은 더욱더 세게 팔을 잡아끌었다. 이미 어두워진 밤하늘 아래로 두 개의 그림자가 길게 늘어졌다.


그들의 발이 향한 곳은 저잣거리 서쪽, 후미진 곳에 위치한 작은 기방이었다.

이리 으슥한 곳에 기방이 있었던가? 낯선 기운에 도겸은 주춤거리며 사공의 뒤를 조심스럽게 따라갔다. 그때.

"그만."

어둠 속에서 불쑥 튀어나온 그림자가 그들의 앞을 가로막았다. 도겸은 번뜩 긴장하여 제 허리춤을 매만졌으나, 이내 '비서승'은 검을 가지고 다닐 수 없음을 깨닫고 스르르 손을 풀어냈다. 그 떨리는 손길로 옷자락을 꽉 쥐어 잡는다.

"명패를 보여주십시오."

그는 손바닥을 사공에게로 내밀며 고개를 까딱였다.

명패? 한낱 기방에 웬 명패란 말이냐? 도겸은 눈을 휘둥그레 뜬 채 사공의 다음 대답을 기다렸다.

"끌끌, 이걸 어쩌나. 이 늙은이는 산수를 유랑하다 이제야 세속에 도착한지라 명패고 나발이고 아무것도 없는데 말이야."

"그러하시면 입장하실 수 없습니다."

"아니, 들어갈 수 있을 게야."

"불가합니……."

"네가 안에 들어가 전하면 된다."

사공은 굽혔던 허리를 빳빳하게 펴며 그의 컴컴한 얼굴을 주시했다. 픽, 주름진 얼굴에 얼룩덜룩 검은 그림자가 스며들기 시작했다.

"사공 윤문수가."

도겸의 손을 이끌어 그의 팔을 꽉 붙잡는다.

너는 나와 함께 있어야 한다는 듯, 너는 내 뜻에 있어야 한다는 듯. 사공 윤문수와 그의 아들 비서승 윤도겸은 한 뜻이라는 듯.

"태위 이치원을 찾아왔노라고."

그렇게 사공은 도겸의 발목을 세게 쥐어 잡았더란다.

아침의 시작을 알린다는 듯, 하늘을 누비는 종달새의 밝은 울음소리가 들려왔다. 떠다니는 물방울을 교란하는 햇살이 후원을 그득히 채운다.

그 은빛 잔영이 반사되어 들어오는 곳은, 향과 원이 함께 잠에 들었던 작은 방. 창문 넘어 쏟아져 들어오는 햇발에 향은 인상을 찌푸리며 요를 끌어당겼다. 며칠 전과는, 아니 몇 달 전과는 달리 매우도 평온한 얼굴이다.

"으음……."

향은 몸을 뒤척이며 낮은 신음을 뱉었다. 옆자리에 손을 뻗는다. 그러나 닿는 것은 아무것도 없다.

진원? 잠결에도 불구하고 놀란 향이 화들짝 눈을 올려 떴다. 몸을 일으키고 서둘러 주위를 살핀다. 그러나 원은 없다. ……모든 것이 환영이 된 것처럼.

향은 제 가슴이 발끝으로 흘러내린 듯한 느낌을 받았다.

정녕 한 밤의 꿈이었던가. 허상일 뿐이었던가. 혹, 내 스스로 만들어낸 환영이 아니었을까.

무릎을 그러모은다. 그 속에 얼굴을 파묻으며 차오르는 감정을 억누르고자 애를 쓴다. 길고 긴 호흡. 그러나 격동하는 가슴은 결코 가라앉지 않았다. ……그렇게 왈칵 설움이 터지려 할 때에.

"아, 일어났구나. 향아."

문을 열림과 동시에 익숙한 목소리가 들리었다. 향은 서둘러 시선을 올렸다. 그곳엔 원첩을 들고 위태롭게 걸어오고 있는 진원이 있었다.

아, 꿈이 아니었구나. 허상이 아니었어. 피어오르는 안도감을 느끼며, 향은 가볍게 고개를 끄덕였다.

"미음이라도 들어야 할 것 같아서 말이야. 조금만 먹자꾸나. 약을 먹어야지."

원은 어주에서 직접 들고 온 미음을 향의 앞에 놓으며 말했다. 그리고 향의 뺨에 살며시 입을 맞춘다.

"왜. 내가 없어 많이 놀랐더냐."

향은 제 마음을 들킨 것만 같아 서둘러 고개를 가로저으며 시선을 돌렸다. 그 모습마저 마냥 어여쁘다는 듯, 원은 향의 뺨을 재차 쓰다듬었다.

"말하지 않았어. 네 옆에 있겠노라고. 내가 가긴 어딜 가겠느냐."

그리고 향의 코를 사붓 꼬집는다. 찡그려진 향의 얼굴. 그에 원은 웃음을 터뜨리며 그녀의 허리를 감싸 안았다. 어깨에 얼굴을 묻으며, 느긋한 숨을 목덜미에 불어넣는다.

"당분간은 여기서 지내야 할 것 같다. 처소가 재건될 때까지는 있어야 해."

그 말에, 향은 번뜩 정신이 돌아온 듯싶었다.

이곳은 동주궁. 자신의 처소가 아니다. 동궁은 이황자에 의해 불에 탔으니…… 열흘 전, 그 사달이 떠올랐다는 듯 향은 자신도 모르게 어깨를 움츠렸다.

"……황자 저하는 어찌 되셨습니까."

"눈 뜨자마자 하는 말이 겨우 그것이야?"

"아, 하면 다른 말을……."

"하하, 아니다. 역시나 너 답구나."

원은 향을 더욱 제 가슴 안으로 그러당기며 말했다.

"정현은 낙향으로 유배되었다. 위리안치형을 받았어."

"그렇…… 군요."

"왜. 그놈에게 내려진 벌치고는 너무 작은 것이라 생각이 드느냐?"

침묵. 이는 분명히도 긍정에서 비롯된 현상이었다. 이러함을 그 누구보다 잘 아는 원은 문득 서늘하게 웃었다. 미소가 피어오른 입가는 사뭇 딱딱하게 굳어있었으니.

"혈육에 대한 마지막 정이라고 해두자꾸나."

더 이상 정현을 떠올리고 싶지 않은 그였다. 정현의 끔찍했던 마지막 모습을 지워 버리고 싶은 그였다. 하여, 원은 다시금 말간 웃음을 얼굴에 드리웠다. 그리고 제 소맷자락에 품고 있던 어떠한 물건을 향에게 들이밀었다.

"이게 무엇인지 기억이 나느냐."

형상을 알아볼 수 없을 정도로 찌그러진 물건. 향은 고개를 갸웃거리며 눈을 가늘게 떴다.

"이게…… 무엇입니까?"

"하하, 네 물건이다. 네 것을 못 알아보면 어찌하누."

"제 것이라니요? 제게 이런 게……."

원의 손바닥에 올려져있던 그 물건을 들어올린다. 자세히 보아 하니 이는 '노리개'인 것 같았다.

어떻게 보면 감청색 같고, 또 어떻게 보면 연분홍빛을 머금고 있는 것. 마치…… 향과 같아 보이는 것.

피식, 원의 고요했던 입가에 유려한 미소가 걸려 올라갔다.

"너를 찾아갔을 때."

원은 향의 손에 깍지를 끼며 말을 이었다.

"네가 없는 자리에 유일하게 남아 있던 것이었다."

향의 눈동자가 불에라도 댄 듯 요동치기 시작했다.

"찾아…… 오셨었습니까."

힘겹게도 내뱉어진 말. 외로이 꿈틀거렸던 과거의 흔적이 모조리 드러나게 된, 그 말.

이에 원은 잔잔한 미소를 흘리며 고개를 끄덕였다.

"늦었지만서도."

아. 향은 짙은 신음을 흘리며 두 손에 얼굴을 묻었다. 오직 자신을 제외한 모든 것들을 사라지게 만들 법한, 그러한 모습.

차마 묻지 못했었다.

나를 찾아왔었느냐고, 나를 찾기는 했었느냐고. 무슨 일이 있었기에, 나를 찾지 못했었느냐고.

묻지 못했다.

혹여라도 내가 원치 않는 진실을 알게 된다면 차마 버틸 수 없을 것 같았기에. 그랬기에…… 묻지 못하였는데.

진원은 나를 버리지 아니하였었구나. 나를 놓은 것이 아니었어.

향은 이리 생각하며 느릿하게 고개를 들었다. 그리고 고개를 반쯤 돌려 원과 시선을 마주한다. 그 눈살을 마주함과 동시에, 원은 향의 손바닥을 펼쳐 노리개를 쥐어주었다.

"네 것이다."

향을 끌어안는다. 향의 어깨와 등을 감싸고 있는 그의 손이 바들바들 떨리고 있음이 느껴졌다.

네 것이었으나 잠시나마 내가 갖고 있었던 것. 아프고 아픈 과거의 흔적이었던 것.

그러나 이제는 놓아주려 한다. 네가 옆에 있으니, 그리고.

"그리고 나 역시 네 것이다."

내가 옆에 있으니.

안온했던 기류에서 비롯된 바람이 부드럽게 쏟아져 들어왔다. 그 바람은 진원의 뺨을, 그리고 향의 뺨을 계속해 어루만지며 끊임없이 속삭였더란다.

기약으로 떠나 기약 없이 오지 않던 그대, 이제는 서로가 함께하노라고.

## 11장.

### 타는 가슴이야 적실 수 없거늘

"그게······ 무슨 말이더냐?"

이는 예선당, 한울의 처소에서 들려온 소리였다.

"그게 무슨 말이냐 말이다!"

그녀는 옷자락이 흐트러짐을 개의치 않은 채, 시뻘게진 얼굴로 빽소리를 내지르고 있다. 바들바들 몸을 떠는 것이, 분기가 역력한 모습이다.

"태, 태자비마마께서······."

한울의 앞에 송구스럽게 머리를 조아린 나인의 답이었다. 바들바들 떨고 있는 것이, 여간 겁을 먹은 것이 아니다.

"도, 동주궁에 계신다 하옵니다······."

아, 한울은 현기증이 이는 것을 느끼며 이마를 부여잡았다. 다리에 힘이 곧추 들어가지 않았다. 금방이라도 허물어지듯 주저앉을 것 같았지만, 애써 바득바득 힘을 주며 허리를 세운다. 거센 분을 담은 입김이 끝없이 흘러나왔다.

주먹을 쥐락펴락한다. 심장에서 뿜어져 나오는 핏줄기가 모두 얼굴에 쏠리는 것만 같았다. 새빨간 기운이 그득하다.

하옥된 이후, 자신은 진원을 단 한 번도 마주하지 못하였다. 그의 그림자조차 보지 못하였다. 찾아오지 않는 님이라 한탄에 시름만 늘어나고 있었는데.

감히, 감히 근본도 없는 년이 전하의 옆에 붙어 있다니! 감히!

"빌어먹을 계집년!"

한울은 허공을 향해 악을 질렀다. 그 방을 메우듯 메아리 친 음성이 다시금 그네의 귓가를 파고들어—

"채비를 하자꾸나. 당장 그 계집을 봐야겠다."

끝끝내. 두 눈을 멀게 했더란다.


동쪽 하늘에서부터 떠오른 태양이 차차 산기슭을 타고 올라올 때즈음, 황도는 삼삼오오 몰려든 대신들로 인해 다소 북적거리고 있었다.

그 사이를 빠른 걸음으로 지나치는 이는 다름 아닌 태위. 그는 먹구름에 먹힌 태양이 빛을 발하지 못하고 있자 컴컴한 시야가 마뜩찮다는 듯, 미간을 짙게 좁히며 발을 더욱 재우치고 있었다.

이런 때라면, 이리 태양이 힘을 쓰지 못하고 있을 때라면 태양의 자손이라는 진원 역시 빛을 발하지 못하지 않을까.

작게나마 희망을 품어본다. 그러나 이내 픽, 실소를 내뱉는 그.

헛된 생각임을 알고 있기 때문일까. 그의 얼굴이 더욱 딱딱하게 경직된다.

그때, 그러한 태위의 뒷모습을 지켜보는 이들이 있었으니. 다름 아닌 판중추원사 연해와 도만호 대휼이었다.

먼젓번 태위에게 망신을 당한 후로부터 그를 곱게 보지 않고 있던 대휼, 그리고 태위와 황태자의 사이가 좋지 않음을 가장 먼저 눈치챈 연해.

황태자가 즉위만 한다면, 제아무리 삼공일지라도 쉬이 덤비지 못할 터. 그렇기에 그들은,

"태자 전하께서 잘 해내셔야 할 텐데 말입니다."

"하하, 걱정할 것이 무어가 있겠습니까. 전하께옵선 무엇이든지 자알 하실 테지요."

"그리 생각하니 또 그것이 맞군요. 괜한 기우였나 봅니다. 하하!"

단숨에 황태자의 편으로 돌아선 것이리라.

그들은 다른 대신들이 듣기를 바라는 듯, 큰 목소리로 진원의 드높은 성정을 입이 마르도록 칭찬하고 또 칭찬하며 목적지를 향해 바쁜 발을 내디뎠다.

오늘 열리는 이 편전은 꽤나 중요한 것이었다. 이 결과에 따라 진원이 즉위한 후, 그가 세력을 잡을지 대신들이 세력을 잡을지가 판가름 날 터이니. 사실상 연해와 대휼은 전자를 원할 것이고, 태위와 태위의 편에 있는 이들은 후자를 원할 것이었다.

그렇다면, 그들은 자신이 갖고 있는 모든 힘을 동원해 진원의 말에 힘을 실어주어야 한다는 뜻이렷다. 그들은 생각이 정리되었던지, 잠시 눈빛을 섞고는 더욱 발을 재우쳤다.


"전하, 북쪽 지역 주평에서 상소가 올라왔나이다. 날이 추워짐에 따라 북의 오랑캐들이 내려와 민가를 공격하고 약탈을 일삼고 있다 하옵나이다. 부디 현명한 단안을 내려주시옵소서."

이것이 마지막이다. 모든 대신들은 다른 어느 때보다도 길어진 편전에 힘이 빠진 듯 어깨를 축 떨어뜨리고 희미한 시선을 흘리고 있었다. 그때,

"병부시랑."

그 짤막한 말에 병부시랑은 시선을 돌려 진원의 쪽으로 몸을 틀었다. 병부상서인 태세록이 하옥되어 있는 까닭에 부득이하게 병부시랑이 일을 도맡고 있는 것이었다.

"주평에 군사를 투입하도록 하라. 오랑캐들을 토벌하는 것이 아니다. 군사를 이용해 민가와 산기슭 사이에 담을 쌓게 하고, 그 지역을 지키도록 하라. 한 명의 백성이라도 겁에 질리는 일이 없어야 할 것이야."

"마, 말씀 받들겠나이다, 전하."

"호부상서."

그 역시 진원의 쪽으로 몸을 튼다. 가볍게 숙인 고개. 진원은 그의 목덜미 부근을 바라보며 재차 입술을 열었다.

"주평에서 걷히는 세금의 양이 어떻게 되는가?"

"총 오백 명의 주민이 있고, 쌀 백오십 가마, 콩 백 가마, 조 이백 가마 가량이 걷히옵나이다. 귤과 사과는 각 팔십 그루가 있어 그중의 절반을 걷고 있사옵나이다."

"가을까지는 평균된 양으로 걷되, 겨울부터는 그 절반을 걷도록 하라. 오랑캐들에게 빼앗긴 재산이 있어 이번 겨울이 혹독할 것이니, 궁핍함이 없도록 매진하라."

"받들겠나이다."

아직은 어수룩할 줄 알았건만. 황태자 진원은 꽤나 능숙하게 일을 처리하고 있는 중이었다. 다섯 시가 넘는 긴 시간 동안 조금도 지친

기색 없이 꼿꼿하게 앉아 대신들의 눈과 귀를 사로잡고 있었고, 또한 재빠른 판단과 더불어 백성을 아끼는 성군의 자질까지 내비치고 있으니.

그에 몇몇 대신의 눈가에 반짝이는 빛이 담기는 것은 당연한 일이렷다.

"내 오늘, 그대들에게 중히 할 말이 있다."

주청을 끝낸 좌첨의중찬이 두루마리를 내리 닫음과 동시에 들린 말이었다.

"삼십 년 전, 제종께서 실시하였던 과거제를 복행(復行)할 것이다."

침묵. 이는 분명 진원의 말뜻을 한 번에 알아듣지 못했기에 일게 된 고요의 시간.

그러나 말뜻을 이해함과 동시에,

"저, 전하!"

"아, 아니 되옵니다! 과거제는 그 비효율성이 입증되어 암암리에 중단한 제도가 아니옵니까! 한데 이리 갑작스런 경시라니요! 아니 되옵니다!"

"또한 과거제는 그 규모가 커, 자칫하단 국탕을 탕진하지 않을까 염려가 되옵나이다. 하니 보다 신중히 고려하고 또 고려할 일이옵나이다! 부디 통촉하여 주시옵소서!"

물밀 듯 들려오는 주청. 곧이어,

"통촉하여 주시옵소서!"

한마음 한뜻이 되어 한 말을 내뱉는 그들. 진원은 그러한 이들을 바라보며 어처구니가 없다는 듯 실소를 내리 흘렸다.

"비효율성이라……."

턱을 어루만진다. 삐뚜름하게 올라간 입꼬리에서 어쩐지 지독하리만큼 매서운 기운이 흘러나왔다.

"그것은 그대들이 판단한 것이 아닌가?"

몸을 앞으로 젖힌다. 당황한 빛이 역력하게 담겨 있는 대신들과 눈을 하나하나 맞추며 입술을 떼어냈다.

"삼십 년이 지났다. 지난 삼십 년간, 평민의 자식들은 뛰어난 자질이 있음에도 관직에 오를 길이 없어 그 재능을 썩히고 묵히기에 이르렀다. 이는 국가적 손실임이 분명한데."

몸을 뒤로 젖힌다. 용좌의 손잡이 부분을 어루만지며 손끝을 오므라뜨린다.

"누군가들의 욕심으로 인해 삼십 년간 손해를 입고 있었다."

그 누군가들은, 작금 편전에 모여 있는 모두일 것이리라.

그들은 자신의 자리를 지키고자, 아니, 이 자리로 인해 한 푼이라도 돈을 더 모으고자 새로운 관료들을 등용하지 않았으며 뛰어난 자질로 인해 도성으로 올라오려는 지방 관료들을 암암리에 내치고 있었다.

삼십 년 동안 고질병이 되어 곪고 곪아온 것. 그리하여 진원이, 이제 막 싹을 틔우고자 하는 진원이 막을 연 것이리라.

진원은 대신들을 어르고 달래겠다는 듯 녹녹한 어조로 말을 이었다.

"하나 그대들의 말 또한 맞다. 과거제를 실시하면 국탕을 열어야 하니 흉년이 듦에 그것 또한 문제렸다."

그에 화색이 도는 대신들. 그러나,

"그러하니 관직을 제하는 선에서 급제자들을 선출하도록 한다. 각 육부의 원외랑까지 오를 수 있게 하고, 정4품의 관직까지 등용할 수 있게 하려 한다. 이의 있는가?"

이어 들려오는 말은 반박할 수조차 없게 치밀하게 짜인 말이었으
니.

다시금 침묵의 시간이 흐른다. 아무 말이 없다. 서로 눈알만을 데
굴데굴 굴리며 눈치를 볼 뿐. 그때.

"하오나 전하."

익숙한 목소리. 진원은 느릿하게 시선을 돌렸다. 목소리의 근원은
보지 않아도 알 수 있었다.

'태위.'

진원은 입안, 중얼거림을 뱉으며 그와 눈을 마주했다.

맞부딪치는 두 개의 눈빛. 하나는 빛을 보고자 하는 새끼였으며 다
른 하나는 한때 세상을 호령했으나 이제는 서서히 빛을 잃고 있는 짐
승이었다.

"이는 황제 폐하께서 살피셔야 할 사항이라 사료되옵나이다."

그래, 이러한 중대사는 섭정을 맡고 있는 '황태자'가 아닌 '황제'가
처리해야 함이 옳았다.

그래, 이것이다! 대신들은 한 줄기 빛을 보았다는 듯, 이 기회를 놓
치지 않겠다는 듯, 재빨리 허리를 더욱 굽히며 진원에게 울부짖듯 말
을 하기에 이르렀다.

"마, 맞습니다. 이는 중차대한 일이기 때문에 쉬이 결정할 일은 아
니라 생각되옵나이다."

"때문에 황제 폐하께 말을 올리는 것이 합당하리라 고량되옵나이
다. 부디 통촉하여 주시옵소서!"

"통촉하여 주시옵소서!"

그들은 또다시 마음을 모아 큰 소리를 내지르며 '통촉'을 울부짖었
다.

말을 꺼낸 태위는 기세가 등등하여 진원을 향해 쏜살같은 눈빛을 보냈으나,

"하하! 하하하!"

돌아오는 것은 우렁찬 웃음소리뿐.

진원은 용평상을 쾅쾅 내려치며 마른 웃음을 계속해 내뱉었는데, 그것은 마치 폭풍 전야. 곧이어 다가올 폭풍에 있어서 작은 일렁임과도 같아 보였다.

이러한 예상과 너무도 잘 들어맞는.

"내가 아바마마가 아니기 때문에 이 일을 해서는 아니 된다는 말인가? 하하, 이것 참 우습군. 그래, 내가 그대들이 원하는 황제 폐하가 된다면."

서늘하고 매서운 그의 눈빛, 어조.

이곳에 모여 있는 모두의 오금을 저리게 할 요량이라는 양 포효하듯 이를 드러내는 그의 모습에 대신들을 숨을 들이켤 수밖에 없었다.

진원의 입꼬리가 선을 그리며 올라간다.

"이 일을 진척시켜도 된다는 뜻이렷다."

꿀꺽. 누군가가 침을 끌어 모아 삼키는 소리가 들려왔다.

말을 잘못하였다. 황제께 말을 올리자고 할 것이 아니라, 황제 역시 반대를 할 것이라는 가정으로 진원을 옭아맸었어야 했는데!

미꾸라지처럼 빠져나가는 저 모습이 괘씸하다. 또한 분이 올라왔다.

한낱 어린아이인 줄 알았거늘⋯⋯!

태위의 손바닥에 뜨거운 땀방울이 흘러나오기 시작했다. 그는 진원의 살기 어린 눈빛을 가감 없이 받아서도 아니요, 다른 대신들의 원망에 담긴 숨소리를 들었기 때문도 아니요.

바로, 곧이어 있을 대사(大事)의 시발점이 오늘임을 깨달았기 때문이다.

피식, 진원은 태위를 향해 괴괴한 웃음을 흘렸다. 그걸 이제야 알아챘느냐고 비웃는 것만 같다.

진원은 용평상에 올렸던 손을 떼어내며 다시금 허리를 곧추세웠다.

패배감에 질식해 있는 대신들을 바라보며 한껏 환한 미소를 지어준다.

"즉위식 후에 더욱 깊은 이야기를 나누도록 하지. 오늘은 여기까지다. 이만 물러가도록."

마치, 너희들은 이미 내 손아귀에 들어온 하찮은 쥐새끼일 뿐이라는 듯.

주룩주룩 내리고 있던 빗줄기가 굵어지기 시작했다. 그 굵어진 빗줄기는 창문을 때리고, 창틈을 기어들어 와 이내 장내를 매우 축축하게 만들었더란다.

✻

늦여름의 묵직한 열기와 초가을의 상쾌한 바람이 우수수 흩어지고 있었다. 꼿꼿한 나뭇가지에 매달려 있던 짙푸른 나뭇잎들은 어느새 밤색으로 탈바꿈을 하고 있었고, 세상을 개벽하듯 만개했던 꽃들은 차차 빛을 사그라뜨리며 고개를 떨어뜨리고 있었다. 그러나 그럼에도 햇살은 눈부시게 하얗다. 마치, 한여름의 따가웠던 빛발처럼.

이리도 모순된 경관 위로, 자박자박 발걸음 소리가 들려왔다. 삽시간에 조용해진 대기. 늦게도 우는 종달새의 울음소리를 끝으로, 산수화처럼 아름다웠던 풍경에 조각조각 금이 가기 시작했다. 흩어지는 바람을 삽시간에 잠재우며 모습을 드러낸 것은 다름 아닌 양제, 한울이었다.

다른 때보다 더욱 두꺼운 가체를 올리고, 휘황찬란한 장신구를 박은 채 비단옷을 나풀거리며 낭창낭창하게 걷고 있는 한울.

색색이 빛나고 있는 한울의 모습과는 반대로, 그 뒤를 따르는 여러 명의 궁인들은 짙은 회색빛, 뿌연 모래바람이 묻은 모습으로 종종걸음을 하고 있었다.

쏴아아, 바람이 불어온다. 녹음을 뒤흔들며 바삭한 나뭇잎들을 허공으로 날려 보낸 그 바람은, 이내 한울에게까지 다가와 그녀의 얼굴에 그려져 있던 나긋나긋한 미소를 사라지게 만들었다.

때문에, 숨겨져 있던 추악하고도 매서운 갈망이라는 감정이 드러나게 된 한울의 얼굴.

픽— 숨 트는 소리 후.

"고하라."

한울은 허리를 빳빳하게 세우며 말했다. 그녀의 말길이 닿은 곳은 동주궁이었다.

그러나 병졸들은 요지부동. 꿈쩍하지 않는다. 이는 진원의 '아무도 들이지 말라'는 명에 의해 나온 행동이었으나.

"고하라 하지 않았느냐!"

한울은 받아들일 수 없다는 듯. 그녀의 목소리가 우렁차게 울려 퍼졌다. 하나 이럼에도 병졸들은 또한 움직이지 않는다. 눈 하나 깜빡이지 않은 채, 한울이 아닌 허공만을 바라볼 뿐.

"이, 이……!"

당장에 단향 그 계집을 만나 시시비비를 가리려 했건만, 그 계집의 밑바닥을 긁어내 제 주제를 알라 하려 했건만. 그래서 부러 휘황찬란하게 치장을 겹겹이 하고 왔건만!

너 따위는 받아들일 수 없다는 듯, 문은 굳건히도 닫혀 있었다. 병졸들은 그 문의 걸쇠를 풀어주지 않는다. 픽 올라가 있는 저들의 입꼬리가 마치 자신을 비웃는 것만 같다.

한울은 주체할 수 없을 정도로 올라온 분을 가감 없이 내비치며 이를 드러냈다.

"내가 누군지 아느냐! 태자 전하의 하나뿐인 후궁이다! 너희들 따위는 단번에……!"

"하오나 자가, 그 누구도 들이지 말라는 황태자 전하의 명이 있었나이다."

비웃는 것인가? 내가 '태자비'가 아닌 후궁일 뿐이라, 그래서 나를 비웃는 것이냐 말이다!

한울의 파리한 입술이 바들바들 떨렸다. 그 떨림은 목을 타고 어깨를 내려와 온몸을 발발 전율시켰으니.

짝!

"당장 고하라! 양제가 찾아왔노라고!"

병졸의 뺨이 오른쪽으로 돌아갔다. 그러나 그는 아무 반응조차 할 수 없었다. 제 눈앞에 있는 이가 누구던가. 태자 전하의 후궁이 아니던가. 이런 여인에게 어찌 말대꾸를 할 수 있겠으며, 맞았다 하여 어찌 분을 표하겠는가.

그는 고개를 푹 숙였다. 한울에게 사죄하는 의미의 움직임이었으나, 한울은 그것이 자신을 무시하는 처사라 느낀 듯.

짝!

"너 따위가, 너 따위가 나를 업신여기는 게냐!"

재차 손바닥으로 병졸의 뺨을 내려쳤다. 간헐적 떨림이 어깨에 묻어 있는 그의 모습이 참으로 안타까웠다.

한울의 뒤에 서 있던 궁인들은 손을 쥐락펴락하며 긴장을 늦추지 않고 있었다. 혹여 다른 이들이 이 광경을 볼까 노심초사하는 눈치이다.

"하, 하오나 자가……."

"닥쳐라!"

한울의 손이 재차 올라갔다. 병졸이 안타깝지도 않은지 재차 손을 내려치려 할 때,

"……무얼 하는 게냐."

이 자리에 있는 모든 이들을 매혹시킬 만큼의 짙은 향이 코를 매섭게 찔렀다. 저도 모르게 눈이 게슴츠레하게 풀릴 만큼, 고혹적이고도 날카로운 향이.

"여기서 무얼 하고 있냐는 말이다!"

널리널리 퍼지기 시작했다. 한울의 곱게 치장한 얼굴을 갈가리 찢을 정도로.

단향의 쩌렁쩌렁한 목소리가 냉랭하기만 하였던 대기를 열띠게 만들었다. 세차게 일어난 공기는 순식간에 바람으로 변해 한울의 뒷덜미를 뜨겁게 만들었고.

한울은 갑작스레 나타난 단향의 모습에 일순 당황했던 모습을 겨우 감추며 턱을 되똑하게 들었다.

"그러는 마마는 거기서 무얼 하고 계십니까? 여긴 태자 전하의 궁입니다. 마마께서 있으실 곳이 아니란 말입니다!"

"……양제."

"화마에 덮쳐졌다 하더니, 머리가 어떻게 되셨나 봅니다. 어쩝니까. 안쓰러워서요."

"양제!"

"예, 제가 양제입니다. 왜 부르십니까?"

한울은 제 속에 담겨 있던 분기를 모조리 다 끌어내 가감 없이 드러내며 눈을 번뜩였다. 때문에, 그네의 몸에서부터 코를 찌르는 악취가 스멀스멀 피어올라 오기 시작했다.

후우, 단향은 지끈거리는 머리를 꾹꾹 누르며 인상을 살풋 찌푸렸다.

얼마만이던가, 한울을 마주한 것이. 아마도 옥에서 보았을 때가 마지막이었지.

길지 않은 시간이건만 왜 이리도 변한 것인가? 왜 이리도…… 독기를 표하지 못해 안달이 난 것인가?

향은 한울의 밤색 눈동자를 또렷하게 주시했다. 격노라는 거센 소용돌이가 끊임없이 휘몰아치고 있는, 그 눈동자를.

"무슨 연유로 나를 찾아왔는가."

"하, 이 허허벌판 야외에 저를 세워두고 대담을 하실 생각이십니까? 이런 기본적인 예법도 모르시는 것입니까?"

"그대와 대담을 나눌 생각이 없다네."

"저는 있습니다."

"하면 여기서 말을 하지."

"마마!"

한울은 금방이라도 달려들 듯 거친 숨을 토해내며 소리를 내질렀다. 눈 밑, 거뭇한 그늘이 더욱 짙어진다. 혈색 없는 낯빛이 더욱더 칙칙해진다. 마치, 하늘에 밀려오는 흑운(黑雲)처럼.

후우, 향은 재차 한숨을 내쉬었다. 그리고 발을 동동 구르고 있는 한울의 궁인들과 자리를 지키고 있기는 하지만 눈만은 여전히 자신을 향하고 있는 병졸들을 바라보았다.

여기서 큰 소리를 낸다면 저들 또한 난처해질 터. 어쩔 수 없는 일이었다.

"……들어가지."

향은 휙 등을 돌려 걸음을 재우쳤다. 타오르는 눈동자로 자신을 노려보고 있는 한울을 뒤로하고.


편전이 파한 직후. 아니, 조금의 시간이 지난 후.

누각 너머에 위치한 깊은 호수는 살랑이는 가을바람의 손길을 받은 은빛 물결을 흘려보내며 고운 잔영을 만들어내고 있었다.

바다의 파도만큼은 아닐지언정 상쾌한 내음을 주는 것은 비등할 터. 진원은 그러한 내음을 폐부 깊숙이 집어넣으며 마주 앉아 있는 도겸을 관찰하듯 바라보았다.

도겸은 어쩐지 화가 나 있는 것처럼 보이기도 하였는데, 그 이유는 지난날 자신을 무던히도 피하던 진원이 출근하는 자신을 붙들고 이 누각으로 끌고 온 것에 대한 불쾌감에서 비롯된 것이었다.

그의 입술이 샐쭉 움직였다.

"고귀하디고귀하신 전하께서 미천한 소인에겐 무슨 볼일이십니까? 그간 저를 무시하다 못해 못 본 체하시더니 말입니다. 하, 이제 와 아쉬운 것이라도 있으신가 보지요?"

그는 당장에라도 진원에게 달려들 듯 눈을 부릅뜨며 말했다. 그에 하하, 너털웃음을 내뱉는 진원.

"볼일은 무슨. 네가 보이니까 부른 것뿐이다."

"하! 보이니까 부른 것뿐? 저를 질질 끌고 온 것은 누구신데요? 출근하는 제 발목을 잡은 것은 누구시더라?"

"글쎄, 그런 원망은 내가 아니라 기찬에게 해야 하지 않겠느냐? 너를 잡아온 것은 그이니 말이다."

"전하!"

도겸은 애꿎은 기찬을 탓하는 진원에게 더욱 성이 난다는 듯, 목소리를 한층 더 높이며 그를 부르짖었다.

아아, 저 얄미운 얼굴. 어찌 볼 때마다 밉상일까.

그는 차마 내뱉지 못한 말을 속으로 삼키며 입술을 이죽였다.

"정말 전하만 아니라면 한 대 콕 쥐어박고 싶은데 말입니다."

그에 순간적으로, 서슬 퍼렇게 빛나는 진원의 눈.

"네가 전하가 된다면 가능하지 않겠더냐?"

더불어 순간적으로 도겸의 몸짓이 멈췄다. 그의 숨소리 또한 멎었으며 그의 흔들리던 눈동자도 바로잡혀 진원을 바라보았다.

그러나 이내, 아주 짧은 침묵의 시간을 삼킨 그가 고개를 절레절레 흔들며 대답했다.

"말이 되는 소리를 하십시오. 혹여 황제 폐하께서 들으실까 무섭습니다."

피식, 원은 입꼬리를 틀어 올리며 턱을 매만졌다.

"사공이 돌아왔다지."

그 숨은 뜻을 찾아낼 수 없는 말에 도겸은 재차 숨을 집어삼켰다.

"……어찌 아셨습니까?"

혹여, 어젯밤 아비와 함께 태위를 찾아갔던 것이 들킬까 노심초사하는 눈치이다. 도겸은 고심했다. 태위와 나눈 이야기는 별반 없었다만, 어찌 되었든 진원의 최대 적수인 태위를 비밀리에 만난 것은 질타받을 만한 일이니.

이러한 도겸의 마음을 아는지 모르는지 진원은 빙그레 웃음을 띠우며 대답했다.

"내 귀에 들리지 않는 것은 없지."

잘나셔서 좋겠습니다. 도겸은 이죽이며 중얼거렸다.

"저 역시 들리는 것이 있습니다."

"무얼 말하는 게냐?"

"태자비마마께서 전하의 처소에 있다지요."

진원은 제 입으로 가져다대던 찻잔을 멈춘 채 슬쩍 눈을 올렸다. 도겸의 얼굴을 살피는 듯하다. 보이지 않게, 실금이 가 있는 도겸의 얼굴을.

"이제는, 마음을 합하신 것입니까."

정녕 밝은 목소리건만, 이상하게도 그의 얼굴은 어둑하다. 아니, 그 이유를 누구보다 잘 알고 있는 원이었기에, 원은 시선을 떨어뜨리며 고개를 끄덕였다.

"잘되셨습니다. 감축할 일이로군요."

"……겸아."

"이제는 태위만 쫓아내면 모든 일이 마무리되는 게로군요. 아아, 양제자가도 있었지요. 그래요. 그 부녀만 쫓아내면 되는군요."

"겸아."

"미천한 소인이지만, 있는 힘을 다해 도와드리도록 하겠나이다. 명만 내려주시옵소서."

"미안하다."

아, 겸은 자신도 모르게 신음을 내뱉으며 인상을 찌푸렸다. 머리를 스치는 것은 지난날 진원과 그러안고 있던 단향이요, 그네의 얼굴에 피어났던 한 송이 꽃이었으니.

도겸은 억지로 입술을 말아 비틀었다. 웃음을 나타내는 성싶었다.

"미안할 게 뭐가 있습니까. 그런 말 마시지요. 이제 곧 적(赤)을 호령하실 분께서요."

도겸의 말을 들은 순간, 진원의 얼굴이 사뭇 굳었다. 그러나 곧바로 용해된다. 이것은 찰나의 순간에 벌어진 것이라, 도겸조차 알아채지 못한 것이었다.

"다리는 괜찮으냐? 먼젓번부터 통증이 심해졌다 하지 않았어."

"……어울리지 않게 웬 다정한 척이십니까. 신경 쓰지 않으셔도 됩니다."

"앞으로 볼 날도 얼마 남지 않았는데, 이 정도쯤이야."

"그게 무슨 말씀이십니까?"

그 의미심장한 진원의 말에, 도겸의 목소리가 불현듯 흔들렸다. 몸을 일으키는 진원을 붙잡으려는 듯 손을 뻗었으나, 닿지 못하였다. 진원의 움직임이 더욱 빨랐기 때문이다. 그렇기에 도겸은 진원을 올려다볼 수밖에 없었고, 굽이치는 가을바람처럼 흔들리고 있는 진원의 모습을 알아챌 수 있었다.

"돌아가지."

그는 바람에 몸을 맡기듯, 서서히 발을 내디뎠다. 자신을 제외하고 모든 것을 무(無)의 세계로 끌고 들어가는 듯한, 서늘하고도 또한 쓸쓸한 모습.

그에 도겸은 계단을 내딛는 진원에게로 소리치듯 말했다.

"어딜 가실 겁니까?"

"내가…… 가긴 어딜 갈 수 있겠느냐. 처소로 돌아가 일이나 해야지."

아, 도겸은 짤막한 탄식을 뱉으며 몸을 뒤로 젖혔다. 그때에, 도겸을 향해 시선을 돌리는 원.

"네가 견딜 수 있겠느냐, 이 어깨에 짊고 있는 무게를."

그 순간, 도겸은 미래의 자신의 모습을 상상했다. 적(赤)의 황제만이 지닐 수 있다는 금관을 쓰고 금빛 수가 놓여 있는 용포를 입고 있는 자신의 모습을.

"견디지 못할 것이란 없지요."

자신도 모르게 악에 받친 소리를 냈다는 것을 깨달은 도겸은 재빨리 입을 틀어막았다. 그러나 소리의 진동은 매우 급격한 것이어서, 진원의 귀에 꽂히는 것은 무리가 아니었으리라.

"그래, 그래야지."

화를 낼 줄 알았던 진원은, 그 예상과는 다르게 큰 웃음을 터뜨리며 녹녹한 눈매를 내지어 보였다. 마치 그래야만 한다는 듯.

"조만간 또 자리를 하자꾸나."

그 말을 끝으로 진원은 도겸의 시야에서 사라졌다.

어쩐지, 가을바람이 차게만 느껴졌다.

그리고 그 바람이 겨울바람으로 변모할 때 가장 격동적인 움직임이 일어날 것이라는 생각이 들었다.


"이런 데서 잘도 사시는군요."

스윽, 한울은 창틀에 쌓인 거뭇한 먼지를 손가락으로 쓸며 마음껏 비아냥댔다.

그래, 한울의 말대로, 작금 향이 머물고 있는 이 방은 너절했다. 근원을 모르는 퀴퀴한 냄새가 코를 간질였고, 부옇다 못해 허옇게 보이는 먼지가 허공을 둥둥 떠다니고 있었으며 저녁노을 한 줌 들어오지 않는 방 안은 컴컴하다 못해 칙칙해 보였다.

"어찌, 그대도 살면 좋을 것 같지 않은가?"

한울의 비아냥거림에도 향은 비식 실소를 지으며 가볍게 대답할 뿐, 화가 나 보이는 것 같지는 않았다.

반하여 한울의 미간이 좁게 찌푸려진다. 향의 여유로운 모습에 울컥 분이 올라왔기 때문이리라.

"그래, 이제 말을 해보지. 왜 나를 찾아온 것인가?"

낡은 다상 앞에 앉은 후, 식은 차를 홀짝 마셔낸 향이 말했다.

"분수도 모르는 쥐새끼 하나가 범 옆에 붙어있다는 추문을 들어서 말이지요."

더불어 향의 앞에 마주 앉은 한울이 대답한다. 끝을 모르게 격양된 어조는 역력한 빈정거림이 담겨 있었다.

"아아, 마마를 뜻한 건 아니옵니다. 한데, 살 만하십니까? 아니, 얼굴을 보아하니 살 만하신 건 아닌 것 같군요. 어쩝니까, 안타까워서."

픽, 입술 사이로 흘러나오는 일소의 숨 너머로 한울의 눈매가 찢어지듯 올라갔다.

"제가 누누이 말하지 않았습니까. 마마는 전하의 옆자리에 있을 자격이 없노라고! 아아, 그래요. 마마는 이런 퀴퀴한 방이 가장 잘 어울리십니다. 이런 더러운 곳이야말로 마마와 함께 있어도 아무 이질감이 없는 테지요."

그래. 향은 이렇게 더러운 곳에 처박혀 잊혀져야만 한다. 진원의 하나뿐인 비(妃)는 바로 나여야 하고, 적(赤)의 하나뿐인 황후는 바로 내가 되어야 할 테니!

향은 이곳에서, 이 허름한 곳에서 살다 궐에서 내쳐지는 것이.

그렇게 되어야 한다. 그렇게 되어야 옳은 일이리라!

한울은 제 눈앞에 있는 향을 찢어발길 듯 형형한 눈빛을 내리 쏘았다. 그러나 향은 너무도 평온해 보인다. 그저 고고한 눈빛으로 격동

없이 고른 숨길을 뱉으며 찬찬히 턱을 들 뿐.

"꿀 먹은 벙어리가 되셨습니까? 왜 말이 없으십니까?"

한울은 이를 바득 깨물며 더욱 소리를 높였다. 찡그려진 이마에 탐욕이라는 주름이 깊게 들어앉아 있다.

"……더럽다라."

더러운, 더러운…….

픽, 향은 어처구니가 없다는 듯 실소를 뱉으며 고개를 흔들었다.

정녕 더러운 것이 무엇인지 모르는 게로구나. 정히 오물을 뒤집어쓴 것이 무엇인지 몰라.

향의 평온했던 눈동자에 불현듯 시린 빛이 번뜩였다.

"그대. 옥에 있는 동안 농담 실력이 많이 늘었군. 아니, 사리분별을 하지 못할 정도로 멍청해졌다 해야 하나?"

쥐고 있던 찻잔을 탁 내려놓으며 한울과 시선을 마주한다.

"전하께서 친히 마련해주신 이 방이 더럽다 하면 그것은 이를 보는 네년의 눈이 더러운 것이요, 전하의 비(妃)인 내가 더럽다 하면 나를 택한 전하까지 함께 욕되게 하는 것이니."

향은 비식 입꼬리를 틀었다.

"어찌 하나만 알고 둘은 모를꼬?"

여유로운 저 모습 뒤로, 한울의 몸아 간질에 걸린 듯 바들바들 떨리기 시작했다. 순식간에 파리해진 얼굴에 담긴 것은 무상이요, 넋을 잃은 공허한 눈동자이니.

짧지 않은 침묵, 후에.

쨍그랑!

"악!"

한울은 찻잔을 벽으로 내던지며 소리를 내지르기에 이르렀다.

제 뺨을 벅벅 긁는다. 제 머리칼을 쥐어뜯으며 악, 악! 소리를 지른다. 제 몸을 감싸 안으며 울음 섞인 고함을 토해낸다.

"왜, 왜! 왜 제 것을 뺏으려 하십니까? 왜 저를 힘들게 하십니까? 왜! 왜……! 내 눈앞에 나타나……!"

쾅, 쾅! 다상을 끊임없이 주먹으로 내려치는 그녀.

"없어지십시오! 사라지십시오! 내 눈앞에서 당장!"

자신이 바란 것은 이것이 아니었다는 듯, 자신이 바란 것은 향이 눈물방울을 뚝뚝 흘리고 있는 모습이었다는 듯.

자신의 신분조차 망각한 채 순식간에 무너진 희원의 앞날에 대한 거참 없는 분노를 표해낼 뿐이다.

악! 한울은 재차 소리를 내질렀다. 나무 바닥을 손톱으로 박박 긁는다. 여우 새끼처럼 희번덕한 눈으로 향을 노려보며 바득바득 이를 간다.

"차라리 죽어버렸으면 좋겠습니다!"

픽, 향은 재차 실소를 내뱉었다. 한울의 그런 모습이 우습게 보인다는 듯, 너무도 안온한 얼굴이다.

아마도, 진원의 사랑을 받지 못했던 과거의 내 모습이 저렇지 않았을까. 진원의 사랑을 갈구하던 과거의 내 모습이 저것과 같지 않을까.

아마도, 과거의 여유로웠던 한울이 내가 되고, 과거의 애처로웠던 내가 한울이 된 것은 아닐까.

향은 뒤바뀐 자신의 처지를 되짚으며 입꼬리를 가라앉혔다. 그리고 짐짓 위엄을 비춰 입술을 열려 할 때.

쾅!

부서질 듯, 굳게 닫혀 있던 문이 벌컥 열렸다. 순식간에 허공으로 솟구치는 부연 먼지들. 그리고 그 먼지들이 하얗게 눈이 되어 가라앉

을 때,

"……무얼 하는 게냐."

진원의 부릅뜬 눈동자가 형형하게 떠올랐다.

그 도드라지는 사나운 기운에, 한울은 자신이 흩뿌렸던 살기를 주워 담으며 고개를 푹 내리 숙일 수밖에 없었다.

"무엇을, 하고 있는 것이냐 물었다."

얼음장을 쓸고 온 양 살차고 냉정한 말길. 원은 치밀어 오르는 분은 간신히 누르고 눌러 삼키며 턱을 들었다. 그리고 주저앉아 있는 한울과 그 앞에 꼿꼿하게 앉아 있는 향을 번갈아 바라본다.

"저, 전하……"

한울은 자신에게로 향하는 그 매서운 눈길과 말길에 어깨를 움츠리며 입술을 달싹였다. 자신도 모르게 바들바들 떨리는 손끝. 더불어 손바닥에 식은땀이 흘러나와 옷자락에 몇 번이고 닦아냈지만, 두려움에 의한 이러한 반응은 너무도 당연하다는 듯이 멈추지 않았다. 오히려 더욱더 거세져 한울의 모가지를 턱턱 막히게 할 뿐.

"다시 말해보거라."

원은 한울의 눈을 직시하며 포효하듯 이를 드러냈다.

"비에게 했던 말을 다시 해보란 말이다!"

쾅! 갑자기 불어온 거센 바람에 문이 저절로 닫혔다. 바스스 떨어지는 낡은 나뭇조각들.

한울은 손끝을 말아 감싸며 바득 입술을 깨물었다.

"송구…… 하옵니다."

그러나 정녕 '송구함'이 담겨 있지 않은 말이었으니. 그것의 방증은 한울의 쭉 째진 눈이었으며, 괴괴함을 품고 있는 몸짓이리라.

그 때문에 진원의 분이 더욱 치미는 것은 너무도 당연한 일이었다.

"죽으라 하였느냐? 사라지라 하였느냐? 감히, 감히 후궁 따위가? 네 눈앞에 있는 이가 누군지 모르는 게냐? 감히 적(赤)의 하나뿐인 비에게 언감생심 그런 말을 하는 게더냐!"

그러한 진원의 외침에, 한울은 처연하게 꺾여 있던 고개를 들어 진원을 바라보았다.

나를…… 따뜻하게 감싸주던 손길은 어디로 갔는지, 연정이 그득차다 못해 넘치던 그 눈길은 어디로 갔는지, 너뿐이다 속삭이던 그 말길은 어디로 갔는지.

"입이 있으면 말을 해보란 말이다!"

맹렬하게 쏘아붙이는 저 눈이, 냉랭하고 세찬 저 어조가, 정녕 진원이 하는 것인가. 정녕 진원이 나에게 하는 것인가.

한울은 차오르는 눈물을 애써 집어삼키며 눈을 질끈 내리감았다.

이 모든 것은 단향이 나타난 직후부터 뒤바뀐 것이리라. 단향만 없었더라면, 저 계집만 적(赤)에 오지 않았더라면!

평온히 살던 나를, 아무것도 바라지 않고 오직 진원의 옆에 있기만을 희망했던 나를 무너뜨린 것은 단향이다!

한울의 시선이 거센 물살처럼 흘러가 다소곳이 앉아 있던 단향에게로 미끄러졌다.

"……저를."

금방이라도 향을 집어삼킬 듯 흉흉한 기운을 여과 없이 드러내며 바득 이를 간다.

"후(后)로 봉작해 주신다 약조하지 않으셨습니까."

어쩐지 물기가 담겨 있는 목소리다. 눈물이 그득 차올라 뚝뚝 흐르는 것만 같다. 그러나 곧이어 들려오는 말은,

"훗날 제가 후가 되면! 이따위 호나라 계집보다 높은 위치에 있는

것이 아닙니까? 그리해서 기강을 잡고자 한 것뿐입니다!"

그러한 눈물방울을 씹어 삼키는 맹렬한 외침이었으니.

한울은 고개를 돌려 진원을 올려다보며 슬픔과 분노가 뒤섞인 목소리로 재차 말을 이었다.

"저, 저 계집이 제게 무어라 하신 줄 아십니까? 저를 어떻게 대했는지 아십니까? 왜, 왜! 왜 제게만 그러십니까! 저는 아무 잘못이 없는데! 저는, 저는……!"

"그 입."

원은 한울의 말허리를 뚝 끊으며 대답했다.

바르쥔 그의 손끝이 또렷이 보인다. 노기를 참지 못하여 바르르 떨리는 그 손이 너무도 상세히 보인단 말이다!

나는, 나는 아무것도 한 것이 없는데, 그대를 사랑한 것이 죄라면 그 죄밖에 없건만.

"다물라."

그대는 내게 너무도 큰 죗값을 치르게 만드는구나.

한울의 눈꺼풀이 느릿하게 떨어진다. 그 처연한 모습에 눈시울이 붉어질 만도 하나, 진원의 딱딱하게 굳은 얼굴은 변함이 없다. 오히려 더욱 냉랭한 기운을 내비칠 뿐이었다.

"전하."

목하 이런 상황을 가만히 지켜보던 향의 목소리였다.

"그만하시지요. 양제와 저의 일이 아닙니까."

고개를 가로저으며 말리는 향. 그에 진원은 짧은 숨을 내쉬며 미간을 찌푸렸다. 그리고 여전히 고개를 떨어뜨리고 있는 한울을 향해 시선을 돌린다.

"양제."

한울이 아닌, 양제. 안부인이 아닌 후궁일 뿐인 양제.

픽, 한울의 입술이 터지듯 벌려졌다.

희원(希願)을 가지고 있었건만. 옥에 있을 적, 단 한 번도 찾아오지 않는 진원이라 하여도 나의 낭군이라, 나의 님이라 희망을 가지고 있었건만.

"내명부의 수장을 욕되게 한 벌로 문초를 당하고 싶지 않다면."

눈을 질끈 감는다. 보고 싶지 않다. 듣고 싶지 않아.

그러나,

"당장 나가라, 이곳에서."

너무도 날카롭게 내리꽂히는 그 목소리에, 그러한 희망은 산산조각 부셔져 버렸더란다.

절대로, 꿰맞출 수도 없게.


"말씀이 심하셨습니다."

향은 굳게 닫힌 문을 응시하며 말했다. 그에 휘둥그레 눈을 뜨며 향을 바라보는 원.

"설마…… 나를 칭하는 게야? 설마, 그럴 리가."

"그럼 전하 말고 누가 있겠습니까. 말씀이 심하셨어요. 우는 것이 보이지 않으셨습니까."

"네게 한 말에 비해선 별것이 아니다. 한참 모자라지."

"하오나 전하."

"향아."

원은 향의 손을 마주 잡으며 대답했다.

어느새 돌려진 향의 시선은 원을 직시하고 있다. 방금 전 불같이 화를 내던 금수의 얼굴은 어디로 갔는지. 녹녹하여 마치 녹아버릴 것처럼 부드러운 표정을 하고 있는 원.

"양제의 행동은 엄벌을 받아도 모자랄 만큼의 중죄이다. 하나 그네를 고려해 훈계만 하여 돌려보낸 것뿐인데 말이 심하였다니. 말이 심한 것은 내가 아니라 양제이지."

"알고 있습니다. 하나……."

향은 원의 손등에 자신의 손을 겹쳐 올리며 시선을 떨어뜨렸다.

"연모하는 이에게 버림받는 것만큼 해참한 것은 없을 테니까요."

아, 원은 작은 탄식을 내뱉으며 손끝에 힘을 주었다.

불과 이틀밖에 되지 않았다. 향을, 이리도 어여쁜 향을 오롯이 맞이하게 된 것이.

밀어내고 밀어내 향의 마음이 갈기갈기 난도질된 후에야, 향을 정히 연모함을 깨닫게 된 것이. 그리하여 이리 마주 앉아 이야기를 나눌 수 있게 된 것이, 고작 이틀밖에 지나지 아니했으니. 향이 한울을 보며 자신을 투영해 과거를 떠올림은 있을 수 있는 일이었다.

미안하구나, 미안해. 원은 마음속으로 끊임없이 되뇌며 급작스레 찾아온 슬픔의 기운을 떨쳐 내고자 노력했다.

"연모하지 않았다. 내 마음을 곧이 받은 것은, 내 마음이 향했던 것은."

쿵, 쿵, 뛰는 마음을 애써 잡아 내리며 향의 턱 끝을 손으로 들어 올린다.

"오직 너뿐이다."

그리고 향의 뺨을 부드러이 쓰다듬는다. 달달 떨리는 마음처럼 달달 떨리는 손으로, 계속해서 향의 불완전했던 눈빛이 아스라이 가라 앉을 때까지.

침묵 끝, 향의 입술에서 바람 트는 소리가 흘러나왔다. 힘이 들어갔던 어깨가 내려감이 보인다. 잠시나마 치켜 올라갔던 눈꼬리가 차차 가라앉는 것 또한 보였다.

그에 원 역시 긴장을 풀며 빙그레 미소를 내지었다.

"곧 내관들이 찾아올 게다."

그 뜻을 알 수 없는 말에 향은 의아한 듯 고개를 갸웃거리며 원과 시선을 마주했다.

"너를 위해 근사한 선물을 준비했으니, 마음에 들었으면 좋겠구나."

"무엇인지는 말씀해 주지 않으실 거지요?"

"말하면 무슨 재미더냐. 기대하고 있거라."

향의 코를 가볍게 잡아당기며 장난스레 말한다. 그에 향의 얼굴에 환한 미소가 떠오르는 것은 너무도 당연한 일이었다.

"더불어……."

재차 향의 손을 잡는다. 몸을 당겨 향과 더욱 가까이 마주 앉는다.

"당분간은 너를 만나러 오지 못할 것 같구나."

"……방금까지 연정을 고백하던 이는 어디로 갔고요?"

향은 몸을 뒤로 젖히며 입술을 비죽 내밀었다.

저 밝은 웃음 끝에 나온 말이 고작 저런 것이라니. 속이 안 상하려야 안 상할 수 없는 일이었다.

더욱 뾰로통한 표정을 지으며 원을 흘겨본다.

"섭정 때문에 쉬이 움직일 수가 없게 됐어. 꼼짝없이 갇혀 있을 게다. 몹쓸 대신들 사이에 둘러싸여서 말이지."

빌어먹을. 원은 낮은 목소리로 중얼거리며 머리를 헝클었다.

"나 역시 속이 말이 아니다. 이제 너를 보는 것을 낙으로 여기려 했는데 말이야."

원은 눈을 찡긋거리며 향의 손을 더욱 꽉 부여잡았다. 부디 성을 내지 말라는 뜻이었고, 그를 모를 리 없는 향이었으니.

어쩔 수 없다는 듯 몸을 되돌리며 고개를 작게 끄덕였다. 다른 이유라면 작은 성이라도 내려했건만, 정무 때문이라니 그리 할 순 없는 것이니.

이까지 생각한 향은 짐짓 참한 목청을 틔워 말을 올렸다.

"계속해 편전을 여신다는 말씀이십니까?"

"그래. 시국이 시국이니만큼…… 뭐, 아바마마께서 많이 힘들어하셔서 말이다."

황제가 거론되자마자 삽시간에 축 가라앉은 원의 목소리를 향이 놓칠 리 없다.

향은 원에게 얼굴을 가까이 가져다 대며 걱정스러운 목소리로 말을 이었다.

"전하는요?"

그 뜻을 이해하지 못한 원이 고개를 들어 향을 바라보았다.

"전하께선 괜찮으시냐는 말입니다."

아아, 원은 자신도 모르게 입을 벌려 감탄 어린 탄식을 내뱉을 수밖에 없었다. 그리고 곧,

"하, 하하……."

환한 미소와 허탈한 실소가 오묘하게 섞인 웃음을 뱉으며 고개를 뚝 떨어뜨린다. 떨어진 그 얼굴에 비춰지는 것은 행복함이라, 평온함이라.

원은 그대로 향을 끌어안고, 고개를 들어 향과 콧잔등을 가까이 마주했다.

"그래, 괜찮다. 괜찮아야지. 너를 이리 보고 있는데 어찌 아니 괜찮을 수 있겠느냐."

손을 들어 향의 머리칼을 쓰다듬는다.

"향아."

향아, 향아. 재차 그 이름을 읊조리듯 말하며 향의 어깨를 꽉 끌어 안는다. 제 품에 바스러질 듯이 향을 꽈악 움켜쥐는 그.

"너는 아느냐, 나의 마음을. 너를 볼 때마다 점점 더 커져 가는 나의 마음을."

꿀벌이 내려앉을 듯, 너무도 달콤한 말을 귓가에 속삭인다.

그 흐를 듯 쏟아지는 나른함에, 향의 입가에 작은 미소가 걸어 올라갔다. 혹여 이것이 꿈일까, 그렇다면 깨지 말아달라는 생각에 원의 등에 손을 얹는다. 옷자락을 살그머니 부여잡는다.

"가끔은 겁이 나는구나. 이 마음이 커지고 커져…… 너를 집어삼킬 까 봐."

"전하께 잡아먹히는 것이라면, 기쁜 마음으로 그리되겠습니다."

"하하!"

그 앙큼한 말에 원은 와락 웃음을 터뜨리며 향의 허리를 감싸 안았다. 그러곤 고개를 들어 검은 밤이 소용돌이치고 있는 향의 눈을 바라본다. 더불어 시선을 내려, 서산처럼 오뚝하게 서 있는 코를 바라본다. 마지막으로 눈을 부릅떠, 매화를 머금은 듯 붉은색을 띠고 있는 입술을 지그시 응시한다.

어찌 보면 앙칼진 면모도 있고, 어찌 보면 참으로 귀엽고, 또한 어찌 보면 참으로 고혹적이니.

내게는 너무도 과분한 이 여인을 어찌할까. 정녕 어찌할까.

아아, 정히 이 말로는 부족할 만큼, 이 터져 올라오는 마음을 표현할 말이 없을 만큼,

"은애한다."

연모(戀慕)한다. 정히 그리워, 사모하였다.

그 바라만 보고 있던 입술에 숨을 포개 올린 것은 순식간의 일이었다.

아, 향의 짧은 신음이 벌려진 입술 사이로 흘러나왔다.

달콤한 산수유 열매 같기도, 아니면 따뜻한 봄날의 아지랑이를 매만지는 것 같기도 한 그 감촉에 정신이 흐릿해짐은 어쩔 수 없는 일이리라.

그렇게 엉키는 숨결 속, 오롯이 빛나는 것은 진원의 뜨거운 마음뿐이었으니.

투둑, 툭, 툭— 쏴아아—

습한 기운에 무겁기만 했던 대기를 모조리 적시는 빗줄기의 소리가 들려왔다.

그 방울방울 떨어지는 빗방울에 투영되는 것은, 서산 너머 올라가고 있는 달님의 영롱한 하얀 빛. 오직 그것뿐.

마치 찬란한 보석이 떨어지는 것처럼, 하얗고 하얀 물줄기가 하늘에서부터 내리 쏟아지기 시작했다.

'나는 너를 위해 살 것이다.'

원의 그 마지막 말은 겹쳐진 입술에 담겨 향의 목구멍을 타고 넘어가 마음에 가라앉았으니.

향은 원의 목을 가볍게 끌어안았다. 더욱 짙고 무거워지는 숨, 밀착하는 그들.

농롱한 빛을 내는 방울방울의 보석이 그들의 양 뺨을 어루만졌다.

그들이 더욱 밝아 보이게, 그들이 더욱 찬란해 보이게.


"하아, 하아……."

한울은 비틀거리는 몸을 간신히 세우며 느릿하게 발을 내디뎠다. 그러다 곧 다리에 와락 힘이 풀린 듯, 나무줄기에 몸을 기대고 스르르 주저앉는다.

이럴 순 없다. 내게 이리할 수는 없어! 내가, 내가 그간 진원에게 어찌해 왔는데……!

어찌해야 할까. 앞으로 내 어찌해야 되는 걸까.

입술을 바득 깨문다. 말라붙고 부르튼 입술은 그 하얀 껍질만 무성히도 토해낼 뿐, 명쾌한 해답을 내려주지 않는다.

한울은 목구멍까지 올라온 설움이란 감정을 게워내며 어깨를 달싹였다. 핏줄이 턱 막힌 듯, 머리가 돌아가지 않는다. 정상적인 사고를 할 수 없을 만큼, 그만큼 큰 충격을 받은 것이리라.

삼 년의 시간 동안, 나는 너무도 당연히 황후가 될 줄 알고 있었다. 나는 너무도 당연히 진원의 하나뿐인 안부인이 될 줄 알고 있었다. 나는, 너무도 당연히…….

'사랑을 받을 줄 알았다.'

그러나 그것은 내 착각이요, 오만이었으니.

어찌 이리도 쉽게 마음이 변할 수 있을까? 이리도 쉽게, 연모했던 이를 내칠 수 있을까? 고작 여인 하나 때문에, 고작 호나라 계집 때문에……!

아니, 아니.

한울은 허탈한 실소를 뱉으며 두 손에 얼굴을 묻어냈다.

애초부터 그는 나를 사랑하지 않았을 수도 있다.

그의 뒤를 졸졸 쫓던 나를 어쩔 수 없이, 자신의 야욕을 위하여 받아들였던 것일 수도 있다.

이 너무도 명백한 사실을 왜 이제야 알게 된 것일까. 아니다. 어찌면…… 오래전부터 알고 있음에도 내가 인정치 아니하였던 것은 아닐까.

"무정…… 하도다."

한울은 고개를 들고 짙은 먹구름이 올라온 하늘을 올려다보며 입술을 달싹였다.

그때.

"……자가."

흡사 쇳소리처럼 갈라진 목소리를 들려왔다. 그를 듣자마자 턱 숨이 막혀왔다. 턱 가슴이 가라앉는다.

한울은 아주 느릿하게 시선을 돌렸다. 눈길이 닿아 보이는 것은 너무도 당연하게,

"아…… 버지."

하나뿐인 혈육, 태위였다.

"무얼 하고 있는…… 왜, 들어가지 않으시고요."

그는 마치 한울이 마주한 작금의 상황을 다 알고 있다는 듯, 다 이해하고 있다는 듯 안타까이 알심(동정하는 마음)이 담긴 얼굴로 한울을 바라보았다.

물기가 그득하여 뚝뚝 떨어지는 한울의 눈동자가 흔들린다. 동시에 메마르다 못해 곳곳이 갈라졌던 태위의 눈동자가 요동친다.

"아버지."

한울은 비칠비칠 몸을 간신히 일으키며 운을 떼어냈다.

"아버지는 알고 계셨습니까."

그 떨리는 말에, 밀려오고 있는 먹구름처럼 어두움과 축축함이 공존했다.

"태자 전하께서, 저를 정히 연모하는 것이 아니라는 사실을요."

꿀꺽. 태위의 빳빳하게 굳어 있던 울대가 요동치는 것이 보였다. 그것은 곧 한울의 말에 동의를 표하는 것과 같은 뜻이었으니.

"알고…… 계셨군요."

그 명백하게 보이는 찬동의 움직임에 한울은 어찌할 바를 몰라 입술을 꽉 깨물기도, 눈을 질끈 내리감기도, 어깨를 오므리며 신음을 흘리기도 하며 제 마음을 잡아뜯을 수밖에 없었다.

"하, 하하…… 하……."

울음이 섞여 있는 실소라, 눈물방울이 쉴 틈 없이 흐르는 목소리라.

태위는 그러한 한울의 얼굴을 곧이 바라볼 자신이 없다는 듯 두 눈을 내리감았다. 잘근잘근 주름이 가 있는 눈꺼풀에 시름이란 무거운 먼지가 내려앉는다.

"왜! 왜! 왜 말해주지 않으셨습니까? 왜, 저만 이리 불쌍하게 만드시는 것입니까? 왜, 저만 이리 멍청하게 만드시는 것입니까! 대체, 왜! 왜……."

"……울아."

"부르지 마십시오! 아버지도 싫습니다! 모두가 싫어요!"

한울은 소리를 내지르며 고개를 세차게 흔들었다.

거센 비바람에 가녀린 풀꽃이 꺾여 버린 양, 자신을 그 꽃에 빗대어 생각하는 양, 처연하고도 애절한 모습이다. 어찌 다독여줄 수 없을 만큼, 그리도 절절한 모습이다.

"아…… 버지, 아버지."

애처로이 자신을 부르는 그 목소리에, 태위는 슬그머니 눈을 뜰 수밖에 없었다. 그리고 슬픔이라는 감정에 얼룩이 진 한울의…… 자신의 딸아이의 얼굴을 바라본다.

"기억…… 하십니까. 아주 오래전, 태자 전하를 먼발치에서 보고 전하와 혼인을 하겠다 응석 부리던 저를요. 아버지께서 난처해하심을 알아도, 전하의 수상(繡像)을 고이 품고 있던 저를요."

"……."

"그때에는 몰랐지요. 이리도 슬퍼질 것을, 이리도 아파질 것을……."

한울은 가느다란 실소를 입가에 내걸며 고개를 들어 올렸다.

"하나 아버지, 어찌해야 합니까. 저는 너무도 멍청해서, 너무도 우매해서……."

경기를 일으키는 것처럼 바르르 떨리는 손끝으로 태위의 옷자락을 잡는다.

"태자 전하를 놓을 수가 없습니다……."

툭, 손이 떨어진다. 그러나 떨어진 것은 손뿐이 아니리라. 묵직하여 탄탄했던 마음이 벼랑 끝으로 밀려나 산산조각이 났을 터.

어느새 하늘을 그득 채운 먹구름에 칙칙해진 대기. 그 위로 태위의 누런 흰자가 떠올랐다.

"네 사람이 아닌 이를 붙잡으려 하지 말거라. 이미 놓친 인연, 다시 이을 수 없는 게야. 그러니."

"아버지."

"그만…… 하거라."

한울의 손을 부여잡는다. 그리고 꺼끌꺼끌한 손바닥으로 그네의 손등을 부드러이 쓰다듬는다. 부정(父情)에서 비롯된 손길이었으나 되돌아오는 것은.

"아니요!"

오직 부정(不定), 그뿐.

태위의 줄줄이 흐르던 눈빛을 넘어, 불현듯 형형해진 한울의 눈길이 또렷이 떠오른다.

"저는 그만두지 않을 것입니다! 예, 그래요. 태자 전하는 이미 놓친 인연이지요. 이미 돌아오지 않는 인연일 테지요. 하나 아버지. 만약, 전하께서 제(帝)가 되실 때 저를 내친다면……! 저는, 저는 어찌 되는 것입니까? 평생을 소박맞은 여인으로 살아야 하는 것이 아닙니까? 궐에서 나가, 변방 과부촌이라도 가야 하는 것은 아닙니까? 그러니! 그러하니 저는!"

아직 사그라지지 않은 붉은 노을빛이 마지막 괴성을 울부짖었다. 구름 아래 어두운 대지와는 달리 밝게 타오르는 산 너머 정경. 그에 더불어…….

툭, 툭, 투둑―

무거워진 구름에서부터 흘러나온 빗방울이 땅으로 곤두박질치는 소리가 들려왔다. 그 방울방울에 노을의 빠알간 빛이 곧이 투영되어, 마치 핏방울이 떨어지는 것처럼, 붉은 물줄기가 하늘에서부터 쏟아지기 시작했다.

"전하를 놓지 않을 것입니다. 아니! 이 자리를 놓지 않을 것입니다. 그러기 위해서라면."

그 핏줄기는 한울의 머리를 적시고, 몸을 적시고, 곧이어 마음을 적셨다. 바람 앞 짓밟힌 풀꽃처럼 바스러진 마음을.

아마도, 꽃은 꺾인다 할지언정 언젠간 개화하게 마련이리라.

그러나 비바람은 곧 사라질 허상일 뿐이리라. 그러니, 그러니…….

"아버지가 필요합니다."

다시금 꽃을 피워낼 준비를 해야만 했다.

나의 꽃은, 붉은 향을 내뿜는 꽃을 짓밟은 후에야 개화할 수 있으렸다.

＊

황제는 창밖으로 손을 뻗고 있다.

지난여름의 뼈아픈 기억을 이 바람결에 씻겨 보내겠다는 듯, 새로이 찾아온 가을 하늘에 희원을 품으며 아주 오랜 시간 동안 바깥 풍경을 관망하고 있다.

진원에게 섭정을 명한 후, 짧지 않은 기간 동안 물러나 휴식을 취하고 있건만. 이 헛헛하고도 무료한 마음이 달래지지 않았다. 오히려 뻥 뚫려 있던 구멍이 점점 증식되어 커지는 듯하다.

아마도, 믿고 싶지 않았던, 그러나 믿을 수밖에 없었던 아들에 대한 죄책감 때문일 것이리라.

그는 자신의 이러한 뒤틀린 마음을 애써 정의하며 손을 되돌렸다. 문밖에 서 있는 궁인들의 바스락거림을 들었기 때문이다.

"폐하."

또 시답잖은 관료들이 찾아와 진원에 대해 왈가왈부하려 할 테지.

황제는 엄지손가락으로 관자놀이를 꾹꾹 누르며 잠시 고민에 빠졌다. 대답치 않고 있다면, 기다리다 지친 그들도 결국 물러나지 않을까? 아니면 그들을 불러다 앉히고 더 이상 나를 찾아오지 말라 호령을 해야 할까?

후우, 그는 두통이 이는 머리를 애써 흔들며 문 쪽으로 몸을 틀었다. 그때,

"폐하, 사공께서 찾아오셨나이다."

찰나의 침묵. 동시에 황제의 동공이 확장된다.

무어라 하였나? 사공, 사공이라 하였나?

황제는 믿기지 않다는 듯, 그대로 멈춰 선 채 문만을 넋 놓고 응시했다. 당혹스러움이 흘러넘쳤는지, 자신도 모르게 바들 손을 떨었다.

설마, 그럴 리가.

그는 환청을 들었다는 듯, 아니. 믿고 싶지 않다는 듯, 고개를 획 흔들며 애써 부정을 해보았지만.

"폐하, 사공께서 문후를 청하셨나이다."

재차 들려오는 너무도 '확연한' 말에 숨을 틀어막을 수밖에 없었더란다.

황제는 갑작스러운 충격에 비틀거리는 몸을 간신히 가눈 채 눈을 가늘게 떠올렸다. 지끈지끈 머리가 아파왔다. 그 이는 두통에 황제는 눈썹 위를 세게 누르며 미간을 짙게 좁혔다.

"폐하, 사공께서……."

"들라 하라."

황제의 짤막한 말을 기다리고 있었다는 듯 매우 재빠르게 문이 열렸다.

드르륵 열린 문 너머로, 문지방을 밟는 하얀 버선이 보인다. 느릿하게 시선을 올리자 푸른 도포의 끝자락이 보였고, 더욱 위로 올라가자 부채를 든 손이 보였으며, 시선의 끝에 다다라서는.

"빌어먹을 자식."

사 년 전과 다름없는 웃음을 짓고 있는 사공이 보였다.

"빌어먹을 자식이라니요. 안 본 새에 언사가 거칠어지셨습니다?"

사공은 어깨를 으쓱 올리며 방 안으로 찬찬히 걸어 들어왔다. 그런 모습에 어처구니가 없다는 듯, 헛숨을 내쉬며 눈썹을 찌푸리는 황제.

"……당장 네놈을 끌고 가라 명을 하기 전에 사죄를 고하는 것이 좋을 게다."

"아이고, 이것 참! 죄송해서 어찌합니까? 너무도 송구하여 어찌할 바를 모르겠나이다!"

쨍그랑!

결국, 분을 참지 못한 황제의 손에 의해 찻잔이 내동댕이쳐지기에 이르렀다.

"정녕 죽고 싶은 게로구나."

노기가 그득한 것인지, 바들바들 떠는 몸으로 사공에게 천천히 걸어가는 그. 그에 사공의 얼굴이 삽시간에 파리해짐은 너무도 당연한 일이었다.

"하, 하하…… 황상?"

스르륵, 이는 허리춤에 차고 있던 검을 빼내는 소리이다. 황제는 발발 떨리는 손을 간신히 가누어 검을 그에게 겨누기에 이르렀다.

"자, 잠시만! 소, 소인 사정이 있었나이다!"

그에 서둘러 뒷걸음질 치며 벽에 붙어 소리치는 사공.

"아, 아들내미가 다리 한 짝이 병신 되어 돌아왔는데 어느 아비가 그 꼴을 눈 뜨고 볼 수 있었겠습니까! 그리하여……!"

"도망을 쳤다?"

황제의 왼쪽 눈썹이 까딱 움직인다. 그것은 타당한 변명이 아니라는 뜻을 내포하고 있는 터. 사공은 잽싸게 무릎을 꿇고 앉았다.

"네놈의 방랑벽은 일찍이 알고 있었다만, 아들조차 외면한 채 도망갈 줄은 꿈에도 몰랐지. 어찌 나에게 그 모든 것을 떠넘기고 줄행랑을 칠 수 있단 말이냐!"

"하, 하하……. 그, 그러게 말입니다."

"윤문수!"

그 외침에 사공은 멋쩍던 웃음을 거두고 바닥에 쾅 머리를 내리 박

앗다.

"통촉하여 주시옵소서!"

"하, 억지로 꾸며낸 사죄는 받을 생각 없다."

"그럼 어쩌라는 겁니까? 사죄를 하라 해서 했더니 이건 받기 싫다, 저건 싫다. 그 투정은 예나 지금이나 변한 것이…… 예, 소인이 죽을 죄를 지었나이다."

서슬 퍼렇게 빛나는 검이 자신에게 다가옴과 동시에, 사공은 몸을 뒤로 기울이며 그 칼끝을 피해냈다.

하아, 긴 숨을 뱉으며 머리를 부여잡는 황제. 이내 검을 검집에 우악스럽게 찔러 넣고는 자리에 돌아가 털썩 내려앉는다.

사공은 조심스레 눈치를 보다 황제의 분기가 조금은 가라앉은 것 같다는 생각에 엉거주춤 기어가 저 역시 좌구에 몸을 앉혔다.

"황상께서 말하신 방랑벽은 비단 저에게만 통하는 말이 아닌 것 같은데 말입니다."

홀짝 차를 마셔내던 황제의 목청이 재차 트였다.

"태자를 말하는 게냐?"

"태자 전하가 아니면 누굴 말하는 것이겠습니까?"

"그놈이나 네놈이나 내 속을 썩이는 것은 매한가지지."

"……저를 욕하시는 것입니까?"

"빌어먹을 놈."

사공은 어깨를 으쓱 올리며 욕설을 받아냈다. 그들의 모습이 마치 진원과 도겸의 모습과 같아 보인다 하면, 그것은 착각일까.

아니, 착각이 아닐 테다.

황제와 사공은 황제가 황태자일 적, 그리고 사공이 정계에 발을 딛기도 전부터 오랜 친분을 유지해 왔던 이들이니.

그렇기에 감히 황제의 앞에서 망발을 뱉을 수 있는 것이었고, 황제
역시 큰 분을 내지 않으며 그를 받아주는 것이었다.

　"뭐, 저야 좋은 일이지요. 졸지에 금은보화를 얻을 수 있는 기회가
된 것이니."

　사공은 황제에게로 몸을 기울이며 말했다.

　"세속에서 멀어져 있지 않았더냐? 산속에 틀어박혀 있던 놈이……
쯧, 물욕만 키워 왔구나."

　"세상사 다 그런 게 아니겠습니까! 하하!"

　쯧, 황제는 거듭 혀를 차며 고개를 내둘렀다.

　"남쪽 해안에 거처를 마련하셨다지요?"

　"……어찌 알았느냐?"

　"제가 모를 리 없지요. 제 귀는 크고 넓으…… 태자 전하가 말씀해
주셨습니다. 어후, 황상의 그 시퍼런 눈은 아무리 보아도 적응이 안
됩니다."

　"사 년 동안 보질 못했으니 그럴 수밖에."

　사 년.

　사공이 아무런 기별도 없이 황실을 떠난 기간이었고, 황제가 눈에
쌍심지를 켜고 사공을 찾아다녔던 시간이었다.

　황제는 지난 사 년의 시간이 떠오른다는 듯, 더욱 미간을 좁히며
사공을 노려본다. 그에 어리둥절, 고개를 갸웃거리던 사공은 이내 입
을 내밀며 대답했다.

　"……삐치셨습니까?"

　씹어 삼켜도 시원찮을 자식. 황제는 검집에 손을 가져다 대며 읊조
리듯 말했다.

　"네놈을 죽여야 이 분노가 가라앉겠구나."

"하하, 안 본 사이에 많이 험악해지셨습니다."

그에 황제의 손을 잡아 내리며 대답하는 그.

하, 실소가 절로 튀어나오는 상황이었다.

"그건 그렇고, 어찌하실 생각이십니까?"

"왜 나에게 묻느냐? 태자에게 물어야 할 것을."

"남들 눈 때문에 태자 전하와 대화할 수가 없어서 말입니다."

"그네가 알아서 하겠지. 내 손을 떠난 일이다."

황제는 고개를 절레절레 흔들며 애써 답을 피했다. 황후가 살해된 시점부터, 정계에 질릴 대로 질려 버린 터. 더 이상 깊게 관여하고 싶지 않기 때문이었다. 그렇기에 진원에게 섭정을 맡긴 것이었고, 진원의 뜻에 수긍한 것일 테다.

"이황자가 유배되었다지요?"

잠시 아주 짧은 침묵. 황제의 뇌리에 괴괴한 웃음을 흘리던 정현의 얼굴이 스쳐 지나갔다.

"하, 태자 전하도 참 선인이십니다. 저 같으면 사지를 찢…… 예, 제가 죄인이지요. 죄인입니다."

힘이 들어간 황제의 주먹에 막을 수 없는 떨림이 묻어 나오는 것을 보며, 사공은 말을 삼켰다.

그래, 그에게도 말하지 못할 뼈아픈 기억이 있는 것일 테지.

사공은 느릿하게 시선을 되돌리며, 황제를 향해 고개를 끄덕였다. 이는 그를 이해한다는 뜻이 담겨 있는 행동이었다.

이러니저러니 해도 친우라는 것인가.

황제는 숨 트는 소리를 내며 고개를 추켜올렸다.

"난 너를 믿고 있다."

내리꽂히는 눈발. 그에 사공은 오금이 저린다는 듯 목을 수그리며 시선을 피해냈다.

"허튼 짓, 하지 말거라."

허튼 짓이라 하면 무엇을 뜻하는 것일까. 사공은 천천히 눈을 내리감은 채 진원의 서신과 어젯밤 태위의 말을 중첩해 떠올렸다.

"친우로서 말씀하시는 것입니까? 아니면 명을 내리시는 것입니까?"

"어느 쪽이 네가 택하기 편하겠느냐?"

글쎄요. 그는 눈을 까딱이며 대답했다.

"부탁한다."

헛헛한 마음에서 어릿한 통증이 느껴진다는 듯, 황제는 가슴팍을 쥐어 잡으며 말을 이었다.

"태자가 편안해질 수 있도록 도와다오."

잠시의 침묵.

그리 말하시면 제가 어찌 거절을 합니까? 사공은 툴툴대는 눈빛을 보내며 한숨을 내쉬었다.

"저만 믿으시지요."

그에 다소 안온해지는 기류. 황제의 주름졌던 입가에 처음으로 미소가 덧그려졌다.

사공은 이제야 하고 싶은 이야기가 끝났다는 듯, 몸에 힘을 풀고 황제에게 더욱 가까이 다가가 앉았다.

"그동안의 제 바깥 생활이 궁금하지 않으십니까? 뭐부터 이야기를 해야 하나……. 아! 은저 지방에 큰 기방이 있었는데 말입니다. 아니, 늙은이는 취급도 안 한다고 문전박대를……."

그들의 말소리와 웃음소리는 끊임없이 울려 퍼졌다. 그들의 주름진 얼굴을 메울 만큼, 아주 큰 환희의 웃음이.

꽃

하늘에는 끄느름한 날씨와 걸맞은 는개가 어름어름 내리고 있었다. 마치 안개가 낀 듯 희뿌옇기만 한 세상은 오다니는 이 하나 없이 조용하기만 하다.

그러나 궐내에는 이 흐르는 침묵을 비웃기라도 하듯 부산스러운 놀림이 들려왔으니,

"마마! 기침하시옵소서, 마마!"

김 나인의 외침이 그 다른 때보다 더욱 경쾌하다.

그러나 그 경쾌함보다 일찍 다가온 것은 단잠을 깨운 것에 대한 불쾌함이라는 듯, 향은 여전히 눈을 꾹 감은 채 미간을 짙게 찌푸리며 요를 슬금 끌어당겼다.

"마마, 주무실 때가 아니어요! 전령이 왔어요!"

전령? 향은 그에 튕기듯 몸을 일으키며 감았던 눈을 가늘게 들어올렸다. 흐릿한 시야에 담기는 것은 때 아닌 밝은 미소를 머금고 있는 김 나인의 모습.

향은 이 의아한 기류에 미묘함을 느끼며 눈을 또렷하게 떴다.

"어서요! 곧 마마를 뫼시고 갈 상궁마마님이 오실 거여요. 어서, 채비를 해야지요!"

"잠시만, 잠시만. 채비라니? 상궁이라니?"

"아이 참, 전령이 왔다니까요!"

그 뜻을 알 수 없는 말에 향이 몸을 더욱 빳빳하게 세웠다. 전령? 채비? 이것이 도통 무슨 말인가 싶었다.

그러나 곧이어 들려오는 김 나인의 말에 향은 자신도 모르게 순간적으로 밝은 웃음을 지을 수밖에 없었다.

"마마께서 이곳을 나가게 되었다는 말이에요!"

"곧 내관들이 찾아올 게다. 너를 위해 근사한 선물을 준비했으니, 마음에 들었으면 좋겠구나."

진원이 말한 선물이라는 것이 생각보다 큰 것이었음을 알게 되었기에.

향은 벌떡 몸을 일으켰다.

개화를 위해 웅크리고 있던 꽃봉오리를 환하게 들어 올릴 때가 온 것이었다.


도겸은 낡은 우산을 어깨춤에 기대듯 올리고 느릿한 발걸음을 내딛고 있었다.

횟대비가 쏟아졌던 때가 언제냐는 듯, 부슬부슬 내리는 느개가 가득한 하늘이 어쩐지 탐탁지 않았다.

그 덕분에 한 치 앞도 보이지 않을 만큼 세상이 희뿌옇게 변모했기 때문이다. 그 어떤 일이 벌어져도, 전혀 알 수 없을 만큼 시야가 가려졌기에.

도겸은 발을 재우치려 노력했으나, 그리 할 수 없었다. 얼마 전부터 어릿한 통증이 느껴지던 다리가 이제는 살점을 쥐어뜯을 것처럼 아파 왔기 때문이다.

빌어먹을. 그는 짤막한 중얼거림을 뱉으며 천천히 발을 내디뎠다. 그때였다.

"단…… 향?"

도겸은 반사적으로 몸을 멈추고, 도란도란 말소리가 들려오는 안개의 저편을 가만히 응시했다.

초점이 차차 맞춰지고, 그 하나로 통일된 초점에 유일하게 보이는 것은, 오직 단향. 그녀뿐.

이곳엔 왜? 동주궁에 있는 것이 아니었나? 나오지 못한다 하지 않았어?

꼬리에 꼬리를 무는 의문은 결국 도겸의 몸을 재차 움직이게 만들었고, 안개를 넘어 단향에게로 불쑥 튀어나갈 지경에 이르렀다.

그러나 그의 몸은 다시금 멈춘다. 그 이유는.

"아······."

향의 입가에 걸린 밝은 미소 때문이었다.

단 한 번도 보지 못했다. 저렇게 환히 웃는 향의 모습은. 저렇게 나풀거리는 웃음이 담긴 향의 얼굴은.

칠 년 전에도, 그리고 향이 적(赤)에 온 후에도······ 단 한 번도 보지 못했는데.

왜 저리 웃고 있는 것일까. 무엇이 기쁘다고 웃고 있어! 왜, 왜!

도겸은 들리지 않는 고함을 속으로 내지르며 주먹을 세게 바르쥐었다. 그의 눈가가 마치 축축한 대기처럼 젖어 들어가기 시작했다.

향을 대체 얼마 만에 보는 것인가? 감히 날을 셀 수 없을 정도로 오래되었는데, 그리 오랫동안 보지 못했는데!

결국 마주하게 된 것이라곤 내가 아닌 다른 것을 바라보며 웃는 향의 모습뿐.

"하, 하하······ 하하하······."

도겸은 자신도 모르게 튀어나온 자조적인 실소를 흘리며, 향의 시선을 따라 자신의 시선 또한 돌렸다.

시선이 닿음에, 희미한 시야임에도 불구하고 감히 가늠할 수 없을 정도로 웅대하고 웅장해, 그것이 너무도 뚜렷하게 보였다.

"궁……?"

이곳에 원래 궁이 있었던가? 허허벌판, 아무것도 없는 곳이지 않았어?

도겸은 자신의 기억을 되짚으며 입술을 딱딱 깨물었다.

그래, 분명 이곳은 본궁에서도 멀리 떨어져 있는 곳이기에 후원은 커녕 그 흔한 꽃 한 송이 없는 허허벌판, 빈 터였다. 그런데 이러한 곳에 이렇게 갑자기 큰 궁이 생기다니…….

단향의 궁인가? 동궁이 타올라 없어진 대가로, 곤녕궁보다 더 큰 궁을 지은 것이야?

"하……."

재차 실소가 튀어나왔다.

그래, 진원은 본디 이런 이였지. 무언가 감춰두는 듯싶다가 어느 순간 한꺼번에 드러내 자신의 능력을 만천하에 뽐내는 것을 좋아하는 이였지.

그래, 본디 이런 이였다.

그리하여 이런 웅장한 궁을 남몰래 지은 것이고, 그리하여 향의 웃음을 빼앗아…… 아니, 웃음을 되찾아준 것이리라.

어쩐지, 자괴감이 물밀 듯 밀려왔다.

다리를 쥐어뜯던 통증이 어름어름 몸통으로 기어 올라와 가슴을 찢어발기고 있는 듯싶었다.

이런 감정을 느끼면 아니 되지만, 이런 마음을 가지면 아니 됨을 알고 있지만!

'진원이 싫다.'

헙, 도겸은 자신 역시 놀란 듯 재빨리 입을 틀어막으며 주위를 두

리번거렸다.

다행히도 어떠한 인기척도 없다. 궁 안으로 들어가고 있는 향의 뒤를 따르는 궁인들의 옷자락소리만 들릴 뿐.

도겸은 헛헛한 웃음을 뱉으며 그 자리에 그대로 주저앉을 수밖에 없었다.

만약…… 내가 향에게 먼저 다가갔다면. 아니, 그날의 그 일이 없었더라면……. 아니, 아니.

'만약 내가 황태자였다면.'

그랬더라면, 향을 옆에 둘 수 있었을까. 태자의 가까운 친우라는 이유로, 그의 신하라는 이유로 먼발치에서 향을 지켜보지 않아도 되지 않았을까.

아마도…… 그러했으리라.

도겸은 질척질척한 흙바닥에 제 옷이 더럽혀짐에도 불구하고, 끊임없이 한탄의 숨을 뱉으며 더욱더 몸을 웅크렸다.

어딘가에서 맵싸한 바람이 일제히 불어왔다.

그 바람은 도겸의 눈가에 서늘한 빛을 덧그리다 이내 흩어졌다.

그럼에도 남아 있는 것은 그의 눈매에 퍼렇게 그려진 매서운 바람이었다.


궁은 웅장했다.

적(赤)의 상징인 붉은 안료로 칠해진 대문과 벽이 제일 먼저 향을 반겼으며, 대문을 열고 들어감과 동시에 양옆으로 길게 세워진 환조의 동상과 호랑의 동상이 눈을 사로잡았다.

우측으로는 넓은 후원이, 좌측으로는 깊게 파인 연못을 내다볼 수 있게 만든 높은 누각이 있었고, 중앙의 단단한 돌길 너머에는 검붉은

색 벽돌로 만들어진 거대한 본관이 존재했다. 본관에는 역시나 환조의 상이 조각된 붉은 처마가 하늘을 향해 솟아 있었으며, 그 아래로 옥색 대들보가 마치 굳건한 소나무처럼 우뚝 서 있었다. 참으로 멋진 경관. 동궁과는 비교도 되지 않을 정도로, 아니, 황후의 궁인 곤녕궁과도 비교가 되지 않을 정도로 거대하고 또한 웅혼했다.

향의 고요했던 입가에 나긋한 미소가 걸려 올라가기 시작했다.

"마마, 궁이…… 큽니다. 정말정말 커요."

이 뛰어난 미관에 넋이 나간 듯, 김 나인은 작게 흐르는 목소리로 말했다.

그에 향은 대답하지 않았으나, 환하디환한 웃음이 걸린 얼굴이 김 나인의 말에 수긍함을 뜻하고 있었다.

어쩐지 발걸음이 가벼워진다.

물욕이 없으리라, 욕망이 없으리라 생각해 왔건만. 막상 눈앞에 이러한 웅장함이 나타나게 되니 어쩔 수 없이 마음은 흔들리게 되는 것이리라.

그들은 더욱 발을 재우쳤다.

희선당(熺先堂)이라는 문패를 눈에 오롯이 넣으며.


으리으리한 경관에 눈을 뺏겼던 것도 잠시, 찬연했던 외부와는 다르게 궐의 복도는 정갈하매 단출해 보였다.

붉은색으로 칠해진 복도의 벽에는 길을 비춰주는 등화만이 간헐적으로 달려 있을 뿐, 궐의 외벽처럼 호화로운 장식들은 존재하지 않았다. 그러나 등화 아래, 복도의 벽을 따라 쭉 늘어진 꽃분을 보아하니, 이러한 단조로움 역시 진원이 의도한 바였다는 것을 알 수 있었다. 바깥으로는 감히 그 누구도 들어오지 못하게 웅장함을 내세우고, 내부로는 향이 보다 편안함을 느낄 수 있도록 안온함을 내세운 것. 향은 그러한 진원의 마음을 되뇌며, 꽃분에 다가가 무릎을 굽히고 만개한 꽃의 향을 힘껏 들이마셨다.

귀고리꽃, 비단향, 바위취……

시큼하고도 달콤한 내음이 폐부에 들이차고, 그것이 곧 뿌리를 내리고 꽃을 피워 향의 얼굴에 화색이 돌게 했더라.

향은 부드러운 미소를 입가에 덧그리며 몸을 일으켰다.

"곱구나."

짤막한 말이었으나 그 안에 담긴 것은 수십, 수백 가지의 뜻일 터. 이를 모를 리 없는 김 나인은 역시 같은 미소를 입가에 띠며 걸어가는 향의 뒤를 쫓았다.

"와아……"

김 나인의 탄성을 뒤로하고 향은 방 안으로 한 걸음 발을 내디뎠다.

어느덧 비가 그치고 해가 뜨기 시작한 하늘에서 따가운 햇빛이 내리쬐었고, 그 빛은 큼지막한 창을 통해 들어와 방 안을 번쩍이게 만들었다. 그러한 화려한 빛에 차차 적응이 될 때 즈음, 휘황찬란한 빛이 다시금 눈을 찔렀다. 이는 호화로워 은을 갈아 넣은 듯 반짝이는 방에서부터 비롯된 빛이리라.

작고 퀴퀴했던 고방에서 지냈던 지난날을 보상이라도 하는 것처럼, 방 안은 뛰어다녀도 될 만큼 넓었으며 또한 화려했다.

향은 대리석으로 된 바닥을 밟으며 방 안으로 천천히 걸어 들어갔다. 아직 익숙지 않아 다소 이질적인 느낌은 있었으나 결코 나쁘지 않았다. 오히려, 마음이 붕 떠 기분이 좋을 뿐.

"참! 이럴 때가 아니지. 시장하시지요. 넋을 놓고 있다 보니 깜빡 잊었지 뭐예요. 당장 조반을 준비해 오겠습니다."

"천천히 해도 돼. 아직은 낯선 곳이니 조심해서 다니고."

"예, 마마."

향의 부드러운 언사에 김 나인은 배시시 웃으며 서둘러 방을 나섰다. 탁, 문이 닫히는 소리 끝에. 향은 오롯이 '자신만의 공간'이 된 방안을 다시금 두 눈에 그득 담아내기 시작했다.

방의 가운데에는 짐승의 털로 만든 양탄자가 널찍하게 펼쳐져 있고, 그 왼편에 원목으로 만든 삼층장이 세 개 있었으며, 큼지막한 면경이 그 위에 다소곳하게 놓여 있었다. 또한 오른편에는 꽃분을 올려놓은 고재선반이 있었고, 장문갑이 벽을 따라 길게 위치해 있었다.

어찌 보면 단출해 보이기도 하였으나 각각의 가구에 장식된 여러 가지 문양을 보면 마냥 그렇지는 아니하였다.

아마도, 진원이 몇 날 며칠 고심하여 고른 것이리라.

그렇기 때문에 더욱 값진 것이었고, 더욱 아름다운 것들이었다.

향은 자신도 모르게 흘러나오는 콧노래를 흥얼거리며 방 안을 사뿐사뿐 걸어 다녔다.

아직까지도 꿈만 같다. 진원과 자신이 마음을 합한 것이, 자신이 진원을 받아들이고 진원 역시 자신을 받아들인 것이. 아직도, 믿기지 않는 꿈만 같다.

정히 꿈이라면 결코 깨지 말아다오. 정히 달콤한 독사과라면 차라리 이걸 먹고 죽는 것이 낫겠어. 향은 그리 생각하며 들끓었던 마음을 차분히 가라앉혔다.

이때와 시기를 맞춰,

"마마, 비서승 나리께서 찾아오셨습니다."

김 나인의 나긋한 목소리가 들려왔다.

비서승, 도겸? 향은 눈을 휘둥그레 뜨며 흐트러진 옷매무새를 깔끔하게 정돈했다.

"들라 하라."

벌컥, 열리는 문. 그와 함께 딱딱하게 굳은 표정을 한 도겸이 나타났다.

"마마, 오랜만입니다. 평안하셨나이까."

하나 그 얼굴과는 달리 목소리를 지극히도 평안하였으니. 향은 피어오르는 의문점을 두어 내리고 그에게 자리를 권하였다.

"오랜만이구나. 그간 잘 지냈느냐."

향의 다정한 문에도 불구하고, 도겸은 대답하지 않았다. 그저 향과 마주 앉아, 제 찻잔에 찻물을 따라주는 나인의 손끝을 가만히 응시할 뿐.

조르륵―

찻물이 넘치도록 담기는 소리가 들려왔다. 고요한 방 안을 그득 채우는 것은 간헐적인 물소리와 불규칙적인 숨소리, 오직 그뿐. 향은 힐끗, 눈을 돌려 여전히 냉랭한 침묵을 유지하고 있는 도겸을 바라보았다. 이제껏 단 한 번도 보지 못했던…… 도겸의 이러한 모습. 마치 골바람이 부는 골짜기 한가운데에 홀로 존재하는 것처럼 외롭고 쓸쓸해 보이는…….

이유를 알 수 없는 불안함이 스멀스멀 피어올랐다. 저릿저릿한 손끝을 감아 말며 분연(紛然)하게도 뒤흔들리는 마음을 애써 가라앉힌다.

그러한 향의 모습을 곁눈질로 바라보던 도겸은, 부러 밝은 미소를 입가에 덧그리며 목청을 틔웠다.

"어찌 더 고와지셨습니다. 이러니 뭇 도성의 여인들이 마마를 시기하는 게지요."

그러한 장난 어린 말에, 향은 자신도 모르게 손을 들고 제 뺨을 어루만지며 대답했다.

"곱기는 무슨. 매번 똑같지, 무얼."

"참인걸요. 여인들이 마마를 거론하는 것을 제가 똑똑히 들었습니다. 하늘에서 선녀가 내려왔다는 둥, 그것이 아니라면 여우가 둔갑한 것이라는 둥 별의별 말이 다 나오지요. 이건 필시 마마께서 하늘님이 투기할 정도로 어여쁜 탓입니다."

"하하, 재미있는 말을 하는구나."

다소 헐거워진 분위기. 그에 도겸은 들리지 않을 한숨을 내쉬며 허리를 곧게 세웠다.

작금, 이렇게 방방 뛰고 있는 마음을 드러낼 수 없다. 이렇게 뜯기고 갈라진 마음을 감히 드러낼 수 없다.

내 눈앞에 있는 이는 내가 가장 친애하는 친우의 비(妃)이니, 적나라의 어미가 될 태자비이니. 그러니, 그러니…… 참자. 참아야 한다.

도겸은 끊임없이 되뇌며 애써 입가를 달싹였으나, 시린 마음에서 비롯된 씁쓸한 웃음이 그의 고요했던 입가를 괴롭혔고, 그것을 향이 알아채지 못할 리 없었다.

"나를 많이 찾았다 들었다. 하나 내 몸이 좋지 않아 온종일 드러누워 있었어. 그렇지 않아도 궁을 옮기고 나면 말을 하려 했는데……."

찻잔을 그에게 밀어주며 말한다.

그를 달래는 듯, 그의 뛰고 있는 마음을 알고 있기에 가라앉히겠다는 듯 부드러운 언사이다.

픽, 도겸의 숨이 미미하게 튀어나왔다.

"에이, 생각지도 않고 계셨던 것이 아닙니까. 그리 가짓부렁을 말하실 필요는 없습니다."

그러나 설령 거짓일지언정 진실로 알고 싶은 내 마음을, 그대는 알려나. 알고 있으려나.

애써 밝게 웃는다. 장난을 친 것이라는 양, 밝게 웃고 웃으며 제 눈물을 감추고자 노력한다.

"그건 그렇고, 궁이 참으로 좋습니다. 동궁과는 비교도 안 될 정도로요. 이 바닥 좀 보십시오. 빛이 납니다, 빛이."

그러나 미소가 덧대어졌다 할지라도 본연의 감정은 가려지지 않을 터. 그의 초점이 맞지 않는 눈동자에 이름 모를 감정이 뒤섞여 흔들리고 있었다. 공허한 것일까, 황량한 것일까.

그것은 자신조차 모르는 것.

그의 부르튼 입술이 달싹인다. 말을 할까, 고민하고 있는 것 같다.

"마마께서는…… 좋으시겠습니다. 이리도 마마를 어여삐 여겨주시는 태자 전하가 있어서."

향은 순간적으로 고개를 돌려 도겸을 바라보았다.

그의 눈빛이 따가웠으나 한편으론 먹먹해 보이기도 하였으니……. 다시금 고개를 숙인다. 두 손을 맞잡으며 입술을 꾹 깨문다.

도겸이 찾아온 연유를 알 수 있을 것 같았다. 저 흔들리는 눈동자만 보아도, 저 떨리는 목소리만 들어도 알 수 있을 것 같았다.

향은 자신의 눈가에 파르르 경련이 일어남을 느끼며, 애써 입꼬리를 들어 올렸다. 밝은 미소를, 정녕 결함 없는 환한 미소를 보여주기 위하여.

"그대도 그대를 어여삐 여겨주는 좋은 짝을 만날 게야."

침묵. 이는 분명히도 폭풍 전야. 도겸의 눌러 내렸던 마음이 탁 터지는 시발점이 되는 것이었다.

"글쎄요. 과연 그럴까요?"

그는 헛헛한 듯 헛웃음을 내뱉으며 고개를 치켜 올렸다. 천장을 바라본다. 자신의 녹봉으로는 감히 손댈 수 없는 보석 수십 개로 장식된 천장을 바라본다.

아주, 아주 오랫동안.

"마마께서는."

그가 고개를 내림과 동시에, 허공을 비행하던 먼지가 빛발을 받아 교란되기 시작했다.

"행복하십니까?"

반짝반짝 빛이 나는 것은 과연 무엇일까.

햇살일까, 도겸의 눈가에 맺혀 있는 눈물일까.

"그럼. 행복하다네."

향은 애써, 정녕 애써 그 시선을 무시하며 고개를 돌렸다. 아니, 등을 돌려 그를 바라보지 않는다. 볼 수가 없었기 때문이다. 그와 눈을 마주한다면, 그를 계속해 보게 된다면 저 끊임없는 감정의 소용돌이에 휩싸일 것만 같았기 때문이다.

"정녕…… 정녕 행복하십니까?"

향은 대답하지 않았다. 그러나 그 침묵이 긍정의 뜻임을 모를 리 없을 터.

하하……. 도겸은 허탈한 웃음을 흘리며 치밀어 올라오는 마음을 애써 억누르고자 노력했다.

행복하지 않기를 바랐다.

과거처럼 매일매일 슬픔의 늪에 빠졌으면, 절대로 헤어 나올 수 없는 깊은 늪에 빠졌으면, 바라고 바랐다.

차라리 불행했더라면, 차라리 마음 붙일 곳 없이 그렇게도 가녀리게 살았더라면. 그랬더라면.

'내가 비집고 들어갈 틈이라도 생길 테니.'

내가 옆에 있을 수 있었을 텐데.

그는 야트막한 웃음소리를 내며 잠시 숨을 삼켰다. 치기 어린 생각이 머릿속을 그득 채웠다. 되돌리고 싶은 과거였으나, 환조의 힘을 빌린다 하여도 그리할 수 없음을 알고 있었다.

이미 흘러 버린 시간이어서, 이미 지나친 나날들이어서. 할 수 있는 것이라곤 우매했던 자신을 탓하며 이리 비겁하게 마음을 숨기는 것뿐.

그는 꾹 깨물었던 입술을 떼어내며, 다시금 긴 숨을 내뱉었다. 후우, 후, 호흡을 가다듬으며 어깨를 세운다.

"그것참 다행입니다. 그래도 아직까지는 조심, 또 조심하셔야 합니다. 이제 저도 궐에 없을 테니까요."

"그게 무슨 말인가?"

궐에 없다니? 향은 자신도 모르게 몸을 돌려 도겸과 눈을 마주했다.

"궐에서 세월을 보낸 것이 십 년이요, 태자 전하의 뒤를 지키던 것이 칠 년이니. 이제 그만 훌훌 털고 고향으로 내려가도 좋지 않겠습니까."

"낙향을 한다는 말인가? 갑자기? 무슨 바람이 불어서⋯⋯!"

"바람은 맞지요. 그동안 꿈꿔왔던 바람이니."

"도겸."

향의 미간이 짙게 좁혀진다. 예상치 못한 미래에 대한 두려움, 그리고 슬픔으로 칠해진 빛이 주름 사이사이를 칠하고 있었다.

"서운해 마십시오. 정해진 순리이거늘, 연이 닿는다면 또 만날 수 있게 되지 않겠습니까."

바로 지금처럼. 그래, 바로 지금처럼……. 도겸은 순간적으로 튀어 나가려 했던 손을 겨우 부여잡으며 방긋 미소를 지었다.

"마마."

그, 끝이 떨리는 말에. 향은 고개를 내리 숙였다. 꽉 쥔 치맛자락은 펴질 생각을 하지 않는다. 꽉 깨문 입술은 열리지 않는다.

듣고 싶지 않았다. 저리도 눈물이 그득 찬 말을 듣고 싶지 않았다. 또한 알고 싶지 않았다. 저리도 구석구석이 곪아터진 마음을 알고 싶지 않았단 말이다!

향은 애써 부정하고 부정하며 고개를 가로저었다.

그러한 향의 모습을 하나도 빠짐없이 눈에 담고 있는 도겸. 그의 입가에 시리도록 영롱한 웃음이 걸렸다.

"행복…… 하셔야 합니다."

아, 향은 치밀어 오른 탄식을 집어삼키며 눈을 질끈 내리감았다.

"정말, 반드시 행복하셔야 합니다."

마마께서 행복하지 않으시다면, 물러나고 싶지 않았으나 마마를 위해 물러날 수밖에 없는, 이 희생이 값진 것이 아니 될 터이니.

부디 행복하십시오. 부디.

그리고,

'저를 기억해 주십시오.'

잊지 말아주십시오.

나라는 이가 있었다, 마마를 이리도 연모하는 사내 한 명이 있었다.

부디, 부디 그것만이라도…… 기억해 주십시오.

도겸의 입술이 쉴 새 없이 달싹인다.

"……도겸."

향은 겨우겨우 입을 떼어내, 그의 이름을 읊조렸다.

"가끔씩은…… 찾아올 게지? 아예 발길을 끊는 것은 아닐 테지? 그렇지?"

"당연하지요. 당장 내일 가는 것도 아닌데요. 아직 시간은 있지 않습니까."

향의 눈동자가 먹먹하게 변모한다.

도겸은 아무렇지 않게 말을 하는 것처럼 보였으나, 정녕 아무렇지 않음이 아니란 것을 알고 있는데.

저 마음이 얼마나 찢기고 찢겨 있는지 뻔히 알고 있는데.

저 눈빛이, 저 목소리가, 저 몸짓이, 모두가…… 나를 가슴 깊이 연모함을 나타내고 있는데.

그것을 모른다 하면 정녕…… 정녕 거짓이리라.

하지만 알고 있다 말을 할 수 없었다.

나는, 적(赤)의 태자비이기 때문에. 나는, 진원을 연모하는 여인이기 때문에. 나는, 진원의 하나뿐인 안부인이기 때문에.

그리하여 알 수 없었다. 아니, 알고 싶지…… 않았던 것일지도.

향의 어깨가 천천히 수그러지는 게 보였다.

도겸 역시 두 눈을 내리감는다. 파르르 떨리는 그의 속눈썹에 올라가 있는 것은 지난 칠 년간의 마음이리라.

"미안…… 하구나."

아, 그는 자신도 참지 못한 탄식을 뱉으며 이를 깨물었다.

얼마 만에 보는 것인가. 얼마 만에 얼굴을 마주하고 말을 섞는 것인가.

보고…… 싶었거늘. 정녕 보고 싶어, 꿈에라도 나타나 달라 빌고 빌었거늘.

그리하여 이리도 가까이 있게 되었으나, 차마 닿지 못하게, 차마 손을 뻗지 못하게 만드는구나.

"미안해."

도겸은 고개를 푹 떨어뜨리며 자조적인 웃음을 내뱉었다. 그 웃음에 가려진 것은 정히 가까이 느껴지는 슬픔이리라, 눈물이리라.

"그런 말을…… 듣고자 온 것이 아닙니다."

그는 코끝이 뜨거워짐을 느끼며 더욱더 세게 눈을 질끈 감았다.

"단지…… 알아주십사 합니다."

닿지 않는 메아리일지라도. 부르고 불러도 돌아오는 것이라곤 내 마음뿐이라 할지라도.

그래도 나는 고하고 싶었습니다. 도저히 숨길 수 없으니,

'제가 감히 마마를 마음 깊이 은애하고 있노라고.'

마마를 연모함을 고하고 싶었습니다.

그러나, 그러나 저는…… 차마 마마께 손을 뻗을 수 없는 겁쟁이일 뿐이니. 소리소리에 산산조각 갈라지는 한낱 사내일 뿐이니.

그러니,

"저라는 이가 마마의 곁에 있었다는 것을요."

이렇게 거짓을 고할 수밖에 없지요. 이 하얀 마음을 검게 칠하는 거짓을.

"물러나 보겠습니다."

햇빛이 거두어진다. 다시금 어둑해진 하늘에서 흐르는 것은 오직 빗발.

뜨거운 눈물이 아닌 차가운 빗줄기.

오직 그것뿐이었다.


밤은 어두웠다.

밀려오는 밤의 기운을 막을 수 없었다는 듯 태양은 진즉에 서산 너머로 자취를 감췄고, 휘영청 걸려 있던 보름달은 밀려온 매지구름에 가려져 빛 한 줄기 비추지 못하고 몸을 사그라뜨리고 있는 때였다.

한 치 앞도 보이지 않는 어둠 속, 컴컴한 세상.

간헐적으로 몰려오는 검은 조각구름이 하늘을 스치는 소리만이 들려올 뿐이었다.

이러한 고요 속. 속삭이듯 작은 소리가 들리는 곳이 있었으니.

"하, 하오나…… 자가."

태의감 소속 주약(注藥)의 목소리였다.

그는 짙은 어둠을 간신히 밝히고 있는 등잔불 앞에 무릎을 꿇고 앉아 있었는데, 그가 앉아 있는 바닥은 대리석이요, 그가 깔고 앉고 있는 것은 오색 비단에 금실로 수놓아진 방석이었으니.

이곳은 황실의 가장 서쪽, 양제의 거처 예선당이었다.

주약의 앞에 삐뚜름하게 앉아 있는 한울은 무언가 불쾌한 듯 미간을 찌푸리고 있었다. 그의 대답이 시원찮았던 모양이다.

"감히 내 말을 거역한다는 말이냐?"

쾅! 탁자를 손바닥으로 내려치며 눈을 번뜩인다.

"이것을 넣기만 하면 된다. 이걸 구해온 경로는 나 말고는 아무도 모르는 게야. 하니 네게 혐의가 돌아갈 일은 결코 없다. 무리한 부탁을 하는 것도 아닌데 왜 그리 몸을 사리는 게야!"

"하, 하오나……"

때죽나무, 족두리풀, 지네보리……

주약은 제 앞에 펼쳐진 약재들의 가루를 보며 침을 꿀꺽 삼켰다.

이는 약재로 쓸 수 있는 것들이긴 하나, 독이 있어 장기간 복용하면 큰 해가 될 터임이 분명한 것이었다. 한데 이것을……

"태자비마마께 어찌……."

태자비의 탕약에 넣으라니. 인두겁을 쓰고 어찌 그런 흉악한 짓을 할 수 있단 말인가.

주약은 시선을 떨어뜨리며 고개를 푹 숙였다.

그러나 한울은 물러설 생각이 없다.

이를 이용해 태자비의 몸이 약해지면, 원자는커녕 살아 있는 것만으로도 용하다 여겨질 터. 그렇게 된다면 태자비를 감히 황후로 추대할 수 없으렷다.

진원이 섭정을 시작한 이상 머지않아 황제로 즉위함이 분명한데, 그 전에 태자비를 무너뜨릴 일을 실행해야만 했다.

한울의 눈이 섬뜩하게 빛이 났다.

"어미는 병에 걸려 골골대고, 어미를 간호하느라 부인은 허리가 빠지도록 허드렛일을 하고, 아들놈은 한량이 되어 저잣거리를 누빈다지? 이를 어쩌면 좋을꼬. 태위감의 하나뿐인 주약인데 말이야. 어찌, 구실아치의 녹봉으로 삶이 영위가 되느냐?"

주약은 대답치 않았다. 어떤 방법으로 자신의 집안을 조사한 것인지는 모르겠으나 한울의 말이 구구절절 옳았기 때문이다.

아들놈이 노름판에서 큰 빚을 져오는 터에 녹봉을 받는다 하여도 남는 것이 없던 터. 때문에 태위감에서 일을 하고 있음에도 불구하고 돈이 없어 어미의 병을 쉬이 고치지 못하고 있었다. 그 때문에 꽤나 골머리를 썩이고 있었는데…….

짤랑―

쇠붙이가 부딪히는 소리가 나며, 주약의 앞에 작은 비단주머니가 뚝 떨어졌다.

"착수금이다. 이번 일이 자알 마무리가 된다면, 그것의 세 배. 아니, 다섯 배의 돈을 주마."

주약은 잠시 머뭇거리다, 이내 비단주머니의 고름을 빠른 손길로 풀어헤쳤다.

은냥이 아니라 금냥이 하나, 둘, 셋, 넷…… 셀 수 없을 정도로 많은 양. 이 돈이면 으리으리한 저택은 물론이요, 하인 열댓은 부릴 수 있으리라.

꿀꺽. 주약의 목구멍을 따라 찐득찐득한 침이 흘러내려 갔다.

"네가 하지 못하겠다면, 그래. 그리 하라 말을 하겠다. 하나!"

주약의 머뭇거림을 지켜보던 한울의 목청이 재차 트였다.

"이 방을 나서는 순간, 네 목숨을 장담하지 못할 것이야."

매서운 살기가 방 안을 내리 훑는다. 사나운 시선 속에 담겨 있는 것은 독초도 아니요, 주약도 아니었으니. 태자비의 고통에 찬 죽음. 그것만이 담겨 있을 뿐이렷다.

주약의 눈알이 데구루루 굴러간다.

인간은 본디 탐욕의 동물이라 하였는가. 인두겁을 쓰고 하지 못할 짓이라 여겼건만. 눈앞의 돈주머니를 보니 쉬이 마음이 흔들리는 것이 역시나 어쩔 수 없는 인(人)이렷다.

혹시라도, 정말 혹시라도 일이 잘못된다 할지언정 이 돈을 들고 도망을 치면 될 터이니.

주약은 냉큼 돈주머니를 움켜쥐었다. 그러곤 바닥에 쾅, 쾅! 머리를 박으며,

"미천한 소인, 자가의 뜻을 받들겠나이다!"

한울의 욕망에 걸맞은 대답을 했더란다.

한울의 입꼬리가 괴괴하게 찢어진다. 그 벌어진 입술을 비집고 흘러나오는 것은 비릿한 비소.

그 흉흉한 웃음소리는 방 안을 맴돌고 맴돌다 창밖으로 흘러나갔으니, 검고 검었던 밤하늘을 마음껏 누볐더란다.

마치, 다가올 앞날처럼 검고 검은 밤하늘을.

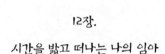

## 12장.
## 시간을 밟고 떠나는 나의 임아

어둑서니가 몰려오는 시각. 그러나 서향에 위치한 희선당의 후원은 아직도 태양의 끝자락이 남아 있었다.

불과 달포 전까지만 하더라도 눅눅한 풀잎과 메마른 나무들이 그득했던 후원이건만, 언제 그러했냐는 듯 후원은 온통 진녹색 녹음이 가득하였고 꽃향기가 코를 찌를 정도로 짙게 퍼져 있었다.

향은 방 안에서 그러한 광경을 내다보며 기분 좋은 미소를 얼굴에 드리웠다. 그러나 부드럽게 흩날리는 바람결을 매만지는 손길에는 어울리지 않는 떨림이 담겨 있었다.

향은 고개를 쳐들어 하늘을 바라보았다. 빛발에 가려져 있던 별님들이 이제야 모습을 드러내고 있다. 간헐적인 빛을 내는 별들을 보다 또렷이 바라보고자 향은 두 눈을 쉴 새 없이 깜빡였다.

아마도, 저 별 중에는 어머니가 있을 테지. 스멀스멀 기어온 과거의 기억에 향은 어릿한 가슴의 통증을 느끼며 눈시울을 붉힐 수밖에 없었다.

"하늘을 보고 있구나."

"전하."

제 목을 그러안는 부드러운 감촉. 진원의 인사에 향은 고개를 돌리며 밝은 미소로 화답한다.

붉게 상기된 양 뺨이 곱다. 저 별을 박아 넣은 듯 초롱초롱하게 빛나는 눈 역시 곱다. 매화를 베어 문 듯 분홍색 그림이 그려져 있는 입술 또한 곱다.

원은 향의 머리칼을 한번 쓰다듬고는 옆에 자리를 잡고 앉았다. 뜨거운 바람은 물러나고 그 자리에 시원한 바람이 들어앉고 있었다.

훅, 청명한 내음이 그들 사이를 부드럽게 스쳐 지나갔다. 새삼 느껴지는 안온한 기류에 긴장되었던 어깨가 절로 풀어진다. 그러나 머릿속을 휘젓는 고뇌는 사라지지 않았으니.

"있지 않느냐, 향아. 너를 만나러 오던 중, 내가 못된 생각을 했구나."

향의 고개가 갸우뚱 떨어진다.

"못된 생각일랑 항시 하고 계신 것은 아니었나요?"

"하하, 널 괴롭힐 생각은 항시 하고 있지."

원은 손을 들어 향의 뺨을 쓰다듬었다. 보드라운 감촉을 느끼며 마음을 가라앉히고자 애를 쓴다.

"하면, 무슨 생각을 하셨는데요? 혹, 편전에서 안 좋은 일이라도 있으셨사옵니까?"

"아니, 그것은 아니다. 다만……."

잠시 먼 산을 내다본다. 지끈거리는 두통을 느끼며 검어지는 하늘을 올곧이 보고자 애를 쓴다. 지고 있는 태양, 뚜렷해지는 망월, 일렁이는 빛을 내는 별…….

마치, 자신이 사라지고 있는 태양과 같아 보여, 이 불확실한 미래가 낭랑해지는 달과 같아 보여, 종잡을 수 없는 이 마음이 바람에도 흔들리는 별과 같아 보여 쓸쓸한 일소를 내지을 수밖에 없었다. 향의 손을 더욱 꽉 부여잡는다.

"훗날…… 너와 나의 아이들이 나의 자리가 탐나 너를 해하려 한다면, 나는 어찌해야 할까……. 그런 기우가 생기더구나."

"황제 폐하를 말씀하시는 것이로군요."

향은 탄식을 내뱉으며 대답했다. 자신에게는 좋지 않은 기억들만 남긴 황후라지만, 그네는 적(赤)의 어미였으며 동시에 적(赤)의 안부인이기도 한 것이니.

향은 그 모든 것을 이해할 수 있다는 듯 고개를 끄덕이며 원의 정처 없는 눈동자를 지그시 응시했다.

"나는 무섭다."

원의 손끝이 쉴 새 없이 떨린다. 차가워진 손에서 뿜어지는 것은 두려움, 오직 그뿐.

"이 자리가 너무도 무섭다."

본디 모든 것을 놓고 유유자적 살고 싶었다만. 본디 황제의 자리에 오르기는커녕 관례가 끝나면 궐을 훨훨 떠나 자유로이 살고 싶은 마음뿐이었다만.

왜 이리 된 것일까. 왜…… 이리도 인연의 실이 질기게도 엉키고 만 것일까.

"황제가 된다면 모든 것이 끝날까, 내 복수를 끝내게 되면 모든 것이 끝날까. 아니, 아니……. 끝은커녕 새로운 시작일 테다. 호시탐탐 권력을 노리는 대신들을 견제해야 할 것이고…… 너를 비호하기 위해 더욱 힘을 키워야 할 것이고……. 하하, 바라던 것이 이뤄질 때가 되었는데, 왜 이리 나는 불안한 것인지. 참으로 이상하다. 참으로 이상해."

처음으로, 의문이 생겼다.

내가 과연 황제의 재목에 어울리는 이던가? 내가 황제가 된다면, 적(赤)을 어찌 다스릴 생각이던가? 성군으로 남을 수 있을 것인가, 아니면 형제를 몰아내고 황위에 오른 폭군으로 기록될 것이던가. 세상은 나를 어떻게 기억할 것인가.

원의 눈동자에 지독히도 짙은 어둠이 새어들었다. 점점 빛을 잃어가는 눈동자. 자신을 믿지 못하기 때문일까. 아니면 딛고 있는 모든 것이 결국엔 허망이었다는 것을 깨닫고 있기 때문일까.

"아바마마의 자리를 바라고 지금껏 달려왔건만, 정작 내게 남는 것은 아무것도 없구나."

아버지의 자리를 바라고, 그인즉슨 재민 형님의 복수를 위하여 달려온 것인데……. 왜, 나는 또다시 혈육의 가슴에 난도질을 하려 했던가…….

자괴감에 두 눈을 질끈 내리감는다. 청명했던 기류는 사라진 지 오래. 축축하여 눈물과도 같아 보이는 바람이 진원의 어깨를 어루만졌다.

아니, 마치 목을 옭아매는 듯하다. 옭아매고 조이며 숨을 턱턱 막히게 하는 듯하다. 시뻘건 숨을 내뱉을 때까지 조이고 또 조이는 성싶다. 꾹 감은 진원의 눈이 간헐적으로 떨렸다.

"제가 있지 않습니까, 전하."

훅— 무거운 바람이 사라진다. 그 사라진 자리에 오롯이 새어드는 것은,

"제가 남아 있지 않습니까."

먹구름 너머로 환하게 비춰지는 햇살.

원은 슬며시 눈을 올려 떴다. 그리고 밝은 빛을 온전히 뿜어내는 향을 바라본다. 향의 그 반짝이는 눈을 응시한다.

"……그래, 네가 있었지. 내게는 네가 있지."

서산 너머로 지고 있는 것은 원 자신이 아니라 이때껏 겪어왔던 아픈 과거의 기억이었다.

또렷해지는 달빛은 불확실한 미래가 아니라, 행복으로 그득 차 있을 앞날이었다.

확고하여 견고한 마음은 한낱 풍파에 일렁이지 않을 테다. 바람이 아무리 세차게 불지언정, 절대로 그에 굴복해 빛을 숨기지 않을 테다. 저 빛나는 별처럼, 저 또렷한 하늘처럼.

"나를 버리지 마라, 향아. 그리고……."

원은 향의 등을 감싸며 제 품으로 끌어안았다. 더불어 향의 이마에, 눈에, 코에, 그리고 입술에 조심스럽게 입을 맞추며…….

"다치지 마라."

향에게 몸을 밀착한다. 어깨에 얼굴을 묻으며 허리를 감싸 안는다. 원의 뜨거운 숨결이 목덜미에 닿아 새삼 낯선 느낌을 이입했다. 향의 어깨가 더욱 움츠려진다.

"향아, 향아."

입술을 달싹인다. 그 보드라운 입술의 결이 살에 닿아 더욱 미묘한 기분이 생겨나게 만들었다.

"나는, 궐을 나가고 싶다."

쉬이 한 듯한 말이었으나 그 안에 담긴 뜻은 지극히도 무거웠으니. 향은 잠시 눈가를 떨었다. 그러나 곧이어 손을 뻗어 원의 등을 토닥이

듯 어루만져 주었다.

"새로운 황실을 만들 것이다."

원은 향을 더욱 세게 그러안았다. 사라질까 두려워 더욱 힘이 들어간 모양새다.

"이런 나를 따라와 주겠느냐."

이 모든 것을 버리고 따라갈 수 있느냐. 누리던 부귀영화를 버리고 살아갈 수 있느냐 묻는 것인가.

향은 하하, 웃음을 터뜨리며 원의 손목을 잡아 내렸다.

본디 원하는 것은 어머니의 복수와 진원의 사랑뿐이었으니, 그 두 개를 쟁취할 수 있다면야.

"전하의 말이라면 뭐든지."

뭔들 못 할쏘냐.

향은 몸을 앞으로 일으켜 원의 콧등에 살며시 입을 맞추곤 배시시 웃음을 지어 보였다.

그 모습이 꽤나 귀여워 보였던지 향의 볼을 잡아당기는 그. 그들의 얼굴에 환한 미소가 그득 묻었다.

"향아."

원은 향의 허리를 다시금 그러당겼다. 한 손에 다 잡히는 그 허리가 처연하고도 또한 곱다. 힐끗 얼굴을 들어 향과 눈을 마주한다.

"왜 자꾸 부르십니까."

"네가 좋다."

배시시 웃는 그. 어린아이처럼 해맑은 그 모습에 향 역시 미소를 지을 수밖에 없었다. 그에 원은 더욱 눈을 반달로 접으며 향과 몸을 밀착했다.

"이리 만질 수 있다는 것이 참으로 좋아. 네가 좋다. 네가 좋아."

손을 들어 향의 머리칼을, 이마를, 코를, 입술을 어루만진다. 거침 없어 보이는 손길이었으나, 그 끝은 떨리고 있었으니. 새로이 마주하게 되는 감정에 원 역시 적잖이 당황하고 있는 것이리라.

크흠, 그는 마른기침을 뱉으며 손을 되돌렸다.

"안개가 희뿌예 한 치 앞도 보이지 않는구나."

열린 창문, 그 안개로 가득하여 무엇도 보이지 않는 바깥을 내다본다.

"이 밤중에 나서다간 길을 잃고 헤매지 않을까 싶어 걱정이 되는구나. 기찬도 없는데, 궁인들에게 물어물어 돌아가기엔 흉한 꼴이 아니더냐. 하면……."

손끝이 오므려진다. 땀이 주르륵 배어 나와 애꿎은 옷자락을 부여잡을 수밖에 없었다.

"어쩔 수 없게도, 해가 뜰 때까지 기다릴 수밖에 없겠구나."

더운 날도 아닌데, 이리 바람이 불어오는데도 왜 이리 식은땀이 나는 것인지. 후, 손부채질을 하며 목 뒤에 흐른 땀을 닦아낸다. 후, 연거푸 짧은 숨을 내뱉고.

"무슨 말씀을 하시는지 모르겠……."

"함께 밤을 지새우자는 말이다."

원은 향의 허리를 재차 끌어안았다. 훅 다가온 뜨거운 기운이 향의 허리에서부터 퍼져 올라가 몸을 달뜨게 만들었다.

"어찌, 나와 함께 있겠느냐."

순간적으로 밀려온 바람에 등잔불이 소리 없이 사그라졌다.

붉게 타오르던 불이 사라짐과 동시에 방 안은 컴컴한 어둠의 기운이 그득해졌으니.

"아니, 함께 있자꾸나."

원은 향의 뒷목을 쓸며 그녀의 머리에 꽂힌 비녀를 풀어냈다. 쏟아지듯 흐트러지는 그녀의 머리칼. 그를 부드럽게 어루만지며 원은 향의 콧잔등에 살며시 입을 맞추었다.

　　작은 웃음을 내짓는다. 뺨을 쓰다듬으며, 향의 붉은 입술을 조금씩 탐하기 시작한다. 아랫입술을 자근자근 씹으며 혀를 집어넣는다. 하아, 누군가의 것인지 모를 뜨거운 숨결이 퍼졌다.

　　동시에 원은 향의 옷자락 속으로 손을 집어넣었다. 차가운 살결에 뜨거운 손이 닿아 이질감이 든다는 듯, 향은 허리를 움찔거리며 작은 신음을 내뱉었다.

　　"저, 전하……."

　　향은 제 귓불을 핥는 원의 뜨거운 숨을 느끼며 간신히 말을 내뱉었다. 뒤로 젖혀진 고개, 흐트러진 머리카락, 축축함이 가득하여 말갛게 보이는 얼굴. 원은 이를 눈에 담음에 제 허벅다리 부근이 무거워지는 것을 느낄 수 있었다.

　　창을 넘어 들어오는 달빛에 새하얀 살결이 더욱 더 환하게 비춰졌다. 그 모습이 너무나도 아름다워, 원은 잠시 숨을 가쁘게 내쉬며 손을 멈출 수밖에 없었다. 그러나 곧이어,

　　"웃……!"

　　향의 잇새를 통해 교성이 쏟아졌다. 이는 제 가슴을 움켜쥐고 쇄골을 따라 입을 맞추는 행위 때문이었다. 다른 손을 이용해 향의 허벅지 안쪽을 쓰다듬는다. 그 가장 은밀한 곳 부근까지 점차적으로 내려가, 빙글빙글 원을 돌리며 그녀의 살갗을 애태운다.

　　"후우……."

　　원은 향의 가슴에 묻었던 얼굴을 떼어 내며 숨을 내뱉었다. 웃옷을 거칠게 풀어헤친다. 곧, 따뜻한 온기가 오롯하게 느껴졌다.

"향아."

그 음성이 꽤나 달뜬 것 또한 느껴졌다. 향은 대답하고 싶었으나 차마 대답할 수 없었다. 이는 제 가슴을 그리고 다리를 쓰는 그의 손 때문이었다.

원은 향의 다리를 들어 그녀의 허벅지 안쪽에 입을 맞추었다. 살갗을 씹으며, 혀의 축축함으로 그 메마름을 적신다.

"그, 그만⋯⋯!"

향은 고개를 뒤로 젖혔다. 제 가장 은밀한 곳에 얼굴을 묻은 그 때문이었다.

척추를 따라 전율이 오른다. 형용할 수 없을 만큼의 오묘한 느낌이 몸에 가득했다. 아랫배가 묵직했다. 당장에라도 무엇을 해야 할 것 같이 몸이 뜨겁고 또한 진정되지 않았다.

"정말 그만하길 바라느냐?"

고개를 든 원의 말이었다. 스스로의 입술을 혀로 핥으며 자신을 내려다보고 있는 저 모습이 지나치게도 매혹적이다. 향은 대답치 못한 채 그저 입을 손으로 틀어막을 뿐이다.

"멈추라 하여도 내가 그리할 수 없다."

원은 다시금 향의 입술을 탐하며 그녀의 가슴을 움켜쥐었다. 오므리고 있는 허벅지를 벌린다. 단단한 무언가가 느껴졌다. 그것에 대한 부끄러움이 느껴지기도 전에,

"읏!"

그가 그녀 안으로 밀려 들어왔다. 향은 자신도 모르게 원의 목을 그러안았다. 제 안에서 팽창해 있는 그의 것이 너무나도 아팠으나 그럼에도 놓치고 싶지 않았다. 막을 수 없는 신음이 튀어나왔다. 그럼에도 향은 원을 그러안는 손을 놓지 않았다.

"이렇게 잡고 있으면 내가 힘이 들지 않아."

원은 향의 손을 떼어내며 그 손등에 슬며시 입을 맞추었다. 그리고 곧 향의 다리를 넓게 벌리고 그 허리를 끌어당겨 몸을 밀착시켰다.

"향아."

더욱 깊숙이 자신을 집어넣는다. 뒤로 젖혀진 향의 목을 어루만지며 그녀의 가슴에 입을 맞춘다.

"결코 너를 놓지 않겠다."

어둑하였던 방 안에 붉은 열기가 덧대어졌다.

뜨겁고도 달큰한 기운이 겹겹이 쌓이고 쌓여 결국엔, 톡 터져 버렸더란다.

✼

"마마. 기침하셨나이까."

김 나인의 목소리가 꽤나 달갑지 않게 들려왔다. 그렇게 향은 손을 뻗어 요를 세게 끌어당겼다.

푹신한 요 사이에 얼굴을 묻고 쌕쌕 가쁜 숨을 쉰다. 이대로 깊은 잠에 들었으면 싶었으나 문을 열고 들어온 김 나인에 의해 잠시의 행복이 깨져 버렸다.

"이러실 때가 아닙니다! 양제자가께서 찾아오셨습니다. 어서 일어나셔야 해요!"

양제? 향은 번뜩 떠진 눈으로 재빨리 몸을 일으켰다.

"양제가? 이 아침에?"

"예, 마마. 문후를 드린다고 하시는데……. 어휴, 말도 마세요. 목소리가 아주 쩌렁쩌렁해서……! 아니, 이럴 때가 아니지. 어서 일어나셔요. 채비를 하셔야지요."

"참, 별별 핑계를 다 대서 나를 찾아오는구나. 귀찮지도 않을꼬."

"그러게나 말입니다."

김 나인은 그 말에 동조한다는 듯 고개를 끄덕이며 향을 완전히 일
으켜 세웠다.

향은 문득 시선을 돌려 흐트러진 채 유지되고 있는 침상을 바라보
았다. 그러다 어젯밤 진원과의 일이 떠오른다는 듯, 고개를 휙 돌리며
눈을 내려 감았다. 후우, 붉어진 뺨을 손등으로 툭툭 치며 정신을 올
곧이 차렸다.


드르륵, 문이 열린다. 동시에 다소곳한 걸음을 걸어 방 안으로 들
어오는 한울이 보인다. 환한 미소를 입에 걸고, 밝은 빛을 두 눈에 담
으며 사뿐사뿐 걸어오는 그녀.

하, 향은 기가 찬 듯 한울의 전신을 내리훑으며 입꼬리를 틀어 올렸
다.

먼젓번 그리 모욕을 당했음에도 저리 당당한 꼴이라니. 기세가 좋
은 겐가, 아니면 생각이 없는 것인가. 도통 모를 일이었다.

"평안하셨나이까, 태자비마마. 좋은 아침입니다. 그렇지요?"

"그대만 없었더라면 참 좋았을 텐데 말이야."

향은 다소 날카로운 어조로 답하며 인상을 찌푸렸다.

전일 진원과 함께했던 밤의 흔적을 떠나보낼 준비가 되어 있지 않
은 상태에서, 이러한 한울의 급작스러운 방문은 결코 반가운 일이 아
니리라.

픽, 한울은 실소를 흘리며 어깨를 으쓱 올렸다.

"궁이 참 좋습니다. 이렇게 좋은 곳으로 거처를 옮기셨으면 제게도

언질을 해주셨어야지요. 그래야 선물 보따리라도 들고 오지 않았겠습니까?"

"그대의 선물은 받고 싶지 않다만."

"어찌합니까. 이미 준비를 하였는데."

한울은 저를 따라온 궁인에게 손짓을 하였고, 궁인은 재빨리 들고 온 비단 주머니를 다상에 내려놓기에 이르렀다.

향의 눈꼬리가 더욱 길어진다. 무슨 생각을 하고 있느냐고 묻고 있는 듯한 모습이었으나 한울은 모른 척하며 눈길을 피한다.

"마마를 위해 준비한 것입니다. 부디, 즐겨 써주시길."

주머니에 있던 것은 작은 패물함이었다. 향은 눈을 가늘게 뜨며 그 패물함을 열었다. 엶과 동시에, 역한 냄새가 올라왔다.

"……"

이는 본능적으로 알 수 있는 내음이었다. 피 냄새. 향은 면포로 그 물건을 들어 올리며 조소를 내뱉었다.

"피칠갑을 한 비녀로구나."

아직 응고되지 않아, 비녀의 끝을 따라 뚝뚝 떨어지는 핏방울이 보였다. 새빨간, 그러나 검게 보이기도 하는 그러한 핏줄기.

향은 허탈한 숨을 뱉으며 고개를 삐뚜름하게 젖히었다. 그리고 냉랭한 눈살을 여과 없이 쏟아내며 한울을 응시한다.

"미친 게지. 그래. 정녕 네가 제정신이 아니로구나."

"왜 그런 흉한 말씀을 하이옵니까. 소첩, 마마께 귀한 선물을 드리고자 한 것인데요."

"네년의 콧대가 어디까지 올라가 있는지는 몰라도."

향은 비녀를 한울에게로 내던졌다. 그녀가 입고 온 하얀 의복에 새빨간 핏물이 얼룩덜룩 배어든다.

"이는 당장에 곤장을 맞아도 별반 없을 만큼 흉한 죄이로다."

한울은 아랫입술을 꽉 깨물었다. 당장에 자신의 뺨을 내리칠 줄 알았는데, 멱살을 잡고 들어 올려 발길질을 할 줄 알았는데. 하여 그를 순군만호부에 고하여 태자비를 옭아맬 생각이었는데!

향은 몸을 움직이지 않았다. 그저 차가운 말길만을 뱉을 뿐, 오직 꿰뚫는 듯한 시선만을 내보일 뿐.

"김 나인."

"예, 마마."

"통째로 갖다 버리거라. 태우는 게 좋겠구나."

"마마!"

비단주머니를 김 나인에게 버리듯 쥐어주는 향의 모습에, 한울은 당황스러움을 여과 없이 드러내며 몸을 벌떡 일으켰다.

"제 성의를 무시하시는 것입니까?"

"두 번 성의를 받았다간 몸이 남아나지 않을 것 같은데. 김 나인. 들고 나가거라."

"마마!"

한울의 포효에도 불구하고, 향은 김 나인의 등을 떠밀다시피 해 그녀를 내보내기에 이르렀다.

탁, 문이 닫히는 소리 끝에 흉흉하게 변모한 눈으로 향을 노려보는 한울. 씩씩 콧김을 내뱉는 모습이 퍽이나 우습기도 하다.

"그리 보면 나보고 어찌하라는 게냐?"

"너무하십니다, 마마. 어찌 제 성의를 무시하여……."

"그 입."

쾅, 향은 다상을 내려치며 이를 바득 깨물었다.

"닥쳐라."

그 매섭도록 시린 말에 기가 눌린 것은 한울이요, 어쩔 수 없이 입을 다물 수밖에 없었으니. 별것을 하지 않았음에도 내뿜어지는 흉흉한 기운. 한울은 이토록 가까이 다가오는 무력감에 이를 바득바득 갈 수밖에 없었다.

그때, 다과가 준비된 듯 시탁을 들고 들어오는 나인 한 명.

소리 없는 걸음으로 걸어와 다상 옆에 무릎을 꿇고 앉아 조르르 차를 따르기 시작한다. 그러나 방 안에 퍼져 있는 살기와도 같은 기운에 억눌림이 당연한 터. 나인의 손이 바들바들 떨리는 것이 보였다. 그것이 기우가 되었고 곧 실재가 되었으니.

"꺄악!"

"자, 자가!"

손을 잘못 놀려 한울의 비단 옷자락에 그만 찻물을 흘리게 되었더란다.

그에 서둘러 몸을 일으켜 뜨거운 찻물을 털어내는 한울. 당황한 기색이 역력한 얼굴로 한울의 옷자락을 닦아주는 나인. 향은 움직이지 않은 채 그러한 둘의 모습을 가만히 바라보았다. 그때.

짝!

나인의 왼뺨이 돌아간다.

향은 두 눈을 휘둥그레 뜨며 반쯤 몸을 일으켰다.

"이, 이 옷이 얼마인 줄은 알고 함부로 행을 하는 게냐? 네년의 몸을 팔아도 사지 못하는 옷이다! 감히, 감히 나인 따위가……! 거기 뭣들 하느냐! 이 계집년을 끌고 가지 않고!"

짝! 재차 나인의 뺨을 때리며 한울이 한 말이었다. 그러나 궁인들은 움직이지 않는다. 퍼렇게 날이 선 향의 시선을 느꼈는지, 어깨를 움츠리며 숨을 몰아쉴 뿐.

"내 말이 들리지 않느냐? 당장 이 계집을 끌고 가 문초를 하라 하지 않았……!"

"양제."

기어코 향이 몸을 일으켰고. 향은 무거운 발을 내디뎌 한울에게로 가까이 다가갔다.

감히, 감히 내 궁의 궁인에게 손찌검을 했겠다. 감히, 나를 기만한 것으로도 모자라 내 궁인에게까지……!

손이 부들부들 떨렸다. 분이 올라오고 올라와 숨이 턱턱 막히기에 이르렀다. 감히, 감히!

그러나. 침착해야 했다. 이제는 궐의 여인이 나와 한울, 단둘밖에 없는 터. 쉬이 행동했다간 나뿐 아니라 진원의 명성에까지 금이 갈 수 있으리라.

과거처럼, 있지도 않은 자존심을 긁고 긁어 드러내려고 노력하던 때는 지났다.

이제는 내 위치에 맞게, 그리고 나의 옆을 지켜주는 진원의 명성에 맞게 행동해야 할 터. 향은 숨을 깊게 들이마시고 또 깊게 내쉬며 바르르 떨리는 눈가에 힘을 주었다.

"이제는 그 뾰족한 이를 숨기지 않는구나. 이젠 모든 것이 드러나 포기했다는 뜻인가? 아니면 남은 악을 긁어모아 마지막 발악을 하고 있는 것인가?"

향은 벌벌 떨고 있는 나인을 뒤로 숨겨주며 한울을 향해 분노를 가감 없이 표출했다.

"그것이 무슨 말씀이십니까? 발악이라니요! 제가 잘못한 것입니까? 저 계집년이 손을 잘못 놀려……!"

"감히 내 허락 없이 희선당에 출입한 죄. 내명부의 기강을 잡는 것은 나임에도 불구하고 희선당의 궁인을 벌하려 한 죄. 감히 내 앞에서 큰 소리를 낸 죄. 이럼에도 네가 죄가 없다 할 수 있으냐? 네 죄가 없어?"

"하오나 마마!"

"당장."

분을 가라앉히려는 듯, 이 화기를 내려앉히려는 듯 계속해 숨을 깊게 내뱉으며 치맛자락을 세게 움켜쥔다.

당장에라도 저 머리채를 휘어잡고 뺨을 갈기고 싶었건만.

참아야 한다. 참아야만……!

눈을 올려 뜬다. 뜨거운 화염이 솟구치고 있는 눈동자로, 한울의 파리한 낯빛을 직시한다.

"나가라, 나의 궁에서."

향은 궁인들에게 이끌려 방을 나가는 한울을 뒤로하여 몸을 돌리고 앉았다.

그리고 비가 주룩주룩 흐르는 창밖을 응시한다. '마마, 마마!' 들려오는 소리를 무시하며.


이른 아침, 날은 지극히도 청명하건만, 황도에 삼삼오오 모여든 대신들의 얼굴은 좋지 않다.

수심이 그득한 듯 거뭇거뭇한 어둠이 그득 담겨 있다. 저마다 근심거리를 뱉으며 대담하는 그들. 그 대화의 주제는 필시 먼젓번 황태자가 언급했던 '과거제' 때문이리라.

아주 오랫동안, 되짚어 올라가면 개국 당시로 올라갈 정도로 오랫동안 자리를 지키며 제 자식에게, 제 손자에게 자리를 물려주었던 그들. 이미 뿌리가 깊게 박혀 절대로 내쳐질 일이 없다 생각했건만.

과거제라니? 한낱 평민들에게 시험령을 내려 관직에 오르게 만든다니?

말도 안 되는 일이다. 감히, 우리의 공을 생각한다면 감히 그럴 수 없는 일이었다!

그러나 황태자 진원은 절대 철회할 생각이 없어 보였으니.

과거제가 진행된다면, 그의 뜻을 받드는 수족들이 눈덩이처럼 불어날 것이고, 그렇게 된다면 대신들은 둘 중 하나를 선택해야 하는 수밖에 없었다.

지금이라도 황태자에게 붙어 그의 명을 따르는 것과 아니면 끝끝내 반대를 외치다 이황자의 수족들처럼 목이 쳐지거나 유배를 가게 되는 것.

아마도 대다수의 대신들은 전자를 택할 테지만, 개중에는 제 뜻을 꺾지 않으리라 다짐하는 이들 역시 존재했다.

그렇기에 오늘의 편전이 중요한 것이리라.

그들은 발을 더욱 재우쳤다. 자신들의 생명줄이 담긴 편전의 안으로.


"……하면, 올라온 상소는 모두가 처리된 것인가?"

진원의 위엄찬 목소리가 공명하듯 울려 퍼졌다. 그에 좌첨의중찬은 고개를 주억거리며 대답한다.

"그렇사옵니다, 전하."

진원은 턱을 어루만지며 입가를 정돈했다.

말하지 않아도 알 수 있었다. 이다음에 나올 말은 필시 과거제에 관한 이야기일 것이라. 그렇기에 대신들은 모두가 허리를 빳빳이 세우며 곧 날아들 언사에 대한 반격을 준비했다. 그러나.

"여기까지 하지. 물러가거라."

이러한 만반의 준비를 무시한다는 듯, 태연자약하게도 말을 마치는 진원. 그에 대신들의 눈이 휘둥그레 떠지는 것은 당연한 일이었다.

"왜들 그리 멀뚱멀뚱 서 있는 것인가? 남은 것이 있는가?"

진원은 주춤거리며 몸을 움직이지 않는 대신들을 바라보며 말을 이었다. 빙그레 웃음을 띠고 있는 저 모습에서, 컴컴한 속을 가지고 있는 뱀의 날름거림이 느껴졌다.

빌어먹을. 아주 우리를 가지고 노는구나.

누군가의 생각이었으나, 이는 만인 공통의 뜻일 터. 대신들의 미간에 깊은 주름이 그어졌다.

"전하. 과목거인제(科目擧人制)에 대해 논해야 된다고 사료되옵나이다."

과거제? 진원의 나른했던 눈빛이 어느새 첨예한 가시가 되어 대신들에게 쏘아졌다.

"내 말하지 않았느냐? 과거제에 대한 논의는 내 즉위식 후에 나누겠노라고. 내 말을 잊은 것인가?"

"그, 그것은 아니옵니다."

"하나 전하, 즉위식의 날짜가 아직 잡혀 있지 않으니 지금에서부터라도 찬찬히 논의를 하여야……"

"논의를 한다 해보았자 그대들은 반대할 의사가 충분하지 않은가? 어차피 답이 나와 있는 것. 미리부터 의논해 괜히 골치를 썩을 필요는 없을 테지."

진원의 눈빛이 흐트러진다. 그들의 속내를 모두 파악하고 있다는 듯, 초월한 모습이다. 그 오만한 모습에 대신들의 이가 꽉 깨물려짐은 당연한 일이리라.

"저는 아닙니다, 전하."

짧았던 침묵을 깨뜨린 누군가의 목소리였다. 모두가 고개를 돌린다. 그리고 목소리의 근원인 사공을 바라본다.

"사 년간 유랑을 하다 보니 알겠더군요. 평민들 중에 감탄을 금치 못할 만큼 뛰어난 이들이 많다는 것을요. 그들을 그대로 버려두는 것은 국가적 손실이라 사료되옵니다."

그의 빙그레 웃는 모습에, 대신들 모두는 경악을 금치 못한 얼굴로 그를 쳐다보았다.

사공의 아들이 황태자와 가깝다는 것을 알고는 있었으나, 이리도 당당하게 황태자를 지지하고 나설 줄은 몰랐다.

사공이라 하면 삼공 중 하나. 적잖은 권력을 쥐고 있는 이이니…….

머리가 데굴데굴 굴려진다. 이미 승세는 황태자에게로 넘어간 듯싶다.

"……간만에 돌아와, 간만에 옳은 소리를 하는군."

"허허, 칭찬으로 듣겠나이다."

진원의 뼈가 담긴 말에 사공은 간단하게 받아치며 대답했다. 그에 헛웃음을 내뱉는 원.

도겸의 뻔뻔한 언사가 누구 닮았나 했더니 말이야.

그는 사공에게로 던졌던 시선을 되돌리며 대신들을 바라보았다. 유려한 선을 그리는 입술을 떼어낸다.

"그리도 황제 폐하를 찾아가 귀찮게 하더니, 즉위식 날짜는 듣지 못했나 보군?"

힉, 누군가가 숨을 크게 들이마셨다. 아마도 지난날 황제의 거처를 문지방이 닳도록 다닌 이일 것이다.

"열매달 스무날."

원은 몸을 벌떡 일으켰다. 더 이상의 논쟁은 필요 없으리란 생각에서 비롯된 행동이었다.

"준비토록 하여라."

천천히 발을 내디딘다. 고개를 조아리고 식은땀을 뻘뻘 흘리는 대신들을 지나치며 보이지 않는 비소를 입가에 그려냈더란다. 사공의 얼굴에 그려져 있는 것과 같은 비소를.


후우.

진원은 긴긴 숨을 내쉬며 한 손으로 머리를 쓸어 넘겼다.

몰려온 사람들로 인해 발 디딜 수 없을 만큼 꽉 차 있던 황도는 황량하여 공허해진 지 오래. 진원은 그러한 정경을 가느다란 눈으로 직시하며 이를 바득 깨물었다.

아마도, 대신들은 지금쯤 삼삼오오 모여 머리를 맞대고 갖은 꾀를 내고 있으리라.

당장 섭정을 중지하라는 상소를 황제에게 보낼 테고, 다음 열리는 편전에 참석치 않을 수도 있을 터였다.

그러나 진원은 두렵지 않았다.

'어디, 해볼 테면 해보아라'라는 심정으로 그들을 지켜볼 뿐, 그는 아무런 반격도 하지 않을 것이리라.

'아주 조금만⋯⋯.'

진원은 멀지 않은 훗날 다가올 행복한 미래를 그리며 이 끔찍한 삶을 영위하고 있는 것이었다.

조금만, 아주 조금만 참으면 된다. 이 빌어먹을 짓거리도.

원은 힘을 주었던 몸에 기운을 풀고, 다시금 긴 숨을 내뱉으며 내관이 씌워주는 우산 아래 발을 내디뎠다. 그때.

"……희선당의 궁인들이 아닌가?"

"예, 예. 맞습니다, 전하."

애기 나인 두 명이 시야에 들어왔다.

그녀들은 초조하다 못해 울 것 같은 표정으로 길을 걷고 있었는데, 품에 싸들고 있는 주머니에서 삐져나온 약초들이, 그들이 태의감에 다녀왔음을 방증해 주고 있었다.

태의감? 향이 아픈 것인가?

급작스런 불안감. 진원은 걸음을 멈춘 채, 뒤에서 자신을 지켜보고 있는 내관을 향해 문을 던졌다.

"희선당 궁인들이 여까지 무슨 일이냐. 혹, 알고 있는 것이 있더냐?"

"그, 그것이……."

부르튼 입술에 흠뻑 침을 묻히며 살포시 고개를 떨어뜨린다. 침묵을 유지하려 했건만, 진원의 내리꽂히는 눈빛에 어쩔 수 없이 입을 열수밖에 없었다.

"양제자가께서 희선당 애기 나인에게 손찌검을 하셨다 하여…… 그래서 나인들이 태의감에 간 것인가 봅니다. 큰일은 아니니 염려치 마시옵소서."

"양제가…… 희선당 궁인에게?"

하! 진원은 헛웃음을 내비치며 두통이 이는 관자놀이를 꾹꾹 내리눌렀다.

그리 호통을 쳤던 것이 엊그제인데, 또다시 정신 못 차리고 일을 벌였단 말인가.

아마도 과거, 한울에게 큰 힘을 실어주었던 것이 문제인 듯싶었다.

이 역시 내 잘못이요, 내 과오일 테지.

"……가자."

그렇다면, 내가 바로잡아야 할 터였다.

"예선당으로."


"아악!"

한울은 제 머리를 쥐어뜯으며 고래고래 소리를 내질렀다.

두꺼운 가체는 흘러내린 지 오래. 엉망이 된 몰골로 허공을 향해 소리를 지르는 한울의 모습은 흡사 귀녀(鬼女)와도 같아 보였다.

"빌어먹을 계집! 찢어 죽일 계집!"

한참 악을 지르던 한울은 결국엔 풀썩 주저앉아 바닥을 손으로 쾅쾅 내려치며 눈물을 흘리기에 이르렀다.

제가 한 잘못이 무어가 있던가? 수장에게 문후를 드린 것밖에 없지 않아!

그런데도 이리 수모를 줘? 궁인들이 모조리 모여 있는 그곳에서?

빌어먹을 년! 제 주제도 모르고 마구잡이로 날뛰는……! 내 반드시 그년의 사지를 찢어주리라! 그 오만한 콧대를 누르고 당당히 황후가 되리라!

한울은 이를 바득바득 갈며 주먹을 세게 움켜쥐었다.

태생 때문인 것인가. 아니면 태위의 교육이 잘못되었던 것인가.

한울은 저의 잘못을 모른 채, 알려 하지도 않은 채 단향에게 받았던 수모로 인한 분노만을 표출하고 있었다. 그녀의 머릿속에는 이미 저가 했던 행동은 담겨 있지 않으리라. 오직, 단향이 했던 말과 행동만을 기억할 뿐.

쾅! 쾅!

재차 바닥을 내려치며 포효의 괴성을 내지른다. 치밀어 오르는 분노의 기운을 여과 없이 드러내는 그 모습에, 궁인들은 혹여 저에게 불똥이 튈까 몸을 사리고 있다. 그러나 더욱더 커져가는 목소리에, 혹여라도 바깥으로 소리가 새어 나갈까 염려가 되는 모양이다. 서로서로 눈치를 보던 궁인들 중 한 명이 어쩔 수 없이 한울에게 다가갔다.

"자, 자가. 고, 고정하시옵소서."

휙 고개를 쳐드는 한울. 새빨갛게 변한 그네의 눈동자에 시린 빛이 일었다.

"고정? 고정하게 생겼느냐! 왜, 고정치 않는다면 어찌할 것이냐? 태자비에게 쪼르르 달려가 고할 것이냐? 또다시 나를 나락으로 떨어뜨릴 것이냔 말이다!"

"아, 아닙니다, 자가!"

"나를 비웃는 게야. 감히 나인 따위가 나를 업신여기는 게야!"

"꺅!"

"자가!"

한울은 삽시간에 손을 뻗어 궁인의 머리채를 잡아 올렸다. 짜악, 짝, 오른손을 들어 궁인의 뺨을 수차례 내려친다.

그렇게 뺨과 입술에서 피를 토해내는 궁인이 혼절하기 직전에, 바깥 복도에서 쿵쿵 발소리가 들려오기 시작했다.

"태자 전하 납시오!"

내관의 우렁찬 목소리가 들려왔다. 곧이어 거센 소리를 내며 열리는 문.

열린 문 너머로 보이는 것은, 미간을 짙게 찌푸리고 눈꼬리를 곧추올린 채 한울과 널브러진 궁인을 바라보고 있는 진원.

하, 그의 굳게 닫혔던 입술에서 허탈한 숨이 흘러나왔다.

"저, 전하!"

한울은 잡고 있던 궁인의 머리채를 내동댕이치며, 이 혼잡한 상황을 무마하고자 애를 썼다.

그러나 이미 진원의 두 눈에 담긴 것은 정신이 나간 계집처럼 옷자락을 풀어헤치고 머리는 산발이 된 채 피를 뚝뚝 흘리는 나인을 잡고 있던 한울이렷다.

"대체…… 무얼 하고 있던 것인가?"

"휴, 흉한 꼴을 보였습니다. 송구하옵니다."

"그 꼴은 무엇이며, 나인은 왜 이리 널브러져…… 아아, 됐다. 다들 물러가거라."

원은 이마를 짚고 고개를 절레절레 흔들며 대답했다. 이 요상한 상황을 어찌 받아들여야 하는지 고심하고 있는 눈치이다.

그때에 한울은, 창밖을 내다보고 있었다. 어슴푸레한 저녁노을이 넘실거리는 서산 너머를 바라보고 있었다.

저녁, 이제 곧 밤이 될 터. 이러한 시간에 황태자가 자신을 찾아왔다. 이는 필시.

"그리 멀뚱멀뚱 서서 뭣들 하느냐! 당장 목욕물을 준비하지 않고! 전하, 대번에 욕간을 치워놓을 터이니 잠시 앉아 계시옵소서. 아아, 참. 술이라도 내오라 전할까요?"

초야를 치르고자 온 것이다. 나와 함께 밤을 지새우고자 온 것이야.

한울의 진갈색 눈동자가 욕망의 빛으로 번뜩였다. 풀어진 앞섶을 바득 쥔다. 그러나 그 모습을 마주한 진원의 얼굴에는 조소가 그득 묻어 있었으니.

"욕간? 그곳을 왜 치운다는 말이냐? 목욕물은 웬 말이고?"

"시간이 늦지 않았습니까. 전하께서 이리 찾아오실 줄은 몰랐습니다. 홍등도 채 달지 않았는데요."

"홍등?"

어처구니가 없다는 듯 삐뚜름하게 고개를 젖히며 한 손으로 얼굴을 쓸어내린다. 그러다 곧,

"하! 하하하! 하하하!"

박장대소를 하며 웃는 그. 그러한 원의 모습에 한울의 얼굴이 조각조각 금이 나기 시작했다.

뚝 멈춘 웃음소리. 동시에 원의 눈이 섬뜩하게 번뜩였다.

"내가 너를 취하고자 이곳에 발걸음한 줄 아느냐?"

"예……?"

"무엇을 바라느냐."

한울은 진원의 말뜻을 알아듣지 못했다는 듯, 의아함을 내비치며 원에게로 한 걸음 가까이 다가갔다. 그러나 들리는 것은,

"무엇을 바라기에 그리 고삐 풀린 망아지처럼 궐을 돌아다니냔 말이다!"

방 안을 쩌렁쩌렁하게 울리는 진원의 외침뿐.

한울의 어깨가 움직이기 시작했다. 분기에 의한 열기가 그 어느 때보다도 더욱 뜨거웠다.

"네가 한 짓이 내 귀에 들어오지 않을 줄 알았느냐? 네 일거수일투족을 내가 모를 줄 알았냔 말이다!"

"하, 하오나 전하!"

"내 전일 했던 말을 잊은 게냐? 그리도 머리가 아둔한 게야? 쥐 죽은 듯 가만히 살라는 말을 알아듣지 못한 것이냐!"

"전하, 그 일에는 소상한 까닭이 있었……!"

"그 입, 다물어라."

그 사나운 목소리에 한울은 자신도 모르게 주춤 뒷걸음질을 쳤다. 그만큼 원의 눈빛이 형형했기 때문이었고, 그만큼 원의 언사가 지독하여 매서웠기 때문이었다. 한울의 눈동자에 차차 힘이 빠지기 시작했다. 독기로 인해 바들바들 떨리던 눈가가 차차 젖어듦이 보였다.

포기한 것인가? 아니, 아니, 잠시 멈춘 것이다. 말을 멈추고, 마음을 멈춘 것이다. 잠시의 침묵. 후에 떨림이 그득한 울대가 불현듯 달싹였다.

"저, 저를."

손을 뻗는다. 원의 옷자락을 세게 붙잡는다. 그러나 올곧이 힘이 들어가지 않을 터. 주르륵 흘러내리는 마음처럼 손 역시 주르륵 흘러내린다.

"은애한다…… 하지 않으셨습니까."

원은 대답하지 않는다. 그저 무심하여 무정한 표정으로 한울을 가만히 내려다볼 뿐. 그 모습이 마치 부정을 뜻하는 것 같아, 아니, 정녕 부정을 뜻하고 있었기에, 한울은 힘이 빠진 손을 바르쥐며 두 눈을 질끈 내리감을 수밖에 없었다.

"오직 저뿐이라고……!"

목청을 틔운다. 간헐적으로 떨리는 한울의 몸뚱이가 처연하고도 안쓰럽기도 하다. 그러나 아무런 몸짓 없이, 아무런 것도 담겨 있지 않은 눈으로 한울을 바라보는 원.

한울은 그러한 원의 모습이 믿기지 않다는 듯, 슬쩍 떠올렸던 눈을 내리감으며 입술을 꽉 깨물었다.

"전하의 마음을 가진 것은 오직 저뿐이라고! 그렇게 말씀하시지 않으셨습니까! 그 말이 귓가에 선연한데, 전하의 말이, 눈이, 행동이 계속해 떠오르는데! 왜, 왜 거짓을 말하십니까. 저, 전하, 거짓이지요.

아니, 아니. 제가, 제가 꿈을 꾸고 있나 봅니다. 그렇지요. 전하께서 제게…… 제게 이럴 수는 없지요. 이리하실 수는 없지요."

한울은 진원의 팔을 잡아끌며 그의 손을 꽉 부여잡았다. 두근두근. 불규칙적으로 뛰는 한울의 맥박과 진원의 맥박이 뒤엉킨다.

그래, 우리는 항시 이리 손을 잡지 않았어. 우리는 항시 다정히 말을 섞지 않았어. 그러니, 그러니 제발 거짓이라고……

"흉한 꼴을 보여주는 걸로도 마지않아 이젠 정녕 미친 척을 하는 게냐?"

말해주길 바랐건만. 어찌하여 나의 가긍한 부정마저도 짓밟아 버리는 것인지.

한울은 자신을 뿌리치려는 진원의 다른 손마저 꽉 붙잡으며 악을 지르듯 외쳤다.

"여, 연모합니다! 정히, 정히 이 마음을 다하여 연모합니다. 이런 제 마음을 아시지 않습니까!"

"나를 연모한다라……"

"그래요. 무엇을 원하느냐 물으셨지요. 저는 전하를 원합니다. 전하의 마음을 원합니다. 과거, 그때처럼 저를 성심으로 아껴주시던 전하를 원한단 말입니다!"

"하하! 하하하!"

그는 억지로 꾸며내는 듯한 헛웃음을 크게 내뱉으며 한울의 손목을 움켜쥐었다.

"네가 은애하는 것은 내가 아니요, 하여 네가 진정 원하는 것은."

손목을 잡은 손에 힘을 준다. 핏줄이 올라온 손등이 그가 적잖은 화를 내고 있음을 방증해 주고 있었다.

"내가 아닌 이 자리임을 모를 줄 아느냐?"

"어, 어찌 그런 말씀을 하시옵니까! 저는, 소첩은……!"

"그대는 항시 그러했지."

탁, 손을 뿌리친다. 그리고 발을 내디뎌 방 안 깊숙이 들어간다. 구석구석을 천천히 둘러보는 그. 자개장 문을 비집고 튀어나온 진주 목걸이가 눈에 들어왔다. 픽, 비소를 걸어 올린다.

"아닌 척, 나를 위하는 척하며 뒤꽁무니로 챙길 것은 다 챙기는 것이 말이야."

"전하!"

진원은 그 패물함을 바닥으로 내던졌다. 촤르륵, 흩뿌려지는 패물이 수십 개요, 금화가 수백 개렷다.

"그대가 그대의 친인척들에게 한 말을 알고 있는데 말이야. 어찌, 그대도 기억하는지 모르겠군."

삽시간에 싸늘해진 얼굴. 불이 타오르던 눈동자에 어느덧 냉기가 그득하고, 차가운 상고대가 얼기설기 맺히기 시작했다.

"그대가 후(后)가 된다면, 육부의 상서 자리는 떼 놓은 당상이라 말하고 다녔다지? 그 병신 같은 육도를 추원사에 밀어 넣으려 했다지? 황실의 금은보화는 다 네 것이니, 태위에게 붙어 있으라 그리 말했다지?"

"저, 전하, 저, 저는 그런 적이 없사옵니다. 누, 누구에게 들으셨는지 모르겠으나, 저, 저를 믿어주시옵소서. 무언가 오, 오해가 있으신 겁니다!"

"감히 내게 거짓을 고하는 것이냐!"

원은 소리를 내지르며, 당황한 기색이 너무도 역력하게 보이는 한울에게로 다가갔다.

그래, 두려운 것일 테지. 네가 한 짓이 드러날까 봐, 네가 한 말들이 수면 위로 떠오를까 봐. 그렇기에 저리 파리해진 낯빛으로 나를 보고 있는 것일 테지.

원의 입꼬리가 점점 더 찢어 올라가기에 이르렀다.

"네가 무슨 말을 하는지, 네가 무슨 짓을 하는지 나는 모든 것을 다 알고 있다. 하니 허튼 짓거리는 하지 않는 것이 좋을 게다."

한 뼘도 안 되는 거리에서 눈을 마주하고 저리 날카로운 말을 내뱉는 진원의 모습이, 오늘은 낯설지가 않다.

익숙…… 해진 것일까. 이리도 빠른 시간 내에.

한울은 주먹을 꽉 쥐며 고개를 아래로 떨어뜨렸다.

진원이 어찌 알았는지는 모르겠으나, 그의 말이 하나도 틀린 것이 없었기 때문이렷다. 그렇기에 창피함에 얼굴을 들지 못하고 이만 바득바득 가는 것일 테지.

"저 빌어먹을 장신구들도 치워 버리는 것이 좋겠군."

"전…… 하……."

한울은 제 꼴이 어떤지도 생각지 못한 채, 뚝뚝 검은 눈물방울을 흘리며 앞섶을 꽉 부여잡았다.

흘러내린 옷 사이로 하얀 가슴팍이 훤하게 보였으나, 진원은 오히려 미간을 찌푸릴 뿐 그를 바라보지 않았다.

"왜…… 저를 미워하시는 것입니까? 왜 저를, 제게, 제게 왜! 저는 아무것도 한 것이 없는데! 제가, 제가 전하의 사랑을 갈구한 것이 그토록 큰 죄란 말입니까? 정녕 그것이 죄란 말입니까?"

애원하듯 매달리는 한울의 말. 그리고 어느새 다가와 자신의 도포를 움켜잡은 한울의 손.

"그것은 죄가 아니다."

원은 재차 치미는 분을 삼키며 한울의 손을 우악스럽게 뿌리쳤다.

"하나, 마음을 이용하려 했던 것은 크나큰 죄이니."

반쯤 고개를 돌린다.

"너는 나를 연모하지 아니했다."

그 음성이 유독 시렸다. 이는 첨예한 얼음 화살이 되어 한울의 마음을 꿰뚫었으니.

"나 역시 마찬가지다."

결국에, 한울은 진원의 발밑에 주저앉아 그의 바지 자락에 꺽꺽 숨을 토해내기 시작했다.

열린 문, 삼삼오오 모여 방 안을 몰래 들여다보고 있는 궁인들과 내관의 모습이 보였다. 그들의 얼굴엔 당혹스러움이, 더불어 비웃음이 묻어 있었으니.

차라리 잘된 것이다. 저들이 이 광경을 본 이상 소문이 퍼지는 것은 순식간일 터. 그렇게 된다면 한울의 발이 묶이는 것은 물론이요, 태위에게도 적잖은 타격이 갈 터이니, 일석이조가 아니겠느냐?

원은 폭발하듯 들끓었던 가슴을 간신히 내려앉히며 아직까지도 제 발밑에 주저앉아 있는 한울을 바라보았다. 눈물방울이 그렁그렁 맺혀 있는 그 얼굴을 직시한다.

"한 번만 더, 비에게 찾아가 헛된 짓거리를 한다면."

한울을 찾아온 이유. 다시는 마주하고 싶지 않았던 한울을 찾아온 이유.

"그때엔 정히 목이 달아날 각오를 해야 할 것이다."

이는 오직 단향을 비호하기 위해서였다.

하나 그는 간과했다. 짓밟힌 잡초일수록 악을 짜내고 짜내 끝까지 살아남는다는 것을.

그와 단향은 간과할 수밖에 없었으리라.

✲

"사공."

편전이 파한 후, 우르르 흩어지는 사람들 사이 태위의 목소리가 메아리치듯 울린다. 그에 빙그르르 몸을 돌리는 사공.

역력한 분기가 드러나는 태위의 얼굴과는 다르게 사공의 얼굴엔 장난스러운 미소가 그득하다. 이 역시 제 아들 도겸과 똑 닮은 모습이다.

"무슨 짓입니까."

그 날카로운 언사에 사공은 어깨를 으쓱 올리며 대답했다.

"무엇을요? 제가 뭘 했다고 그리 도끼눈을 뜨고 보십니까. 껄껄."

태위의 눈빛이 한층 더 첨예하게 변모한다. 저리 모르쇠로 일관하는 모습이 퍽이나 고깝다.

"왜 태자 전하께 찬성을 표했냐는 말입니다."

왜 모두가 반대하는 과거제를 찬성하고 나섰냐는 뜻.

태위는 사공에게 한 걸음 더 가까이 다가가며 가감 없는 분을 내뿜었다. 그러나 돌아오는 것은,

"화나셨습니까?"

"사공!"

자신을 놀리기라도 하는 듯 가벼운 어조의 말뿐. 태위는 인상을 바득 구기며 소리를 내질렀다.

하하, 사공의 입에서 야트막한 웃음소리가 흘러나온다.

"뭐, 별것 아닙니다. 뭣 모르는 햇병아리에게 일깨워 줄 것이 있어서 말입니다."

툭, 태위의 어깨에 손을 올린다.

"하나를 응한다면 그에 따른 결과가 처참하리란 것을요."

"사공."

"걱정 마시지요. 저는 대감의 편이 아닙니까?"

탁, 사공의 손을 내치는 그.

"제가 사공을 쉽사리 못 믿는 이유를 아시지 않습니까?"

본디 그대는 황제의 편이었고, 그대의 아들은 황태자와 각별한 친분이 있는 사이가 아니던가.

피식, 사공은 섬연한 미소를 입가에 덧그렸다.

"하하, 어찌 제 아들놈이라도 주어야 믿어주시려나?"

태위는 대답치 않는다. 아무리 장난스러움이 그득 묻어 있는 말이라 하여도, 그는 분명 허튼 말이 아닌 터.

무어라 답을 해야 할까 고민하는 눈치이다. 이를 모를 리 없는 사공은 말을 돌리려는 듯 부러 손뼉을 짝 치며 재차 목청을 틔웠다.

"그건 그렇고, 대감. 혹 폐위되신 이황자 저하께 밉보이기라도 하셨습니까?"

"······그건 무슨 말씀이십니까?"

"아니, 황자 저하께서 유배되신 곳에서 이상한 소문이 돌지 뭡니까. 일황자 저하를 해한 것은 대감이요, 대행 황후를 해한 것 역시 대감이라는 그런 이상한 말이요. 말도 안 되는 소리지만, 그를 믿는 백성들이 있어 걱정이 되더이다. 이 낭설이 확산된다면 양제께도 해가 갈 텐데······. 수를 써야 할 것 같아서 말입니다."

태위의 눈살이 찌푸려진다. 감히 누가 그런 허튼 소문을······! 아니, 아니, 허튼 소문이라 할 수는 없지. 개중에 절반은 맞는 것일 테니.

그의 손이 오므라진다. 차갑디차갑게 변모한 손끝에서 지독히도 역력한 분기가 내뿜어진다.

"……제가 알아서 하지요."

그는 말을 마치며, 제 마음을 갈무리해야겠다는 듯 재빨리 몸을 돌렸다. 그러나 그의 발을 잡아 쥐는 사공의 말이 뒤따랐다.

"감사의 인사는 어디로 가고요?"

"……예나 지금이나 생색내는 걸 참 좋아하시는군요."

"천성이라 말입니다. 하하."

사공은 나른한 미소를 지으며 대답했다. 그에 후우, 깊은 숨을 내뱉는 태위.

그와 과연 손을 잡아도 되는 것일까?

잠시 고민에 빠졌다만, 일단은 그것보다 더욱 중요한 것이 있었다.

"고맙습니다. 알아보도록 하지요."

이황자를 처리하는 것. 그의 목숨을 끊어놓는 것.

태위는 말을 마친 후 재차 발을 내디뎠다. 순식간에 시야에서 사라진 그를 바라보던 사공의 입가가 딱딱하게 굳어 들어가기 시작했다. 방금 전까지 보였던 장난기 그득한 모습은 사라진 지 오래.

아마도, 금년에는 겨울이 보다 일찍 찾아오리라.

✻

어두운 밤중, 마치 해돋음처럼 하얀 모래가 뿌옇게 올라오는 연무장.

그곳에는 간만의 휴식을 즐긴다는 듯, 제 몸집만 한 검을 들고 이리저리 발을 옮기는 기찬이 있었다.

그는 자신만의 세계에 빠져들어 한참 동안 홀로 몸을 움직이고 있

었는데,

"기찬!"

어디선가 들려오는 낯익은 목소리에 우뚝 몸을 멈출 수밖에 없었다.

소리의 근원으로 천천히 고개를 돌리자, 오른 다리를 절뚝이며 뛰듯이 걸어오고 있는 도겸이 보이는 것이 아닌가.

기찬은 당황스러운 기색을 역력히 드러내며 재빨리 도겸에게로 걸음을 향했다.

"나으리, 여긴 어인 일이십니까?"

"태자 전하를 찾으러 왔다. 전하는, 전하는 어디 계시느냐?"

"전하께서야 뭐……."

희선당에 있을 것이라고 말을 하려 했지만, 구태여 그를 언급할 필요가 없다는 생각에 기찬은 재빨리 입을 틀어막았다.

사실, 그는 도겸이 태자비를 주군의 비 이상으로 생각하고 있다는 것을 진즉에 알고 있었다.

태자비를 이야기할 때 도겸의 얼굴에 그려지는 그리움과 슬픔이라는 비애의 감정이 너무나도 또렷했기 때문이다.

그러나 이러한 도겸의 마음을 안다 한들 자신이 무엇을 할 수 있을까. 자신은 황태자의 호위일 뿐이니, 아무리 도겸과 가까이 지내고 있다 한들 그의 편을 함부로 들어줄 수는 없는 노릇이었다.

때문에 기찬은 어쩔 수 없이 거짓을 말해야 했다.

"저도 잘 모르겠습니다. 요새 통 두문불출하시는지라……."

말끝을 흐리는 기찬에 도겸의 눈가에 의심이 배어들었다. 그 따가운 시선이 못내 견딜 수 없어 기찬은 부러 고개를 돌렸다. 쿨럭, 헛기침을 뱉으며 뒷짐을 진다.

"그건 그렇고, 그래. 묻고 싶은 게 있었다."

"어떤 것을요?"

"아버지께서 편전에 참석하였다고 들었다. 그게 사실이더냐?"

그 생생하게 답해오는 말길에 기찬은 재차 숨을 죽였다.

"그것 역시 잘 모르겠습니다. 편전이야 뭐 저와 거리가 먼 곳이라서요."

"⋯⋯거짓."

냉랭하게 쏘아붙이는 눈빛. 그에 기찬은 뜨끔, 떨어지는 마음을 주워 담으며 어깨를 움츠렸다.

"봐주십시오. 함부로 입을 놀리다간 제가 혼이 납니다."

"궁인이랑 노닥거리는 것은 혼이 날 일이 아니고?"

"벌써 나리께도 말이 들어간 것입니까? 허허, 이것 참 큰일이군요."

"전혀 큰일처럼 보이지 않는데 말이다."

하하. 기찬은 헛웃음을 크게 터뜨렸으나, 도겸의 얼굴은 그와는 상반되게 인상이 짙게 찌푸려져 있었다.

도겸은 관자놀이를 꾹꾹 누르며 이는 두통을 가라앉히고자 노력했다. 좁혀진 미간은 풀어질 생각을 하지 않는 듯했다.

"참, 그건 그렇고⋯⋯."

휘파람을 불며 딴청을 부리던 기찬이 대뜸 건넨 말이었다. 도겸의 오른 눈썹이 사선을 그리며 올라간다.

"사공 대감께서는 아무런 말씀이 없으셨습니까?"

그 질문에, 도겸은 자신도 모르게 숨을 삼켜냈다. 혹, 알고 있는 것일까? 자신이 아버지와 함께 태위를 찾아갔다는 사실을. 아니, 아니. 그는 아닐 테다. 그 누구도 발설하지 않았을 터이니.

"말은 무슨. 아무 말도 없었다."

"나으리 역시 거짓이로군요."

도겸의 눈이 가늘어졌다. 미심쩍은 눈초리. 그 쏘아붙이는 눈발에 기찬은 어깨를 으쓱 올리며 고개를 까딱일 뿐이었다.

"뭐, 이제 사공께서 다시 돌아오셨으니. 나리의 작위도 올라가지 않겠습니까?"

그 조심스러운 말에 도겸의 입꼬리가 불현듯 올라갔다.

"그럴 테지."

아버지가 편전에 참한 것이 확신하다면, 나는 고작 비서승 따위가 아니라 조금 더 높은, 아니, 아주 더 높은 작위에까지 오를 수 있을 테다. 아버지의 후광을 받는 자리에까지. 그러나.

"하나 나는 오르지 못할 곳을 바라보는 멍청한 이가 아니라서 말이야."

내가 바라는 것은 오직 하나뿐. 권력도 아니요, 재물도 아니요, 오직 한 사람뿐이니.

그것을 가질 수 있는 것은 내가 아닌 황태자, 진원이 아니더냐?

그러니 오르지 못할 곳을 바라보면 아니 되는 게지. 감히, 나 따위가 푸르른 하늘을 올려다보아선 아니 되는 게지.

도겸은 빙그레 웃으며 두 눈을 내리깔았다. 파르르 떨리는 눈꺼풀, 그 속에 담긴 것은 과연 어떤 마음일까.

"글쎄요."

그러한 도겸의 모습을 지그시 응시하던 기찬의 목청이 느릿하게 트였다.

"오를 수도 있지 않겠습니까."

도겸의 눈에 차차 힘이 들어가기 시작했다. 그것은 기찬의 목소리에 담겨 있는 강단 때문이요, 그의 얼굴에 배어 있는,

"오르지 못할 곳에요."

확신 때문이었다.

재차 모래바람이 흩날린다. 그것은 동주궁의 처마에 내려앉아, 붉은 처마를 하얗게 물들여 버렸다. 아주, 새하얗게.

✳

이른 아침. 지저귀는 새소리가 음률처럼 널리널리 퍼지고 있었다. 이러한 때에, 김 나인은 조심스러운 발걸음으로 희선당을 나가고 있었다. 이는 전일, 제 방에 놓여있던 한 장의 서신 때문이었다.

약속된 장소에 당도한 김 나인은 고개를 이리저리 흔들며 주위를 살폈다. 혹여 다른 사람들이 없나, 아니면 혹여 서신을 보낸 사람이 나타났나, 살피는 눈짓이다.

휘이잉, 청명한 바람이 불어왔다. 이는 가을의 메마른 향을 품은 바람이었다. 건조하였으나 동시에 향긋하다. 김 나인은 제 뺨을 스치는 바람을 기꺼이 맞아들이며 평안히 눈을 깜빡였다.

"아아, 여기 계셨군요."

익숙한 목소리가 등 뒤에서 들려왔다. 기찬. 이를 당연히도 알고 있는 김 나인은 꽃처럼 환한 미소를 그리며 서둘러 뒤를 돌았다.

"나으리. 오셨……."

"저는 분명 동쪽 문고를 말하였는데, 왜 나인께서는 이곳에 계십니까? 여긴 서쪽이 아닙니까?"

그 말에 김 나인의 눈이 동그래진다.

아닌데, 분명 여기는 동쪽이…… 힐끗 하늘을 바라본다. 반대편 하늘에 걸려 있는 태양. ……동쪽이 아니구나. 김 나인은 어깨를 움츠리며 고개를 숙였다.

"그, 그게…… 제가 잘못 알았나 봐요. 어떡해. 죄송합니다……."

두 손을 맞잡고 푹 고개를 떨어뜨리고 있는 그 모양새가 꽤나 어여쁘다. 기찬은 이를 자신의 헛걸음에 대한 보상이라 받아들였는지, 녹녹히 웃으며 김 나인의 머리를 쓰다듬었다.

"되었습니다. 이런 것 역시 귀엽다 치지요."

자신의 손가락을 감싸는 그 머리칼마저 사랑스럽다. 기찬은 제가 한 생각에 놀랐던지, 애꿎은 헛기침을 내뱉으며 서둘러 손을 거두었다.

"한데, 저는 어쩐 일로 부르셨……."

"어어, 왜요. 꼭 일이 있어야 불러야 합니까?"

"아, 아, 아니요! 그런 건 아닙니다."

쿡, 기찬은 실소를 터뜨렸다.

"부탁드릴 것이 있어서 말입니다."

네? 김 나인은 고개를 갸웃거리며 기찬과 시선을 마주했다.

"비서승 나리께서 희선당을 찾을 때마다 제게 말해주십사 합니다."

"비서승…… 나리요?"

기찬은 고개를 주억거렸다. 이는 짐짓 진중한 모습이었으므로, 김 나인의 얼굴이 사뭇 굳는 것은 당연한 일.

사실, 그녀조차 알고 있었다. 도겸이 단향을 품고 있다는 사실을, 그리고 그의 눈빛이 차차 변모하고 있다는 사실을.

"네. 알겠습니다."

때문에 김 나인 역시 짐짓 진중한 얼굴로 답하였다. 이 모습마저 귀여운 것일까. 기찬의 입가에 몽글몽글한 미소가 피어올랐다.

"저는 하루 이틀정도 궐에 없을 겁니다."

"네, 네?"

"전하의 심부름 때문이지요. 보고 싶어도 참으셔야 합니다. 아셨지요?"

"보, 보, 보고 싶다니요! 그, 그럼 말씀은……."

그녀는 새빨개진 얼굴로 또다시 고개를 숙였다. 기찬은 이렇게도 놀리는 것이 재미있다는 듯, 눈썹을 까딱이며 그런 김 나인을 가만히 내려다보았다.

"허, 하면 언제쯤 돌아오시는지요?"

다시금 시선을 올린 김 나인의 말이었다. 자신도 모르게 손을 뻗어 기찬의 옷자락을 잡는다.

"왜요. 마중이라도 나오실 생각입니까?"

"아니요! 그, 그냥…… 구, 궁금해서……."

"아, 그러십니까? 참으로 아쉽습니다. 마중이라도 나온다 하면 기일을 당겨보려 했는데요. 그러신다니 어쩔 수 없지요. 최대한 느릿느릿하게 다녀오도록 하겠습니다."

"나으리! 저, 저를 놀리시는 것입니까?"

김 나인의 얼굴이 홍당무처럼 붉게 타올랐다. 그 모습이 더더욱 귀여워 보여 기찬은 작은 웃음을 속으로 삼킬 수밖에 없었다.

툭, 손을 놓는 김 나인. 기찬은 천천히 떨어지는 손끝을 바라보며 짤막하게 말했다.

"궐을 나갈 생각은 없으십니까?"

휘둥그레지는 눈. 그의 말뜻을 짐작치 못할 리 없었기 때문이다.

궐을 나가자. 곧, 궁인의 신분을 버리고 자신과 함께…….

여기까지 생각이 마친 김 나인은 자신도 모르게 제 입을 틀어막으며 숨을 들이마셨다.

"저, 저는……."

내리꽂히는 기찬의 시선을 애써 피한다.

"마마의 옆에 있어야 합니다."

연정을 느끼는 사내라고는 하나, 감정 따위에 휘둘려 마마를 버리고 나갈 순 없다. 그 무엇이 되었든, 내 신분이 궁인이라는 것은 변함이 없을 테니.

김 나인은 무언가를 결심한 듯, 굽혔던 목을 빳빳하게 펴고 자신을 바라보고 있는 기찬과 눈을 마주했다.

"마마를 섬기기로 결정한 몸, 한낱 나인 따위가 궐을 박차고 나간다 할 수 없지요."

그 의연한 듯 꼿꼿해 보이는 모습에서, 태자비마마가 떠오른다 하면 착각일까.

기찬의 반쯤 벌어진 입술에서, 기분 좋은 웃음소리가 흘러나왔다.

"마마의 옆에 있기만 하면 된다는 뜻이지요?"

"……네. 그러합니다."

"그럼 되었습니다."

기찬은 손을 들어 김 나인의 머리를 쓰다듬었다. 그 부드러운 손길에 기분이 좋아져 김 나인은 반사적으로 오른 눈을 찡그렸다.

"빠른 시일 내에 다녀오도록 하겠습니다."

툭, 손을 떼어내는 그. 그러곤 김 나인이 말릴 새도 없이 북문을 향해 뛰어가기 시작했다.

아…… 아쉬운 마음에 김 나인은 허공으로 손을 뻗었으나, 이내 그 손을 되돌리며 양손을 맞잡았다.

가슴이 들뜬다. 그러나 또 한편으로는 가슴이 무겁다.

결코 이루어질 수 없는, 결코 이루어지면 아니 되는 관계. 이를 그 누구보다 잘 알고 있기 때문이리라.

　김 나인은 떨어지지 않는 발걸음을 겨우겨우 떼어냈다. 자신을 주시하고 있는 눈동자가 형형하게 빛나고 있음을 알지 못한 채.


　높고 청명한 가을 하늘 아래.

　푸르렀던 잎사귀들은 끄트머리서부터 시작해 누런색으로 변모하고 있었고, 제 자식을 붙잡을 힘을 잃은 가지들은 하나둘씩 껍질을 벗겨내며 월동 준비를 일찍이 하고 있었다.

　그러나 그럼에도 바람은 따사롭다. 한기를 감추고 있는 것일 터였으나, 피부결로 와 닿은 바람의 감촉은 부드럽다 못해 간드러지게 느껴졌다.

　이러한 선선한 기류가 좋다는 듯, 궐을 오다니는 궁인들의 얼굴에는 함박꽃이 피어 있었으나.

　"하! 궁인과 호위의 연정이라니?"

　오직 예선당만큼은 계절의 변화가 빗겨간 듯, 푸근하고 넉넉한 가을의 영향이 닿지 않는다는 듯, 한울의 얼굴에는 초조함과 긴장감이 여실하게 드러나 있었으며, 구겨지다 못해 난맥이 드러난 낯빛은 고왔던 기색을 단번에 감추기에 충분한 터였다. 바득, 이를 꽉 깨문다.

　"눈물 없이는 들을 수 없는 이야기로구나. 어쩜 제 주제도 모르고 기어오르는 꼴이라니!"

　"그렇지요, 자가? 시종은 제 주인을 닮는다던데, 그리 주제를 모르는 모양새는 비와 똑같은 모양이더군요."

　한울의 첨예한 말에 다른 궁인들은 고개를 푹 숙이며 그 시선을 피해냈지만, 김 나인의 이야기를 전해준 듯 보이는 나인 한 명은 빳빳하게 고개를 들며 말을 쏟아냈다. 그 언사가 꽤나 마음에 들었다는 듯,

한울은 비스듬히 웃으며 나인을 바라보았다.

"한 치의 거짓도 없는 것이렷다?"

"그럼요, 자가! 미천한 소인, 어찌 하늘 같은 자가 앞에서 거짓을 고할 수 있겠나이까. 무려 두 번을 보았나이다. 부디 믿어주시옵소서!"

"그렇단 말이지……."

한울은 눈을 가느스름하게 뜨며 왼손에 턱을 괴어 올렸다.

이러한 낭설을 통해 필시 얻을 수 있는 것이 있으리라. 향의 수족을 잘라낸다던지, 혹은 그네의 명성에 흠을 낸다던지…….

픽, 입꼬리를 틀어 올린다.

"오늘 일은 비밀로 유지한다. 곧 때가 올 것이야."

"예! 여부가 있겠습니까!"

나인은 한울의 앞에 고개를 조아리며 재빨리 대답했다. 얍삽한 모습이었으나, 그간 자신이 두려워 제 옆에 오지도 못하였던 다른 궁인들을 생각하면 이 정도는 눈감아줄 수 있는 이였다.

철컹, 나인의 앞에 엽전 꾸러미를 던져 준다.

"그년의 일거수일투족을 알아오거라. 내 맘에 드는 것을 알아오면 그 돈의 세 배를 주겠다."

"여, 여부가 있겠나이까! 감읍하옵나이다!"

예로부터 사람을 부리려면 돈을 쥐어주라 하였다.

한울의 입가에 괴괴한 웃음이 떠오른다. 이번 판은 내가 승보를 울리리라 다짐하면서.


김 나인은 조심스러운 걸음으로 희선당의 대문을 열었다. 딱히 잘 못한 것은 없지만, 기찬과 함께 있다 돌아오는 길이면 죄를 지은 듯 마음 한구석이 무거웠다.

끼이익, 대문이 열리고. 까치발로 살금살금 길을 걷는 김 나인. 그때.

"다녀왔느냐?"

"꺅!"

어깨를 팍 붙드는 손에 김 나인은 기겁하며 쾅 엉덩방아를 찧기에 이르렀다.

"뭘 그리 놀라. 귀신이라도 본 것처럼."

살포시 눈을 찡그리며 김 나인을 일으키는 향. 그네의 치맛자락에 묻은 먼지를 털어주는 모습이 너무도 다정하게 보여, 마치 어미가 딸에게 하는 행동 같다. 김 나인의 놀랐던 마음이 차차 가라앉기 시작한다.

"어딜 다녀오느냐?"

향은 구깃한 종이 한 장을 김 나인 앞에 흔들며 말했다. 저는 분명기찬이 준 서신인데……! 김 나인의 낯빛이 삽시간에 파리해졌다.

"주, 죽을죄를 지었나이다!"

"……음?"

향은 제 앞에 머리를 처박는 김 나인이 이해가 되지 않는다는 듯, 뺨을 긁적이며 고개를 갸웃거렸다.

"가, 감히 궁녀 신분으로 사내를……."

"되었다. 무슨. 그런 시답잖은 것으로 내 앞에 무릎 꿇지 말거라."

"마, 마마……?"

"되었고 조반이나 내어줘. 여간 배가 고픈 게 아니야."

향은 스스럼없이 웃으며 말했다. 그 기운이 여간 녹녹한 것이 아니기에…… 김 나인은 제 마음 역시 어느새 평안히 가라앉는 것을 느낄 수 있었다.

"네, 마마. 당장 준비토록 하겠습니다!"

그리 말하며 벌떡 몸을 일으킨다. 그러나 곧이어,

"콜록! 콜록……."

향의 때 아닌 마른기침에 화들짝 놀라며 향의 손을 부여잡았다.

"마마, 어쩐 일로 기침을……? 편찮으신 것입니까? 고뿔이라도 걸린 것이어요?"

"콜록……. 괜찮아. 목이 조금 아픈 것뿐이야. 푹 쉬면 나아질 게야."

"하오나……."

향은 그러한 걱정을 두어 내리라는 듯, 작게 웃음을 비치며 고개를 내둘렀다. 그러나 김 나인은 물러설 생각이 없다. 작은 병을 그대로 두면 큰 병이 됨은 당연한 이치일 터. 지금이라도 그 뿌리를 뽑아야 함이 마땅할 테다.

"태의감에 다녀오겠습니다."

"아니, 괜찮대도."

"아니요! 당장 다녀오겠습니다. 빨리 뿌리를 뽑아야지요. 네?"

그 구구절절 맞는 말에 향은 단호하게 뱉던 말을 되돌리며 입을 내밀었다.

"……많이는 얻어오지 말고, 조금만 얻어오거라. 별건 아니니."

"네! 금방 다녀오겠습니다!"

그에 환하게 웃는 김 나인. 재빨리 자신이 걸어왔던 길을 되돌아 뛰어갔다.


태의감.

바쁜 걸음으로 태의감의 문을 두드린 김 나인은 숨을 돌릴 틈도 없이 태의를 붙잡고 우다다 말을 쏟아냈다.

마마가 기침을 하신다. 목이 아프신지 계속 목을 만지고 계시더라. 얼핏 만져 보니 열도 나시는 것 같다. 이러다 혹여 쓰러지시면 어찌하나. 제발 약을 달라.

'기침을 하는 것'은 사실이지만 그 외에는 모두가 김 나인의 망상이었으니, 이를 눈치챈 태의는 고개를 주억거리며 김 나인을 진정시키고자 애를 썼다.

"마마께서 기침을 하신다는 말이지요?"

"예, 그렇사옵니다. 하니 부디 좋은 약을 처방해 주십사 합니다. 이러다 마마께서 쓰러지시면……!"

"그럴 일은 없으실 겁니다. 잠시만 기다리십시오."

김 나인의 말허리를 뚝 끊는 태의. 그는 건너편에 서 있는 주약에게로 큰 소리를 내질렀다.

"이보게! 가서 마가목을 가져오게나!"

예, 예. 중얼거리듯 대답한 주약은 서둘러 약방으로 들어갔다.

비단 주머니에 마가목 껍질과 열매를 넣었으나 주머니의 끈은 매듭짓지 않는다. 이리저리 눈치를 보며 얼마 전 한울이 건네주었던 때죽나무와 족두리풀, 그리고 지네보리의 가루를 함께 넣는다.

꽉 매듭을 짓는 주약. 재차 눈치를 살피며 홀로 서 있는 김 나인에게로 뛰듯이 다가간다.

"이를 팔팔 끓는 물에 넣고 두 시 정도 더 끓이십시오. 그 물을 하루 세 번 마신다면 말끔히 낫게 되실 겁니다. 아, 안에 들어 있는 가루는 드실 때 한 움큼씩 넣으시면 됩니다."

"감사합니다, 나으리! 마마께서도 분명 좋아하실 거여요!"

"별말씀을."

주약은 자신의 양심이 쿡쿡 찔리는 것을 애써 모른 척하며, 함박웃음을 내짓고 있는 김 나인을 애써 무시했다. 집에서 자신만을 바라보고 있는 가족들을 떠올리며, 그렇게 애써.

✳

"……그게 무슨 말씀입니까?"

여전히 퀴퀴하고 너절한 작은 고방. 익숙한 풍경이다. 이는 태위의 비밀 모임이 항시 열렸던 장소임이 틀림없다.

이러한 추측을 확신하게 만들어주는, 널찍한 탁자에 자리를 잡고 앉아 있는 태위와 그의 수하들. 그리고 태위의 맞은편에 앉아 목소리를 높이고 있는 사공.

얼굴이 새빨개져 역력한 노기를 내고 있는 사공과는 다르게 태위는 너무나도 여유롭다. 팔짱을 낀 채 삐뚜름한 얼굴로 사공을 바라본다.

"사공께서 말씀하지 않으셨습니까? 아들놈이라도 넘겨주어야 믿을 것이냐고. 예, 저는 그래야만 사공을 믿을 수 있을 것 같습니다."

"하나!"

사공은 보이지 않게 주먹을 바득 쥐었다. 이리도 분을 내는 이유는 태위의 말이 정히 얼토당토않은 것이기 때문이었다. 그 말인즉슨,

"제 아들내미에게 살생을 저지르라 명하란 말입니까?"

도겸에게 일을 떠넘기자는 것이었고, 그 일이란 즉슨,

"그것도 다름 아닌 황족을요!"

이황자를 시해하라는 것이었다.

말도 안 되는 소리! 절대! 사공은 고개를 거차게 흔들며 눈을 번뜩였다.

"죄를 지어 유배된 이입니다. 더 이상 황족이 아닙니다."

그러나 태위는 물러설 생각이 없어 보인다. 단호한 언사로 재차 자신의 뜻을 따르라 언급할 뿐.

이황자가 냈다던 그 소문이란 너무도 터무니없는 것이었으나, 본디 허무맹랑한 소문일수록 퍼지기 쉬운 법이었다.

만약 이것이 퍼져 적의 모든 백성들에게 알려지게 된다면…… 자신뿐 아니라 한울에게도 피해가 갈 것이리라. 그렇게 된다면 진원은 이때다 싶어 한울을 내치려 할 테지.

태위는 목을 꼿꼿하게 펴고 어깨를 세웠다.

소문을 타파하는 방법은 단 한 가지. 낭설을 처음 언급한 이를, 죽이면 되는 것이다.

하나 내 손을 더 이상 더럽힐 순 없을 터. 적당한 이를 찾아야 하거늘. 그 와중에 눈에 들어온 것은 사공의 아들, 과거 기도위에까지 올랐던 이.

바로 비서승 도겸이었다.

그를 이용한다면 제 손에 피를 묻히지 않아도 될뿐더러, 이를 빌미 삼아 혹시라도 있을 사공의 변심을 막을 수 있는 기회가 될 터이니, 어찌 좋지 아니한가.

그렇기에 태위는 사공에게 강경히 나가고 있는 것이리라. 이것만이 가장 좋은 수일 테니.

"더불어, 비서승이 다리를 쓰지 못하게 된 원흉이 아닙니까? 하니 이번 기회를 통하여 설욕을 갚으면 되는 것일 테지요. 일석이조. 좋은 일이 될 수 있습니다."

"이보시오, 태위."

"철회할 생각 없습니다. 만약 응하지 못하시겠다면 잠자코 나가주십시오."

그의 말에는 망설임이 없다. 이를 알아채지 못할 리 없는 사공은 꾹 입을 다물곤 형형한 눈빛을 그대로 쏘아냈다.

"……고민해 보겠습니다."

"시간이 얼마 없다는 점 기억해 주십시오."

대답치 않는다. 싸늘하게 굳은 얼굴로 그를 응시할 뿐.

사공은 벌떡 몸을 일으키곤 재빠른 몸짓으로 고방을 나섰다. 거듭하여 욕설을 읊조리며.


"개 같은 자식!"

그는 아직도 정정한 힘이 남아 있는지 벽을 주먹으로 쾅쾅 내려치며 차오른 분을 표해내기에 이르렀다.

그럼에도 분은 풀리지 않는다. 젠장맞을!

이것이야말로 제 꾀에 제가 넘어간 셈이다. 이를 어찌한다. 정녕 어찌한다!

그렇게 한참을 사공이 고민하고 있을 때, 어둠 속에서 바스락거리는 소리가 들려왔다. 그곳엔,

"아버지……? 무슨 일이십니까?"

걱정스러운 표정으로 조심스레 다가오고 있는 자신의 아들, 도겸이 있었다.

쾅, 사공은 재차 벽을 내려친다. 세게 쥔 주먹에는 분기에 의한 떨림이 그득하다.

"할 말이 있다."

그 너무도 진중한 모습에 도겸은 초점을 맞추고자 미간을 살풋 찌푸리며 사공에게로 가까이 다가갔다.

"내가 이리도 급작스레 돌아온 이유를 알고 있느냐?"

"아버지가 말씀을 안 하시니 알 수 있을 리가요."

사공은 이마를 꾹꾹 누르며 미간을 찌푸렸다. 이를 여기서 공개하고 싶지 않았지만, 이미 물은 엎질러진 터. 그래, 차라리 지금에 아는 것이 나을 수도 있었다.

사공의 꽉 깨물었던 입술이 차차 열린다. 그 입술을 비집고 나온 말은.

"너를 황제로 만들기 위함이다."

감히 입에 거론할 수도 없을 만큼 막중한 말. 그에 도겸의 숨이 멈춘 것은 당연한 일이요,

"아버지!"

비명이 튀어나오는 것은 또한 당연한 일이었다. 그의 눈이 부릅떠진다. 삽시간에 하얗게 질린 얼굴은 그가 얼마나 당황했는지를 짐작할 수 있게 하였다.

"천부당만부당한 말씀이십니다. 가, 감히……! 절대요! 다시는 그런 생각 하지 마십시오!"

"개국공신인 우리가 황제가 되지 못할 이유는 없지 않느냐?"

사공은 엉킨 수염을 천천히 빗어 내리며 눈을 희번덕 올려 떴다.

"너도 알고 있지 않느냐? 이 나라를 건국하실 때, 태조가 어찌하여 환조의 빛을 받게 되었는지."

"……표, 표결을 하셨다 들었습니다."

"그렇지. 그리고 태조와 가장 비등하게 지지를 받은 가문이 어디인 줄 아느냐?"

그는 빳빳하게 굳은 채 숨을 죽이고 있는 제 아들의 어깨에 손을 올리며 말을 이었다.

"바로 우리다."

"하나, 그것은 너무도 오래된 일이 아닙니……."

"자그마치 이백 년이다! 아니, 이백 하고도 오십 년이지. 겨우 공신 몇 명의 차이로 자리를 차지한 것치고는 너무도 긴 시간이었다. 하니."

도겸의 어깨를 세게 움켜쥔다. 늙은이의 주름진 손임에도 불구하고 들어가는 악력은 웬만한 성인 남성보다 큰 힘이었다.

"이젠 우리가 우리의 자리를 찾아야 한다."

……여기까지가, 진원이 자신에게 보냈던 서신의 내용.

총명함이 그지없어 교묘하기까지 한 그는, 산수를 유랑하며 즐거운 생을 보내고 있던 사공의 마음을 단번에 쥐어 잡았더란다.

어쩔 수 없을 테지. 이미 여기까지 왔으니.

"아버지!"

돌아갈 수 없다.

그는 도겸의 앞에 무언가를 내던졌다. 어슴푸레한 달빛을 이용해 그를 자세히 보자, 그것은 다름 아닌 가문의 문양이 새겨진 장검이었다.

다소 계획이 흐트러지긴 했지만, 이 길로 가나 저 길로 가나 어차피 끝나는 지점은 같을 것임을 알기에, 돌아갈 수는 없었다. 멈출 수는 없단 말이다.

"이황자를 죽여라."

이는, 도겸을 위한 것이니. 그리고 하나뿐인 친우의 아들을 위한 것이니.

"그래야 네가 새로운 시대를 열 수 있을 것이다."

사공의 말은 흔들림이 없었다. 오직 흔들리는 것은 스산한 가을바람으로 인해 요동치는 밤하늘, 그것뿐이었다.

✳

　"……맛이 쓴데."

　불쾌감이 묻어 있는 이러한 목소리가 들리는 곳은, 희선당. 향의 처소였다. 때문에 목소리의 주인이 향인 것은 너무도 당연한 일.

　향은 김 나인이 건네주는 약을 밀어내며 입을 다물었다. 찡그린 눈매에서 거부감이 묻어난다.

　"그래도 드셔야지요! 주약께서 말씀하시길, 이것만 드시면 씻은 듯이 싹 낫는다 하셨습니다. 눈 딱 감고 드셔요. 네?"

　"……써."

　김 나인의 애걸에도 향은 도리질을 하며 입을 꾹 다물었다. 그 모습이 영락없는 어린아이와도 같아 보여 김 나인은 비져 나오려는 웃음을 겨우 삼켜냈다. 크흠, 헛기침을 뱉는다.

　"다 드시면 다과를 내오겠습니다. 조청이 듬뿍 들어간 과자를 가져다 드릴게요."

　조청? 그간 몸에 좋지 않다 하여 내오지 않던 것이 아닌가.

　향의 눈매가 가느스름해졌다. 어수룩한 거래였지만, 그네의 말마따나 눈 딱 감고 약을 먹는다면 후에 찾아올 즐거움이 더 크지 않을까.

　그렇게 생각한 향은 손으로 코를 틀어막은 후 벌컥벌컥 약을 들이마셨다. 씁쓰레한 내음이 입안에 그득하다.

　"지금…… 당장 다과를 내오지 않는다면 화가 날 것 같은데 말이야."

향은 킥킥대며 입을 틀어막고 있는 김 나인을 톡 쏘아보며 말했다.

"금방 가져오겠습니다!"

그에 재빨리 방을 뛰쳐나가는 김 나인. 그 모습을 바라보고 있던 향의 얼굴에 만족스러운 미소가 그려졌다.

휙, 몸을 돌린다. 그리고 창가 쪽으로 다가가, 늘 하던 것과 같이 창틀에 턱을 괴고 바깥을 내다본다.

어슴푸레한 저녁.

감청색의 하늘과 붉은 노을의 빛이 오묘하게 조화를 이루어 장관을 만들어내고 있는 때이다.

잦아드는 새 울음소리는 적적함을 동행했고, 모든 소리가 사라진 자리에 잎사귀들이 서로를 스치는 스산함이 채워졌다.

이러한 고요는 때로 공포심을 유발하지만, 목하 보이는 정경은 공포가 아닌 즐거움을 주는 것이었다. 그렇기에 향의 입가에 작은 미소가 걸어 올라가는 것일 테지.

향은 천천히 눈을 내리감았다. 코를 간질이는 가을의 내음을 보다 집중하여 느끼고 싶었기 때문이다. 그러나 멀지 않은 곳에서 들려오는 요란한 소리 덕에 사색은 삽시간에 깨졌으니.

쿵, 쿵!

무거운 발소리가 들린다. 동시에,

쾅!

부서지듯 열리는 문.

향은 화들짝 놀란 가슴을 가라앉히며 재빨리 뒤를 돌아보았다.

"전…… 하?"

그곳에는 진원이 있었고, 그는 향이 무어라 말을 잇기도 전에 쿵쿵 뛰어와 향을 꽉 끌어안기에 이르렀다.

"괘, 괜찮은 것이냐?"

그의 심박동은 가늠하지 못할 정도로 세차게 뛰고 있었고, 그의 품에 안김과 동시에 땀 냄새가 훅 풍겨왔다.

"무엇을 말하시는 것입니까? 아니, 아니, 이 땀은 무엇이고요? 뛰어오신 것입니까?"

향은 진원을 애서 밀쳐 내며 그의 뺨에 손을 얹었다. 찬바람을 맞고 온 것이 분명한데 그의 뺨은 뜨겁다 못해 팔팔 끓었으며, 이는 그가 그 먼 길을 삽시간에 뛰어왔다는 것을 방증해 주는 것이기도 하였다.

"네가 아프다 들었다."

예? 향은 반문하며 고개를 들었다. 고개를 듦과 동시에 마주친 진원의 눈은 사시나무 떨듯 떨리고 있었으며, 축축하게 젖어 있었다.

"직접 태의감에 찾아가다니! 대체 얼마나 아프기에 네 발로 찾아갔단 말이냐! 괜찮은 것이냐? 어디가 아픈 게야. 응?"

직접 간 것이 아니오라…… 향은 해명을 하려 했지만, 이리 안달이나 발을 동동 굴리는 진원의 모습이 퍽이나 귀여워 보여 잠시 입을 다물어야겠다는 판단을 내렸다. 슬쩍 눈을 내린다.

"그 말에 여기까지 뛰어오신 것입니까? 남들이 보면 어찌하시려고요. 흉이 됩니다."

"남들의 눈이 무어가 중요하더냐. 네가 아프다는데."

원은 그리 말을 뱉으며 향의 이마에 손을 짚어보기도, 목에 손을 대기도 하며 향의 통증에 대한 근원을 찾으려 노력했다. 떨리는 손끝을 느끼며 향은 재차 튀어나오려는 웃음을 삼킨다.

"저는 괜찮습니다. 가벼운 고뿔밖에 되지 않아요. 김 나인이 호들갑을 떨어 그네를 태의감에 보낸 것뿐입니다. 걱정치 않으셔도 돼요."

허공을 떠도는 원의 손을 두어 잡은 채 빙그레 웃음을 짓는다. 들끓었던 마음을 한순간에 가라앉게 만드는 그러한 웃음.

"······괜한 거짓은 아닐 테지?"

원의 거듭된 반문이었으나, 그가 진정되고 있음이 확연하게 드러났다.

"제가 전하께 가짓부렁을 고할 이유는 없지 않아요. 정말 괜찮습니다."

"하아······."

원은 긴 숨을 뱉으며 헝클어졌던 머리를 쓸어 넘겼다. 그리고 향의 어깨를 끌어당겨 제 품에 집어넣는다.

"다행이다."

쿵, 쿵, 심장 뛰는 소리가 가까이 들린다. 마주 닿은 가슴에서 가슴으로 진동이 전달된다. 그것은 격렬한 떨림이었으나, 반대로 향의 마음은 안온해지고 있었다. 그가 자신을 끔찍이도 여긴다는 사실이 증명되었기 때문일까. 그녀의 눈이 부드럽게 감겨진다.

"여기까지 뛰어오는 동안 내 무슨 생각을 했는 줄 아느냐? 네가 정녕 죽을병에 걸린 것이 아닌가, 하면 나는 어찌 살아야 하나. 하늘이 무너지는 줄 알았어. 눈앞이 깜깜했다. 네가······ 사라질까 봐."

"전하."

향은 횡설수설 말을 뱉는 진원의 뺨을 뭉그러뜨리며 단호히 말했다. 그의 이러한 모습은 흔히 볼 수 없는 모습임이 분명하였으나, 이쯤에서 매듭을 지어야만 했다. 더 두었다간 무슨 생각을 할지 두려웠으므로.

"정말 별것 아닙니다. 자, 보셔요. 멀쩡하지요?"

한 걸음 뒤로 물러나 빙그르르 몸을 돌린다. 그리고 진원과 눈을 마주하여 빙긋 웃음을 지어 보인다. 더 이상 걱정치 않아도 된다는 뜻. 이를 당연히도 알아차린 진원은 헛웃음을 뱉으며 한 손으로 얼굴을 쓸어내렸다.

"……고맙구나."

무엇이요? 향은 반문하였고, 진원은 연이은 대답 대신 향의 손을 끌어당기며 눈을 마주쳤다.

"모든 것이."

맥박이 뛰고 있는 손목에 살며시 입을 맞춘다. 뜨거운 열기가 물밀듯 들어오고, 방금 전 진원의 박동과 같이 향의 맥박이 거세지기 시작했다.

휙, 손을 되돌린다. 자신도 모르게 굽이친 감정을 갈무리하겠다는 듯, 고개를 절레절레 흔들며 마른 입술을 가다듬는다.

"그, 그런데…… 전하."

향에게 재차 손을 뻗던 진원의 고개가 흔들렸다.

"저 문은 어찌해야 할까요?"

향의 손이 가리키는 곳에는 형체를 알아볼 수 없을 만큼 엉망진창으로 부서진 문짝이 존재했다.


달빛은 영롱했고, 그 뒤를 따르는 별빛들의 나직한 빛 역시 낭랑했다. 근근이 떠다니는 조각구름은 이러한 풍경을 한층 더 고즈넉하게 만들어주었고, 역시 근근이 들려오는 새 울음소리가 정경을 한층 더 폭넓게 만들었다.

지극히도 아름다운 공간.

그러나 이러한 곳에 오직 한 명만이 너무도 쓸쓸하게 서 있었는데, 그 이질감이 묘하게 다가와 사뭇 긴장감을 서려냈다.

"하, 하하……."

그 이는 바로 도겸. 그는 고목나무를 타고 주르륵 내려앉으며 허탈한 실소를 내뱉었다.

무릎을 그러모아 그 속에 얼굴을 파묻는다.

눈을 질끈 내리감는다.

그럼에도 방금 전 보았던 광경은 잊혀지지 않는다.

귀를 세게 틀어막는다.

그럼에도 귓가에 내리꽂혔던 웃음소리는 사라지지 않는다.

"우욱……."

도겸은 헛구역질을 하며 흙바닥에 머리를 대고 몸을 웅크렸다.

아, 가슴이 너무 아파. 갈기갈기 찢긴 듯 너무도 아파.

그는 혹시라도 소리가 새어 나올까, 한 손으로는 입을 틀어막고 다른 한 손으로는 바닥을 세게 내려치며 애써 울음을 안으로 삼켰다.

……부르고 불러도 닿지 않는 그 이름.

"태자비마마."

붙잡고 끌어안아 연정을 고할지언정,

"마마."

다시는 내게 돌아올 수 없는 그 이름.

"향……."

오직, 단향이리라.

그는 끝끝내 울음 섞인 외침을 터뜨렸다. 그러나 그 외로운 외침은 그의 손에 틀어막혀 새어 나가지 않았으니.

마치, 그의 틀어막힌 마음인 것만 같아…….

"하아, 하아……."

그는 거친 숨을 몰아쉬며 몸을 일으켰다. 그리고 간신히 눈을 떠

밝은 빛이 새어 나오고 있는 창을 올려다보았다.

"향."

그리고 황태자 진원.

그들은 서로를 바라보며 세상에 둘도 없는 환한 웃음을 비추고 있었다. 그것에서 비롯되는 것은 두터운 정이요, 연정이니…….

"하하……."

그는 고개를 뒤로 젖히며 허탈한 웃음을 내뱉었다.

단향을 먼저 만난 것은 나였다.

단향을 먼저 연모한 것은 나였다.

내가 황태자였더라면, 내가 그였더라면……!

내가 저 자리에 있었을 텐데. 내가 향의 사랑을 받을 수 있었을 텐데!

"나였더라면……."

그는 자신도 모르게, 아비가 건네주었던 검을 꽉 틀어쥐었다.

땀이 흥건한 손바닥이었지만, 그 검만은 놓치지 않는다. 마지막 동아줄이라는 듯 더욱 세게 움켜쥔다.

"용서…… 해 주십시오."

부디, 이것이 나의 욕망일지라도.

그의 눈에 밤이 깃든다. 아주 컴컴하고 짙은 밤이. 그 속에 감춰진 것을 알 수 없을 만큼 깊은 밤이.

❊

"마마, 약 드실 시간입니다."

김 나인은 멀끔하게 고쳐진 문을 밀어 열며 향에게 다가갔다.

문이 열림과 동시에 보이는 것은 향의 단출한 방의 내부였고, 더불어 향이……

"콜록, 콜록……."

"마마! 괜찮으십니까?"

김 나인은 헐레벌떡 향에게 뛰어가기에 이르렀다.

향은 제 가슴을 주먹으로 내려치며 마른기침을 쉴 새 없이 내뱉었는데, 그리 병의 기운을 토해내는 향의 얼굴은 너무도 파리하여 흡사 중병에 걸린 것처럼 보였다. 그에 김 나인이 당황함을 감추지 못하는 것은 당연한 일이었다.

"콜록…… 괜찮지 않아. 약을 잘못 지어온 것이 아닌가? 어째 기침이 더욱 심해지는 것 같은데."

"그, 그럴 리가요. 태의께서 직접 말씀하신 것이었고, 주약께서 특별히 신경을 쓰셨다 한 것인데요. 그럴 리…… 없습니다."

김 나인의 말은 단호함을 품고 있었으나, 말끝을 흐리는 것이 저 역시 의아함을 느낀다는 것을 표하고 있었다.

"한데 왜 이리 기침이…… 콜록, 콜록."

"오후에 다시 태의감을 찾아가 보도록 하겠습니다. 일단은…… 조금만 계셔요. 따뜻한 차라도 내오도록 하겠습니다."

김 나인은 향에게 면포를 건네주며 대답했다. 향은 면포로 입가를 닦으며 인상을 살풋 찌푸린다.

차마 형용할 수 없는 고통이 야금야금 폐부를 갉아낸다. 돌덩이가 내려앉은 듯 무겁기도 하고, 벌레 수십 마리가 들어앉은 듯 근질근질하며 또한 따가웠다.

아니야. 단순한 고뿔일 게야. 다소, 심한 고뿔이…….

향은 그리 스스로를 위안하며 천천히 눈을 내리 감았다. 아주, 천천히.

✳

세상은 적요했다.

밤이라는 지칭에 걸맞게, 한 치 앞도 보이지 않을 만큼 어두웠으며
앙상한 바람 소리 역시 들리지 않을 만큼 적적했다. ·

……어떤 일이 찾아들어도 이상하지 않으리라.

적양. 이황자 정현의 유배지.

본디 유배라 함은 중죄를 지은 자를 타관 땅에 보내 종신토록 하
는 형벌이다. 가족들과 생이별을 하고 두 번 다시 고향 땅을 밟지 못
하는 대신, 노역에 종사하지 않는다는 점에서 한때 높은 신분이었던
죄인들을 나름대로 대우해 주는 형벌이었다.

그러나 이 역시 죄벌임은 변함없을 터. 더욱이 황제의 큰 노여움을
산 이황자에게는 유배가 단순한 귀양살이가 아니었다.

위리안치(圍籬安置).

시종의 동반이 금지됨은 물론이요, 집 주위에 탱자나무로 가시울타
리를 쳐, 흡사 감옥살이나 다를 바 없는 격리 조치였다.

이러한 가시울타리는 높이가 오 장(丈)이 다 되었고, 둘레가 오십
척이었다. 이는 대낮에도 햇빛이 드리워지지 않다는 것을 의미하였다.

더불어 열흘에 한 번씩 음식을 주는 경우를 제외하고는 집으로 들
어가는 출입문은 항상 자물쇠로 잠겨 있었으니.

산 무덤.

적양의 고을 사람들이 정현의 집을 이르던 말이었다. 그 누구도 들
어갈 수 없으며 그 누구도 나오지 못하였으니 그리 이를 수밖에.

그러한 곳에, 쥐 죽은 듯 누워 있던 정현은 벽에 걸려 있는 새끼손가락만 한 작은 호롱불을 바라보며 서슬 퍼런 비소를 내뱉었다.

"하, 하하⋯⋯."

그는 한 손으로 얼굴을 쓸어내리며 두 눈을 감았다.

왜 이리된 것일까.

한때 남부럽지 않은 권세를 쥐고 있던 나인데, 차기 황제는 내가 될 것이리라 확신하던 때가 있었는데! 모든 이들의 우러름을 받았던 나인데!

왜, 왜, 왜!

그러나 거듭 부정해 보아도, 이리 나락으로 밀려 떨어진 이유는 그 역시 알고 있으리라.

그는 하얀 껍질이 올라온 부르튼 입술을 꽉 깨물며 눈을 번뜩 올려떴다.

그의 시야에 보이는 것은 피투성이가 된 황후의 얼굴과 이미 바스러질 대로 바스러져 백골이 된 재민의 모습이었다.

비죽배죽 입꼬리를 찢으며 자신에게 손을 뻗는 황후와 딱, 딱, 소리를 내며 목을 움켜쥐는 재민이 더 이상 놀랍지 않았다. 아니, 놀랍지 않았으며 두렵지도 않았다.

눈을 감아도 떠도 틀어막아도 항시 보였던 그들이니. 이제는 익숙해진 것일까. 아니면 자신이 지은 죄에서 비롯된 형벌이라 생각하여 겸허히 받아들이는 것일까.

픽, 손을 휘저으며 재차 눈을 감는다.

휘이잉—

거친 바람 소리가 들려온다. 산기슭에 위치한 집이라 하루에도 수십 번 살찬 바람의 손길이 닿는 것은 당연한 일이었다.

그러나 오늘따라 그 소리가 낯설게 느껴졌다. 정현은 몸을 반쯤 일으키며 덜컹거리는 문 쪽으로 시선을 돌렸다.

"거…… 누구냐?"

그러나 돌아오는 답은 없다. 자신이 잘못 들은 것일까.

후우, 그는 깊은 숨을 내뱉으며 몸에 힘을 풀었다. 그 순간.

"억!"

제 목을 움켜쥐는 거친 손. 정현은 살고자 발버둥을 치며 손등을 마구잡이로 긁어냈다. 그러나 그마저도 소용없다. 컥, 컥……. 단말마의 숨을 내뱉는다. 차차 초점을 잃어가는 눈동자.

창을 넘어 들어오는 달빛의 잔영에 자신의 목을 움켜쥐고 있는 검은 인영의 얼굴이 또렷해지고 있었다.

"네, 네놈은……!"

하나 이제 와 누구인지를 알아차려도 죽음의 손길은 피하지 못하는 것이니.

억! 일말의 비명을 끝으로 정현은 말을 잇지 못했다.

아마도, 이 역시 형벌의 일종이리라.

황후의 얼굴과 재민의 백골에 반듯한 미소가 서렸다. 그리고 그들은 곧, 공기 중으로 흩어졌더란다.

✽

어느덧, 아침.

새벽녘 여러 차례 울음을 내지르던 수탉들은 부리를 땅으로 떨어뜨렸고, 그와는 상반되게 태양은 하늘 높이 치솟고 있었다.

높아진 하늘에서 노니는 것이 즐거운지 새들의 울음소리는 한층 커지고 있었고, 공기 중에는 여실한 과일의 내음과 메마른 낙엽의 내음이 중첩되어 풍겨지고 있었다.

이러한 아침.

향은 내리쬐는 햇빛을 애써 피하며 요 속에 몸을 파묻고 있었다.

먼젓번 꾸었던 꿈과 같은 꿈을 꾸었다. 끝이 보이지 않는 푸르른 들판 위를 노니는 꿈.

진원의 손을 잡고, 또한 아이의 손을 함께 잡고, 정녕 마음에서 우러나온 환한 웃음을 끝없이 지으며 행복한 나날을 지내는 그런 꿈.

아마도, 가까운 미래에 이루어질 꿈이리라. 희원을 담은 그러한 꿈.

"흐음……."

향은 웅얼거림을 뱉으며 요를 더욱 끌어당겼다. 몇 차례 몸을 뒤척이긴 하였지만, 눈은 뜨지 않는다. 아마도 이 좋은 기분에서 벗어나고 싶지 않다는 것이리라.

그때, 이마를 부드럽게 어루만지는 손길이 느껴졌다. 봄날의 따스함과 여린 꽃잎을 어루만지는 듯 조심스러움이 어우러져 있는 손길이.

향은 눈을 가느스름하게 올려 뜨며 흐릿한 시야의 초점을 맞추고자 노력했다.

"향아."

그곳엔, 진원.

저 하늘에 떠 있는 태양처럼 향을 따사로이 내리비추고 있는 진원이 있었다.

"무슨 꿈을 꾸기에 그리 웃고 있어."

그는 살포시 웃으며 몸을 일으키는 향을 부축했다. 아직 잠에서 덜 깬 향의 모습이 꽤나 귀엽다는 듯, 녹녹한 얼굴이다.

"전하……? 여긴…… 어쩐 일이십니까."

향은 떠지지 않는 눈을 깜빡이며 조심스레 말했다. 그럼에도 원의 손은 꼭 부여잡고 있으니 이 역시 사랑스러운 손짓이리라. 그렇기에 원은 하하, 웃음을 터뜨리며 향을 바라볼 수밖에 없었다.

"왜, 내가 온 것이 싫은 것이냐? 네가 보고 싶어 단걸음에 달려왔거늘."

"그, 그럴 리가요. 이리 정돈되지 않은 모습을 전하께 보이니 부끄러워서……"

"자다 일어난 모습도 어여쁘구나."

원은 향의 흐트러진 머리칼을 정돈해 주며 이마에 입을 맞췄다. 그 입술을 통해 들어오는 기운은 정히도 뜨거운 것이었으니, 향의 얼굴에 달뜬 열이 비춰지는 것은 당연한 일이리라.

"그렇지 않아도 전하를 찾아뵈려 하였습니다."

"해가 중천에 뜰 때까지 자놓고서는?"

"……저녁 즈음에요."

하하, 원은 향의 머리칼을 헝클며 콧등을 마주 댔다. 반달처럼 접힌 눈에 담겨 있는 것은 응당 연정이리라.

"조반은 드셨습니까? 들지 않으셨다면 함께하시지요."

향은 부드러운 미소를 입가에 걸어 올리며 말했다.

"나 역시 함께하고 싶은 마음이 굴뚝같으나, 밀려 있는 일이 많아서 말이다. 네 얼굴을 볼 겸해서 잠깐 찾아온 것이야. 미안하구나."

"그러시다면 어쩔 수 없지요."

향은 입을 비죽 내밀며 대답했다. 그 속에 담겨진 뜻을 알아채지 못할 리 없는 진원은, 더욱 어깨를 끌어당기며 대답했다.

"서운하느냐."

"아니요. 괜찮습니다."

"정말?"

"……조금은."

하하, 원은 웃음을 터뜨리며 향의 목덜미에 얼굴을 묻었다. 당장에라도 이 목덜미를 깨물고 제 숨을 가감 없이 불어 넣고 싶었으나, 참아야 할 테지. 원은 입맛을 다시며 고개를 들었다.

"하나 괜찮습니다. 오 년을 기다렸는데 그보다 한참 짧은 시간을 견뎌내지 못할 리가요."

"나 역시 마찬가지다."

원은 향의 콧등에 입을 살포시 맞춘 후, 향의 가슴팍에 얼굴을 묻으며 허리를 감싸 안았다.

"아, 가기 싫구나. 네 옆에 누워 있고 싶어."

머리를 비빈다. 허리를 잡은 손에 더욱 힘을 준다. 그 모습이 영락없는 열 살 어린아이와도 같아 보여 향은 웃음을 터뜨릴 수밖에 없었다.

"어리광을 부리시는 것입니까?"

"어리광이라 봐주면 감사하지."

"그래도 가셔야지요. 정무를 보셔야지요."

"아― 하기 싫군. 콱 지금 도망이라도 쳐버릴까?"

"……황제 폐하께 이를 고해야겠군요."

"쳇, 너무하구나."

원은 고개를 힐끗 들어 향을 바라보았다. 코를 찡그리고 아랫입술을 내민 모습이 너무나도 귀여웠기에, 향은 킥킥 웃음을 자아냈다.

그때.

"크흠. 전하, 긴히 드릴 말씀이 있나이다."

언제 들어왔던지 기찬이 마른기침을 내뱉으며 말을 건넸다. 귀까지

빨갛게 열이 올라온 것이, 꽤나 많은 모습을 본 것이라고 추측할 수 있었다. 콜록, 향 역시 헛기침을 뱉는다.

그에 잠시 눈을 흘기는 원. 그러다 이내 기찬의 헛기침 소리를 다시 듣고는 어쩔 수 없이 몸을 일으킨다.

"저녁에 오겠다. 끼니는 거르지 말고 있어. 약도 잘 먹어야 하고."

"네, 전하."

"대답은 잘해."

작은 미소를 짓는다. 그리고 향의 입술에 자신의 입술을 맞춘 후, 떨어지지 않는 걸음을 옮긴다.

햇살같이 환한 향의 얼굴을 뒤로하고.


희선당을 나온 진원을 맞이한 것은 다름 아닌 기찬이었다.

"무슨 일이냐."

그토록 다정했던 모습은 어디로 가고 삽시간에 딱딱하게 경직된 진원의 얼굴은 위압감을 주기에 충분했다.

"……이황자 저하께서."

기찬은 메마른 입술을 반듯하게 펴며 말을 이었다.

"시해되셨습니다."

침묵. 이러한 침묵은 실로 생각지 못했던 사건에 대한 놀라움에서 비롯된 순간이리라.

원의 얼굴이 사뭇 구겨졌다. 짙게 찌푸려진 미간에 당혹스러움과 분노가 응집되어 있었다.

"아직 범인은 모릅니다. 해당 관청에서 조사를 하고 있다지만…… 어지간한 이가 아니라 합니다. 흔적을 남기지 않는 주도면밀함과 더불어 절단면이 날카로워…… 꽤나 실력 있는 자일 것이라 하였습니다."

"실력자라……. 태위의 수족 중에 그런 이가 있더냐?"

기찬은 태위의 주변 이들을 한 명씩 떠올리며 머리를 굴린다.

"태위를 의심하시는 것입니까?"

이황자를 시해하라 명한 것을 태위라 생각하느냐 하는 반문. 이에 진원은 너무도 당연하다는 듯 시선을 올리며 대답한다.

"태위를 비방하고 음해하는 풍문이 적양에 파다하다지. 그를 태위가 모를 리 없지 않겠나."

"하나 그것만으로 저하를 해친다는 것이……."

"쥐새끼도 궁지에 몰리면 괴를 깨문다 하는데."

그는 자신도 모르게 주먹을 바르쥐었다.

"하물며 인간이라면 어떠하겠느냐."

빈틈없이 꽉 조여진 주먹 안에 담긴 것은 필시 격분이리라.

"궁지에 몰린 게지, 제 판단의 옳고 그름을 판단할 수 없을 만큼."

후우, 그는 고개를 쳐들며 한숨을 내뱉었다. 찡그려진 미간은 펴질 생각을 하지 않는다.

"태위의 수족들에게 사람을 붙여라. 그들의 일거수일투족을 보고하여라."

물론 사공도 포함하여. 말을 덧붙인다. 그에 기찬 역시 무언가를 짐작한 듯 고개를 주억였다.

"이제야 벌을 받게 되었구나."

정현.

내가 내리지 못한 피의 형벌을 이제야 받게 되었구나. 두 명의 목숨을 앗아간 대가로.

"부디 지옥불에 떨어지기를."

윤회의 수레바퀴를 돌아라. 아귀도에 떨어져 짐승보다도 못한 삶을 살아라.

세상은 밝았다. 진원의 이러한 컴컴한 마음과 상반되게.

✳

바람은 끊임없이 불어온다. 그러나 마냥 청명한 바람만은 아니었다.

바람결에 실려 있는 것은 다소 되바라진 풍문이었으니.

그 내용인즉슨, 사실 황후를 죽인 것은 이황자가 아니라 황태자 진원이었다. 그렇기에 후환을 두려워해 유배되었던 이황자를 죽이고, 이제는 황제까지 몰아낼 계획을 하고 있다. 이 어찌 파렴치하지 아니한가. 천륜과 인륜을 모르는 황태자를 반드시 몰아내야 할 것이다.

이러한 터무니없는 것.

그러나 여기서 끝이 아니었으니, 사족으로 덧붙는 것은, 태자비가 간통을 저질렀다. 그 대상은 황태자와 가장 가까운 친우인 비서승이라 한다. 이 사실을 알고 있는 황태자는 차마 태자비를 내쫓지 못하고, 애꿎게 대신들을 닦달하며 폭정을 벌이고 있다 하더라. 나라를 위해서라도, 우리가 봉기를 해 요망한 태자비를 내쫓아야 할 것이다.

이 같은 입에도 담기 힘든 말.

이를 누가 퍼뜨렸는지는 당연히도 짐작 가능한 것이었다.

첫 번째 낭설은 필시 자신에게 쏟아지는 화살을 피하기 위해 태위가 퍼뜨린 것일 테고, 두 번째 낭설은 태자비를 내쫓고 자신이 그 자리를 차지하고 싶어 하는 양제가 퍼뜨린 것일 테다.

황실에 기거하는 사람들이라면 이런 소문 모두가 거짓임을 알고 있었으나, 궐 밖 백성들은 그렇지 아니하였다.

우매한 백성들은 끊임없이 추문을 원하였고, 설령 그것이 거짓이라 할지라도 사실을 왜곡해 받아들이는 실정이었기 때문이다.

이 빌어먹을 소문은 날개를 달고 멀리멀리 날아갈 것이다. 적나라 모든 백성들의 귀에 들어가는 것은 시간문제라는 것이다.

향은 풍문의 내용을 우다다 쏟아내는 김 나인의 입술을 바라보며 야트막한 웃음소리를 내뱉었다.

"무얼 신경 쓰누, 어차피 가라앉을 낭설일 텐데."

인간이란 본디 남의 이야기 하는 것을 삶의 낙으로 삼는다 하였다.

그렇기에 이다지도 터무니없는 소문을 믿고, 퍼뜨리고, 쑥덕대는 것일 테지.

그러나 이는 잠깐의 수다를 위해 존재하는 촌평일 뿐, 다른 흥미로운 이야기가 생긴다면 이는 당연히 잊히게 마련이다.

하니 걱정할 필요가 없다고 향은 생각하였으나, 김 나인은 그것이 아니라는 듯,

"마마! 그리 안일하게 계시면 아니 됩니다. 남의 결함을 들춰내는 일을 흥미롭게 생각하는 사람들이 얼마나 많은데요. 분명 저 소문에 살이 붙고 붙을 텐데…… 어떤 추문으로 변모할지 걱정이 되옵니다. 나서서 확실하게 말을 해야지 않을까요?"

향의 팔을 잡고 말리기에 이르렀다.

그러한 걱정이 이해가 되지 않는 것은 아니나 구태여 애먼 곳에 신경을 쓰고 싶지 않았다. 향은 김 나인에게 잡힌 팔을 잡아 빼며 대답했다.

"말을 한다고 가라앉을 성싶으냐. 가만히 두어라. 제 풀에 제가 지칠 터이니."

"하, 하오나……."

"그것도 안 된다면 새로운 낭설을 제공해 주면 될 터이고. 내버려 두어. 괜찮아."

지극히도 관조적인 태도에 김 나인은 어쩔 수 없이 입을 다물 수밖에 없었다.

꾹 다문 입술에서는 불만이 묻어 있었으나, 향은 애써 못 본 체하며 눈길을 돌렸다. 밝디밝은 빛이 뚝뚝 떨어지고 있는 바깥으로.

"산책이나 가자꾸나. 날이 좋다."

절대, 절대로 말을 돌리기 위해 한 말은 아니다.

향은 자신에게 내리꽂히는 김 나인의 시선을 애써 무시하며 재빨리 걸음을 재우쳤다. 마마를 내리 외치는 김 나인의 목소리를 뒤로하고.


"……날이 좋다 한 것. 취소한다."

김 나인은 그럴 줄 알았다는 듯 풉 웃음을 터뜨렸다. 그러나 그에 반하여 향의 표정은 심각히도 어두웠는데, 그 이유는 향의 맞은편에서부터 천천히 걸어오고 있는 한울 때문이리라.

후우, 이럴 줄 알았으면 김 나인과 안에서 노닥거릴 걸 그랬나.

미간을 꾹꾹 누르며 빳빳해진 입술을 달싹인다.

"어머, 마마. 여기에는 어쩐 일이십니까? 독수공방, 방 안에만 박혀 있던 분이요."

어느새 다가온 한울은 먼젓번 일이 기억도 나지 않는지, 아니면 기억하지 않는 것인지 여전히 향의 성질을 벅벅 긁기에 이르렀다.

아아, 이래서 마주하고 싶지 않았는데.

향은 '똥이 무서워서 피하는 것이 아니다'라는 격언을 마음 깊이 되뇌며 경련이 일어나는 입술을 간신히 열어냈다.

"간만에 산보라도 나왔지. 그러는 양제는 어쩐 일인가?"

"저 역시 바람이라도 쐬러 나왔답니다."

"그래, 그래. 그럼 갈 길 가게. 김 나인, 돌아가자."

향은 몸을 빙그르르 돌리며 김 나인의 뒤꿈치를 살짝 쳤다.

그에 번뜩 몸을 돌리고 앞장서는 김 나인.

후우, 향은 재차 한숨을 내쉬며 발을 내디뎠다. 그때.

"추문이 돈다지요?"

발을 옭아매는 말이 들려왔으니. 향은 비스듬하게 고개를 돌려 비릿한 비소를 짓고 있는 한울을 바라보았다.

"막을 수 없는 추문이었지요. 하기야 그리도 비서승과 딱 붙어 다니시더니, 제 이럴 줄 알았습니다. 쯧, 바람을 타고 싶으시다면 조심스레 하셨어야지요."

"바람을 타든 말든 그대가 신경 쓸 것이 아닐 텐데."

"어머, 제가 신경 쓸 일이 아니라니요. 마마 덕분에 황실의 권위가 땅을 치고 있는데 제가 가만히 있는 것이 더 우습지 않을까요?"

한울은 부채를 쫙 펼친 후 입가를 가리며 얕은 웃음소리를 내뱉었다. 그 꼴이 꽤나 마뜩찮게 보여 향의 미간에 더욱 깊은 주름이 생기는 것은 당연한 일이렸다.

"그 얼토당토않은 낭설을 믿는단 말인가? 본디 듣는 것과 아는 것은 다르다 하였……."

"어머, 제 눈으로 직접 본 것이 있는데 어찌 아니 믿을 수 있겠습니까."

"……눈으로 보았다?"

몸을 완전히 돌린다. 한울에게로 한 걸음, 한 걸음 다가간다. 그에 주춤거리며 뒷걸음질을 치던 한울은 이내 자신의 뒤에 서 있는 여러 명의 궁인들을 한 번 바라본 후 허리를 빳빳하게 들며 힘을 주었다.

"마, 마마를 보자마자 함박꽃이 피던 비서승의 얼굴이요. 사모하는 정인을 만난 것처럼 방실대는 그의 얼굴을 보았는데, 제 어찌 아니 믿을 수 있겠습니까?"

향은 대답하지 않는다. 아니, 대답치 못한다.

얼마 전, 자신을 찾아와 연정을 고하던 도겸의 얼굴이 떠올랐기 때문이다.

그것이 아니라 부정하기엔 도겸의 마음까지 부정하는 것 같아 차마 그리 할 순 없었고, 또한 긍정하자니 한울의 저 콧대를 누를 수 없을 것 같고.

향은 더더욱 인상을 찌푸리며 한울을 직시했다.

"어휴, 그 추문이 황제 폐하께까지 들어간다면…… 목이나 달려 있을까 몰라. 미리 인사를 드려야 할 것 같습니다. 가시는 길, 부디 고이 가지 못하시기를."

하, 향은 코웃음을 치며 흘러내린 머리칼을 쓸어 넘겼다.

말을 섞고 싶지 않아 애써 피하려 했건만, 끝끝내 내 심기를 건드리는구나.

향은 그리 생각하며 한울을 향해 살찬 눈빛을 맹렬하게 내비쳤다.

"그 소문이 어느 더러운 입에서 나온 것인지 알 만하구나."

"……저를 칭하는 말이 아니길 바랍니다."

"그대를 지칭하는 것이 맞다면 어찌할 것이냐. 하하, 덧붙여 퍼뜨려야지? 태자비가 숨겨놓은 정인이 비서승뿐 아니라 다른 이도 있다고 말이야. 아아, 그래. 전하의 호위가 좋겠군. 어찌, 딱 맞는 이가 아니더냐?"

이 추잡한 소문의 근원지가 한울이라는 확연한 믿음에서 비롯된 말이었기에, 한울은 애꿎은 입술만을 바득바득 깨물며 향을 노려볼 수밖에 없었다.

한울의 뒤에 일렬로 늘어져 있던 궁인들의 쑥덕거림이 들려온다. 한울은 휙 몸을 돌려 그네들을 쏘아본다.

"전하께옵서도 알고 계실 터. 금일 열린 편전에서 이 소문이 언급된다면."

향은 한울에게로 한 걸음 더 가까이 다가가 그네를 명명하게 내려다보며 말을 이었다.

"도성을, 아니, 적나라 곳곳을 샅샅이 뒤져 소문의 첫 운을 띄운 이를 찾아낼 테지. 하면 어찌 되겠느냐?"

손가락으로 한울의 턱을 들어 올린다. 한울의 눈매는 오뚝하였으나 향의 손끝에 닿는 것은 역력한 떨림이니. 이는 한울이 순전 강샘을 놓고 있음을 방증하는 것이었다. 픽, 선웃음을 짓는다.

"황실을 욕되게 하는 말 한마디만 하여도 하옥되는 마당에, 그런 추잡한 낭설이라니. 사지가 찢겨 들짐승들의 먹이로 변모하지 않겠더냐? 그래, 도망칠 구석이 있으니 그리 뻔뻔하게 나온 것 같다만."

"……"

"전하께옵서는 모든 것을 알고 계실 터이니."

말인즉슨 반드시 한울을 잡아넣겠다는 뜻.

김 나인에게 말한 것처럼 풍문에 크게 신경 쓰던 것이 아니었던지라, 정히 그러해야겠다는 생각은 없었으나 이리 한울이 발악하는 것을 보니 겁박이라도 해야겠다는 생각에서 한 말이었다.

그러나 한울은 알 리가 없다. 침을 꼴깍꼴깍 삼키며 바들바들 몸을 떠는 모습이 적잖은 공포를 느끼고 있는 것이리라.

멀지 않은 과거, 하옥되었던 그때를 떠올리는 것일까.

"발악을 하려면 머리가 좋아야지. 그리 텅텅 빈 머리로 무얼 하려 하누."

쯧, 향은 혀를 차며 고개를 절레절레 흔들었다. 무슨 배짱인지, 자신을 노려보고 있는 한울의 얼굴이 참으로 한심해 보인다.

"가자꾸나. 더러운 냄새가 옮으려 한다."

더 이상 말을 이을 가치가 없다는 듯, 향은 몸을 돌려 걸음을 재우쳤다. 악바리처럼 두 눈을 치뜨고 있는 한울을 무시하고.


"까악!"

한울에게 거세게 밀쳐진 무수리가 꽥 소리를 지르며 바닥에 널브러졌다. 얼굴뿐 아니라 몸 곳곳에 피가 터진 것을 보아하니 한울에게 거친 손찌검을 당한 것이리라.

그러나 그럼에도 분이 풀리지 않았는지, 한울은 쓰러져 있는 무수리의 멱살을 잡아 올리며 재차 뺨을 내려쳤다.

"자, 자가! 주, 죽을죄를 지었나이다! 요, 용서해 주시옵소서!"

"용서? 용서를 바란단 말이냐? 미천한 무수리 따위가 감히 나에게?"

그네의 이러한 분에 대한 근원은 분명했다.

향에게 호된 모멸을 겪어 분기가 머리 꼭대기까지 차올랐던 즈음, 햇빛에 늘어난 그림자를 감히 무수리 따위가 밟았다는 것이 그 이유였다.

빌어먹을 년.

한울은 읊조리듯 말하며 나인을 바닥으로 내동댕이쳤다. 그러나 이럼에도 분이 풀리지 않는다.

물론, 이 분의 근원은 무수리의 경거한 행동이 아니라 단향일 테지만, 단향에게 손찌검을 할 수는 없으니 이렇게라도 분을 풀어야 가라앉지 않겠더냐.

바득, 한울은 숨을 죽인 채 자신의 시선을 피해내는 궁인들을 둘러보며 이를 깨물었다.

"박 나인! 박 나인은 어디에 있느냐!"

그 외침에, 문 바깥을 서성이던 박 나인이 재빨리 뛰어 들어왔다. 먼젓번 김 나인에 대해 언질을 넣었던 그 나인이었다.

"예, 예. 자가, 부르셨나이까."

박 나인이 들어옴과 동시에 한울은 자신을 지켜보고 있던 모든 궁인들을 밖으로 내보냈다.

너무도 거센 손찌검을 당한 탓에 몸을 제대로 일으키지 못하던 무수리는 날아온 화병에 머리를 맞고 기절한 채 다른 궁인들에게 끌려가듯 이끌려 방을 나섰다.

아마도, 금일 이후에 그네를 볼 수 있는 이는 아무도 없으리라.

이렇게 한 차례 폭풍이 지나가고, 조용해진 방 안을 만족스럽다는 듯 바라보던 한울은 박 나인에게로 시선을 옮겼다.

"주약을 찾아가라."

단향. 그 계집이 날뛸 수 있는 것도 여기까지라는 것을.

"그 잡것의 약을 다시 만들라 명하거라! 한시라도 빨리 숨통을 끊을 수 있는 약을!"

똑똑히 일깨워 줘야만 했다.

한울은 손톱을 자근자근 깨물며 눈알을 데굴데굴 굴렸다. 아니, 이것으로 충분치 않다. 그네의 숨통을 묶어버릴······!

"그래, 그것이 좋겠구나."

한울의 입꼬리가 괴괴하게 찢어졌다. 아직 꺼내기 이른 감은 있었으나, 지금이 절호의 시기이리라.

"당장, 김 나인 그 계집을 잡아오거라!"

휘이잉, 휘이잉, 바람이 분다. 이렇게, 여러 차례 바람이 불어올 것이다.

그러나, 그것은 명명한 가을바람이 아니리라.

피바람의 전조(前兆).

그것이 일찍이부터 불어오고 있었다. 모든 것을 휩쓸어 버릴 듯이.


향은 방에 들어오자마자, 푹신한 침상에 몸을 맡기고 요에 얼굴을 묻었다.

요즘 들어 왜 이리도 몸이 무거운지, 조금만 신경을 써도 삽시간에 녹초가 돼버리기 일쑤였다. 더불어 두통도 보다 심해졌고, 가슴 통증도 심해졌으며, 입이 짧아져 음식이 많이 들어가지도 않았다. 오늘만 해도 입에 넣은 것이 아무것도 없지 않은가.

"콜록, 콜록……"

이러한 증상은 아직도 고뿔이 낫지 않았기 때문일 게다.

향은 그리 생각하며 김 나인이 놓고 간 약을 벌컥벌컥 들이마셨다. 콜록, 목구멍이 더욱 따가웠다.

어쩐지 눈꺼풀이 무겁다. 아직 해가 중천인데. 아직 자면 안 되는데, 아직…….

그 생각을 끝으로 향은 깊은 잠에 서서히 빠져들었다. 바깥세상, 달그락거리는 바람 소리를 자장가 삼으며.


탁, 탁, 탁.

소리를 끝으로, 향의 방 창문이 반쯤 열렸다. 곧이어 활짝 열어젖혀

지는 창. 그 창을 넘어 들어오는 하얀 손. 그 손의 주인이란,

"마마."

도겸.

그는 며칠 전과는 달리 어두컴컴한 그늘이 그득한 얼굴로 창밖에 서 있다.

그대로 서, 새근새근 잠이 든 향을 가만히 바라보고 있다.

그의 입술이 움직인다. 껍질이 무성한 부르튼 입술이 아주 느릿하게 열린다.

"어찌…… 합니까."

두 눈을 내리감는다. 파르르 떨리는 속눈썹에 맺힌 것은 비단 눈물방울뿐이 아니리라.

"저는…… 어찌합니까."

그는 창틀에 손을 얹으며 말을 이었다. 그 손등에 얼기설기 맺혀 있는 것은,

"돌이킬 수 없는 강을 건넜거늘."

딱지가 채 사라지지 않은 상처. 분명 전일 이내에 생긴 것임이 분명하였다.

아마도, 꽃이 진 것이리라. 그의 마음속에 보란 듯이 피어 있던 꽃이 결국엔 꺾여 버린 것이리라.

"이 역시 마마를 위해 했다 하면, 핑계라 핀잔을 주시렵니까."

그는 선웃음을 지으며 고개를 절레절레 흔들었다.

"사실은 저를 위해 한 것이지요."

그래요. 사실은, 저를 위해 한 것이지요. 저를 위해…… 그토록 굳건히 지켜왔던 신념을 내버리고 피를 취한 것이지요.

마마, 어찌합니까. 정히 어찌합니까. 이 마음을, 이 마음에서 비롯

된 못난 행동을.

용서치 못하신다 하셔도 좋습니다.

훗날 모든 사실을 알게 되었을 때, 저를 질타하셔도 좋습니다.

오직 제가 바라는 것은,

"저는 마마를 내줄 수가 없습니다."

마마의 곁을 차지하는 것뿐이니.

"죄송…… 합니다. 정녕 죄송합니다."

마마를 내준다는 말은 정녕 진심이 아니었나 봅니다.

마마께옵서 행복을 느끼신다면야 양보할 수 있다는 말은 진심이 아
니었나 봅니다.

어찌, 저는 이다지도 거짓만을 뱉었는지. 마음과는 다른 거짓을 고
했는지.

"차라리."

그는 창틀에 올렸던 손을 떼어냈다. 그 손끝에 향을 담고 싶었으나,
오직 닿는 것은 차가운 바람의 기운뿐이니.

그는 눈을 가늘게 올려 뜨며 애써 올라오는 울분을 삼켜냈다.

"마마가 저를 미워하셨으면 좋겠습니다."

만약에 마마가 저를 미워한다면, 저를 증오하다 못해 혐오한다면.

"그리하면 잊을 수 있을까요."

그리하면 마마의 곁을 떠날 수 있을까요.

……아마도, 그러지는 못하겠지요. 저는, 저는…….

"어리석은 아해는 전하가 아니라 저였나 봅니다."

정히도 어리석은 사람이니까요.

느릿하게 뒷걸음질을 친다. 여전히 곤히 잠에 빠져 있는 향의 모습
을 두 눈에 담은 채, 이로 인해 어둠에 묻혔던 자신의 모습을 잊으려

하며.

그렇게, 그는 사라졌다.

오직 방울방울이 떨어진 흙바닥을 제외하고는 그가 남긴 흔적은 아무것도 없었다.

※

김 나인은 태의감에 다시금 발길을 하는 중이었다. 향이 저리도 기침을 해대니 약이 영 신통찮은 것이 아닌가 하는 의구심이 생겨났기 때문이었다.

이번에는 조금 더 좋은 약을 달라 해야지.

그네는 그리 생각하며 더욱 발을 재우쳤다. 이는 향에 대한 깊은 충성심에서 비롯된 행동이었다. 그러나 그때 이러한 걸음을 틀어막는 목소리가 들려왔으니,

"김 나인!"

김 나인은 화들짝 놀라며 소리의 근원을 향해 몸을 돌렸다. 그곳에는 몇 시 전 보았던 한울의 궁인들 여럿이 서 있었는데, 다들 인상을 찌푸리고 있는 것으로 보아 필시 무슨 일이 일어난 것이리라 짐작할 수 있었다.

"무, 무슨 일이십니까?"

"죄인 김말희는 당장 명을 받들라!"

그 요상한 말에 김 나인은 저가 잘못 들었는지 고개를 갸웃거리며 그들에게로 주춤 다가갔다.

"예……? 죄인이라니요? 제가 무슨 죄를…… 악!"

그러한 김 나인의 양어깨를 짓누르고 포박을 하는 이들. 악! 재차

비명을 질렀으나 그들의 매서운 손길은 잦아들지 않았다.

"내명부의 규율을 어기고 관료와 정을 통하지 않았다더냐! 이미 다 알고 왔으니 모르쇠로 잡아뗄 순 없을 것이야."

"그, 그, 그건……!"

김 나인은 자신의 목덜미를 억누르는 궁인들에게 차마 반항할 수 없었다. 제가 기찬을 연모했던 것은 사실이므로. 빼도 박도 할 수 없는 내밀이므로. 그렇기에 차마 거짓이다 외칠 수 없었던 것이리라.

"끌고 가라."

"꺄악!"

그들은 마치 포대자루처럼 김 나인을 질질 끌고 가기에 이르렀다. 그들의 거센 발소리는 김 나인의 비명 소리를 묻히게 하기에 충분한 것이었다.

✳

사각사각, 사관의 경필 소리만이 들린다. 쥐 죽은 듯 조용해진 편전의 안은 그 어느 때보다 흉흉하기만 하다. 이러한 매서운 분위기의 근원은 편전이 시작할 때부터 지금까지 가감 없는 분을 표하고 있는 진원 때문이리라.

쾅!

이는 용상을 주먹으로 거세게 내려친 소리이다.

더불어 숨을 들이마시는 대신들의 나지막한 기침 소리가 들린다.

"한낱 낭설 따위에 대신들이 휘둘려서야 되겠느냐? 말이 되는 소리를 하거라!"

"하, 하오나……."

"하오나가 아니다! 어찌, 어찌 그런 추잡한 소문을 끌고 와 신성한 편전에서 고할 수 있단 말이냐! 제정신인 게냐!"

편전에서까지도 저잣거리에 도는 풍문이 흘러왔는지, 그리고 대신들이 그 내용에 대해 미주알고주알 말을 했는지, 진원의 얼굴에는 노기가 그득하다. 그 풍문의 주인이란 진원과 단향이었기 때문이다.

공기는 고요하다. 야트막한 숨소리 하나 들리지 않은 채 서로의 눈치만을 보고 있다. 그때, 반걸음 앞으로 나서는 이가 있었으니.

"전하, 아니 땐 굴뚝에 연기가 나겠습니까. 우리가 알지 못하는 어떠한 일이 있었기에 그런 소문이 난 것일 터. 소상히 조사를 해보아야 할 일입니다."

태위. 네놈이 퍼뜨린 낭설이라는 것을 내 모를 줄 아느냐? 진원은 이를 바득 갈며 그를 향해 쏜살같은 눈빛을 쏘아냈다.

그러나 태위는 그 시선을 피해낸다. 마치 자신이 한 짓이 아닌 것처럼. 저는 모른다는 것처럼.

"태자비가 정녕 간음을 했다는 말이냐? 네 그리 확신하고 묻는 것인가?"

"전하, 부디 현명하게 판단하시옵소서."

대신들은 태위의 말이 옳다는 듯 고개를 주억거렸다. 그에 더더욱 분이 올라온 진원. 그 매서운 눈매를 더욱 괴괴하게 찢으며 모두를 한 번씩 직시한다.

그러다 왼편에 우두커니 서 있는 사공과 눈을 마주했다. 어깨를 으쓱 올리며 딴청을 부리는 그.

하, 그래. 이번만큼은 돕지 못한다는 뜻이렷다.

진원은 치밀어 오르는 분노를 가라앉히고자 노력하며 눈을 가늘게 떴다. 내 여기서 흥분해 고함을 내지른다면, 이제껏 쌓아왔던 것이 물거품이 될 수도 있으리라.

"현명하게라……. 하면, 그런 빌어먹을 낭설에 휘둘리는 그대들은 정히 현명한 판단을 내리는 것인가?"

모두가 침묵한다. 그 뒤에 이어질 진원의 말이 짐작이 가기 때문일 까.

"그 추문에 나 역시 포함되지 않았더냐? 그 내용은 언급하지 않는 이유는 무엇이냐?"

"그, 그것은 전하께옵서 하신 일이 아님을 알기에……."

"나 역시 태자비가 그런 여인이 아니라는 것을 안다!"

벌떡 몸을 일으킨다. 그 살찬 몸짓에서 비롯된 것은 태자비에 대한 굳건한 믿음이리라. 때문에 진원의 편으로 몸을 돌렸던 대신들은 숨을 죽일 수밖에 없었다. 저 역시 낭설을 아니 믿는 것은 아니었지만, 저리 확고한 진원의 앞에서 차마 언급을 할 수 없었기 때문이다.

"태자비가 정녕 그런 짓을 했다면."

주먹을 바르쥔다. 바들바들 떠는 몸짓이 너무도 또렷하게 보인다.

"나 역시, 내가 황후를 죽이고 이황자를 죽인 것이다."

훅 가라앉는 공기. 이는 진원의 목소리가 한층 낮아졌기에 일어난 현상이었다.

"다시는, 이번 일을 입에 올리는 법이 없어야 할 것이야."

대답하는 이는 없었으나, 구태여 반언을 하는 이 또한 없었다.

진원이 저리 노기에 가득 찬 이상, 한마디라도 내뱉는다면 그것은 실이면 실이었지 득이 되지 않음을 알고 있기 때문이었다.

후우, 원은 한숨을 내쉬며 다시금 용상에 몸을 앉혔다.

"이황자의 죽음은 안타까우나 법령에 따라 상장례를 치러줄 수 없는 법. 그의 시신은 군수에게 일러 묻으라 명하였다."

"타, 탁월한 선택이옵나이다."

"하나, 이황자의 죽음을 무시할 수 없을 테지. 도만호."

"예, 전하."

그 부름에 도만호 대휼은 앞으로 나가섰다. 자신을 지칭한 것으로 보아 황태자가 자신을 신뢰하고 있음이 명명하였기에, 얼굴에는 환한 웃음보가 가득했다. 태위는 그러한 대휼의 얼굴을 바라보며 마뜩찮은 표정을 짓는다.

"적양을 샅샅이 뒤져라. 아니, 적양뿐 아니라 도성 내를, 그리고 황실까지도 샅샅이 뒤져라. 이황자를 시해한 이를 반드시 찾아내야 할 것이다."

"분부 받들겠나이다!"

"더불어."

원은 대휼에게 향했던 시선을 돌려 태위를 바라보았다.

"그 뒤에 있는 배후 역시 찾아야 한다."

마치, 정현을 죽인 이를 알고 있다는 듯이. 그리고 그것을 확신한다는 듯이.

공기가 무거워졌다. 이는 곧 태위의 양어깨를 짓눌렀고, 그의 목에서부터 피가래가 철철 끓게 만들었더란다.

✳

"무어라…… 하였느냐?"

향은 어금니를 꽉 깨물며 주먹을 바르쥐었다. 분명 똑똑히 들었음에도 불구하고 반문하는 것은 정히 믿고 싶지 않은 이야기였기 때문이다.

"기, 김 나인이 예선당에 끌려갔다 합니다……."

"김 나인이 죄를 지었다 하며……."

"빌어먹을 년."

향은 몸을 벌떡 일으키며 입술을 반쯤 깨물었다.

오늘. 다른 때와 다르게 기세가 등등하다 싶었더니 이것을 노리고 있었기 때문이었나? 젠장맞을!

향은 자신의 앞에서 고개를 조아리고 바들바들 몸을 떨고 있는 나인들을 향해 목청을 틔웠다.

"당장 감찰상궁을 데리고 오거라."

그래, 내 너그러움에도 불구하고 네년이 그리 발악을 한다면.

"내 친히 찾아갈 것이야."

그에 합당한 벌을 주는 수밖에.

향의 입가에 섬뜩한 비소가 서렸다. 그는 마치 운한 황후의 입가에 항시 서려 있던 비소와도 같은 것이었기에 모든 궁인들은 숨을 들이마실 수밖에 없었다.


"악!"

예선당 마당.

피 냄새가 그득하다. 그러나 바닥에 흩뿌려진 피가 적은 것으로 보아, 다수가 아닌 한 명에게서 흘러나온 것이라 할 수 있었다.

이러한 비명과 찐득한 냄새의 근원은 의자에 꽁꽁 묶인 채 앉아 있는 김 나인.

그네는 자신의 다리 사이에 재차 들어오는 주릿대를 공포에 질린 눈으로 바라보았다. 악! 재차 비명이 흘러나왔다.

마루 위에서 그를 흥미롭다는 듯 관찰하고 있던 한울의 눈에 번뜩한 빛이 서렸다.

"어서 죄를 실토해야지 않겠느냐? 그리 합죽이가 된다면 네 몸만 망치는 것일 텐데?"

"자, 자가! 부, 부디 자비를……!"

"끝까지 실토치 않는구나. 뭣들 하느냐, 저년의 주리를 더 틀지 않고!"

꺄악! 그 작은 목청을 깎아내는 비명 소리가 재차 들린다. 그럼에도 흘러나오는 말은 없다.

태형(笞刑) 열세 대. 그리고 정강이를 때리는 형문(刑問)을 다섯 차례까지 했음에도 불구하고 저 계집은 입을 열지 않는다.

아니, 괜찮다. 차라리 잘된 일일 수도 있다. 저년의 입을 열게 하는 것이 중요한 것이 아니다. 어찌 되었든 혐의가 생긴 이상, 저년은 더이상 궐에 있을 수 없다. 더불어, 이 광경을 태자비가 보는 것이 중요한 것이니.

"아아, 마마께옵서는 언제 오신다 하더냐?"

픽, 한울은 입을 가리며 작은 웃음을 내뱉었다. 한울에게 부채질을 해주던 박 나인이 잽싸게 대답한다.

"희선당의 궁인들이 알게 되었으니 곧 오실 때가 되었습니다."

"하하, 이 꼴을 한시라도 빨리 봐야 할 텐데 말이야. 정녕 저 계집이 죽기 전에. 아니, 죽은 것을 보는 것이 나으려나?"

한울은 깔깔대며 왼손에 턱을 괴었다.

단향이 이 꼴을 보면 어떨까. 화를 낼까? 경을 칠까? 아마도 내 멱살을 잡고 뒤흔들지 않을까?

하나 아무래도 좋다. 내게 화를 내든, 내 뺨을 때리든 태자비가 이 광경을 보고 김 나인에 대한 죄책감에 가슴이 사무침을 느끼면 된다는 말이다.

물론, 내가 느꼈던 고통에 비해서는 별것이 아닐 테지만.

아아, 지겹구나. 한울은 몸을 뒤로 젖히며 뻐근한 목을 움직였다. 이제쯤 올 때가 되었는데…… 하는 순간.

끼이익— 굳건하게 닫혀 있던 예선당의 문이 서서히 열리기 시작했다. 문틈을 통해 들어온 살바람이 한 차례 거칠게 몰아치고, 그 후로 보이는 것은 그토록 기대하고 고대했던,

"태자비마마 납시오!"

태자비, 단향이 있었다.

향의 뒤에는 감찰상궁이 셋, 따르는 궁인들이 열이요. 이는 태자비의 위엄을 톡톡히 보여주는 것이었다.

"뭣들 하는 게냐."

무섭도록 차분한 목소리. 향은 고고하게 턱을 든 채 나긋나긋하게도 발을 내디뎠다.

아아, 한울은 짜릿하게 올라오는 쾌감에 눈을 찡그리며 짤막한 신음을 내뱉는다.

"어머, 마마. 보고도 모르십니까? 죄인을 문책하고 있습니다만?"

"양제."

"이리 오시지요. 저년이 아주 고약한 년이지 뭡니까. 감히 궁인의 신분으로 남정네와 정을 통했다지요. 쯧, 죄를 실토할 때까지 다리를 찢을 생각입니다. 그러니 여기 와 앉아 구경이라도 하시지요."

쾅!

이는 향이 앞마당에 펼쳐져 있던 기구들을 발로 내리참과 동시에 울려 퍼진 굉음이다.

"풀어라."

그러나 향의 표정은 제 행동과는 상이하게 안온하다. 되똑하게 든 턱 끝을 내리지 않고 모든 이들을 내리 깔아 보고 있다.

"내 말이 들리지 않는 것인가?"

향은 김 나인의 주변에 서 있는 궁인들을 바라보며 말했다. 김 나인은 극심한 고통에 혼절했는지 두 눈을 감고 있다.

"하, 하오나 마마, 저 나인은 죄를 지은 궁인이기에……."

"죄가 있고 없고는 내가 판별할 터. 풀어라."

그 흔한 외침도 없는 터인데, 왜 이리도 섬뜩한 것인지.

궁인들은 어깨를 움츠리며 그 시선을 피해내고자 노력했다. 그리고 슬금슬금 김 나인에게로 다가간다. 그네에게 묶인 밧줄을 풀어주기 위해서이다.

"멈춰라."

이는 한울의 목소리이다. 몸을 벌떡 일으킨 한울은 마루 위에 꼿꼿하게 서 향을 내려다보고 있다.

"풀어라."

향은 그러한 한울을 똑바로 직시하며 입술을 열었다. 그 말 한마디에도 형형한 기운이 역력한데, 한울은 물러서지 않는다. 단단히 각오를 한 모양.

"멈춰라!"

그렇기에 한울 역시 이를 바득 갈며 목청을 틔웠다. 하아, 향은 두 눈을 내리감으며 올라오는 분을 참고자 노력했다.

궁인들이 많다. 보는 눈이 많다. 여기서, 내 허튼 행동을 할 수 없다. 이는 또다시 촌평이 되어 진원에게로 날아갈 테니. 해가 될 터이니.

후우, 재차 긴 숨을 뱉는다. 그리고 제 뒤에 서 있는 감찰상궁들을 향해 말한다.

"김 나인을 데리고 가거라. 당장 태의를 불러 진찰토록 하여……."

"그렇게는 못 하십니다. 그 아이는 죄인입니다. 하니 함부로 데리고 가실 수는 없습니다."

"내명부의 수장은 나다. 죄인이다 아니다는 내가 판별할 터."

향의 말은 명백히도 맞는 것이었기에, 감찰상궁들은 재빨리 김 나인 주위에 있는 궁인들을 물리며 김 나인을 일으켜 세웠다.

이러한 상황을 지켜보던 한울의 얼굴에는 너무도 역력한 비웃음이 담겨 있다. 의아할 정도로.

"그렇지요. 하나 그 수장의 궁인이 아닙니까? 하면 합당한 판결을 내리지 못하실 터. 그렇기에 제가 책임을 위임받아 끌고 온 것뿐인데 왜 역정을 내시는 것입니까? 설마…… 저 나인의 죄를 아심에도 모른 척하신 것은 아닐 테지요?"

"양제."

"제 말이 틀렸습니까?"

이는 김 나인이 태자비의 수족이라는 것을 이용한 것이기 때문이다.

본디 내명부의 수장은 궁인들을 단속하는 책임을 지고 있다. 그러나 수장의 궁인이 죄를 지었을 경우에는 수장이 아닌 후궁을 통해 단속토록 하였다. 공평성을 위한 합리적인 법령.

이것이 내 발목을 잡을 줄이야.

향은 잠시 침묵하였으나 그러한 법령에도 응당한 절차가 있다는 것을 곧이어 깨달았다. 그렇다면 양제의 행동 역시 질타받을 수 있는 것이었다.

"절차를 따지지 않고 궁인을 고문하는 것이 합당한 일이더냐? 또한 합당한 판결을 내리는 것이든 아니든, 내가 판단할 일이다."

"어머, 합당한 판결이라 하셨습니까?"

한울은 한 계단, 한 계단씩 밟아 내려오며 향에게 다가온다.

"마마께서 언제 수장다운 위엄을 비추신 적이 있었습니까? 걸핏하면 폭언에 폭력이라. 마마께 맞은 궁인들만 해도 몇 명인지 셀 수 없다지요. 그런 마마께서 정히 합당한 판결을 내릴 수 있다고 생각하십니까?"

하하, 비소를 터뜨리며 억지로 웃는다. 깔깔대며 배를 잡고 한참을 웃던 한울은 이내 뚝 웃음을 그친 후 향을 향해 날카로운 눈살을 쏘아냈다.

"그런 이가 황실 안방에 걸터앉아 까딱이는 꼬락서니 하고는."

침묵. 그리고 고요.

궁인들 모두가 숨을 죽이고 양제와 태자비를 번갈아 바라본다.

양제의 얼굴에는 정히 비웃음이 걸려 있었으며, 태자비의 얼굴에는 표정이 담겨 있지 않았다. 그저 아무것도 존재하지 않는 표정으로 양제를 직시할 뿐.

그러다 곧.

"하…… 하하…… 하하하!"

눈을 그대로 둔 채 입꼬리만을 배죽 찢어 웃음을 터뜨리는 향. 그 모습이 정녕 괴괴하게도 보여 모든 궁인들은 숨을 죽일 수밖에 없었다. 그때.

"듣지 않았느냐? 양제 따위가 감히 태자비를 모욕한 것을."

향은 제 뒤에 김 나인을 감싸 안고 있는 감찰상궁들을 바라보며 말했다.

정히 저년의 머리채를 휘어잡고 얼굴을 갈기갈기 난도질하고 싶었으나. 참아야 했다. 참아야만 했다.

이는 한울이 노리던 것이었을 테니. 일부러 나를 자극해 궁인들 앞에서 수장다운 위엄을 보이지 못하게 하려는 것이었을 테니.

그러기에 향은 분노를 끌어내리려는 것이리라. 그 대신,

"뭣들 하느냐, 당장 양제를 끌어 앉히지 않고!"

네가 그렇게도 말하던 법령에 따라 벌을 주려 한다.

향은 감찰상궁들에게 재차 눈짓을 했다. 그에 뜻을 알아차린 상궁 둘이 다가가 한울의 양팔을 꽉 붙들었다.

"노, 놓아라! 뭣들 하는 게냐!"

그 외침에도 불구하고 상궁들은 한울을 김 나인이 앉아 있던 의자에 앉혔다.

아마도 이를 예상하지 못했을 테지. 내가 분명 화를 내어 자신의 뺨을 내려칠 줄 알았을 테지.

하나 어찌하나. 나는 네 머리꼭대기에서 네년을 내려다보고 있는데.

네 고고한 오만함이 이러한 벌을 받게 한 것이리라 생각하거라.

향은 그리 생각하며 한울에게로 천천히 다가갔다. 그 모습이 마치 먹잇감을 노리는 호랑의 모습과도 같아 보여 소름이 우드드 돋았더란다.

"아마, 네년은 항시 생각하고 있을 테지. 야만인의 후손인 나와 개국공신의 핏줄을 타고난 너는 하늘과 땅 차이라고 말이야. 그리하여 나를 기만하고 무시했던 게지."

"당연하지 않습니까? 어찌 야만인 주제에 황실에……!"

"하나 어찌하느냐. 그 빌어먹을 오만함이 네년의 명줄을 깎아먹은 것을."

향은 비죽 입꼬리를 올리며 상궁을 바라보았다.

"또한 듣지 않았느냐? 하면 합당한 벌을 주어야지."

주릿대를 발로 밀어 그들을 향해 굴린다.

"주리를 틀어라."

꿀꺽. 침을 삼키며 눈치를 보는 그들. 그리고 당황한 기색이 역력한 한울의 수족들. 그러나 이는 말릴 수 없는 것이거늘.

한울의 죄가 너무도 확연하거늘.

그렇기에,

"악! 가, 감히……! 네년들이 이러고도 무사할 줄 아느냐! 악!"

한울의 다리 사이에 주릿대가 꽂히는 것은 당연한 일이었다.

"네, 네년들……! 악!"

생전 처음 마주하는 고통에 한울은 게거품을 물며 흰자를 드러냈다. 꽉 쥔 주먹에서 핏줄기가 주르륵 흘러나온다. 픽, 향의 얼굴에 새로운 웃음이 새록새록 스며든다.

"너그러움을 비칠 때 꼬리를 말고 도망을 쳤어야지."

"내게 이러고도 살아남을 수 있을 거라 생각하십니까!"

"이젠 어찌하나. 도망도 치지 못하게 네 발을 자를 것인데."

"아버지께 말을 올릴 것입니다!"

"허튼소리를 하지 못하게 네 입술도 자를 것이다."

향은 한울의 모든 말을 무시한 채, 턱을 손가락으로 들어 올리며 한울과 눈을 가까이 마주했다.

그간 네가 불쌍하다고, 너 역시 전하의 사랑을 갈구하는 여인일 뿐이노라고 생각하여 관대함을 내비쳤으나,

"아니, 생을 부지할 수 없게 목을 잘라줄까."

이제는 그렇지 아니할 것이다. 정히 내 앞에 무릎을 꿇려주리라.

"어디, 택해보거라."

향의 입가에 환한 미소가 서렸다.

그것은 마치 태양처럼 밝은 것이었고, 꽃과도 같이 아리따운 것이었으나, 태양은 태양이되 천지 모든 것을 태울 수 있는 불타는 태양이었고, 꽃은 꽃이되 사람을 잡아먹는 식인식물이었더란다.

✿

진원은 어느덧 사람이 빠져 휑해진 황도를 바라보며 자조적인 실소를 뱉어냈다. 나라의 기둥이라는 대신들이 그깟 추잡한 낭설 따위에 동하다니. 하, 참으로 통탄스러운 일이로다.

그는 흐트러진 머리칼을 쓸어 넘기며 시선을 바로 세웠다. 시간의 흐름을 나타내 준다는 듯, 눈썹 아래까지 내려온 붉은색의 머리칼이 시야를 채운다.

두 개의 소문. 이 중 한 소문의 주인공이 바로 도겸이건만. 그는 황실 그 어디에도 보이지 않았다. 물론 비서감을 찾아가면 만날 수 있을 테지만, 진원은 도겸이 자신을 피하고 있다는 것을 느낄 수 있었다. 그렇기에 구태여 그를 찾지 않았다. 그와 자신이 다른 길을 걷고 있음을 알고 있기 때문이다.

두 개의 평행선.

서로 엇갈리지도, 마주치지도 않을, 그러한 두 개의 선을 진원과 도겸은 온 힘을 다해 달음박질하고 있는 것이리라.

진원은 잠시 생각을 멈추고, 어느새 검붉은빛을 띠고 있는 하늘을 올려다보았다. 자꾸만 마음 한구석에서 찝찝한 기운이 올라왔기 때문이다.

답답했다. 검고 칙칙한 기운이 가슴속을 스멀스멀 차지했다. 자꾸만 목이 바짝바짝 타 애써 마른침을 삼킬 수밖에 없었다. 손바닥에 식은땀이 송골송골 맺혀 뜨거운 열기가 흘러나왔다.

'……향아.'

향 또한 이 추문을 들었을까. 그렇다면, 지금의 향은 무슨 생각을 하고 있을까.

후우, 원은 짤막한 한숨을 내쉬며 몸에 힘을 풀었다. 그리고 발끝을 튼다. 편전이 아니라, 희선당에 가기 위해서였다.

그때.

"전하! 전하!"

기찬의 부르짖음이 들려왔다. 어쩐지 다급함이 묻어 있는 목소리로, 심상치 않은 일이 벌어졌음을 시사하고 있는 것이었다.

"무슨 일이냐?"

"하아, 하아……. 김 나인이 예선당으로 끌려갔다 합니다!"

김 나인이라 하면 향의 수족이나 다름없는 애기 나인이다. 그 아이가 왜?

진원이 의문점을 표하기도 전에,

"문초를 당하고 있다 합니다. 이는 필시 태자비마마를 얽매게 하기 위해……! 아니, 더불어 마마께옵서 감찰상궁과 함께 예선당으로 발길을 하셨다 합니다. 동시에 예선당 대문을 넘어 비명 소리가……!"

"가자."

진원은 기찬의 말이 끝나기도 전에 예선당으로 발끝을 틀며 대답했다. 이 기분 나쁜 기운의 근원이 그곳이었던가.

분수를 알라 똑똑히 일렀거늘!

진원의 발걸음이 더욱 빨라진다. 동시에, 어둠 역시 더욱 빠르게 찾아들고 있었다.

"퉤!"

한울은 단향을 향해 피가래가 섞인 침을 뱉었다. 허공을 비행하다 땅으로 곤두박질치는 핏덩이. 그와 같은 비릿함이 향의 얼굴에 피어 올랐다.

"내가 네년의 명 따위 들을 줄 아느냐? 그래! 마음껏 해보거라! 내 아비가 가만히 있을 줄 아느냐? 네년의 사지를 찢어발길 것이야!"

한울은 당장에라도 달려들 듯 눈을 부라리며 고래고래 소리를 내질 렀다. 하, 그 모습이 정녕 안타까워 보이기도 하여 실소가 절로 튀어 나왔다. 제 주제를 알지 못하고 발악하는 모습이라니. 이 어찌 타끈 한 모습이 아니던가.

"사람이 미치면 사리분별을 못 한다더니, 딱 그 꼴이로구나. 보아 라, 미친 계집의 행동거지가 어떠한지. 뭣들 하느냐? 당장 주리를 틀 지 않고."

"꺄악!"

주릿대가 젖혀짐과 동시에 한울의 고개가 뒤로 젖혀졌다. 몇 분 전 까지만 하더라도 하늘을 찌를 듯 기세가 등등했거늘, 저리 나약하게 당하고 있는 모습이 보기에 좋지만은 않았다.

"내, 내 가만히 있지 않을 것이야! 네년의 숨통을 끊어버릴 것이 다!"

한울은 악에 받친 소리를 내지르며 눈을 올려 떴다. 그것이 단순한 겁박만은 아닌 것 같았으나, 향은 표정 없는 얼굴로 한울을 응시하고 만 있을 뿐이었다.

나는, 정당하게 내 자리를 되찾은 것뿐이다. 애초에 나는 태자비

자리에 앉혀졌고, 진원의 안부인이라는 사실은 공공연한 현실이다. 더불어 진원의 사랑까지 되찾았으니.

무엇이 부정한가? 부정한 것은 자신의 것이 아닌 것을 탐하는 한울의 행동이 아니던가?

그녀는 대체, 무엇이 억울한 것인가.

향은 고개를 절레절레 흔들며 눈을 느릿하게 깜빡였다.

"마마, 자가를 어찌하실 생각이옵니까?"

감찰상궁의 속삭이듯 작은 질문이었다. 그에 향은 고개를 들고 눈앞의 정경을 하나씩 훑어보았다.

예선당 소속 궁인들은 질렸다는 표정으로 고개를 떨어뜨리고 있었고, 몇몇의 감찰상궁은 한울의 패악에 놀랐다는 듯 서로 수군거리고 있었다.

아마도, 내일. 아니, 새벽녘이면 이 광경이 날개를 타고 멀리멀리 퍼져 나갈 테지. 그렇게 되면 태위 역시 곤욕을 아니 치를 수는 없으리라.

향은 잠시 눈을 내리감았다. 아침녘부터 이는 통증이 머리통을 뒤흔들었기 때문이었고, 목구멍에서 칼칼한 피 내음이 풍겼기 때문이다. 아찔한 두통. 그에 숨이 차차 가빠지기 시작했다. 그때.

"태자 전하 납시오!"

별안간 내관의 큰 목소리가 울려 퍼졌다. 그와 동시에 예선당 대문이 벌컥 열린다. 푸르른 저녁이라, 쏟아 들어오는 햇살은 없건만. 진원의 얼굴이 빛에 반사되어 하얗게만 보였다. 향의 눈이 가늘어진다.

"뭣들 하는 게냐."

긴 말이 아니었으나, 그 안에 담긴 것은 수천 수만 가지의 뜻일 터이니. 삼삼오오 모여 있던 궁인들의 얼굴이 새파래지는 것은 당연한 일이었다.

"대체 무얼 하고 있었냐는 말이다!"

쩌렁쩌렁하게 울리는 목소리. 벼락이 내리치는 것처럼 흉흉한 기운이 피어올랐다.

"하하, 뭐긴 뭐겠습니까. 잘나신 태자비마마께옵서 저를 만신창이로 만들고 있지 않사옵니까? 잘 보셨겠지요. 이게 바로 저 여우 같은 계집의 실체입니다!"

한울은 삐뚜름하게 고개를 젖히며 괴괴한 웃음소리를 흘렸다. 그에 바득 입술을 깨무는 원. 당장에라도 그녀에게 큰 소리를 내고 싶었으나, 어쩐지 향의 상태가 이상했다. 한쪽 다리를 구부리며 초점이 없는 눈동자로 허공을 바라보는 향. 원은 서둘러 향에게 다가갔다.

"향아, 대체 무슨 일이더냐."

그러나 향은 답이 없다. 머리를 부여잡으며 몸을 비틀거릴 뿐.

"향…… 아?"

원은 향의 어깨를 감싸 안으며 비칠거리는 몸을 받쳤다. 향의 몸은 불덩이 같았으며 항시 반짝이던 눈동자는 빛을 잃었고 손과 발은 힘이 풀린 듯 축 처져 있었다. 동시에,

"켁, 켁…… 컥……."

각혈하기 시작했다. 주륵주륵 흐르는 검붉은 핏덩이. 켁, 켁, 기침 소리가 거듭될수록 비릿한 피 내음이 짙어졌다.

원은 제 손에 묻은 향의 피를 믿지 못하겠다는 듯, 핏덩이와 향을 번갈아 바라보며 억 신음 소리를 내뱉었다.

"향아? 저, 정신을 차려보거라! 향아!"

그러나 향은 눈을 뜨지 않았다. 실신한 듯, 메마른 갈대처럼 축 처지는 몸. 이 믿기지 않는 상황. 그것은 향을 안고 있는 진원에게도 해

당되는 것이었고 김 나인에게 뛰어간 기찬에게도, 그리고 이 모든 상황을 지켜보고 있던 궁인들에게도 해당되는 것이었다.

"태의를 불러 오거라! 당장!"

진원의 외침이 애통하게 들릴 때, 한울의 입가에 환한 미소가 드리워졌다. 마치, 이미 진 태양처럼 환한 미소가.


"흐음……."

희선당, 향의 처소.

태의는 향의 축 처진 손목으로부터 맥을 짚으며 뜻을 모를 탄식을 내뱉었다.

음울한 공기. 검은 새벽의 기운이 바닥을 야금야금 긁으며 피어오르는 때. 진원은 향의 다른 손을 어루만지며 고개를 떨어뜨리고 있었다.

"전하, 아뢰옵기 송구하오나……."

태의는 바싹바싹 마른 입술에 침을 묻히며 시선을 불완전하게 흔들었다.

이를 고하게 된다면 분명 궐 안에 피바람이 몰아칠 터. 자신의 입에서 나온 말에 의해 몇십의 사람이 죽게 될 수도 있다는 압박감에, 그는 질식할 수밖에 없었다.

그런 태의를 응시하던 진원의 눈길이 별안간 날카롭게 찢어졌다.

"사실을 고하라. 행여 거짓을 고한다면 네놈의 삼족을 멸할 것이다."

"그, 그것이……."

진원의 위엄찬 목소리에, 태의는 두 손을 마주 잡으며 말끝을 흐렸다.

그러나 진원의 말마따나 거짓을 고할 수는 없을 터. 태자비의 상태를 빠짐없이 낱낱이 고해야만 했다.

"비마마께옵서 최근에 드셨던 약재가 있사옵니까?"

진원의 두 눈이 가늘어졌다. 향이 먹던 탕약이 있던가? 기억이 나지 않았다. 아니, 애초에 기억이 없을 수도. 그때.

"아, 나으리! 얼마 전에 태의감에 제가 찾아가지 않았습니까! 기억나시지요?"

벽 구석에 기찬과 함께 서 있던 김 나인이 별안간 툭 튀어나와 대답했다. 그녀의 얼굴은 붉은 상흔으로 범벅이 되어 있었고, 그렇기에 기찬의 낯빛이 저리도 어두운 것이리라고 짐작할 수 있었다.

"아아, 그래. 기억이 납니다. 분명 마마의 고뿔 때문에…… 주약을 시켰었지요?"

"예! 그러했습니다! 그래서 주약 나리께옵서……. 아, 잠시만요!"

김 나인은 아프지도 않은지, 후다닥 뛰어 나가 얼마 지나지 않아 또다시 후다닥 들어와 태의의 앞에 비단주머니를 펼쳐 주었다.

태의는 김 나인에게 주머니를 받자마자 내용물을 탁자 위에 쏟아냈다. 그리고 가루를 찍어 냄새를 맡아보기도, 혀로 맛을 음미하기도 하며 하나씩 낱낱이 살펴낸다.

"이게 무슨……."

길지 않은 시간 끝에, 그는 통탄스럽다는 듯 말끝을 흐리며 고개를 내저었다.

"그것이 무엇인가."

어느새 다가온 원이 이를 꽉 깨물며 물었다.

"이, 이것은……."

태의는 눈을 질끈 내리감았다. 짐작하였으나 사실이 아니기를 바랐

던 것. 이것은,

"독초이옵니다……"

아, 결국엔 몰아칠 것이다. 겨울바람보다 더욱 매서운, 궐을 뒤흔들 피바람이.

### 13장.

### 시간 걸음 아래 오직 나라는
### 별이 있었노라고

무너진 밤.

작은 등불 하나에서 비롯된 어릿한 빛만이 힘을 내고 있는 희선당, 향의 처소.

그곳엔 창가 쪽에 우뚝 서 울대를 달싹이는 기찬과, 향이 누워 있는 침상에 고개를 묻고 있는 진원이 있었다.

"전하."

끝이 떨리는 말. 진원은 향에게로 내렸던 시선을 들어 올리며 답을 대신했다.

"어찌하실 생각이십니까?"

향이 먹었던 탕약에 독초가 들어 있었다. 그리고 이는 주약이 처방해 준 것이라 한다. 그러나 한낱 하급 관리가 태자비를 시해하려 할 이유는 없을 테다. 그렇다면 너무도 당연하게, 주약에게 이 일을 시킨 이가 있을 터이니.

아마도 금전을 쥐어주며 일을 시킨 것일 테지. 돈만큼 사람의 마음을 쉬이 움직일 수 있는 것은 없을 테니까.

기찬의 시야에 눈을 감고 있는 향과 시퍼런 눈빛을 가감 없이 내보이던 한울의 모습이 중첩되어 펼쳐졌다.

"전하."

기찬은 재촉하듯 말을 건넸다. 사안이 사안이니 한시라도 빨리 움직여야 할 터. 그러려면 진원이 빠른 명을 내려야만 했기 때문이다. 그러나 진원은,

"……향이 일어나면 정하겠다."

머릿속이 새하얀 듯, 오직 단향의 안위만이 걱정된다는 듯. 그 파리한 손을 맞잡으며 고개를 절레절레 흔들 뿐이었다.

"하오나 전하, 시각을 다투는 일입니다."

"향이 일어나야 정할 수 있다."

"전하……."

기찬은 마른침을 삼키며 말끝을 흐렸다. 이해하지 못하는 것은 아니다. 자신 역시 김 나인의 피범벅이 된 얼굴을 보았을 때 머릿속이 하얘져 아무런 판단도 하지 못하였으니.

그러나 이렇게 손을 놓고 있을 수는 없는 노릇이었다.

"하면, 주약을 찾아오겠습니다."

"그럴 필요 없다."

진원은 입술을 자근거리며 대답했다.

"그는 이미 죽었을 테니."

이 일의 배후는 필시 태위. 그가 아니라면…….

'한울일 테지.'

진원은 살기를 여과 없이 흩뿌리던 한울의 모습을 떠올리며 이를

꽉 깨물었다.

이 빌어먹을 황실에서 비열한 수를 쓸 수 있다면, 그것은 필시 태위일 것이라 판단했다. 그러한 태위의 일거수일투족을 감시하고 있는 만큼, 단향에게 마수가 뻗친다면 자신이 가장 먼저 알 수 있으리라 생각했건만.

오만했다. 오만하고 또한 교만했다.

계집이 품은 한을 간과했던 것이 가장 큰 잘못이었다.

향의 손을 맞잡은 진원의 손에 떨림이 그득했다.

"주약의 가족을 찾아라. 그들이 유일한 증인일 터이니, 안전한 곳으로 옮겨두거라."

녹봉이 쌀 두 말도 안 되는 관리이다. 그런 이가 큰돈을 쥐었다면 필시 가족들 역시 알고 있을 터.

"추문(推問)은 내가 하겠다."

그들을 쥐어짜 배후를 가려내는 일은 손쉬운 일일 테다. 그러니 지금 중요한 것은,

'향아…….'

아직도 눈을 뜨지 못하고 있는 향, 그녀의 안위뿐.

진원은 향의 손에 이마를 가져다 대며 두 눈을 질끈 내리감았다. 자신의 무지에서 비롯되어 벌어진 결과이기에 이리도 통탄을 감출 수 없는 것이리라.

기찬은 그런 진원을 잠시 동안 응시하다 재빨리 방을 나섰다. 태의감에 들러 주약의 거주지를 찾아야 했고, 이 일의 배후보다 일찍 그곳에 당도해야만 했기 때문이다.

걸음이 더욱 빨라진다. 그 걸음 소리가 점점 멀어져 차차 사그라질 때까지,

"미안하다……."

진원의 울음 섞인 말은 끝맺음을 짓지 못했다.

밤은 무너졌다. 그와 마찬가지로, 진원의 마음 역시 산산이 무너졌다.

✼

한울은 푹신한 요에 드러누운 채, 천장을 바라보며 흥얼흥얼 콧노래를 부르고 있었다. 얼굴에는 아직 피딱지조차 앉지 못한 상처가 남아 있건만, 움푹 파인 볼에 짧지만 강렬했던 고문의 흔적이 남아 있건만. 그럼에도 한울의 기분은 상당히 들떠 있었다.

"자, 자가…… 괘, 괜찮으시옵니까?"

엉금엉금 기어온 박 나인이 조심스럽게 운을 띄웠다.

"그럼. 아주 좋단다. 궐에 들어온 후로 오늘처럼 기분이 좋은 날은 없었어."

"자, 자가……."

박 나인은 말끝을 흐리며 고개를 바닥으로 처박았다. 모진 고문에 정신이 나간 것이 틀림없다. 그렇지 않고서야 저리 평온한 상태를 유지할 수 없지 않은가! 그 정도로, 이렇게 의아함을 품을 정도로 한울은 굉장히도 기쁜 상태였다.

"그건 그렇고, 희선당의 아이는 뭐라 하더냐? 태의가 다녀갔다 하더냐?"

"아, 예. 태의는 온 지 한 시도 안 돼서 나갔다 하옵고…… 곧이어 태자 전하와 호위께옵서는 방을 지키고 계시는데……."

박 나인은 기억을 더듬어가며 말을 이었다.

"큰일이 일어난 듯, 표정이 몹시 좋지 않으셨다 하옵니다."

씨익, 올라가는 한울의 입꼬리. 그것은 정녕 방금 고된 고문을 받았던 여인의 얼굴인지 의심스러울 정도로 섬뜩한 것이었다.

"하하! 하하하! 그럼, 그럼! 큰일이지!"

깔깔 박장대소를 한다. 바닥을 손바닥으로 내리치며 기쁜 숨을 끝없이 토해낸다. 정녕, 환희에서 비롯된 모습. 그에 박 나인의 허리춤이 우뚝 서는 것은 당연한 일이었다.

"내 네게 시킬 일이 있다. 별건 아니란다. 아주 간단한 일이야."

"예, 예! 하명하시옵소서."

"지금 당장 궐 밖으로 가거라. 저잣거리에 나가면, 붉은 간판을 달고 있는 술집이 있을 게다. 그곳 일층 제일 안쪽 방으로 들어가면 주약이 있을 게야. 술을 좋아하는 이이니 지금쯤 고주망태가 되어 들이켜고 있을 게고."

한울은 말을 끊으며, 장 속에서 주머니 하나를 꺼내 들었다. 하얀 천으로 감싸져 있는 것이었는데, 아랫부분이 시커먼 걸 보아하니 무언가 심상찮은 것이 담겨 있음을 짐작할 수 있게 만드는 것이었다.

"이걸 주약의 술잔에 넣기만 하면 된다."

"이, 이것이 무엇이옵니까?"

"하, 네가 알면 어찌하려고?"

한울의 대꾸에 박 나인은 침묵했다. 자근자근 입술을 씹으며 자신의 앞에 던져진 주머니를 바라본다. 그리고 곧이어, 그 주머니 옆에 던져지는,

"성공한다면 이것의 세 배를 주마."

엽전 꾸러미. 대충 보아해도 궁인 녹봉의 다섯 배는 되어 보이는 금전이었다. 이것의 세 배라니. 그렇다면 당장에라도 궁인 생활을 청산

하고 번듯한 집 한 채를 얻을 수 있는 금액이었다.

"어찌하겠느냐?"

항시 곱다고만 느꼈던 한울의 목소리가, 오늘따라 뱀의 허물인 양 소름 끼치게 들려왔다. 그러나 눈앞의 돈에 눈이 먼 박 나인이 알아챌 수 없을 터. 그녀는 고개를 세차게 주억거리며 엽전과 주머니를 소맷자락으로 집어넣었다.

픽, 실소를 뱉는 한울. 다시금 요에 벌러덩 드러누운 후 발끝을 까딱인다.

"아, 신이 나는구나. 정말 신이 나. 지금쯤 전하께서는 무슨 생각을 하고 계시려나?"

그 무정하던 얼굴이 어떻게 변했을까? 초조함으로 가득 차 새파랗게 변한 것은 아닐까? 아아, 아니다. 눈물을 줄줄 흘릴 수도. 그래, 그는 그럴 것이다. 제가 가장 사랑하는 여자가 저 때문에 곤욕을 치르게 되는 것이니. 그가 할 수 있는 것이라곤 발만 동동 굴리는 것뿐이겠지. 그는 과연 무엇을 하고 있을까?

"자신의 무지함으로 인해 시들어가는 꽃을 보면서 말이야."

제 탓을 하며 무너진 가슴을 한탄하지는 않을까.

안타깝지 않다. 나를 무시했던 대가는 톡톡히 치러야 하는 것이니까.

한울은 더욱 괴괴한 웃음소리를 흘리며 고개를 뒤로 젖혔다. 무섭지 않다. 이는, 한때나마 연모했던 정인에게 바치는 작은 선물 중 하나일 뿐이었으니.

만약, 용의선상에 오른다 할지언정, 이미 주약을 죽음으로 이끌었으니 증거가 없지 않은가. 그렇기에 그녀는 철저하게 죄를 지을 수 있었다.

다만 염려되는 것은 주약의 죽음을 알고 있는 박 나인인데……. 되었다. 그 계집은 한낱 부귀에 이끌려 달려오는 나방 같은 존재가 아니던가. 여차하면 그 알량한 목숨, 얼마든지 다른 계집을 통해 앗을 수도 있었다.

그렇기에 한울은 생각했다. 오늘의 이 일은 아주 작은 시발점일 뿐이라고. 곧이어 더욱 큰 사달이 벌어날 것이라고. 그렇게만 된다면, 나를 짓밟았던 빌어먹을 계집 따위, 영영 눈앞에서 사라져 버리는 것이라고.

한울은 오만하게도 그리 확언을 했더란다.

"아, 즐거워라."

한울은 머리칼을 배배 꼬며 싱그러운 웃음을 흘렸다. 단향이 적에 오기 전까지만 하여도 경국지색이 다름없다 칭송을 받았던 이. 그렇기에 이러한 화려한 웃음은 그녀가 가지고 있는 가장 큰 무기였다. 그러나 이러한 웃음을 받아주지 않는 이가 존재했으니,

"전하! 자가께옵서는 휴식이 필요하옵나이다!"

"비켜라!"

드르륵―

진원. 오직 그일 뿐이리라.

한울은 자신을 직시하여 꼿꼿하게 걸어오는 진원을 바라보며 몸을 일으켰다. 각오를 하고 있었다는 듯, 부릅뜬 두 눈동자가 괴괴하게 빛난다.

"천벌을 받고 싶으냐."

다상에 발을 올리고 몸을 굽히며 한 말이었다.

"아니면 형벌을 받고 싶으냐."

한울을 향해 손을 뻗는다.

"네가 택해보거라."

그 머리채를 휘어잡듯 옭아매고 두 눈을 마주한다. 삽시간에 뒤바뀐 대기. 정녕 짙은 살기가 그득한 모습에 한울의 눈동자가 사뭇 흔들렸다.

그러나 탁, 뒤로 몸을 젖히며 진원의 손을 풀어내는 한울. 비죽 입꼬리를 올려 보였다.

"미천한 소첩, 전하께옵서 무슨 말씀을 하시는지 모르겠나이다."

"양제."

"마마께서는 어찌 되셨습니까? 지독한 고뿔이라 전해 들었는데, 그런 상태에서도 그리 팔팔했다니요. 금방 일어나실 겁니다. 암요, 그렇지요."

"양제!"

"그러니 평소에 마음 씀씀이를 착하게 쓰셨어야지. 마마께옵서 쓰러지셨다 하니 궐의 온 궁인들이 환호를 지르더이다. 하하, 그런 이가 어찌 내명부의 수장이라고."

쾅!

다상을 내려치는 진원. 그의 시선 속에 시리도록 냉한 눈발이 담겨 있었다.

"정녕 죽고 싶은 게로구나."

그러나 한울은 굴하지 않는다. 너무도 여유롭게, 자늑자늑한 손길로 뒤엎어진 다상을 일으킬 뿐.

"네가 한 짓임을 똑똑히 알고 있다. 하니, 이번에는 벌을 피할 수 없을 게야."

"어머, 무슨 말씀을 하시는지 모르겠나이다."

빙긋 웃는다. 벽에 걸려 있는 작은 등불에서부터 빛이 흘러들어 와 그녀의 옆얼굴에 일렁이는 그림자를 자아내기에 이르렀다.

"전하의 탓입니다."

눈을 치켜뜬다. 검은 기운이 잠식한 한울의 눈과 목과 입이 음습하기 그지없었다.

"전하의 안일함이 화를 불렀고, 오만함이 액을 드러내게 만들었습니다."

진원의 손을 마주 잡는다. 식은땀으로 범벅되고 차게 식은 그 손을 부여잡는다.

"한데 왜 애먼 소첩을 탓하시는지요?"

틀린 말이 아닐 터.

애초에 진원이 자신을 밀어내지 않았더라면, 처음부터 그가 자신을 사랑했더라면, 그가 단향을 받아들이지 않았더라면 일어나지 않았을 일. 한울은 이것을 말하고 있는 것이었고, 그렇기에 진원의 시선이 황량해짐은 당연한 일이었다.

"내, 잠자코 넘어갈 성싶으냐."

"그렇지 아니하신다면 어찌하실 생각이옵니까?"

한울의 손을 뿌리친다. 탁, 떨어진 손끝. 이는 마찬가지로 떨어진 마음과도 같았기에, 그렇기에 한울은 애써 쓴웃음을 삼킬 수밖에 없었다.

"본디 외인이 내명부에 간섭함은 아니 되는 것을 안다만, 수장이 '누구 탓에' 누워 있는 터에 올바른 판결을 내릴 수 없을 터. 하니, 너의 처분은 내가 결정하겠다."

"위법이십니다."

원은 몸을 일으켰다. 또랑또랑한 눈빛으로 자신을 바라보고 있는 한울을 향해 비식 비소를 뱉는다.

"내가 곧 법이다."

바득, 입술을 깨문다. 막무가내라 할지언정 이리 대책 없이 뛰어들 줄은 몰랐다. 그만큼, 단향을 연모하고 있다는 것일까.

받아들이고 싶지 않은 사실이 너무도 가까이 다가와 한울은 때 아닌 좌절감은 맛볼 수밖에 없었다.

"사관 들라 하라."

원은 열린 문 너머로 짤막하게 말했다. 곧이어 종종걸음으로 들어오는 사관. 경필을 잡고 있는 손이 바들바들 떨림이 보였다.

"윗사람을 바로 모시지 않은 죄. 궁중 법도를 어기고 궁인에게 형벌을 내린 죄. 그럼에도 불구하고 제 잘못을 모르니."

원은 흐트러진 머리칼을 쓸어 넘기며 미혹시키듯 실한 미소를 내지었다.

"오늘부로 양제는 작위를 박탈한다."

쿵, 이는 한울의 마음이 가라앉는 소리이다.

"설령 죄가 밝혀지지 않는다면."

"제가 한 짓이 아니옵니다! 억울하옵니다!"

"죄가 드러날 때까지 이곳에서 단 한 발자국도 나갈 수도, 그 누구도 들어올 수도 없다."

한울은 자신도 모르게 바닥을 손톱으로 긁었다. 퍼런 핏줄이 올라온 손등에 분노라는 감정이 짙게 서린다.

"설령 그대의 수명이 다해 죽더라도. 결코 나갈 수 없다."

"전하!"

밤을 찢어발길 듯 괴괴한 울부짖음도 진원의 사나운 눈빛에 해저로 가라앉았으니.

바람이 분다. 이는 겨울날 하얗게 부서지는 시린 바람이었다.

원은 예선당에서 나온 직후, 뛰듯이 걸음을 빨리해 희선당에 걸어가고 있었다. 한 걸음, 한 걸음 발을 내디딜 때마다, '전하께서 제게 이러시면 아니 됩니다!' 하던 한울의 울부짖음이 떠올랐고, '가여운 제 마음을 짓밟은 죄! 이는 톡톡히 치르실 겁니다!' 하던 겁박이 떠올랐다.

잠시 걸음을 멈춘다. 후우— 긴 숨을 내뱉는 그.

마음이 곧이 편하지만은 않다. 한울의 광기 어린 모습이 두려워서가 아니다. 그녀의 곱지 않은 심성에 불쾌해서가 아니다.

단지, 단지…….

'내가 만든 사람이기 때문이겠지.'

인간이란 본디 가장 추악한 내면을 숨기고자 한다. 그러나 한울은 그 더러운 속내를 여과 없이 드러냈다. 이는 그녀의 도화선에 불을 붙인 이가 있다는 말. 그 사람은, 누가 무어라 해도 바로 원, 자신이었다.

원은 고개를 절레절레 흔들며 걸음을 재촉했다. 걷잡을 수 없이 흐르는 시간, 이 속에서 자신은 꼿꼿하게 몸을 유지해야만 했다.

자신을 오직 가능케 하는 존재, 오직 존재케 하는 사람.

이는 바로 단향이었으니.

원은 재우치듯 뛰어갔다.

희선당으로, 아직 검푸른 기운이 넘실대는 희선당으로.

✻

눈을 뜨자마자 보이는 것은 너무도 당연히 천장이었다. 천장에 박혀 있는 특유의 기하학적 무늬가 둥둥 떠올라 돌아다니는 듯해 머리가 어지러웠다.

눈을 깜빡인다. 고개를 돌리려 했으나 어쩐지 몸이 뻐근해 쉽사리 움직일 수 없었다. 재차 눈을 깜빡인다.

시야는 거뭇했다. 밤이 되었다는 사실 또렷하게 다가왔다. 얼마나 누워 있었던 것인가. 반나절? 한나절?

예선당으로 발걸음을 해 한울에게 울분을 토해내고, 진원을 마주한 것까지만 기억이 난다. 그 뒤로는…… 무슨 일이 있었던 것인가. 그리고 진원은 어디에 있는가.

눈을 이리저리 굴리며 방 안을 살펴보았으나 진원의 흔적은 없었다. 방금 전까지만 하더라도 향을 향해 띄우던 그 환한 웃음은 존재치 않았다.

어쩐지 방금 전 꾼 꿈이 정녕 꿈이었다는 사실에 서글퍼졌다.

눈을 감으니 천상이었고, 눈을 뜨니 현실이라. 그렇다면 내 눈을 계속 감고 있어도 되는 것이 아닌가.

향은 섬연한 웃음을 띠우며 목을 들어 올렸다.

몽상이 아니다. 곧이어 다가올 미래, 실재하는 것일 테니.

입술을 꼭 깨문다. 그리고 억지로 힘을 줘 몸을 일으켰다. 바짝바짝 목이 타들어갔다. 물 한 잔이라도 마시고 싶건만, 김 나인은 어디로 갔는지 보이지 않았다. 그때.

드르륵―

문이 열리는 소리가 들렸고,

"향아……?"

시탁(쟁반)을 들고 들어오는 진원의 목소리가 이어 들려왔다.

"향아!"

그는 다급하게 뛰어오듯 다가와 시탁을 던지듯 내려놓고는 향을 와락 그러안았다.

"언제 일어난 게야. 괜찮은 게냐? 어디 아프지 않아? 답답하지는 않고?"

"저, 전하."

"왜 말을 더듬는 게야. 말이 나오지 않아? 목이 아픈 게더냐? 태의를 불러올까?"

진원은 향의 어깨를 부여잡은 채 이곳저곳을 살피며 걱정스러운 말을 내뱉었다. 그의 눈은 축축하게 젖어 있었고, 이는 방금 전 한울에게 독설을 내뱉고 온 이라는 사실을 망각하게 해주기에 충분한 것이었다.

"아니요. 괜찮습니다. 아픈 곳도 없어요. 하니…… 이 손 좀……."

"어, 어, 그래. 내가 너무 세게 붙잡았나 보구나."

원은 향의 어깨를 쥐고 있던 손을 풀어내며 멋쩍은 웃음을 흘렸다. 걱정과 한탄스러움에 눈물방울을 찍던 것이 언제냐는 듯, 그의 얼굴엔 천행을 느끼고 있음이 드러나는 미소가 걸려 있었다.

"어찌된 영문인지 여쭙고 싶습니다. 기억이 없어요. 제가 왜 누워 있는지…… 얼마동안 누워 있었던 것인지……."

향은 진원의 손에 자신의 손을 포개 얹으며 말끝을 흐렸다. 그에 자신도 모르게 바득 이를 깨무는 원. 한울의 추악한 짓거리가 떠올라서일까. 맑았던 눈동자에 분노의 기운이 드러난다.

"양제."

방금 전 보았던 한울의 표독스러운 얼굴을 떠올린다.

"양제가 네 약에 독을 넣었다."

애써 떨치려 하였으나 더욱 또렷해지는 기억에 원은 잠시 미간을 찌푸렸다. 그 찰나의 순간을 놓칠 리 없을 터. 향은 진원이 들어온 직후부터 미약하게 풍겼던 분 냄새를 끌어당겼다.

한울을 만나고 온 것일 테지. 그러니 아직 들끓는 마음을 가라앉히지 못하는 것이고.

향은 느릿하게 생각을 더듬으며 시선을 아래로 떨어뜨렸다.

"왜…… 그러했답니까."

진원은 대답이 없다. 적절한 대답을 찾고자 머릿속을 휘젓는 것같이 보였다. 픽, 향은 소리 없는 실소를 터뜨렸다. 독을 들이마신 이치고는 꽤나 태평한 모습이다.

"하기야, 묻는 것이 우습습니다. 그래요. 양제 눈에는 제가 눈엣가시일 테요, 당장에라도 없어졌으면 하는 존재일 테니까요. 저 역시 양제를 그리 생각했고요."

향은 자조적인 말을 내뱉었다. 그에 한껏 찌푸려지는 원의 표정. 향의 손을 낚아채듯 잡는다.

"양제의 작위를 박탈했다. 또한 금족령을 내려놨으니 쉬이 다른 짓을 하지 못할 게다. 또한……. 양제의 궁인들을 문초할 것이다. 그리해도 답이 나오지 않으면 태위의 시종을 문초할 게고, 그래도 입을 다문다면 양제를 잡아들일 것이다. 그럴 일은 없겠으나 그래도 모른 척을 한다면."

눈을 가늘게 뜬다.

"태위를 잡아들일 것이다."

형형한 살기가 드러나는 그 모습에, 향은 애써 시선을 떨어뜨릴 수밖에 없었다.

"저는…… 괜찮습니다."

사실, 겪지 않게 된 상황에 두려움을 느낀다는 것은 어불성설, 말이 되지 않는 언사였다.

그렇기에 향은 다소 평온했다. 어찌 되었든 가깝게 와 닿는 죽음의 기운이 없기 때문이고, 더불어…… 어쩌면 예상하고 있었기 때문일 테지.

향은 고개를 들어 올렸다. 그리고 진원의 애틋하게 흔들리는 눈동자를 바라보았다.

"네가 죽을 수도 있었다."

"그럴 리가요. 단순한 고뿔이었을 뿐입니다. 아프거나 한 것이 아님에……."

"그렇기에 위험한 것이다! 그 독으로 인해 네 몸이 얼마나 좀먹었는지 알 수가 없어서! 그래서 위험한 게야!"

태의의 말에 따르면 많이 복용한 것이 아니기에 아직은 괜찮다 하였으나, 그럼에도 향이 먹은 것은 독이다. 좋은 것만 먹어도 모자랄 판국에 독이라니. 하면 지금쯤 향의 내장이 어찌 되었는지는 아무도 모를 일이 아니던가.

원은 향의 어깨를 끌어안듯 붙잡았다.

"네가 쓰러졌을 때 내가 어떤 생각을 했는지 아느냐? 하늘이 무너지고 땅이 꺼지는 그 기분을 아느냐? 심장이 찢긴 듯 고통스러웠던 순간을! 네가…… 네가 아느냔 말이다……."

놓지 않겠다는 듯, 놓칠 수 없다는 듯 제 품으로 향을 넣으며 속삭이듯 말하는 그.

"네가 정녕 죽으면 어찌할까. 네가 없으면 내가 어찌 살까. 네 뒤를 따라갈까. 수백 수만 가지의 생각을 한 나를……."

정히 그러했다. 단향이 일어나지 않는다면, 정히 죽음의 끝자락에 닿았다면, 그 역시 목숨을 끊어버릴 용의가 충분했다.

이만큼, 그에게 있어 오늘의 사태는 심장을 갈가리 찢는 중한 일이었다.

"연모한다."

연심을 고한다 하기엔 그 끝이 황망했다. 그러나 거짓은 아니었다. 단지, 그의 불안감이 가감 없이 드러나 이리도 말끝이 흔들리는 것뿐. 오직 그것뿐이었다. 새삼스럽게도 그의 마음을 의심할 생각은 추호도 없다.

"이 말로도 모자랄 만큼, 너를 깊이 연모한다."

원은 향의 등을 쓰다듬으며 끊임없이 속삭였다. 그 말길에는 눈물이 묻어 있었고, 그렇기에 원의 적잖은 불안감과 슬픔을 향이 모를 리가 없었다.

"그러니, 제발 내 허락 없이 나를 떠나지 말아다오……."

어깨에 얼굴을 묻는다. 축축한 숨이 살결에 내리 닿는다. 해갈되지 않은 그리움이 뼛속 깊숙이 담겨 있는 성싶었다.

향은 느릿하게 손을 들어 올렸다. 역시 원의 허리를 감싸 안으며 등을 조심스레 토닥인다.

"꿈을 꾸었습니다."

눈을 내리감는다. 머리가 생생해질수록 더욱 또렷하게 기억나는 꿈을 되짚으며 입술을 나긋하게 움직인다.

"푸르른 들판 너머, 제가 있었습니다. 아이 두 명과 희희낙락 여생을 보내고 있는 제가요."

자세히 보이지는 않았으나, 한 명은 남자아이였고 한 명은 여자아이였다. 진원을 똑 닮은 남자아이, 그리고 향을 똑 닮은 여자아이.

기분이 어떠할까. 나의 삶에서 잉태된 또 다른 삶을 바라볼 때의 희열이란……

향은 눈을 올려 떴다. 그리고 진원의 뺨을 잡고 몸을 일으켜 눈을 마주한다.

"그리고 그곳에 전하 또한 계셨습니다."

타오르는 태양처럼 이리 붉디붉은 사람이, 어둠과도 같이 어둡고 칙칙한 나의 모습과 섞여, 낮과 밤이 공존할 수 있음을 내보여 주었더란다.

향의 섬려한 입술에 야트막한 웃음이 맺혔다.

"그때가 오기 전까지, 저는 물러설 수 없습니다."

간절히 바라고 바라는 것. 설사 이루어질 수 없다 할지언정 간절히 꿈이라도 꾸고 싶은 것.

향의 눈에 담대하고도 영명해 보이는 빛이 얼기설기 맺혔다. 이를 가만히 지켜보는 원. 그의 손끝이 사뭇 떨린다.

"내가 지켜주겠다. 내가 이루어주겠다."

다시금 향을 그러안는다. 향의 머리칼을 쓸어 넘기듯 어루만지며, 가슴에 박혀 있던 한을 여실히도 풀어냈다.

"반드시, 내 반드시 약조하마……."

그 목소리엔 짐작 가능한 얼룩이 그득 묻어 있었다. 아마도, 끝이 다가오고 있는 것이리라.

어느새 동이 튼 하늘, 그 아래 노니는 까막새들의 울음소리가 들려왔다.

까악, 까악—

저 울음소리가 가득한 끝 날이 되지 않도록, 간절히 바라고 바랄 수밖에 없었다.

✼

아침. 밝은 하늘. 구름 속을 노니는 가을 새 여러 마리.

지저귀는 울음소리가 지천을 나다닐 때, 급히 발걸음을 한 사공은 동주궁의 대문을 두드렸다.

"사공 윤문수, 황태자 전하께 독대를 청하옵나이다."

필시 방 안에 있음이 분명하건대 들려오는 대답은 없다. 그에 당황한 사공. 두 손을 공손히 모은 채 고개를 숙이고 있는 상궁을 힐끗 쳐다본다. 그러나 그녀는 고개를 절레절레 저을 뿐, 다른 대답을 하지 않았다.

눈을 느릿하게 감았다 뜨는 그. 이내 목청을 재차 틔운다.

"사공 윤문수, 전하께 급히 주청할 사항이 있사오니 부디 독대를 허락해 주시옵소서."

한 차례 바람이 불어온다. 꺼끌꺼끌한 나무 바닥을 쓸고 온 바람은 이내 얇은 창호지문을 뒤흔들었고, 결국에 진원이 앉아 있는 좌구에 까지 흘러들었더란다.

"……들라."

진원은 내키지 않지만 어쩔 수 없다는 듯, 미간을 찌푸리며 답했다. 그에 벌컥 열리는 문. 사공은 문지방을 넘어 성큼성큼 방 안으로 걸어 들어왔다.

"이리 대담을 하게 되면 의심받으리란 생각은 못 하셨습니까?"

쏘아붙이듯 말하는 원. 그러나 그 흘기는 눈빛에도 사공은 굴하지 않았다. 오히려 이를 꽉 깨물며 가슴속 안고 있던 의문점을 심문하듯 토해낼 뿐.

"대체 이게 무슨 일이옵니까? 어제저녁, 양제와 태자비마마 사이에 있었던 일은 익히 들어 잘 알고 있나이다. 한데 금족령이라니요? 겨우 여인네들의 싸움 따위에 끼어들어 일을 처리하신 것입니까?"

"사공."

"예선당의 궁인들은 무슨 연유로 추문장에 있는 것입니까? 이 기회로 양제의 수족을 다 잘라 버릴 생각이십니까? 이런 사사로운 일에 휘둘려 앞을 내다보지 못하고 계시는 것이옵니까?"

"사공!"

진원은 결국 짜증이 올라왔는지 소리를 내지르며 서 있는 사공을 노려보았다. 찢어발길 듯 괴괴한 그 눈빛이 진원이 적잖이 화가 났음을 알려주는 듯싶었다.

"그, 그리 보아도 무섭지 않습니다. 연유를 알려주시옵소서. 전하께옵서 왜 그리 하셨는지 알아야 제가 두둔을 하든지 할 것 아닙니까!"

사공은 어깨를 뒤로 빼며 대답했다. 바지 자락을 꽉 붙잡고 있는 것이 '무섭지 않다'는 말이 거짓임을 알려주는 성싶었다. 아무리 그래도 엄연한 황태자라는 것인가. 새삼 느껴지는 위엄에 그는 마른침을 모아 삼켰다.

"……태자비가 쓰러졌습니다."

예? 사공은 두 눈을 크게 올려 뜨며 반문했다. 양제의 이야기만 들었지, 태자비에 대한 말은 듣지 못했다. 그저, 어제저녁 그녀들이 큰 싸움을 했다는 것밖에…….

한데 쓰러졌다니? 그것이 양제와 상관이 있다는 말인가?

사공은 주춤 좌구에 몸을 앉히며 진원의 다음 말을 잠자코 기다렸다.

"태자비가 고뿔로 인해 처방받은 탕약에 독이 들어 있었다 하더이다."

"도, 도, 독이라 하셨습니까? 탕약에요?"

진원은 고개를 끄덕였다. 그리고 뜨거운 찻물을 한 모금 삼켜낸다. 어찌 보면 평온해 보이는 모습일 수도 있었으나, 실상은 그것이 아니라는 듯 찻잔을 쥐고 있는 손끝이 바들 떨림이 보였다.

"허, 하면…… 양제에게 그리 하신 이유가……!"

양제가 독을 탔다는 말인가? 태자비의 약에?

그 믿기지 않은 현실에 사공은 부정하듯 소리를 내질렀으나 돌아오는 것이라곤,

"예. 양제가 주약을 매수해 독을 넣은 것 같습니다."

끔찍한 현실뿐.

사공은 입을 열고 목소리를 내는 대신 파리해진 얼굴로 답을 대신했다. 그만큼 적잖은 충격을 받은 것이리라.

"다행히도 태자비는 괜찮습니다. 어제 눈을 떴지요. 당분간 지켜봐야 할 것 같습니다만……."

"하아…… 그것이 어딥니까. 다행입니다. 다행이에요."

사공은 놀란 가슴을 쓸어내리며 긴 숨을 내쉬었다. 대행 황후가 운한 지 고작 두 달밖에 지나지 않았다. 아직도 흉흉한 기운이 사그라지지 않았는데, 또다시 상을 치를 수는 없지.

더불어…… 만약 태자비가 운하였더라면 진원은 이성을 잃었을 것이다. 당장에 검을 뽑아 들고 양제를 내리찍었겠지. 더 이상 이승의 삶을 살 수 없게 만들었겠지.

'다행이다'라는 것이 비단 태자비에게만 해당하는 말이 아니란 말이다.

슬그머니 눈을 올려 뜬다. 이 사태를 들음과 동시에 떠오르는 생각을 내뱉기 위해서였다.

"마마께옵서 안온하시다 하시니 감히 말씀을 올리자면……."

다시금 눈을 내리깐다.

"차라리…… 잘된 일이 아니겠습니까. 이는 황실에 반기를 드는 역모와도 같은 것이 아니옵니까. 이 일로 인해 태위와 양제를 묶어 한번에 처단하는 것이 어떻겠습니까."

"그렇잖아도 그리할 생각이었습니다. 하나."

탁, 탁, 다상을 손끝으로 내려치는 원. 목이 탄다는 듯 연거푸 차를 마셔 삼킨다.

"증거가 없습니다, 증거가."

기찬이 주약의 가족들을 생포했다.

그들이 말하길, '어느 날 주약이 큰돈을 가져왔다. 생전 처음 보는 금전이라 이의 출처를 물었으나 주약은 그에 대한 답을 하지 않았다. 그저, 큰일을 맡았다고만 할 뿐이었다'고…… 하였으니.

즉슨 그들의 가족을 추문한다 할지언정 나올 것이 없다는 말이었다. 물론 그들이 거짓을 고한 것일 수도 있다는 가정은 했으나, 병든 노모가 설마 거짓을 고하겠는가. 이미 제 아들은…… 세상을 다하였을 텐데.

진원은 잠시 미간을 찌푸렸다. 어젯밤부터 오늘의 아침까지 예선당 궁인들을 추문하였으나 수확은 없었다. 하다못해 주약이 예선당에 발길을 했음을 입증만 할 수 있더라도 일은 쉬이 풀릴 것인데……!

증거가 없었다. 양제에게 합당한 벌을 내릴 수 있는 증거가!

그렇기에 진원의 마음이 이리도 새까맣게 타버리는 것이리라. 눈을 가늘게 뜨며 저를 응시하고 있는 사공에게 시선을 돌린다.

"단순한 심증만으로 양제를 내칠 수 없을 터. 그렇기에 임시방편으로나마 금족령을 내린 것입니다."

"하, 하하…… 이런 크나큰 심중을 알아채지 못한 소인을 용서하여 주시옵소서."

"……마음에도 없는 소리 하지 마시지요."

"아아, 들켰습니까?"

사공은 속없는 소리를 하며 샐쭉 웃음을 내지었다. 그 누가 보아도 '도겸의 아비'라 칭할 수 있는 모습이었다. 픽, 진원은 힘이 풀린 듯 실소를 내지으며 턱을 들었다.

"양제는 여기서 끝내지 않을 것입니다."

"여기서 끝내지 않는다면……?"

"더 큰 계략을 세우고 있을 거란 말입니다."

그래. 향을 정녕 죽이고자 독을 넣은 것이라 하기엔 그 양이 너무도 적었다. 그렇다면 이는 단순한 겁박. 그렇기에 이러한 협박이 먹히지 않았음을 알게 된 양제가 어떤 수를 쓸지는 모르는 일이었다.

나태함과 오만함으로 인해 향이 다치게 되었으니, 이제는 최악의 상황까지 고려해 수를 두어야 했다.

원은 까끌한 턱을 매만지며 눈을 찢었다.

"그때까지, 몸을 숙이고 있어야 할 것입니다. 사공과 저의 거래가 성사되고자 원하신다면 말이죠."

"하하, 여부가 있겠나이까. 염려 마시옵소서."

그 호탕한 말에 원은 만족스러운 미소를 띠우며 시선을 돌렸다. 어느덧 중천으로 올라가고 있는 태양을 바라본다. 그 빛이 뜨거워 눈살이 찌푸려질 법하건만. 그는 꼿꼿하게 눈을 뜬 채 태양을 직시하고 있었다. 태양의 아들이라는 수식어가 너무도 잘 어울리는 모습이었다.

"참, 비서승은 요새 무얼 하고 지낸답니까? 통 얼굴이 보여야 말이지요."

문득 도겸이 떠올랐다는 듯 진원은 휙 고개를 돌리곤 말했다.

이틀에 한 번 꼴로 얼굴을 비추며 빙긋방긋 웃던 도겸이 보이지 않은 지는 꽤 오래된 일이었다.

까닭이 있는 것인지, 아니면 의도적으로 진원을 피하는 것인지는 알 수 없는 노릇.

그렇기에 진원은 딴청피우는 척 말을 건넨 것이었고, 사공은 눈에 띌 정도로 당황하기에 이르렀다. 시선을 이리저리 피하며 눈을 내리까는 모습이 여간 이상한 것이 아니었다.

"제, 제, 제 아들내미 말씀하시는 것이옵니까?"

"……비서승이 도겸 말고 또 누가 있습니까."

"자, 자, 잘 지내고 있습니다. 요즘 일이 밀렸다 하여 두문불출하긴 합니다만…… 마, 말을 전해놓겠습니다."

얼마 전, '그 일'이 있은 후로 도겸은 일이 없을 적엔 집에, 일이 있을 때엔 비서감에 처박혀 도통 바깥으로 나오지 않았다. 제 아비를 보아도 대화를 하지 않았으며, 사관들의 말을 들어보니 그들과도 일절 대화치 않는다 하였다.

아마도, 갖고 있던 신념이 사라짐과 동시에 무기력함에 빠진 것일 테지.

사공은 진원의 의심쩍은 눈초리를 애써 외면하며 헛기침을 내뱉었다. 그때.

"손님이 온 것 같군요."

느릿하게 몸을 돌리며 말하는 원. 동시에 자박자박 발소리가 들려오기 시작했다. 얼마 후,

"태자 전하, 신 태위 이치원, 대담을 청하옵나이다."

두 수 앞까지 내다본 판. 이 판을 노니게 될 패가 등장한 때였다.

"드시지요, 대감."

사공은 너털웃음을 흘리며 성큼 방 안으로 들어오는 태위를 바라보았다. 그는 매우 언짢은, 아니, 화가 난 듯한 표정을 짓고 있었는데, 그것이 사공을 향해서가 아니라 진원을 향해 있음이 너무도 확연해 사공은 가슴을 쓸어내릴 수 있었다.

"어인 일이십니까?"

진원은 짤막하게 말했다. 그러나 그 안에 서슬 퍼런 독기가 담겨 있음을 모를 리 없는 태위였다.

"제게 물으시는 것이옵니까? 그건 제가 전하께 여쭙고 싶은 말입니다! 대체, 어떤 연유로!"

쿵, 쿵, 다가가 진원의 앞에 우뚝 서는 그. 내리깐 눈에서 진원을 찢어 죽이고 싶다는 듯 살기가 퍼져 나왔다.

"제 딸이 내쳐진 것인지 알고 싶사옵니다."

주먹 쥔 손이 바들 떨린다. 금족령이라니? 거기다 궁인들은 추국이라니? 대체 이 무슨 일이냔 말이다! 그는 고개를 옆으로 젖히고 자신을 노려보듯 바라보고 있는 진원을 바라보았다. 저 유유자적한 모습은 무어란 말인가? 지금쯤 내 딸은 식음을 전폐하고 있을 터인데, 눈물을 흘리고 있을 터인데!

그러나 돌아오는 것이라곤,

"나를 추국하는 겁니까?"

"전하!"

"타당한 연유가 있었거늘."

아주 짧은 대답뿐. 그는 태위의 분노에도 개의치 않는다는 듯 귀를 후비며 어깨를 으쓱 올렸다.

"자식 잘못 키운 죄를 누구에게 탓할꼬."

그는 다리 한쪽을 올려 무릎에 팔꿈치를 대고 손에 턱을 괴었다.

그것이 마치 태위 자신을 비웃고 있는 것처럼 보여, 그는 올라온 분을 여과 없이 드러낸 것이리라.

"여인들 사이의 다툼입니다! 전하께서 관여할 일이 아니란 말입니다!"

"여인들 사이의 다툼이라……."

이는 필시 어젯밤 일어났던 사달을 모르기에 하는 소리이다. 사공 역시 몰랐기에 진원에게 추궁하듯 캐물었던 것이었고. 그만큼 입단속을 잘 하여 새나가지 않은 것은 궁인들을 칭찬할 만한 일이나,

"대감께서 아는 다툼에는 독이 쓰이나 보지요?"

태위는 분명하게도 알아야 했다.

"그, 그게 무슨 말씀이옵니까?"

"태자비가 쓰러졌다."

그가 그리도 금지옥엽 아끼는 계집 때문에, 내가 그 누구보다 연모하는 이가 정녕 죽을 뻔했다는 것을.

태위는 진원의 살기 어린 말에 잠시 숨을 삼켰다. 태자비가 쓰러졌다니? 그 무슨 말이란 말인가? 설마, 설마, 진원이 자신에게 이런 말을 하는 이유가……!

"이 궐에서, 태자비를 가장 증오하는 이가 누구일까요. 태위, 맞혀 보시지요."

아― 태위는 신음을 흘리며 두 눈을 질끈 내리감았다. 다리에 힘이 풀려 쓰러질 것 같았으나 억지로 힘을 주어 간신히 버텨냈다.

멍청한 아이……! 잠시만 기다리라 하였거늘……!

가슴이 답답하다. 핏덩이가 맺힌 듯 목구멍이 칼칼했다.

"양제를 잡아 추문장에 밀어 넣어도 모자랄 판국에! 이 같은 처사도 감지덕지해야 하거늘!"

쾅! 진원은 다상을 거세게 내려치며 소리를 내질렀다.

"감히 제게 가타부타 말을 하려 오신 겁니까?"

이는 그가 크나큰 분노를 품고 있음을, 그러나 애써 감추고 있었다는 것을 방증해 주는 것이었으니.

태위의 어깨가 떨어진다. 체념한 듯, 힘이 풀린 눈가에 그려져 있는 주름이 더욱 깊어졌다.

"뭣들 하느냐. 대감께서 나간다."

진원은 다소 가라앉은 목소리로 문밖, 궁인들에게 말했다. 그에 드르륵 열리는 문.

태위는 어쩔 수 없이 몸을 돌려야만 했다. 여기서 더 말을 이었다간 다상 위에 있는 저 찻잔이 자신에게 날아올 수도, 아니, 더 간다면 목이 뎅겅 잘릴 수도 있을 것이란 생각이 들었기 때문이다.

……한울. 이 우매한 아이.

한울이 금족령에 처해진 이상 그네를 만날 순 없었다. 그 형벌이란 본디 들어오는 이를 막고 나가는 이를 막는 것이니.

그러니, 태위는 정녕 어쩔 수 없이도 진원의 앞에 머리를 처박아야만 했다.

설사 한울이 그런 것이 아니라 할지언정 혐의를 받고 있는 그네를 예선당에 그대로 두는 것은 처사에 맞지 않는 일이었기 때문이다. 더불어, 말마따나 정녕 한울이 그러했다면 이 같은 처사에도 감사해야 하니.

그렇기에 태위는 진원의 명에 따라 방을 나서기 위해 차차 걸음을 옮겼다. 그때, 등 뒤에서 들려오는 소리.

"다음번엔, 마주하는 일이 없도록 하지요."

이는 너무나도 확연한 뜻을 담고 있는 말이었다.

'다음번'이 되기 전에, 태위를 몰아내고야 말겠다는 다짐을 담고 있는 말.

태양이 떠오른다. 아무래도, 지금 보는 이 태양은 절대로 지지 않을 빛과도 다름없는 것이었다.


"……꽤나 불쾌해 보이십니다?"

사공은 엉거주춤 몸을 일으키며 진원을 바라보았다. 그는 편두통이 이는지 인상을 찌푸리며 눈썹 뼈 부근을 꾹꾹 누르고 있었는데, 그 통증의 원인이란 방금 전 방을 나간 태위임이 분명하였다.

그렇기에 사공은 되도 않은 눈치를 보며 시선을 이리저리 돌리고 있을 뿐이었더란다.

"사공께서는."

원은 삐뚜름하게 앉아 있던 자세를 바로잡으며 사공을 향해 고개를 올렸다.

"비서승이 좌강되었을 때 어떤 기분이셨습니까."

악의 없음이 선연한 말이었으나, 이를 들음과 동시에 사공은 제 심장이 발끝까지 떨어진 듯한 느낌을 받을 수 있었다.

그의, 그리고 도겸의 일생이 바뀌었던 중차대한 사건이었으니.

막을 수 없는 순간의 격동. 사공의 주먹이 자연스레 쥐어진다.

"세상이 무너지는 듯했지요. 하나뿐인 아들, 제 아비가 멍청해 인생의 쓴맛을 보게 만들었으니까요."

"제가 밉지는 않으셨습니까."

기다리고 있었다는 듯, 진원은 바로 반문하며 사공의 변모하는 표정을 살폈다.

"……진실을 고해야 하는 것입니까?"

제 사람도 지키지 못하면서 어찌 나라의 주인이 되려 하느냐고 경을 치고 싶었다 하면, 제 아들을 그 지경까지 몰아간 진원을 찢어 죽이고 싶었다고 하면, 반역죄라 하여 죗값을 받을까.

픽, 사공은 헛웃음을 내뱉으며 고개를 저었다.

"이제나 저제나, 되었습니다. 아주 오래전 일이고…… 그렇기에 전하께서도 새로운 기회를 주신 것이 아니겠습니까."

제 눈가에 움푹 들어가 있는 주름살을 어루만지며 기억을 떨치려 애를 쓴다. 말마따나, 오랜 시간이 흘렀으니. 돌이킬 수 없는 과거이니.

"모든 일을 끝마치고 물러나겠습니다."

원은 눈을 찬찬히 내리감으며 중얼거리듯 대답했다. 이는 사공에게 보냈던 서신의 내용을 뜻하는 것이었다.

"이미 모든 패는 준비가 되어 있으니까요."

이 방을 나선 태위가 어떤 결의를 다질지, 무슨 행동을 할지, 앞으로 어떤 나날들이 드러나게 될지, 모든 것을 파악하고 있다.

그래. 다시는 이런 일이 없을 것이다. 없어야만 한다. 내 우매함으로, 두 번의 실수를 저질렀으니. 세 번의 실수는 없을 것이다.

그래. 그렇게 모든 것이 끝나면……. 그때에는, 남은 삶을 평안히도 영위할 수 있을 테지.

원은 다시금 눈을 올려 떴다. 우두커니 서서 또렷한 눈빛으로 자신을 직시하고 있는 사공을 바라본다.

"비서승은 제가 가장 친애하는 친우임에 분명하니까 말입니다."

"……제 아들이."

사공은 진득한 침을 억누르며 울대를 움직였다.

"어떤 짓을 해도 눈감아주신다는 말씀이십니까."

"설사 계획되지 않은 일을 한다 할지라도."

그가 치정하지 못한 마음에 휩싸여 있을지라도, 그가 올곧게 서 있지 않더라도.

"저는 그를 믿습니다."

다리를 내어준 그의 삶을 보상해 주어야만 했다. 그가 원하는 것이라면 그 무엇이라도 내어줄 수 있으니.

오직, 단향을 제외하고.

한낮임에도 불구하고 어쩐 일인지 방은 어두웠다. 이는 곧 사공의 마음과도 상통하는 것이리라.

❊

투명한 하늘 아래, 새하얀 솜구름이 노닐고, 그 가운데를 내리쬐는 따사로운 햇살이 만개할 때.

향은 창틀에 턱을 괸 채 허공을 응시하고 있었다. 후우, 한숨을 내쉰다.

꾹 다문 입술 사이로 흘러나오는 숨은 한 송이 꽃이 되어 피어올랐으나, 곧이어 창밖으로 낙화하여 흙더미에 파묻히게 되었으니. 이는 필시 향의 뒤숭숭한 마음을 방증해 주는 것이리라.

"마마, 약이 식습니다. 드셔야지요."

어느새 다가온 김 나인이 시탁을 들이밀며 말했다. 시탁에 오른 대접에는 김이 모락모락 나는 검은 액체가 담겨 있었다. 그것을 봄과 동시에 너무도 당연하게 헛구역질이 밀려왔다.

손사래를 하며 시탁을 밀친다. 찰랑, 대접의 벽을 넘어간 약이 시탁에 흩뿌려졌다.

"또 독이 있을 줄 모르지 않느냐."

"이, 이번 약은 태의께서 직접 고아낸 것이오니 안심하셔도 되옵니다."

"내가."

향의 미간에 깊은 주름이 자리 잡았다. 달달 떨리는 손으로 대접을 들어 올린다.

"괜찮지 않다."

"마마!"

그대로 들어 화단에 내리 붓는 향. 주르륵, 흘러내리는 검은 액체가 꽤나 괴괴하게 보였으나 향은 굴하지 않는다. 김 나인의 외침에도 불구하고 대접에 남아 있는 마지막 한 방울까지도 흘려보낸 후 대접을 던지듯 내려놓는다.

"내 처소에 다시는 저깟 나부랭이들을 들이지 말거라. 알겠느냐?"

괜찮다, 괜찮다를 말하였어도 괜찮지 아니한 법.

독이 든 약을 꿀꺽꿀꺽 마셔냈으니, 그 약으로 인해 까무룩 혼절까지 하였으니, 약이란 것만 보아도 경기를 일으키는 것이 당연한 일일 터다.

그렇기에 김 나인 또한 격하게 반대하지 않는 눈치이고, 저리 말끝을 흐리는 것일 테지.

"하, 하오나……."

"들이지 말라 하였다."

"아, 알겠습니다……."

향은 김 나인의 풀죽은 모습에 후우, 한숨을 내쉬며 고개를 돌렸다. 그렁그렁 눈물방울이 맺혀 있는 것이 꽤나 놀란 모양이다.

하나 향 자신 역시 물러설 수 없는 법. 짐짓 헛기침을 뱉으며 눈매를 바로 세운다.

"호에 서신은 보냈느냐."

"예. 글피면 도착할 것으로 사료되옵나이다."

향은 그 말을 곱씹으며 잠시 눈을 가늘게 떴다. 아바마마께 서신을 보냈다. 중전과 혜령을 수색하는 일을 멈추고 그들의 죽음을 공표하라고. 장례를 준비하여야 할 것이라고. 그리고 나를 탓하지 말아달라고. 나는, 어머니의 설욕을 갚아준 것뿐이라고.

아바마마는 분명 애통해할 것이리라. 하루아침에 갑자기 사라진 중전과 공주에 대해 슬픔을 내비치겠지. 하지만 그것 역시 아버지의 과오일 것이리라. 칠년 전, 어머니를 지켜주지 않았던 과오. 오년 전, 어머니의 죽음을 캐내지 않았던 과오.

픽, 틀어 올라간 입꼬리 사이로 비웃음이 흘러나왔다. 그 모습에 김 나인은 고개를 숙이며 주춤 뒷걸음질을 쳤다. 갑작스레 냉랭해진 기운에 기가 눌린 것임이 분명했다.

맞잡은 두 손등에 붉은 상흔이 얼핏 보인다.

"……아프진 않느냐."

향은 그 상처를 바라보며 짤막하게 물었다. 저 때문에 생긴 상처. 저 때문에 다친 마음. 무엇으로 돌려주어야 값을 치를 수 있을까.

"예? 아, 아, 괘, 괜찮습니다!"

"……말희야."

애써 웃음을 띠며 당차게 대답하는 김 나인의 모습에 향은 가슴 한구석이 저릿해짐을 느끼며 고개를 바로 세웠다.

"너도 함께 가자꾸나."

냉랭한 기운은 가라앉았다. 호(岵)에 대한 상념이 사라짐과 동시에 가라앉은 것이리라.

그와 상반되어, 피어오르는 아지랑이와도 같은 따스한 기운이 김 나인의 발목을 간질인다. 녹녹한 모습. 부드러운 눈빛.

김 나인은 이제야 진짜 향을 마주한 것 같다는 듯 조심스레 눈을 올리며 되물었다.

"어딜…… 말씀하시는 것입니까?"

"내가 원하던 곳. 내가 바라던 곳."

두 눈을 가만히 내리감는다. 엊저녁 꾸었던 꿈, 그 푸르른 들판에 네가 있기를 바라며.

"함께 가자꾸나. 네 마음에 있는 이와도 함께."

너도, 나도 아프지 않은 곳으로.

"마, 마마……."

향은 빙그레 미소를 그리며 김 나인을 바라보았다. 어쩐지, 가슴이 두근거려 발그레한 홍조가 올라오는 성싶었다.

이는 확연한 미래에 대한 그림을 그리고 있기 때문이었고, 더불어.

"오시는구나, 내 낭군님이."

진원임이 틀림없는 발자국 소리가 사뭇 가까이 들려왔기 때문이다.

하늘은 푸르렀다. 창밖, 바닥에 널브러진 고약한 검은 액체의 악취 마저 덮을 만큼, 그리도 하늘은 아름다웠다.

……마치, 폭풍 전야와도 같이.

❀

"폐하, 태위 대감께서 대담을 청하시옵나이다."

황제는 대답치 않는다. 그저 찻잔을 손가락으로 쓰다듬듯 어루만지며 근원 모를 비소를 입가에 띄울 뿐.

"……폐하, 태위 대감께서 대담을 청하시옵나이다."

상궁은 같은 말을 반복하며 제 옆에 서 있는 태위를 힐끗 바라보았다.

늦은 아침, 갑작스레 방문한 태위의 존재가 기껍지 않았다. 그렇기에 이리 대답 없는 황상이 당연하리라 생각했다. 태위의 방문은 황제를 알현함에 있어 꽤나 기탄없는 모습이었기 때문이다.

"폐하, 태위 대감께서……."

"들라 하라."

황제는 다소 살찬 목소리로 대답했다. 그에 화색이 도는 태위의 얼굴, 동시에 드르륵 열리는 문.

그 너머에, 금수와도 같은 형형한 눈빛을 띠고 있는 황제가 앉아 있었다.

꿀꺽, 태위는 침을 모아 삼키며 마른 입술을 적셨다.

"신 태위 이치원, 황제 폐하를 뵙습니다."

"껄껄, 뭘 그리 예를 차리오? 앉으시오. 나이도 있는데, 오래 서 있으면 몸에 좋지 않아."

그 체면 차리는 말에 태위는 엉거주춤 좌구에 엉덩이를 붙이며 앉았다. 그리고 황제와 눈을 마주한다. 뜻을 전혀 알 수 없는 빛으로 일렁이고 있는, 그 눈을 응시한다.

"염치 불구하고 찾아왔습니다, 폐하."

그는 고개를 푹 숙이며 무릎을 꿇었다. 몇 년 만이던가, 황제를 독대한 것이. 그간 고고한 자존심에 황제를 도외시했건만, 이번만큼은 그리할 수 없다. 어쩔 수 없는 일이란 말이다.

"그대에게 염치가 있기는 하였소?"

황제는 헛웃음을 내뱉으며 오른손으로 턱을 괴었다. 어디, 무슨 말을 하나 보자라는 심보인 듯 보였다.

크흠, 기침을 내뱉는 태위. 곧이어 머리를 바닥에 쾅 처박으며,

"딸아이를 구제해 주십시오."

한울의 구제를 위한 말을 울부짖었더란다.

딸아이는 지금쯤 무엇을 하고 있을까. 식음을 전폐하며 쓰러져 있는 것은 아닐까. 제 생을 탓하며 아비까지 원망하지 않을까. 무사하긴 한 것일까…….

태위에게 있어서 한울이 무슨 짓을 했던 간에 그것은 중요한 것이 아니었다. 단지, 제 딸아이가 지금 받고 있을 고통에 대하여 끝없이 상상할 뿐. 그네의 행동으로 인해 벌어진 일련의 결과를 묵과하고 있는 것이었다.

그렇기에 제 체면을 버리며 황제를 찾아온 것일 테지. 오직 한울, 제 딸만을 바라보고.

"딸아이가 그럴 리 없습니다! 무언가 착오가 있었던 것입니다, 폐하. 이는 감정에 의한 결과이옵나이다! 부디 이성적으로 판단해 주시옵소서."

이는 심증만으로 한울을 내친 진원을 뜻하는 말이다. 이를 모를 리 없는 황제의 왼쪽 얼굴이 보기 좋게 일그러진다.

"이성적으로 접근한다 치면, 그것은 짐이 아니라 내명부의 수장에게 할 말이 아니오? 왜 애먼 짐을 찾아와 매달리는 것이오. 그대가 올 곳은 이곳이 아니라 태자비의 거처일 텐데 말이오."

"하오나!"

그는 외침을 끝으로, 잠시 숨을 멈췄다. 고개를 든 후 자글자글 주름이 진 손으로 얼굴을 쓸어내린다.

목구멍이 칼칼한 것이 또 한 번 핏덩이가 올라올 것만 같았다. 콜

록, 마른기침을 하며 애써 들끓는 가슴을 가라앉힌다.

"태자비마마는 딸아이와 척을 지고 있는 사이이기에……."

"그 척을 만든 것은 누구였소?"

"폐하!"

그는 재차 머리를 박았다. 저 굽혀져 있는 등허리에서조차 일렁이는 분노가 느껴졌기에, 황제는 터져 나오는 비소를 막지 않은 채 내보낼 뿐이었다.

"통촉하여 주시옵소서! 부디 미천한 소인의 청을 들어주시옵소서. 간청드리옵나이다."

물론, 처박혀 있는 한울을 구제하기 위해 하는 행동임은 맞다만, 그것 말고도 다른 이유가 필시 존재할 터였다.

아마도, 얼마 남지 않은 즉위식 날짜 때문일 테지.

진원이 황제로 즉위하기 전에 한울을 제자리로 돌려놓아야 한다. 그래야 훗날 명분이 생길 터이니.

태위는 대답 없는 황제를 힐끗 쳐다보았다. 그는 근엄한 표정으로 태위를 내려다보듯 바라보고 있었는데.

"흔히들."

곧이어 잇새로 소리가 튀어나왔다. 이는 방금 전까지 내뱉던 가벼운 어조가 아니었더란다.

"눈을 감으면 자고 있는 것이라 착각하더군. 실상은 그것이 아닌데 말이오."

"……."

"짐은 말이오. 자고 있는 척을 하는 것뿐이라오. 눈은 감고 있으나 귀는 열려 있다는 말이오."

고개를 들고 있는 태위를 주시하며 입술을 달싹인다. 그 누가 보아도 태위를 향해 하는 말임을 알 수 있는 행동이었다.

"말인즉슨, 그대의 일거수일투족을 모두 다 알고 있다는 말이오."

무엇을 하려 하는지, 무엇을 작당하고 있는지.

모르고 싶어도 알 수 있었다. 그만큼 태위는 제 야심을 감출 줄 모르는 사람이었고, 그만큼 그 주위에 있는 이들 역시 우매한 이들이었기 때문이다.

"돌아가시오. 적나라는 그대의 것이 아니오."

어둠이 밀려올 줄 알았건만, 그럼에도 태양은 밝았다.

어둠은 모두에게 해당하는 사항이 아니었던 모양이다.

✻

드르륵, 문을 연 진원은 다소곳하게 앉아 자신을 바라보고 있는 향을 보며 의아함을 느꼈다. 본디 언질을 하지 않고 오는 터라, 다른 일을 하고 있을 것이라 생각했건만.

향의 모습은 진원이 온다는 것을 알고 있던 것처럼 정돈되어 있었다. 쳇, 아쉽게 됐어. 볼멘소리를 내며 성큼 향에게로 다가간다.

"내가 올 줄 알고 있었느냐?"

"발걸음 소리만 들어도 전하임을 알지요."

"나임을 바란 것은 아니고?"

"하하, 그럴 수도 있겠지요."

있겠지요? 원은 아랫입술을 비죽 내밀며 향의 옆에 자리를 잡고 앉았다. 어깨를 맞부딪히며 자연스레 허리를 감싸 안는다. 동시에, 청량함이 담겨 있는 체취가 훅 풍겨와 향의 코를 쓰다듬었다.

"몸은 좀 어떠냐. 약은 먹었어? 내 태의를 시켜 직접 조제하게 한 것인데."

원은 향의 이마에 손을 얹으며 걱정스레 물었다. 그러나 그 말에 향의 안색이 파리해짐은 당연한 일.

향은 방금 전 흙바닥에 내리 부은 탕약을 떠올리며 애써 시선을 피했다.

"아, 약이요. 그, 그것이……."

"그것이?"

"그, 그게……."

양손을 마주 잡으며 입술을 자근자근 씹는다. 거짓을 고하자니 양심에 찔리고, 진실을 고하자니 진원에게 너무도 미안했다. 그렇다면,

"먹고 싶지 않습니다."

두루뭉수리로 말을 돌려야 할 테지.

향은 놀란 눈으로 자신을 보고 있는 진원과 눈을 마주하며 다시금 입술을 열었다.

"아직은…… 먹을 수 없습니다."

김 나인에게 말했던 대로, 그간 독인 줄 모르고 벌컥벌컥 마셔댔는데 이제 와 어찌 약이라 하여 먹을 수 있겠는가.

향은 이러한 자신의 생각을 원이 이해해 주길 바라며 입을 다물었다. 역시나, 향의 말뜻을 이해하는 그.

"내가…… 생각이 짧았구나."

그는 짤막한 탄식을 뱉으며 향의 어깨를 잡아끌었다. 제 품에 폭 안기는 향의 등을 쓰다듬으며 한숨을 내쉰다.

"하면 어찌할까. 네 기가 많이 약해져 있다 하여 기력 보강을 위해 약을 먹어야 한다던데, 약을 안 먹는다면……."

안겨 있던 향을 일으키곤 콧등이 닿을 정도로 가까이 다가가 그 빛

나는 검은 눈동자를 응시한다.

"산보라도 나가거라. 날이 추워지기 전에 몸을 움직여 놓아."

그럼에도 약을 먹으라 할 줄 알았건만.

향은 제 예상과 달리 나온 진원의 말에 웃음을 감추지 못하고 그의 뺨을 쓰다듬었다.

"그것만으로 됩니까, 전하?"

"내 성의를 내팽개친 것치고는 벌이 약한가?"

"……전하."

시무룩하게 풀죽은 향의 표정. 그에 원은 짧은 웃음을 터뜨리며 향의 뒷목을 끌어당겼다.

포개지는 입술, 흘러들어 오는 서로의 숨결, 서로의 향, 서로의 마음.

원은 짧은 입맞춤을 끝으로 고개를 들었다.

"이것으로 됐다."

향의 흘러내린 머리칼을 한 움큼 잡고, 그에 재차 입을 맞춘다. 비단결같이 고운 것, 부디 비단처럼 빛을 잃지 말기를. 그리 바라며,

"부디 아프지만 말아다오."

더불어 부디 자신을 떠나지 말아달라고. 그리 속으로 되뇌었더란다.

❋

태위는 감당할 수 없으리만큼 힘이 빠진 다리를 겨우겨우 이끌어 대문 바깥으로 나갔다. 헉, 허억……. 숨이 차는지, 벽에 몸을 기대며 피가 끓는 호흡을 간신히 내뱉었다.

그래, 황제가 순순히 승낙해 주리란 기대는 하지 않았다. 그러나 이런 조건을 내세울지 역시 상상조차 하지 못했다.

"태자가 즉위하기 전까지 열리는 모든 편전에 불참하시오. 제안을 승낙한다면 양제를 풀어주는 것은 물론이거니와 양제를 향한 추국 또한 멈추게 하겠소."

능구렁이 같은 놈.

태위는 입안 그득 찬 피가래를 뱉으며 주먹을 바르쥐었다. 편전에 참여하지 않는다는 것은 결코 작은 일이 아니었다.

그간 대신들의 의견을 모두 묵살하는 태자의 확고함에 뜻을 제대로 펼치지 못하긴 하였다만, 태자에게 주청하는 이는 오직 태위, 그뿐이었으니. 태자에게 반(反)하고 있는 관료들은 태위로 몰리고 있는 실정이었다.

이런 상황에서, 편전에 참여하지 않는다는 것은 그러한 관료들에게 태위가 굴복했다는 것을 입증해 주는 것과 다름없는 일이었다.

더불어 한울의 일까지도 겹치게 되니…….

"콜록, 켁, 켁……."

태위는 가슴 깊숙한 곳부터 들끓는 기침을 뱉으며 정신이 혼미해짐을 느꼈다.

얼마 남지 않았다. 그전에, 끝이 나기 전에 제 딸이라도. 아니, 제 가족들만이라도 남은 일생을 호의호식할 수 있도록 만들어야만 했다.

그러기 위해서라면, 이 남은 짧은 시간 동안 할 수 있는 것은…….

"여기 계셨군요."

사공. 태위는 마른 입술을 움직이며 몸을 틀었다.

태위의 입 주변에 핏방울이 흩뿌려져 있는 것을 보았음에도 불구하고 사공의 표정은 평온하다. 예상하고, 아니, 알고 있었다는 것인가.

태위는 바득 인상을 찌푸리며 사공이 건네주는 면포를 받아 들어 입가를 닦는다. 다시금 올라오려는 기침을 애써 억누른다.

"어찌, 대담은 잘 하셨습니까? 얼굴을 보아하니 잘하신 것 같지는 아니한데. 왜요. 황상께서 무어라 하십니까?"

"⋯⋯무엇이 그리 궁금한지 모르겠습니다만."

그는 사공의 가벼운 말길이 불쾌하다는 듯, 다소 날카로운 어조로 반문했다. 그러나 사공은 굴하지 않는다. 얇은 미소를 띠우며 태위에게로 성큼 다가간다.

"말씀드리지 않았습니까, 저는 태위와 뜻을 함께하고 싶노라고."

"황상과 가까운 친우라는 것을 내 모를 리 없습니다."

"죽마(竹馬)가 부러졌는데, 어찌 벗이라 할 수 있겠습니까?"

침묵. 이는 너무도 당연스레 찾아온 순간이다.

본디 친우란 죽마고우(竹馬故友)라 하였다. 어릴 적부터 죽마를 타고 놀았던 벗이라 하여 그 인연이 오랫동안 이어짐을 뜻하는 것이나,

사공의 말은 그러한 인연을 내쳤음을 내포하고 있는 것이었다.

황제와 연을 끊었다는 것인가. 태위는 미심쩍은 눈빛으로 사공을 올려다보았다. 그때를 놓치지 않고,

"제 아들을 이용한 것만으로도 모자란 것입니까?"

다시금 수를 두는 그. 이는 정현을 처리함에 있어 태위를 배신하지 않았음을 언급하는 것이었다.

"⋯⋯믿도록 노력해 보지요."

태위는 여전히 의심 어린 눈빛을 거두지 않았으나, 그래도 긍정의 말을 내뱉는다. 그에 픽 입꼬리를 비트는 사공. 이내 태위의 손에

쥐어져 있던 자신의 면포를 돌려받으며 입을 열었다.

"제 아들을 데려가십시오. 필시 쓸 곳이 있을 겁니다."

태위의 어깨에 묻은 먼지를 털어준다. 흐트러진 관모를 정돈해 주며 눈을 마주한다.

"그 마음에 있는 욕망 덩어리에 어울리는 아이이니까요."

손가락으로 태위의 가슴을 가리킨다.

"제가 무얼 할 줄 알고 그런 말을 하시는 겁니까?"

태위는 그 손을 탁, 내치며 날카롭게 반문했다. 방금 전까지만 해도 자신의 마음속에 똬리를 틀고 있던 탐욕이란 뱀을 잊은 채.

사공은 허공으로 날아간 손을 되돌리며 턱을 쓰다듬었다. 태자, 진원의 말을 떠올리며.

"반란."

새롭게 열리는 세상에 대한 시발점을,

"황실을 뒤엎을 생각을 하고 계시는 것 아닙니까?"

개시하는 터였다.

❋

가을 자락에 몸을 담근 바람이 불어온다. 메마른 나무의 마지막 비명처럼, 쓸쓸하게도 다가올 수 있는 바람이었으나 이는 황량함이 아닌 푸근하고도 부드러운 것이었다.

낙엽 더미를 쓸고 온 듯, 칼칼한 내음이 코끝을 맴돌았다.

그러나 얼마 가지 않아 그 쓸쓸한 내음은 사라지고 달큼한 향기가 난다. 만발한 복숭아꽃에서 흘러나오는 향기처럼, 몽글몽글하고 따뜻한 내음이 코를 잡아끌었다.

"향아."

원은 향의 근원인 향의 허리를 감싸 안으며 그 가슴팍에 얼굴을 묻었다. 간헐적으로 뛰는 향의 심장 소리를 느끼며 자신 역시 맥박을 같이한다.

"네, 전하."

향은 그러한 원의 머리칼을 부드러이 쓰다듬으며 대답했다. 마치 갓난아이를 만지는 것처럼 부드러운 손길. 그에 원은 야트막한 미소를 걸어 올리며 더욱 세게 향을 끌어안았다.

"향아."

"예."

"향아."

"예."

"향아."

"……왜 그리 부르십니까."

원은 향의 가라앉은 말길을 귓가에 담으며, 고개를 살며시 들어 올렸다.

눈을 마주한다.

밤하늘 짙은 어둠을 담고 있는 그 눈동자를 바라본다. 별을 박아 넣은 듯 반짝이는 그 눈동자를, 뜨겁게도 응시한다.

"고와서."

원은 손을 뻗었다. 향의 이마에서부터 시작해 눈을, 콧대를, 그리고 입술을 어루만지며 환한 웃음을 띠운다.

"믿기지 않을 정도로 고와서."

포개지는 입술. 곧이어 입술을 떼어낸 후 콧등을 마주한다.

짧은 순간이었으나 그 푹신하고 포근한 느낌이 가깝게 다가왔고,

가슴을 쥐뜯으며 매혹시키리만큼 뜨거운 향이 흘러나왔다.

비식, 원은 눈매를 반달로 들어 올리며 발간 열이 올라온 향의 뺨을 다정하게도 쓰다듬었다.

"아, 돌아가고 싶지 않구나."

그대로 드러눕는 그. 향의 무릎에 얼굴을 묻으며 작은 어리광을 부려보지만,

"그래도 돌아가셔야지요. 남아 있는 업무가 많다 들었습니다."

향은 그러한 원을 애써 일으키며 절레절레 고갯짓을 했다.

방금까지만 하더라도 수줍게 고개를 숙이고 있던 향이었으나, 진원의 이러한 말에만큼은 꽤나 단호한 모습을 보였다. 그에 원은 입술을 비죽였다.

"왜 그리 매정한 게더냐. 나와 있고 싶지 않은 게야?"

"대낮이 아닙니까. 보는 눈이 많습니다."

"대낮이든 무어든. 보는 눈이 많든 적든. 우린 부부가 아니더냐. 이쯤은 괜찮지 아니한……"

"그리고 전하는 섭정을 맡고 있는 황태자 전하이지요."

그 결연한 언사에 원의 아랫입술이 한층 더 밀려 나왔다.

흥, 하니 토라져 있는 모습이 꽤나 귀엽게 보였으나 향은 애써 웃음을 참아냈다. 여기서 웃음을 터뜨려 버린다면 저 어린 태자는 정녕 일을 하지 않을 수 있다는 생각이 들었기 때문이다.

순간, '아!' 소리를 내며 손뼉을 마주하는 원. 빙그레 미소를 그리며 향의 손을 마주 잡는다.

"아프지는 않다 하였지?"

"네, 괜찮습니다."

"정녕 아프지는 않지?"

향은 천천히 고개를 끄덕이며 원의 밝아진 표정을 바라보았다. 어쩐지 그의 얼굴에 걸린 미소가 의미심장했다. 그 미심쩍음이 마무리되기도 전에,

"네가 낮이라 부끄럽다 하니."

다시금 다가와 입을 맞추는 그. 후, 바람을 불고는 얼굴을 떼어낸다.

"사람이 없는 밤에 찾아오겠다."

홍당무처럼 새빨개진 향을 두고는, 훌훌 떠나는 바람과도 같은 발걸음을 내딛는다.

태양에 가려지는 것은 밤이 아니라고. 동쪽에 태양이 뜨면 서쪽에는 밤이 머물러 있을 것이라고.

원은 시간이 빨리 흐르기를 바라고 바라며, 그렇게 태양 속으로 몸을 담갔다.

❃

기찬은 후원 작은 의자에 쓰러지듯 앉아 고개를 젖히고 하늘을 바라보고 있었다.

푸른 하늘에 둥둥 떠다니는 하얀 조각구름들이 고와 보이기도 하건만, 그의 뒤흔들린 마음은 정경의 아름다움을 채 담지 못하고 있었다.

그의 머릿속에는 어제저녁 자신을 찾아왔던 도만호의 말이 그득 떠다녔기 때문이다.

"다행히도 전날 비가 온 터에 발자국이 남아 있었습니다. 한데 이상

합니다. 절단면이나 뒤처리를 보아하면 솜씨가 예사롭지 않은 자인
데······."

질끈, 두 눈을 감는다.

"오른 발자국만 질질 끌려 있지 뭡니까. 이는 다리를 저는 절음발이
라는 뜻입니다. 하니, 다리를 저는 무인들 중에 태위와 연관이 있는
자를 알아보겠습니다."

　기찬은 단정 지을 수 있었다.
　정현을 암살한 이는, 자신들이 가장 잘 알고 있는 '그'일 것이라고.
　통 몸을 숨기고 나타나지 않고 있는, 가끔씩 마주칠 때면 성급히
자리를 피해 버리는, 그 특유의 밝은 미소가 휘발되어 사라진, '그'일
것이라고.
　"미치겠군."
　기찬은 젖혔던 고개를 되돌리며 머리를 헝클었다. 진원은 예상했던
일일까? 이 역시 진원의 계획에 포함되었던 일일까?
　······모르겠다. 모르겠어.
　기찬은 관자놀이를 꾹꾹 누르며 사뭇 인상을 찌푸렸다. 진원이 돌
아온다면, 어쩔 수 없이 이 사실을 고해야만 했다. 그렇게 된다면 진
원의 뜻을 알 수 있을 테지.
　그는 그리 생각하며 어깨에 주었던 힘을 풀고 느릿하게 눈을 깜빡
였다. 그때, 자신의 앞에 드리워지는 검은 그림자. 퍼뜩 고개를 든다.
　"여기서 무얼 하고 계십니까, 나리. 전하께옵서 찾으시옵니다."
　김 나인. 기찬은 잇새로 짧은 말을 뱉으며 벌떡 몸을 일으켰다.

"아, 가야지요. 가야지."

그 답에, 김 나인은 고개를 끄덕이며 오던 길을 되돌아가고자 하였다. 그에 김 나인의 팔을 붙잡는 그.

"몸은…… 괜찮으십니까?"

그의 말끝이 가라앉아 있음을 김 나인이 느끼지 못할 리 없었다. 딱딱하게 굳은 입가를 애써 바로 편다. 그리고 기찬을 바라보며 환한 미소를 꾸며낸다.

"그럼요, 괜찮고말고요. 걱정하지 않으셔도 됩니다."

"……마마와 같은 말을 하는군요."

기찬은 몸을 일으켰다. 그리고 김 나인에게로 성큼 다가간다. 축축하다 못해 흘러내릴 것 같은 그 눈가를 바라보며 가슴에 이는 통증을 가라앉히고자 노력한다.

"괜찮다, 괜찮다 하면 할수록 마음의 상처에서 흘러나오는 고름은 더더욱 많아질 뿐입니다. 가끔은 터뜨려 주어야지요. 그래야 아물기도 잘 아물고, 흉도 생기지 않는 것입니다."

푹, 떨어진 김 나인의 고개. 그네의 엉성한 손길로 땋아 내린 머리칼을 쓰다듬는다.

"다시 묻지요. 괜찮으십니까?"

"아……"

순간, 봇물 터지듯 흘러나오는 서러움.

꾸역꾸역 참고 있던 그 마음이 결국엔 펑 터져 얼룩을 만들어냈더란다.

김 나인은 그 자리에 그대로 주저앉아 두 손에 얼굴을 묻었다. 벌어진 손가락 사이로 뚝뚝, 눈물방울이 떨어진다.

"무서웠…… 습니다. 무서웠어요. 그 자리에서 목숨을 잃는 것은 두

렵지 않았으나…… 나리께 해가 될까 봐…… 그리해서 나리께서 저와 같은 고초를 당하실까 봐…… 한낱 미천한 저 때문에 나리께서 그리 되실까 봐……."

궁인과 관료의 연정은 독이라고. 궁인은 목이 베일 것이며 관료는 당장에 궁 밖으로 내쳐질 것이라고. 궐에 들어올 적부터 귀에 딱지가 앉도록 들었던 말인데, 이 어찌 잊을 수 있을쏘냐.

자신은 괜찮았다. 설사 이대로 죽는다할지언정 제가 지은 죄에 걸 맞은 형벌이라 생각하였다. 그러나 괜찮지 아니한 것이, 바로 기찬에 대한 걱정이었다.

자신 때문에. 한낱 애기 나인일 뿐인 자신 때문에. 그가 이제껏 쌓 아 올린 모든 것이 무너질 수도 있다 생각하니…….

마음을 숨겼어야 했다. 그들이 어찌 알았는지는 모르겠으나, 제가 기찬을 볼 때 무언가 다른 눈빛으로 보았겠지. 제가 기찬을 대할 때 무언가 다른 목소리를 내었겠지. 제가 기찬을 볼 때…….

"죄송…… 해요. 정말 죄송해요."

마음 깊숙이 연모하고 있음을 드러냈겠지.

김 나인은 오열하듯 눈물줄기를 흘리며 더욱더 몸을 웅크렸다. 그 에 이렇게까지 될 줄을 몰랐던 기찬은 당황한 기색을 그대로 드러내 며 자신 역시 한쪽 무릎을 꿇고 바닥에 앉았다.

"저 때문에, 저같이 미천한 계집 하나 때문에 나리뿐 아니라 마마 도, 전하 또한 피해를 입으신 것이니…… 죄송해요. 정말……."

"왜 그게 그대 때문입니까. 아닙니다."

김 나인은 자신의 등을 쓰다듬는 기찬의 손길을 느끼며 코를 훌쩍 였다. 눈물을 멈추려 하였으나, 그 밀려오는 서러움에 눈물은 멎지 아 니했다. 끝없이 흘러나오는 눈물을 소맷자락으로 닦으며 입술을 달싹인다.

"아니에요. 저 때문이에요. 제가…… 제가 나리께 불경한 마음만 갖지 않았어도……."

우뚝, 기찬의 손이 멈춘다. 그리고 곧이어 김 나인의 얼굴이 들린다. 기찬이 그네의 턱을 잡고 얼굴을 젖혔기 때문이다.

"불경한 마음이라 하면, 어떤 걸 말하시는 겁니까?"

"예, 예……?"

"불경한 마음을 가졌다 하지 않았습니까. 그 마음이 무엇입니까?"

그, 그것이…….

김 나인은 생각 없이 말을 뱉었다 하여 마음속으로 자신을 자책한다. 그러나 어찌하겠는가. 엎어진 물. 외면하고자 할 수밖에. 어깨를 움츠리며 눈을 내리깐다.

"저는 살짝 화가 나 있습니다."

기찬의 눈썹이 찌푸려졌다. 다소 날카로워진 목소리에 김 나인의 어깨가 더욱 웅크려졌다.

"스스로를 미천하다 칭했기에 화가 났고."

후우, 긴 한숨을 내뱉는 그. 곧이어 그 눈매를 더욱 찌푸리며 말을 잇는다.

"저를 부인하려 했다는 것에 화가 났습니다."

다시금 김 나인의 턱을 잡아든다. 그리고 그 발갛게 열이 올라온 뺨과 발갛게 눈물이 올라온 눈을 바라본다.

"저를 좋아하시는 것, 아닙니까?"

"나, 나리!"

김 나인은 기찬의 입을 틀어막으며 서둘러 주위를 살폈다. 다행히도 지나가는 궁인들은 없었다. 만약 궁인들이 이를 듣는다면……. 끔

찍하다. 정녕 자신이 걱정했던 '그 미래'가 열릴 것이리라. 그렇기에 이리도 겁먹은 모습을 보이고 있다만,

"저를 좋아하지 않습니까."

기찬은 유유자적, 여유만만하다. 방금 전 화가 났다 했을 때는 언제고. 다시금 녹아버릴 듯 녹녹해진 미소를 그리며 김 나인을 바라보는 그였다.

"저 역시 그렇습니다."

손을 뻗어 김 나인의 보드라운 뺨을 어루만진다. 눈가에 맺힌 눈물을 닦아주며.

"좋아합니다."

정녕 믿을 수 없는 말을 뱉었더란다.

기찬은 놀란 토끼눈으로 자신을 바라보는 김 나인을 보며 작은 웃음을 삼켰다.

언제였더라. 이 여인에게 반한 순간이. 황후의 상여를 바라보며 슬픈 표정을 짓던 그때였던가. 아니면 여인답지 않은 올곧은 충성심을 마주했을 그때였던가.

그도 아니라면, 그 달밤. 머리에 이던 항아리를 깨고 발발 몸을 떨던 그때…… 일 테다.

아마도, 처음 마주한 순간부터 반했던 것일 테지.

픽, 기찬은 기분 좋은 미소를 내지으며 넋이 나가 있는 김 나인의 머리를 쓰다듬었다.

"항아리를 한 번 더 깨면 그때엔 정히 연모할지도 모르겠고요."

"나리!"

"하하, 농입니다. 하니."

그 뺨에 하얗게 일어난 눈물자국을 닦아준다.

"울지 마십시오. 앞으로 웃을 날이 더 많을 것입니다."

그리고 김 나인의 어깨를 끌어안는다. 제 품에 딱 알맞은 여인의 등을 조심스레 쓰다듬어 준다.

향긋한 내음이 밀려온다. 이는 보드라운 들꽃과도 같은 향기였다. 화려하여 목이 꺾일 것 같이 눈이 부신 그런 꽃이 아닌, 어느 때 보아도 다를 것이 없는 수수한 들꽃의 향기가.

그는 더욱 더 세게 김 나인을 끌어안았다. 가벼운 들꽃, 불어오는 바람에 흩날릴 성싶어서였다. 그러나 그때.

"자, 잠시만……."

기찬의 눈에 힘이 들어가기 시작했다. 눈을 가늘게 뜨며 저 멀리 보이는 인영의 모습을 또렷하게 보고자 노력한다.

저이는, 저자는……!

"먼저 돌아가 계십시오. 마마께서 밖에 나가지 못하게 하시고요. 알았지요?"

그는 벌떡 몸을 일으키며 말했다. 그에 영문도 모른 채 고개를 끄덕이는 김 나인. 그 모습에 어쩐지 서운함과 아쉬움이 묻어 있는 것 같다 하면 그것은 착각일까.

기찬은 들끓는 마음을 애써 가라앉히며 김 나인의 뺨을 살짝 꼬집었다. 그러곤, '저녁에 돌아오겠습니다'라는 말을 남기며 서둘러 발을 재우쳤다.

'그'. 바로, 도겸이 있는 그곳으로.


진원은 가벼운 발걸음을 하고 있었다. 이는 모든 업무를 끝내면 다시 향을 보러 갈 수 있다는 생각을 하고 있었기 때문이다.

당장에 돌아가, 기찬을 닦달하여 일을 끝마친 후 향과 저녁을 함께 들어야지.

그리 생각하며 원은 더욱 발을 재우쳤다.

끼이익, 대문이 열리고, 어느덧 석양이 지고 있는 서쪽 하늘에서 피칠갑을 한 빛발이 쏟아질 때.

"전하."

익숙한, 그러나 너무도 오랜만인 목소리가 들려왔다.

"소인, 전하께 올릴 말씀이 있나이다."

밤색 머리칼이 바람결에 흩날린다. 계집처럼 분을 칠한 듯 하얀 얼굴이 붉은 빛발을 반사한다. 그 특유의 서책 냄새가 스멀스멀 기어와 양 발을 붙잡았다.

"……도겸."

석양의 그림자는 더욱 짙어진다. 뚝뚝 떨어지는 피와 같은 새빨간 태양이, 점점 몸집을 키우고 있었다.

"오랜만입니다, 황태자 전하."

그 살가운, 그러나 어쩐지 먹먹한 언사에도 불구하고, 진원은 침묵했다.

도겸의 뒤편에서는 지고 있는 태양의 붉은 빛이 쏟아지듯 밀려오는 중이었다. 진원은 살풋 눈을 찌푸렸으나, 이내 인상을 되돌려 다시금 도겸을 직시하듯 바라보았다.

"여기까진 어쩐 일인가. 비를 보러 온 것이냐?"

"그럴 리가요. 제가 어찌 감히 비마마를 뵐 수 있겠나이까."

"……도겸."

비아냥거리듯 들리는 말에, 원은 사뭇 날카로운 목소리로 화답했다. 그러나 도겸은 개의치 않는다. 오히려 방긋 웃으며 입술을 열 뿐.

"전하와 단둘이 나눌 이야기가 있어서 말입니다."

그는 멀지 않은 곳에서 뛰어오고 있는 기찬을 바라보며 말했다. 그에 힐끗 뒤를 바라보는 원. 기찬에게 손사래를 한다. 다가오지 말라는 뜻이었다.

"양제가 일을 저질렀다지요."

"……사공께서 말하더냐."

"아버지께 듣지 않아도 알 수 있었을 겁니다. 하루아침에 자가께서 궁에 갇혔다 하니까요. 이미 궐의 사람들 사이에서 말이 도는 중입니다."

"쯧, 그리 입단속을 시켰거늘."

원은 혀를 차며 고개를 내둘렀다.

작금의 이 일은 마지막 패로 쓸 것이다.

양제의 궁인들을 불러 추문을 하긴 한다만은, 증거는 필시 나오지 않을 것이다. 주약도 죽은 마당에, 그네의 죄를 입증하기에는 결코 쉬운 일이 아닐 것이다. 그렇게 된다면…… 양제와 태위, 둘은 죗값에서 벗어날 수 있을 테다. 그로써 그들은 안심하여 마음을 놓을 것이고.

그때에 그들은,

'다른 일을 도모하겠지. 더욱 큰일을.'

그때를 노릴 것이다. 결단코 향에게 피해가 가지 않도록. 그럼에도 그들의 꼬리를 잡아 몸체까지 갈가리 찢을 수 있도록.

그렇기에 원은 이번 사건을 쉬쉬하며 넘어가고자 하는 것이었다. 가까운 미래를 위하여, 자신의 희원을 이루기 위하여.

그러나 도겸은 이러한 원의 생각을 알 수 없을 터. 그렇기에,

"왜 덮으려 하시는 겁니까. 당장에 양제를 궐 밖으로 내쳐도 모자라거늘!"

이리도 뾰족한 이를 드러내며 거친 숨을 몰아쉬는 것일 테지.

도겸은 금방이라도 달려들 듯, 벌게진 얼굴로 진원을 노려보았다. 이제껏 가슴속에 집약되어 있던 모든 분노가 폭발하듯 터져 나오는 성싶었다.

"또다시 비마마께 상처를 주시는 겁니까!"

또다시. 원은 그 말을 곱씹으며 파르르 떨리는 눈가를 가라앉히고자 애를 썼다.

"겸아."

"제가 무어라 했습니까? 비마마를 보듬어달라고! 비마마가 더 이상 아프지 않게 해달라고! 그렇게, 그렇게…… 그렇게 부탁드리지 않았습니까! 한데! 한데 왜……."

그는 말끝을 흐리며 고개를 떨어뜨렸다. 핏줄이 터져 나온 목덜미에서 피어나는 것은 오직 한 송이 과꽃뿐이리라.

그러나 그 꽃은 세상을 스쳐 가는 바람결에 산산이 부서졌으니.

"덮는 것이 아니다."

"그럼 대체 왜 그러시는……!"

"이유가 있느니. 네가 알지 못하는 이유가 있으니."

"전하!"

믿음. 그 굳건한 믿음이, 조각조각 깨져 다시는 마주 붙일 수 없게 되었더란다.

도겸은 숙였던 고개를 들어 올리며 진원과 눈을 마주했다. 이제껏 단 한 번도 보지 못했던 분에 찬 도겸의 모습.

이에 원이 당황함을 감출 수 없는 것은 너무도 당연한 일이었다.

"이유가 있다 하셨습니까? 백 가지의 이유가 있다 한들, 마마의 옥체가 상한 것보다 더 중한 이유이겠습니까? 막을 수 있었습니다! 전하께서 조금만 더……! 아니, 애초에 양제를 들이지만 않으셨어도!"

지는 태양. 그곳에서부터 뻗어 나오는 질척한 붉은 향이 도겸의 주변을 맴돌았다. 이는 필시도, 그의 마음에서부터 흘러나오는 분노의 용암 때문일 테지.

"계속해 이러실 거라면, 계속해 마마를 보살피지 못하실 거라면!"

이제 더 이상 볼 수 없다. '연정'이라는 족쇄로 향을 옭아매려는 진원을, 더 이상 둘 수 없다. 그러니,

"그 자리에서 물러나 주십시오."

더 이상 손을 놓고 있지는 않을 것이다.

이미 더렵혀진 손. 더욱 검어진다 하여도 별반 다름이 없을 테지.

도겸은 그리도 우매한 생각을 하며 이를 바득 갈았다. 이럼에도 원의 대답이 없는 까닭을 전혀 예상치 못한 채.

"그만하시지요, 나리."

어느새 다가온 기찬은 진원과 도겸의 사이를 가로막으며 짤막하게 말했다.

"전하, 동주궁에서 전하를 찾는 전갈이 왔습니다. 당장 가보셔야 할 것 같습니다."

"……그래."

기찬의 속이 보이는 거짓말. 이를 인지함에도 불구하고 진원은 고개를 끄덕이며 발을 틀었다. 도겸을, 바라보지 않은 채로.

"잊지 말아주십시오, 전하. 비마마의 뒤에는."

그러나 도겸은 그런 진원을 향해 마지막 말을 던졌더란다.

"언제나 제가 있다는 것을."

자신이 있다고. 태양의 뒤에는 자신이 있다고. 절대 지지 않을, 자신이 있노라고.

김 나인은 아직도 가라앉지 않는 가슴을 부여잡으며 복도에 발을 올렸다.

기찬이, 자신을 그리 생각할 줄은 전혀 짐작치 못했다. 그간 마주할 때마다 상냥하게 대해주긴 했다만 그가 자신을…… 연모하리란 것은 꿈에도 상상치 못했다.

정녕 하늘을 노니는 기분이나, 동시에 바닥 속으로 꺼지는 기분 또한 들었다.

혹시나 다른 이들이 이를 알게 된다면……!

이번처럼 예선당에 끌려가 고초를 받는 것이 아니라, 당장에 목이 날아갈 것이다. 김 나인도, 기찬, 그도.


"함께 나가자꾸나."


순간적으로, 단향의 다정했던 말길이 머릿속에 둥둥 떠올랐다.

마마는 대체 왜 그런 말씀을 하신 것일까. 마마는 무슨 생각인 것일까.

만약 마마와 함께 이 궐을 나가게 된다면, 마마와 계속 함께하게 된다면…….

아니, 아니. 이런 못된 생각을 하지 말자. 내 것이 아닌 것을 바라지 말자.

김 나인은 애써 고개를 흔들며 발을 재우쳤다.

향의 방에 당도해, 문을 두드리며 조심스레 고개를 내밀었다.

"마마, 시장하지는 않으시옵니까?"

저녁 시간이 되었으니 상을 내올까 묻는 말이었다. 그러나 향은 답이 없다. 창밖만을 내다보며 지그시 입술을 깨물 뿐.

"마마……?"

김 나인은 조심스레 향에게로 다가갔다. 가까이서 보니 더욱 넋이 나가 보이는 것이 어쩐지 이상했다. 빛이 들어가지 않는, 공허한 눈동자.

김 나인은 차마 더 이상 다가갈 수 없었기에 향의 주변에서 맴돌 수밖에 없었다.

"말희야."

짧은 묵언의 시간 끝에 향의 입술이 반쯤 열렸다.

"곤하구나. 침상을 정리해 다오."

"마, 마마…… 혹 무슨 일이 있으신 건……."

"그런 건 아니다. 단지……."

마음이 아플 뿐.

향은 말끝을 흐리며 애써 나긋한 미소를 지어 보였다. 그에 어쩔 수 없다는 듯 부산스레 손을 움직이는 김 나인.

향은 그러한 김 나인에게서 시선을 떼어내고, 다시금 창밖으로 시선을 던졌다. 진원과 도겸이 서 있던 바로 그곳을.

목소리는 들리지 않았다. 그러나 그들이 무슨 말을 나누고 있는지는 짐작할 수 있었다.

어느덧 멀어진 그들. 그들 역시 죽마(竹馬)가 부러진 것일까.

그렇다면 그 죽마를 부러뜨린 것은 누구일까. 아마도,

'나일 테지.'

향은 주름이 잡히는 미간을 애써 펴며 김 나인이 정돈해 준 침상에 몸을 눕혔다.

눈길이 갈 테지만 눈을 감아야만 했다. 소리가 들릴 테지만 귀를 막아야만 했다. 잊히지…… 않을 테지만 잊어야만 했다.

그에게 희망을 주면 줄수록, 그것은 가엾은 동정을 주는 것밖에 안
될 테니.

향은 그리 생각하며 눈을 내리감았다. 포근한 요를 몸에 감싸 안으
며. 짙어지는 과꽃의 향을 떨쳐 내며.


"전하!"

기찬은 쓰러지듯 주저앉는 진원을 부축했다. 축 처진 몸에는 얼음
장처럼 차가운 한기만 돌 뿐, 퍼렇게 질린 진원의 얼굴에는 그 무엇도
담겨 있지 않았다.

"괜찮으십니까."

"……괜찮지 않다."

진원은 애써 다리에 힘을 주며 몸을 일으켜 세웠다. 허리춤에 느껴
지는 시큰한 통증이 달갑지 않다. 긴 숨을 내쉬며 얼굴을 쓸어내린
다.

"찬아."

"예, 전하."

"사실대로 고하거라."

어쩐지 진원의 눈빛이 섬뜩하다. 서슬 퍼런 빛이 흐르다 못해 콸콸
넘치고 있다.

"도겸의 짓이었더냐."

기찬은 잠시 숨을 삼켰다. 자신에게 내리꽂히는 그 시선을 피하며
입술을 자근자근 씹는다.

도만호에게 들었던, '절름발이'에 대해 알고 있었다는 말인가.

"무슨 말씀을 하시는지 모르겠……."

"정현을 죽인 것이 정녕 도겸이란 말이냐!"

하아, 기찬은 참았던 숨을 토해내며 미간을 짙게 좁혔다. 침묵이란 본디 긍정인 터.

"하, 하하……."

진원은 마지막까지 잡고 있던 동아줄이 끊어진 것처럼 허탈한 숨을 내쉬며 고개를 떨어뜨렸다.

도겸의 날이 선 목소리를 들었을 때에도, 생전 보지 못했던 냉기 서린 시선을 받을 때에도 진원은 믿으려 하였다. 정녕 그가 변한 것이 아니노라고. 그는, 내가 아는 '도겸'은 그럴 이가 되지 않는다고.

그러나 좋지 않은 짐작은 항상 맞는 것이었다.

"내 죄로구나. 내 업보야."

그는 자조적인 중얼거림을 뱉으며 고개를 쳐들었다.

하나뿐인 친우의 손에 피를 묻히게 하였으니. 그 손을 더럽히게 하였으니.

애초에, 내가 향의 앞에 나서면 아니 되는 것이었나. 내가 향을 그러안으면 아니 되는 것이었나.

이러한 생각은 돌이킬 수 없는 몽상일 뿐. 이리 한탄을 해보았자 달라지는 것은 없을 터다.

"꽃의 향을 맡게 할 수 없어 대지의 내음을 밀어주려 했거늘."

"……그 마음은 변함이 없으신 겁니까."

기찬은 다시금 나지막한 목소리로 물었다.

"물론."

야트막한, 그러나 정녕 '미소'가 아닌 미소를 그리며 원은 답했다.

"이 나라는 나의 것이 아니다."

그럼에도 물러설 수 없다. 물러서지, 아니한다.

어둑한 밤하늘 아래, 오직 빛나고 있는 것은 원의 두 눈에 박힌 붉은 태양밖에 없었더란다.


　도겸은 희선당 대문 앞에 우두커니 서 있었다. 이는 진원과의 대화 후에도 떨어지지 않는 발걸음에 비롯된 위치였다.

　굳게 닫혀 있는 대문을 바라본다. 손을 뻗어, 대문의 거친 나뭇결을 어루만진다. 마치 자신의 마음이라는 양, 되돌리지 못하는 과거라는 양.

　"……마마."

　그 닿지 못하는 말은 메아리가 되어 널리널리 울려 퍼졌으니.

　도겸은 입술을 꽉 깨물었다. 어찌나 세게 깨물었던지 핏방울이 맺혀 새빨간 핏줄이 보일 지경이다.

　"저는……."

　주먹을 쥔다. 제 감정을 참지 못하겠다는 듯, 쾅, 쾅, 대문을 두드리며 이마를 박는다.

　"어쩔 수 없는 아해인가 봅니다."

　진원에게 하였던 말. 입이 닳도록 하였던 말.

　그것을 바로 자신에게 할 줄이야, 어찌 알았겠느냐.

　아해인가 봅니다. 아직도 마음이 좁은 아해, 머리가 우둔한 아해, 욕심에 눈이 먼 아해…….

　이럼에도, 마마는 저를 따뜻이 대해주실 수 있겠습니까.

　도겸은 설핏하게 웃으며 고개를 가로저었다. 제 죄에 대한 죗값은 받아야 할 터. 그렇기에 이는 더욱이 욕심이다. 더욱이 가지면 아니 되는 마음이다.

　그는 천천히 고개를 들고, 눈물방울이 그득한 눈을 쉴 새 없이 깜빡였다.

그리고 주춤 뒷걸음질을 친다. 이 희선당의 모습을, 향이 살고 있는 희선당의 모습을 두 눈 그득히 담고자.

보름달이 떠오른다. 그러나 비구름에 가려진 보름달은 끝끝내 빛을 내지 못했다.

❀

깊은 밤의 흔적을 지우겠다는 듯, 동쪽에서부터 떠오르는 태양은 그 어느 때보다 더욱 밝은 빛을 내며 모습을 드러내고 있었다.

새벽안개가 걷힘과 동시에, 황도에 거뭇한 그림자들이 하나둘씩 나타나고 있었다. 이는 금일 열릴 편전에 참석하기 위한 대신들의 것임이 분명하였으나, 태위의 모습은 그 어디에도 보이지 않았다.

전일, 황제와 나누었던 거래를 승낙한 탓일 테지.

이러한 상황에, 태위라는 끈을 부여잡고 있던 대신 몇몇은 당황한 기색을 감추지 못한 채 주위를 두리번거리고 있었다.

목하 궐에 퍼지고 있는 양제에 대한 추문 때문이 아닐까 하고 짐작하는 그들이다.

그를 멀찍이서 조망하듯 바라보고 있는 사공. 그의 얼굴에 다른 이들에게는 보이지 않을 법한 비릿한 비소가 떠오른다.

"사공 대감, 태위 대감께서는 어디 계십니까?"

"글쎄요. 아마 자택에 계시지 않겠습니까?"

"혹…… 궐에 도는 소문 때문이 아닌……."

"어떤 소문이요? 저는 금시초문입니다만."

사공은 그 말허리를 뚝 끊으며 날카롭게 대답했다. 괜한 말을 하여 구설에 오르는 것은 좋지 않을 터. 그렇다면 모르는 척을 하는 것이

답일 터였다.

"어찌 됐든, 가시지요. 늦겠습니다."

그는 차갑게도 말을 뱉으며 휘적휘적 길을 걸어갔다. 전일, 자신의 말에 크나큰 화를 내며 돌아갔던 태위를 떠올리며.

'뻔뻔한 놈.'

제 속을 들키니 그리 분을 냈던 것일 테지. 아마도, 곧이어 자신을 찾아올 것이다. 찾아와 제발 도와달라 사정을 할 테지. 멍청한 자식.

사공은 가까운 훗날 일어날 상황을 떠올리며 속으로 비소를 삼키기에 이르렀다.


"……이것으로 된 것이오?"

"그렇사옵니다, 전하."

"오늘따라 말들이 없구려?"

진원은 용상에 삐뚜름하게 앉아, 말을 삼키고 고개를 조아리고 있는 모든 대신들을 바라보며 웃음을 삼켰다.

태위의 뒤꽁무니를 쫓던 이들. 이젠 그 머리가 없으니 병신처럼 말을 먹고 있구나. 아, 이 어찌 안타깝지 않을꼬?

원은 왼손에 턱을 괴며 실눈으로 자신을 바라보고 있는 사공과 눈을 마주했다.

그는 거짓을 말했다. 아니, 거짓을 말한 것이 아니라 애초에 말을 하지 않았다. 제 아들의 손에 피가 묻었다는 것을, 제 아들을 끌어 불 구렁텅이에 밀어 넣었다는 것을.

왜 말하지 않은 것일까. 왜 도움을 청하지 않았던 것일까.

그마만큼, 그 역시도 이 자리를 희원하고 있다는 뜻일까.

"크흠."

이러한 시선을 느꼈던지, 사공을 헛기침을 뱉으며 고개를 돌렸다. 그에 피식, 바람 빠진 소리를 내는 원. 곧이어 말을 잇는다.

"곧 개국일이 아니오? 매년 이때에 열흘간 축제를 열지 않았소. 한데 왜 아직도 말이 없는 것이오?"

"허, 하나 전하. 아직 대행 황후의 상례 기간이 끝나지 않았나이다."

"하나 백성들은 기다리고 있을 터."

말을 꺼냈던 예부상서는 다시금 조가비처럼 입을 다물며 뒷걸음질을 쳤다.

진원이 이런 말을 꺼낸 데에는 필시 이유가 있을 게다. 그 이유가 무엇인지 중요할 터인데, 짐작할 수 있는 것은 없다. 진원은 항시 상상치도 못한 일들을 내미는 이니.

이러한 생각이 끝나기도 전에,

"상례를 고려하여 나흘간만 축제를 열 터이니 그리 알고 준비하시오."

"하, 하오나……."

"즉위식 전에 아바마마를 위한 축제를 열어야겠소. 아시겠지요?"

대신들은 반발하지 못한다. 진원의 의중이 궁금하나 더 이상 물을 수 없다. 너무도 까닭이 확실하기 때문이다. 물론, 표면적인 까닭일 테지만.

그렇게 편전은 파했으나, 끝이 난 것은 아니었다. 그 누구도 진원의 의중을 가늠하지 못하고 있기 때문이었다.

아침이 지나고 곧이어 태양이 중천으로 떠오르기에 이르렀다. 안개는 걷혔다. 불투명한 미래에 대한 희미함은 또렷해지고 있는 중이었다.

시간은 뭉텅뭉텅 흘러가 무탈하게도 지나갔더란다.

가을 나무는 어느덧 그 껍질을 탈피하여 겨울나무로서의 삶을 살고자 변모하고 있었고, 만발하였던 들국화와 솔체꽃은 그 처연한 모가지를 떨어뜨리고 깊은 잠에 들고자 하였다.

이렇듯, 드높은 하늘을 품고 있던 가을이 지나고 하얗고 푸른 세상을 드리울 겨울이 오고 있는 것이리라.

시간의 흐름은 사건의 흐름과 상통한다 하였는가. 이처럼 시간이 경과함과 동시에 여러 가지의 사건들이 일어났으니.

첫째로, 양제의 금족령이 풀리었다. 그러나 그녀의 궁인들은 모두가 내쫓긴 상태였고, 그녀의 시중을 드는 것은 오직 박 나인 한 명뿐이었다.

둘째로, 태위가 편전에 참석치 않게 되었다. 이는 대신들 사이에서 퍼지고 있는 '딸을 받는 대신 패를 내놓았다'는 소문이 돌게 된 시발점이기도 하였다.

셋째로, 사공의 아들인 비서승이 두문불출, 몸을 감추었다.

이 일련의 사건이 일어난 시간은 보름 남짓이 되지 않았으나, 황실을 감싸고 있던 미묘한 기류가 더욱 짙어지고 있는 중이었다.

이러한 때에, 동주궁은 그 어느 날보다 더욱 분주한 하루를 보내고 있었다.

"아직도 도만호에게는 소식이 없더냐."

서책을 뒤적거리며 삐뚜름하게 턱을 괴고 있던 진원의 문이었다.

"안타깝게도 그러하옵니다."

진원의 옆에 우두커니 서 있던 기찬에게서 퉁명스러운 대답이 튀어 나왔다. 그는 무엇인가 못마땅한 듯, 인상을 비죽배죽 찌푸리고 있었다. 그에 원은 재빨리 기찬에게로 시선을 던졌다.

"왜 그러느냐. 왜 그리 퉁명스러운 게야."

"답답해서 그렇습니다. 당장에 실범을 밝힐 수 없으니 도만호 역시 일을 진척시키지 못하고 있는 것이 아닙니까. 비서승 나리가 죄를 저질렀다는 것만 알게 된다면 태위 대감쯤이야……!"

"찬아."

봇물 터지듯 쏟아지는 기찬의 언사에, 진원은 다소 미간을 찌푸리며 고개를 들어 올렸다.

"그럴 수 없다는 것, 네가 더 잘 알고 있지 않느냐."

"이미 전하께 반기를 들었습니다. 전하의 심중조차 헤아리지 못하고!"

"예상한 일이었다."

그래, 이를 예상하고 계획한 일이 아니었더냐. 도겸의 들끓는 마음을 예상하고…….

"이리 험한 일까지 할 줄은 몰랐지만서도."

하나 제 신념까지 저버릴 줄은 상상치 못했지만.

진원은 도겸의 서슬 퍼렇던 눈빛을 애써 떨쳐 내려는 듯 고개를 가로저으며 말을 이었다.

"연찬(宴饌)이 끝나면, 아바마마를 남해지방으로 모셔갈 생각이다. 지천명(知天命)이 다 된 연세인데, 흉한 꼴을 보일 수는 없지 않겠더냐."

"……가마를 준비해 놓겠습니다."

"그 누구도 알지 못하게 해야 한다."

기찬은 가볍게 고개를 끄덕였다. 그쯤이야 얼마든지 자신 있다는 뜻이었다.

그에 진원은 시린 웃음을 걸어 올리며 몸을 뒤로 젖혔다.

"드디어 내일이로구나. 모든 일의 시발점이 되는 날이."

겨울, 쏟아지는 하얀 햇살을 손가락 사이에 감으며 섬연하게 웃는다.

내일이면 연찬이 열릴 터였다. 그 어느 때보다도 화려하게, 그 어느 때보다도 웅혼하게. 모든 국고를 탕진할 만큼.

"한데 전하, 여쭙고 싶은 것이 있습니다."

기찬은 해갈되지 않은 의문점이 있다는 듯, 평소답지 않게 문을 건넸다.

"아직 상중(喪中)이 아닙니까. 이때에 무리하게 연찬을 열게 되면 백성들의 불만이 하늘을 찌를 터인데, 하필이면 이런 때에 왜……."

"그것을 바란 것이기 때문이다."

진원은 손가락을 오므리며 대답했다. 그의 손아귀에 잡힌 햇살이 스멀스멀 바깥으로 흘러나오기에 이르렀다.

"다음 황제 자리에 오를 황태자가, 이마만큼 무능한 놈이라는 것을 보여야 하지 않겠더냐. 그래야만."

탁, 손을 펴는 그. 이내 산산이 흩어지는 빛발. 이는 더 이상 그의 것이 아니라는 듯, 더 이상 그에게는 태양이 없다는 듯. 그러한 광경이다.

"명분이 생길 테니 말이다."

원은 고개를 돌려 창밖을 내다보았다. 어느덧 상고대가 얼기설기 맺혀 있는 나뭇가지를 지그시 응시한다.

"궐에서 겨울을 보는 것도 이번이 마지막일 것이다. 잘 보아두어라."

그다음 겨울은, 그리고 그다음의 겨울도. 아니, 평생의 겨울은 이 곳에서 맞지 않으리라.

내리쬐던 햇빛이 사라지고 있었다. 두터운 구름에 가려진 태양은 어느 순간 서산 너머로 너울져 버렸더란다.

❀

"미친 것 아니오? 이 뒤숭숭한 때에 축제라니! 대체 이게 무슨……!"

"그러게나 말이오. 아무리 나라님 말씀이 천명이라 하지만, 이 무슨 말도 안 되는 일이란 말이오?"

"허어, 나라가 망할 징조로다."

저잣거리에 모여 있는 장사치 몇은 저들끼리 속닥거리며 연찬에 대한 뒷말을 늘어놓기 시작했다.

황후를 살해하고 일황자를 살해하였다. 더불어 후환이 두려워 이황자에게 죄를 뒤집어씌우고 결국에 이황자까지 살해한 피도 눈물도 없는 무자비한 자가, 바로 황태자렷다.

이리도 천륜과 인륜을 어기는 이가 어찌 나라의 주인이 되려 하는가?

"쯧, 붙어 있는 계집이 그러하니 멀쩡한 놈도 미칠 수밖에."

제가 감히 무슨 말을 하고 있는지 알기나 할까. 장사치는 비죽배죽 비웃음을 뱉으며 보따리 끈을 풀어냈다.

"백성들 원성이 하늘을 찌르니, 하늘에서 벌을 내리지 않겠소?"

"껄껄, 그럴 것이었으면 진즉에 그러했겠지. 나라가 망할 것이다, 망할 것이야."

그들은 가지고 왔던 장물들을 하나둘씩 내려놓으며 낄낄 웃음을 자아냈다.

이들은 다름 아닌 장물아비. 연천을 맞이하여 한몫 단단히 잡아보려는 심보로 자리를 잡은 이들이다.

방금 전까지만 하더라도 연천에 대해 끝없는 불만을 늘어놓았던 모습과는 달리, 분주하게 손을 움직이는 모양이 꽤나 이질적이었다. 그때에,

가마꾼의 메는 소리가 들려오기 시작했다. 어히야, 어히야ー 우렁찬 소리가 들림과 동시에 수십 명의 사람들이 일제히 허리를 굽혔다.

제아무리 병신 같은 나라님이라 할지언정 예는 갖추어야 할 터. 자칫하다간 자리에서 모가지가 날아갈 수도 있기 때문이었다.

눈이 부실 만큼 화려한 가마 네 채가 일렬로 지나간다. 그리고 그 뒤를 이어 황태자가 앉아 있는 평교자와 태자비가 앉아 있는 평교자가 지나간다.

피칠갑을 한 듯 붉은 옷을 입고 있는 그들은 과연 환조의 자손이라 할 수 있으리만큼 위엄차고 또한 웅혼한 모습이었는데, 백성들의 눈에는 그것이 온전하게 받아들여지지 않았으니.

기세가 등등하여 소나무처럼 꼿꼿하게 보이는 황태자의 모습은 나라를 갉아먹는 쥐새끼와도 같아 보였고, 한 떨기 꽃과도 같이 아름다운 태자비의 모습은 나라님을 제 치마폭에 넣는 창기와도 같아 보였다.

그러니 어찌 존경하여 우러러 볼 수 있을까. 백성들의 얼굴에는 사뭇 불쾌함이 담겨 있었다. 그때.

"나쁜 계집!"

어디선가 튀어나온 쩌렁쩌렁한 외침이 평교자를 우뚝 멈추게 하였고,

그 '어디선가'에서 튀어나온 돌덩이가 태자비의 머리통을 과녁 삼아 던져졌더란다.

"악!"

"웬 놈이냐!"

향은 짤막한 신음을 뱉으며 머리를 쥐어 감쌌다. 빗겨가긴 하였다만, 그러하여도 이마가 찢겨 피가 나는 것이 여간 불쌍한 모습이 아니다.

'어딘가'로 뛰어가는 군졸들. 그러나 사람이 워낙 많이 모인 탓에 범인을 쉬이 가려낼 순 없어 보였다.

웅성웅성, 어느덧 허리를 쳐들고 사태를 관람한 사람들의 입이 열리기 시작했다.

"향아!"

진원은 평교자에서 뛰어내려 당장에 달음박질을 하여 향에게로 다가왔다. 어찌나 힘을 주어 뛰었던지 그가 쓰고 있는 면류관이 주륵 흘러내릴 지경이었다.

원은 이마를 부여잡고 몸을 웅크리고 있는 향을 일으키며 피를 닦아주었다.

"어디 보자꾸나. 괜찮은 게야? 피, 피가 많이 나는구나. 이, 이……! 뭣들 하느냐! 당장 가마를 돌려라!"

진원은 시뻘게진 얼굴로 당장에 모든 군졸들에게 고하였다. 그 초조하다 못해 파리한 모습에 보는 이들마저 애간장이 탈 지경이었다.

"저, 저는 괜찮습니다, 전하."

"향아!"

"이쯤이야 별것 아닌데요. 괜찮습니다. 행렬을 계속하시지요."

"아니 된다. 잘못 두었다가 곪기라도 한다면……!"

"이깟 사사로운 일로 그릇된 판단을 하면 아니 됩니다. 계속하시지요."

향은 현기증이 인다는 듯, 입술을 꽉 깨물며 대답했다. 진원은 재차 고개를 가로저으며 아니 됨을 뜻하였지만,

"가야 합니다."

향은 단호하다. 그 흐르는 피를 닦아내며 애써 웃음을 짓는다.

여기서 돌아가게 된다면, 나흘간 열릴 축제가 시작조차 하지 못하게 되는 것이 아니던가.

잠시만 참으면 된다. 도성을 도는 것이 두 시각이라 하였으니 한 시각만 참으면 되렷다.

향은 그리 생각하며 다시금 옅은 미소를 지어주었다. 그 모습이 너무도 미쁘게 보여, 진원은 어쩔 수 없이 수긍할 수밖에 없었더란다.

"혹여 더욱이 통증이 느껴지거든 그때엔 지체 없이 말해야 한다. 알았느냐."

"예, 전하."

원은 떨어지지 않는 발걸음을 내디뎠다. 제 손에 감싸진 향의 머리칼이 한 올 한 올 떨어질 때마다 침울한 숨을 내쉰다. 재차 평교자의 대를 쥐어 잡는 가마꾼들. 어히야, 소리를 내며 허리를 들고.

바로 그때.

"마마!"

쾅! 소리가 남과 동시에 평교자의 가운데가 무너지기에 이르렀다. 그에 바닥으로 내팽개치듯 떨어진 향. 억 소리도 내지 못한 채 쓰러진 향은 미동이 없다.

"향…… 아?"

원은 치렁치렁한 옷자락을 내리 밟으며 향에게로 뛰어갔다.

"단향!"

파편 속에 갇힌 향을 끌어내 그 뺨을 어루만진다. 그러나 향은 눈을 뜨지 않는다. 간헐적인 얕은 숨과 팔팔 끓고 있는 식은땀만 흘려낼 뿐.

향아, 향아! 그 외침이 커졌으나 그녀는 일어나지 아니 하였다. 왜인지 모르게, 제 배를 끌어안고는.

※

휘이잉, 휘이잉, 거친 바람은 그칠 생각을 하지 않는다. 쓸쓸함을 그득 품고 있는 바람은 대지를 휘갈기곤 곧이어 예선당의 창문을 거세게 두드렸더란다.

"⋯⋯그래서."

훅, 불어오는 바람에 훅, 흩날리는 호롱불. 그에 한울의 그림자가 일렁인다.

"태자비가 쓰러졌다는 말이냐?"

"예, 그렇사옵니다, 자가."

"오호라⋯⋯."

한울은 입술에 유려한 선을 그리며 들어 올렸다.

별다른 수를 쓰지 않았음에도 단향이 쓰러진 것은 분명 환희할 일이나 어쩐지 예감이 심상치 않았다.

"무언가 이상하구나. 그 야만스런 계집이 그리 쉬이 쓰러질 일은 없을 터인데⋯⋯."

본디 독기가 그득한 계집이라 연유 없이 픽픽 쓰러질 이는 아닐 터인데.

한울은 다상을 손가락으로 톡, 톡, 건드리며 고개를 갸웃거렸다.

"다른 점은 없었느냐?"

"예? 어떤 것을 말씀하시는 것인지……."

"태의감에서 다른 기별이 없었느냐는 말이다."

"아, 예, 예. 별다른 말씀은 하지 않으신 것으로 아옵나이다."

"이상하구나, 이상해."

그런 일이 있었다면 분명 삽시간에 소문이 퍼졌을 터. 그러나 태자비의 평교자가 무너진 것치고는 궐은 너무도 조용하였다.

의아한 기운.

그러나 이 예선당에 틀어박혀 있어서는 알 수 없는 기운이었다.

"그래, 알겠다. 나가 보거라."

한울은 다음 날 아비를 찾아가 물을 것을 생각하며 박 나인을 내보내기에 이르렀다.

그에 고개를 살풋 숙이고는 뒷걸음질로 방을 나서는 박 나인. 탁, 문이 닫히고. 곧이어 복도를 지나 대문을 넘어 황도로 몸을 내딛는다. 그때,

"얘! 아직도 여기서 뭐하고 있어!"

애기 나인 시절부터 함께한 서 나인이 훅 튀어나와 박 나인의 어깨를 부여잡았다.

"응? 아직도라니?"

그에 반문하는 그녀. 그러자 서 나인의 입에서 툭, 실소가 튀어나왔다.

"소식 못 들었어?"

이미 궁인들 사이에 다 퍼진 소식을 듣지 못했냐는 뜻의 말.

그에 박 나인의 의구심이 증폭됨은 너무도 당연한 일이었다.

다시금 반문하고자 박 나인의 입술이 열릴 때.

"태자비마마께서 회임하셨대!"

근심까치의 울음소리가 서서히 울려 퍼진다. 이는 기어코 잦아들지 않는 소리임에 분명하였다.

딱, 딱.

진원은 손톱을 자근자근 씹으며 제자리걸음을 하고 있다. 발은 여전히도 움직이는데, 시선만큼은 가지런히 눈을 감고 있는 향에게로 닿아 있었다.

그는 향을 향해 잠시나마 손을 뻗다가, 이내 손가락 끝을 말아 쥐며 손을 되돌렸다.

어둑어둑해진 하늘의 저편에서는 보름달이 찡긋 얼굴을 내밀고 있었다. 진원은 스멀스멀 사라지고 있는 붉은 기운을 제 폐부에 내리 담으며,

"아기씨를 품으셨습니다."

아, 원은 태의의 감탄 어린 말을 떠올렸다. 두 손에 얼굴을 묻는다. 불규칙적인 떨림의 그의 몸에 그득하였다.

분명 기쁜 일인데, 잔치를 벌여도 모자라리만큼 행복한 일인데, 왜, 왜 나는 이다지도…….

"……향아."

원은 침상 옆에 한쪽 무릎을 꿇고 앉아 향의 손가락을 움켜쥐었다. 그리고 피딱지가 앉아 있는 향의 이마를 조심스레 쓰다듬는다.

돌을 던진 이는 결국 찾지 못했다. 돌이 날아옴과 동시에 병졸들이

군중 속으로 뛰어갔으나, 하늘로 솟았는지 땅으로 꺼졌는지 찾을 수 없었다 말하였다. 평교자는 예상한 대로 누군가 임의로 톱질을 해놓은 것이었다. 그래. 거구의 사내가 오른 것도 아닌데, 평교자를 타고 내리뛴 것도 아닌데. 어찌 그리 산산조각 부서질 수 있단 말인가. 필시 무슨 수를 해놓았던 것일 테지.

전자의 범인은 잡을 수 없다고 하나, 후자의 범인은 적어도 짐작이 가능한 것이었다.

'······태위.'

그러나 그는 양제가 금족령에서 풀려난 후로부터 자택에 칩거해 두문불출, 외출을 하지 않는다 들었다.

그가 입궁했더라면 소식을 알 수 있었을 텐데. 아니, 제 수하를 시켜 일을 벌일 수도 있는 것이지만, 아직은 궐이 흉흉한 때. 그리 우매하단 말인가. 하면,

'양제가 일을 벌였다는 말인가.'

진원은 어금니를 꽉 깨물며 향의 손등에 자신의 이마를 대었다.

태의가 말하기를, 향의 몸 상태는 먼젓번 보았던 그때보다 훨씬 악화되어 있다고 하였다. 본디 향이 마셨던 독은 미량이었기에 기력만 회복하면 되는 것이었는데, 작금 기력 회복이 되지 않으니 몸속에 남아 있는 독이 빠르게 퍼져 나가고 있다고. 이대로 가다간 정녕 목숨이 흔들릴 것이라고. 그는 그렇게 말하며, 향의 회임을 알렸다.

'생명의 불꽃이 사그라짐'과 '생명의 불꽃이 피어오름'이 어찌 같이 뱉어질 수 있겠느냐마는. 이 빌어먹을 현실은 그것을 가능케 만들었다.

원은 향의 손에 깍지를 끼며 천천히 고개를 들어 올렸다. 희원하던 삶이 눈앞에 다가왔다. 그토록 바라고 바라던 미래가 성큼 손을 내밀

어주었다.

그러니, 모든 일을 더욱 빠르게 진행시켜야 했다.

"괜찮다, 괜찮아."

향의 손을 쓰다듬으며, 향에게 하는 말이나 저에게 하는 말인 것처럼. 그렇게도 진원은 애써 울음을 삼키며 눈을 내리감았더란다.

밤은 짙어졌다. 그리고 그들을 집어삼키고 있는 그림자 역시 더욱 짙어졌다.

✻

본디 개국 행사란 전국이 들썩일 정도로 거대하고 시끌벅적한 법이다.

이때를 이용하여 한몫 단단히 잡으려는 장사치들도 있고, 이때를 이용하여 그간의 노고를 풀어보고자 하는 농사꾼들도 있고, 이때를 이용하여 제 짝을 찾으려 하는 총각 처녀들도 있는 터였다.

그러나 올해의 행사는 그러한 정겨운 기운이 담겨 있지 않았으니.

"아, 이게 뭐람. 다 망했어. 초상집 분위기잖아."

개울가에서 빨래를 하던 여인 한 명이 투덜거리듯 말했다. 그에 동조하며 고개를 끄덕이는 또래 여인들.

"그래도 어쩌겠어. 마마께서 그대로 쓰러지셨는데. 아니, 그 큰 평교자가 그렇게 쉽게 부서지나?"

"그러게나 말이야. 그때 전하께서도 엄청 놀라신 것 같던데……. 너 봤니? 전하가 혼비백산해서 뛰어가시던 거?"

"응. 냉철하기로 둘째가라면 서럽다고 소문난 전하께서 그러실 줄이야. 마마를 지극히 아낀다는 소문이 허튼 게 아닌가 봐."

그들은 킥킥 웃음을 흘리며 물을 퍼담았다.

"마마께서는 괜찮으시려나……."

"아무렴. 당장에 궐로 돌아가셨잖아. 괜찮으실 거……."

"어이고, 그렇게 욕할 때는 언제고. 이제 와 걱정이람?"

홍두깨를 우악스럽게 두드리던 아낙네 한 명이 대화에 끼어들었다. 그에 기분이 나빴다는 듯, 처음 말을 뱉었던 여인은 입을 비죽이며 볼멘소리를 뱉었다.

"나쁜 건 나쁜 거고요, 아픈 건 아픈 거고요. 그대로 쓰러지는 모습을 제 눈앞에서 봤는데, 그럼 여기서 더 욕이라도 할까요?"

"어어? 방귀 뀐 놈이 성낸다더니, 왜 애먼 내게 화를 내나?"

"아주머니!"

"회임하셨댄다."

"예?"

"도성에 소문이 파다해. 못 들었어? 장사꾼들이 말을 옮기고 옮기고……."

여인은 아낙네의 말에 눈을 휘둥그레 뜨며 입을 틀어막았다. 회임이라니? 그렇다면 임신한 그 몸이 그렇게 바닥에 곤두박질쳐졌단 말인가?

"쯧, 걱정이야. 딱 봐도 몸이 안 좋아 보이시던데. 아 놓다가 혼절이라도 하면 어찌하시려고. 어휴, 이러다 올해에 국상을 두 번이나 치르겠어."

"아주머니! 그런 말씀을 하시면 어떡해요! 누, 누가 들으면 어떡하시려고……."

"왜? 얼마 전까지만 해도 그렇게 욕을 했으면서."

"그, 그건……. 그건 이유가 있는 거고요!"

여인은 빽 소리를 내지르며 다리를 그러모았다.

그래도 나라의 어미가 될 분인데, 추문에 귀를 빼앗겨 허튼 뒷말을 하고 다닌 것이 아닌가 하는 후회가 밀려왔기 때문이다.

"불쌍하지, 불쌍해. 궐에서 욕먹어, 저잣거리에서 욕먹어, 본국에서도 욕먹어. 그래, 차라리 욕이라도 많이 먹고 오래오래 살아라!"

아낙네는 그리 소리를 내지르며 제 마음을 담기라도 한 것처럼 홍두깨를 거세게 두드렸다. 다시금 자신의 본업으로 돌아간 모습이었으나, 그녀가 내뱉었던 말은 강가에 모여 있던 다른 여인들의 마음을 움직이게 하기에 충분한 것이었다.


웅성웅성 이는 풍문의 흐름을 느끼며 태위는 불편한 기색을 감출 수 없었다.

시선을 내려 강가를 바라본다. 모여 있는 여인들만 하여도 스물은 될 터이니, 내일이면 태자비를 옹호하는 소문들이 우후죽순 피어날 터였다.

"……빌어먹을."

그는 욕설을 읊조리듯 말하며 걸음을 재우쳤다.

"입이 많이 걸걸해지셨습니다그려."

태위의 옆에 서 있던 사공은 장난스러운 미소를 던지며 말했다. 그에 와락 찌푸려지는 태위의 미간. 불편한 마음을 담아 찌릿, 사공을 노려본다.

"평교자를 부순 이가 누구요?"

"글쎄요. 제가 어찌 알겠습니까. 낡아서 부서졌나 보지요."

"황실이 그리 녹록한 곳으로 보이십니까."

"견고하다 하여도 뚫을 구멍 하나는 있을 테지요. 저는 모르는 일입니다."

사공은 어깨를 으쓱 올리며 휘적휘적 갈 길을 걸어갔다.

평교자에 톱질을 해놓은 것이 네가 아니면 누구겠느냐. 네가 아니라면 네 딸년일 테지. 어찌 그것도 모를꼬? 아직도 제 딸을 세상 물정 모르는 아이로 보고 있다는 말이냐.

사공은 비죽이 입술을 틀며 뒤따라오는 태위를 바라보았다.

그의 얼굴은 상당히도 격양된 상태였고, 주먹을 쥐락펴락 가슴팍을 쉴 새 없이 달싹이는 것으로 보아 더욱이 불안해하고 있는 상태였다.

"난처해졌군요."

본디 인간의 마음이란 작은 샛바람에도 쉬이 눕혀지는 갈대와도 같은 것이니.

"이대로 가다간 우리 둘 다 내쳐질 것 같지 않습니까? 태위는 못난 딸을 가지고 있는 죄로, 저는 그런 태위에게 붙어 있었다는 죄로. 하하, 저는 돌아온 지 얼마 되지 않은 터라, 이렇게 일찍 내쳐지고 싶지는 않습니다만. 태위의 생각은 어떠신지?"

아주 작게 건드리기만 하여도 와르르 무너지게 되리라.

하여, 사공은 자신에게 다가오는 태위에게 손을 뻗었다.

"하니, 이제 '그' 패를 끄집어내는 것이 어떻겠습니까?"

진형이 갖춰졌으니, 외통장군이라 불리우는, 난(亂).

세상을 뒤엎을 패를 끄집어낼 때가 온 것이었다.

"으음……"

향은 어릿한 두통을 느끼며 천천히 눈꺼풀을 들어 올렸다.

왜 자신이 침상에 누워 있는 것인가. 분명 개국행사를 맞아 평교자에 앉아 거리를 지나고 있지 않았던가.

이러한 회상이 끝나기도 전에, 향은 자신도 모르게 이마에 손을 대었다.

그래, 돌을 맞았었지. 그리고…….

아, 그제야 통증이 느껴진다는 듯, 향은 허리에 이는 뻐근한 통증을 느끼며 작은 신음 소리를 내었다. 그때.

"정신을 차렸느냐."

진원의 목소리가 들려왔다. 향은 그 소리를 따라 느릿하게 고개를 돌렸다.

"더 자려무나. 아직 어지러울 텐데. 열흘 내내 누워 있었다."

원은 향의 이마를 부드럽게 쓰다듬으며 입을 맞춰주었다. 그 입술이 닿은 곳에 따스한 꽃이 피어올라 향의 흐릿했던 시야를 오롯이 또렷하게 만들어주었다.

"얼굴이…… 좋지 않으십니다."

향은 원에게로 손을 뻗으며 말했다. 말마따나, 원의 얼굴은 흡사 산송장처럼 파리하게 질려 있었으며, 또한 퀭한 그림자가 씌어 있었다.

반나절 정도밖에 지나지 않은 것 같은데 열흘이라니, 대체 무슨 일이 있었던 것인가.

향은 팔꿈치에 힘을 실으며 몸을 일으키고자 하였다.

"누워 있거라. 아직 일어나면 아니 돼."

그러나 원은 그런 향을 눕히며 요를 재차 덮어주었다. 만지면 깨질까, 손대면 닳을까 조심스러운 손짓이다.

본디 다정한 원이었으나, 어쩐지 평소와는 다른 터였다. 이렇게 영문을 모르겠는 상황에 향은 고개를 갸웃거리며 원을 바라볼 수밖에 없었다.

"식사는 드셨는지요. 왜 그리 낯빛이 시커멓……."

"내 괜한 걱정을 시키는구나. 아니다. 괜찮다. 네가 더 걱정이지."

원은 흩뜨러진 웃음을 흘리며 고개를 가로저었다. 그 모습은 흡사 바람에 흔들리는 것처럼 애처로워 보였으나, 그의 말에 담겨 있는 단호함은 결코 움직이지 않는 단단한 바위 같은 것이었다.

짧은 침묵 끝에.

"향아."

원은 향의 흐트러진 머리카락을 정돈해 주며 말했다.

"고맙다."

"무엇…… 이요?"

빙긋 웃는 그. 분명 웃고 있으나 그 속에 시린 슬픔이 담겨 있는 것처럼 보인다 하면 그것은 착각일까. 만약 그것이 아니라면, 그의 눈에 담긴 것은.

"내 꿈을 이루어줘서."

오롯한 환희에서 비롯된 기쁨일까.

원은 향의 아랫배를 조심스럽게 쓰다듬으며 유려한 웃음을 지어 보였다. 설마, 설마.

"아……."

그래, 요즈음 이상했다. 자꾸만 헛구역질이 나곤 하였고, 자꾸만 음식이 당겼으며, 자꾸만 잠이 몰아왔었다.

그렇다면…….

"제가 생각하는 것이…… 맞는 것입니까?"

향은 자신 역시 아랫배에 손을 얹으며 진원을 바라보았다. 그는 금방이라도 눈물을 흘려보낼 듯 축축한 얼굴을 하고 있었는데, 그럼에도 입가는 웃고 있는 것이 기쁨에 비롯된 표정임을 알 수 있었다.

"꿈속으로 사라졌던 네가, 어느새 돌아와 내 옆을 지키더니."

향의 어깨를 그러안는다. 그 목덜미에 제 얼굴을 묻으며,

"이제는 내 그토록 바랐던 꿈을 이루어주는구나."

고맙다, 고맙다. 입술을 달싹인다. 지금만큼은 잠시 고민거리를 내려놓았다는 듯,

"은애한다, 향아."

그렇게 깊은 연정에 대한 노래를 속삭였더란다.

곧이어 그의 눈에 어떠한 빛이 스쳐지나갔다. 이는 성큼 다가온 희원의 앞날 때문이었으니. 원은 향의 등을 쓰다듬으며 그녀의 머리를 감싸 안았다.

"태의를 부를 테니 조금 더 누워 있거라. 내 일을 보고 저녁에 다시 오겠다. 괜찮겠느냐?"

"돌아가시지요. 일이 많으실 텐데요."

"조금 뒤에 보자꾸나."

말을 끝으로, 원은 향의 이마에 입을 맞추곤 방을 나서기에 이르렀다.

후우, 그 열기가 사라진 자리를 바라보며 향은 짧은 숨을 내뱉었다. 그리고 천천히 손을 내려 자신의 아랫배를 어루만진다.

믿기지 않는다. 정말 믿기지 않는다. 내가, 내가 새로운 생명을 품었다는 말인가.

아무런 움직임이 없는 이 배에, 아무것도 티가 나지 않는 이 배에 나의 분신이 싹트고 있다는 말인가.

배냇저고리를 만들어야 하나. 아이에게 줄 신발을 뜷는 것은 어떨까.

막연한 미래가 아니라, 가까운 미래가 되었구나. 나의 아이. 진원과 나의 아이.

어쩐지 웃음이 흘러나왔다. 이는 오롯한 기쁨에서 비롯된 웃음이었다.

향은 그리도 콧노래를 흘리며 행복한 시간을 보냈더란다. 그때.

"마마, 비서승 나리께서 찾아오셨습니다."

문밖에서 김 나인의 목소리가 들려왔다.

도겸이 찾아왔다고? 이 늦은 시각에?

향은 들떠 있던 마음을 애써 잡아 내리며 들어오라 답을 하였다.

드르륵, 문이 열리고. 도겸이 작은 보폭으로 문지방을 넘고 들어왔다.

"마마, 쓰러지셨다고 들었습니다."

그는 차분한 걸음걸이와는 다르게 격양된 목소리로 말했다. 아마도, 적잖은 걱정을 한 것이리라.

"괜찮으십니까."

그 다정한 언사에 향은 자신도 모르게 빙긋이 웃으며 고개를 끄덕였다. 그에 다행이라는 듯 가슴을 쓸어내리는 도겸. 후우, 짤막한 숨을 내뱉는다.

"사실, 소문을 먼저 듣고 왔습니다."

"어떤 소문을 말인가?"

"감축드립니다, 마마."

도겸은 가볍게 고개를 끄덕이며 향을 바라보았다. 그가 아는 '소문'이란 향의 회임에 대한 말이리라.

"벌써 풍문이 돈 것인가. 참으로 빠르구나."

향은 제 손끝을 마주 잡으며 부드러운 미소를 지어 보였다. 흡사 새색시처럼 부끄러워하는 그 모습에, 도겸은 마음 한구석이 불편해짐을 느낄 수 있었다.

순간, 그는 벌떡 몸을 일으켰다.

"그럼, 일어나보겠습니다."

"왜 벌써? 더 있다 가지 않고."

들어온 지 오 분도 지나지 않았는데. 향은 말을 덧붙이며 도겸을 향해 고개를 들었다.

그 모습이 어쩐지 처연하게만 보여, 당장에라도 그러안고 연정의 말을 속삭여 주고 싶다만, 그리 할 수 없을 테지. 아니, 그리 하지 못하는 게지.

그렇기에 그는 대답 대신 자신의 마음 안에 있는 작은 응어리를 토해내고자 생각하였다.

"있지 않습니까, 마마."

향을 향해 몸을 튼다. 그의 옅은 갈색머리가 달빛을 받아 영롱하게 반짝였다.

"사람의 욕심이라는 것이 참으로 무서운 것이더군요."

그는 웃었다. 비릿하게도, 한쪽 입꼬리를 틀어 올리며 비웃음과도 같은 것을 보였다.

"저는 그 욕망을 따르려 합니다. 부디, 이해해 주시길."

……그 욕망이 무엇을 뜻할지라도.

달은 커지고 있었다. 이는 태양이 떠오르려면 한참의 시간이 남았음을 뜻하는 것이었다.

"하아, 하아……."

한울은 변칙적인 숨을 간헐적으로 내뱉으며 다상에 쾅 얼굴을 내리박았다. 그 격렬한 진동에 다상 위에 놓여 있던 한 단의 이파리가 사뭇 흔들렸다.

회임이라니, 회임이라니!

진원과 혼인한 후 독수공방 신세를 면치 못했던 그이에게 이러한 소식은 더욱이 충격적인 것이었다.

"내 낭군을 빼앗아간 것으로도 모자라……!"

이제는 내가 바랐던 꿈까지도 빼앗아가는구나.

한울은 입술을 질겅 씹으며 고개를 들어 올렸다. 그녀의 시선이 닿은 곳에 놓여 있는 약초.

아니, 독초.

이는 대행 황후가 먹었던 독초이다. 이를 단향의 음식에 갈아 넣고 그년에게 먹이기만 한다면…… 틀림없이 죽을 테지. 그 자리에서 고꾸라져 피를 토하고 눈알을 까뒤집으며 내장이 타오름을 느낄 테지.

그렇게 된다면, 그년의 목숨은 물론이거니와 그 계집이 품은 아이의 생명까지 앗아갈 수 있다.

그렇게만 된다면……!

"악!"

한울은 짤막한 소리를 내지르며 제 머리를 쥐어뜯듯 잡았다.

내 가슴속에 이는 이 분노는 어디를 향한 것인가? 이 타오르는 분기는 어디에서 비롯된 것인가?

단향인가? 아니면,

'진원이던가…….'

그가 내보였던 따뜻한 미소를 아직도 잊을 수 없다. 내 뺨을 쓰다듬고 허리를 그러안으며 달콤한 연정의 말을 속삭였던 그 순간을 잊을 수 없다.

한데, 한데…….

내가 아닌 다른 이가, 그의 사랑을 받는다. 아니, 내가 아닌 다른이가 내 자리에 앉아 있다!

한울은 바득 주먹을 쥐며 비칠비칠 몸을 일으켰다. 그녀의 발길은 너무나도 당연하게, 진원이 있는 그곳이었다.


"전하, 양제자가께서 찾아오셨나이다."

그 소리가 들림과 동시에, 경필을 쥐고 있던 진원의 손에 바득 힘이 들어갔다. 느릿하게 고개를 든다. 찬찬히 열리고 있는 문으로 시선을 고정한다.

"평안하셨나이까, 태자 전하."

한울은 제 몸뚱이에 잠식되어 있는 비칠거림을 없애지 못한 채 한 걸음 내디뎠다. 그에 사뭇 찌푸려지는 원의 인상. 그녀가 들어옴과 동시에 짙은 술 내음이 우악스럽게 흩어졌다.

"뻔뻔하군."

원은 경필을 탁, 내려놓으며 자신의 앞에 마주 앉는 한울을 직시했다.

"저는 전하의 후궁이 아니옵니까. 이런 제가, 전하를 찾아온 것이 잘못된 일이란 말씀이십니까?"

원과 한울은 다상 하나를 두고 마주 앉아 있다. 다상 위에는 진원의 서책이, 경필이, 김이 모락모락 올라오고 있는 찻잔이 있다. 그러나 한울의 것은 없다. 그 무엇도.

한울은 픽 실소를 내뱉었다. 어쩌면, 영원히 자신의 것이 아니었을 수도 있었다. 감히 오만하게도 자신의 것이라 믿어 의심치 않았기에 이리된 것이 아닐까.

다상으로 떨어뜨렸던 시선을 올린다. 그리고 간신히 분을 참고 있어 보이는 진원에게로 눈길을 쏘아낸다.

"태자비마마의 회임을 감축드리옵니다, 전하. 이런 경사가 있을 수가요. 연회를 열어야겠습니다. 온 나라를 떠들썩하게 만들 연회를요."

한울은 삐뚜름하게 고개를 젖히며 비죽배죽 입꼬리를 찢어 올렸다. 그 모습이 퍽이나 괴괴하게 보여 원은 이를 꽉 깨물 수밖에 없었다.

"수라도 놓아야겠습니다. 마마의 해산을 기원하면서요. 것도 못 하게 하실 겁니까?"

그녀는 자신의 치맛자락을 꽉 쥐었다. 바들바들 떨리는 그 두 손이, 그녀의 뒤틀리는 마음을 방증해 주는 것과 다름없었다.

"저를 내치실 겁니까?"

입술을 깨문다. 파리하다 못해 산송장처럼 보이는 그녀의 낯빛에 거뭇한 빛이 돈다.

"말씀해 주십시오. 저를 궐 밖으로 내치실 겁니까?"

원은 대답치 않았으나, 그것이 곧 수긍을 뜻함을 모를 리 없었다.

악! 한울의 목에서 비명 소리 비슷한 것이 흘러나온다. 간신히 참아왔던 모든 응어리가 터지는 것만 같다.

"제가 전하께 어떻게 했는데! 제게, 제게 이러실 수 없습니다! 전하, 제게 정녕 이러실 수 없습니다!"

원은 꼿꼿하다. 아니, 꼿꼿하다 못해 의연하게도 보인다.

저 지지 않는 태양을, 그 숱한 밤조차 없어 보이는 태양을, 내 감히 넘볼 수 있겠는가.

한울은 문득 든 생각에 잠시 숨을 삼키었다. 꽉 쥔 치맛자락이 찢어질 듯 너덜너덜해졌다. 마치, 그녀의 마음처럼.

원은 부들부들 떠는 한울을 가만히 주시하였다. 당장에라도 검을 빼 들어 저 더러운 몸에 선을 긋고 싶다만, 당장에라도 저 목을 졸라매고 싶다만.

……아직은 때가 아니다. 아직은, 아직은. 그래, 아직은.

"태자비에게 독을 먹인 것에 대한 죄책감은 없는 것인가?"

"제, 제 짓이 아니라 말씀드리지 않았습니까! 그, 그래. 모함입니다, 전하! 모함이요!"

"또 거짓을 고하는군."

그의 미간이 와락 찌푸려졌다. 더 시간을 지체하면 정녕 한울의 사지를 잘라 버릴 것만 같아,

"나가라."

그는 고개를 돌리며 싸늘하게 말했다. 그러나 한울은 굴하지 않는다. 엉금엉금 기듯 다가와 진원의 소맷자락을 붙잡을 뿐.

"진실을…… 말하면 곁을 허락해 주실 겁니까?"

픽, 원은 자신도 모르게 헛웃음을 내뱉었다.

진실이라. 그것은,

"나가라. 그리고 다시는 찾아오지 말라."

적어도 네깟 것에게 통용될 말이 아닐 터였다.

"그럴 일은 결코 없을 터이니."

원은 끝끝내 한울의 마지막 희원을 살해했다.

밤이 지고 있었다. 그리고…… 어둠에 가려진 태양이 떠오르고 있었다.

❋

오늘의 밤은 숱한 지난밤들과는 다르다. 이는 태위의 사가에 모인 수 명의 낯선 얼굴들 때문이리라.

그들은 각기 비장한 얼굴을 하고 있었는데, 그 모습이 마치 '무언가'를 꾸미고 있는 것만 같아 불안함까지 자아내고 있었다.

마당에 발을 디딘 태위가 사공을 향해 몸을 돌렸다.

"오늘이 며칠인지 아십니까."

그의 문에, 사공은 잠시 눈을 위로 치켜뜨다 느긋하게 대답했다.

"열매달 열여덟 날이지요."

"태자 전하의 즉위식이 며칠인지는 아십니까."

"열매달 스무날이지요."

"하면."

태위는 사공에게로 느긋하게 걸어가며 잠시 말을 끊었다.

"이들이 왜 모인지는 아십니까."

모여 있는 이들은 모두 다 적나라 지방의 관료들이다. 지방에서 꽤나 떵떵거리며 살고 있는 이들이지만, 제각기 황제의 노여움을 사 중앙에 진출하지 못한 패배자와 다름없는 이들이었다.

이런 이들이 모인 이유는 오직 단 하나.

"나라를 뒤엎으려 하는 것일 테지요."

익숙한 목소리. 사공은 놀란 마음을 애써 가라앉히며 황급히 소리의 근원지로 몸을 틀었다. 그곳에는,

"저 역시 같은 생각이고요."

저의 하나뿐인 아들. 기필코 불 구렁텅이로 빠지게 만들고 싶지 않았던, 도겸이 존재하였다.

아마도, 곧이어 떠오를 새로운 밤들은 숱하게 지났던 평온한 밤과

는 필시 다를 터였다.

사공의 눈이 천천히 감긴다. 당장에라도, 황제에게 달려가 이 모든 사실을 고해야겠다는 생각을 품은 채.

## 14장.

## 부디, 기억해 주십시오

그날은 어둠에 침식된 밤이었지. 세상을 파랗게 비추던 달빛의 흐름이 사라지고, 날카로운 바람만이 하늘을 굽이치고 뭉친 구름을 흩뜨리던, 까막새 울음소리만이 괴괴하게 울려 퍼지던, 그런 날.

그래. 나 역시도 예상하고 있었지. 그날은, 필시 무슨 일이 일어날 것이라고. 그래. 무슨 일이 일어나고자 했기에 그러한 날이 펼쳐진 것이라고.

그러나 진원은 예상하지 못했을 거야. 자신의 선택 때문에, 한 명의 생명이 사라지고 한줄기의 희원이 꺾일 줄은.

"너만이라도 살아라."

재민은 나의 손을 붙들고 그리 말했었지. 그리고 공기를 찢어발기는 화살을 제 몸으로 막아냈었지. 나는 그의 고통에 그득 찬 신음 소리를 들으면서도 움직이지 않았지. 아니, 움직일 수 없었지. 내 오른다리에 박혀 있는 빌어먹을 화살 때문에.

누구의 짓인지 알 수 있었지. 그리고 왜 이러한 일이 벌어졌는지도 너무나 잘 알고 있었지. 그러나 그럼에도.

"원이를, 지켜줘."

재민은 그렇게 진원을 비호했지. 그래. 그게 마지막 말이었지. 그러고는 까무룩 숨을 멈췄지.

고귀하고도 거룩하다 했던 생명이라는 것이, 이리도 쉽게 멎을 수 있는 것인가 나는 생각했었지.

그리고 나는,

그 뒤에 나는…….


"악!"

도겸은 튕기듯 몸을 일으키며 소리를 내질렀다. 헉, 허억, 헉……. 식은땀을 닦아내며 변칙적인 신음을 뱉는다.

꿈, 이었나. 아니면 내 무의식에 박혀 있던 편린인 것인가.

아무래도 좋다. 아니, 아무래도 좋지 않다. 왜 하필이면, 왜 하필이면 오늘……!

오른 다리가 욱신거린다. 힘이 들어가지 않는 다리에 파르르 경련이 인다. 발목 부근을 옭아매는 그 고통은 곧이어 허벅지를 타고 올라와 몸통을, 그리고 가슴을, 궁극적으로 목을 옭아매며 한층 날이 선 통증을 가져다주었다.

도겸은 내쉬어지지 않는 숨을 억지로 내뱉으며 머리칼을 부여잡았다.

'일황자 저하…….'

그는 고개를 떨어뜨리며 색이 없는 입술을 달싹였다.

도망쳤더라면 재민은 살 수 있었을 테지. 나를 보호치 않고 도망쳤더라면, 그 쏟아붓던 화살을 맞지만 않았더라면, 그는…….

"빌어먹을."

도겸은 짤막한 욕설을 내뱉으며 요를 걷어찼다.

떠올리고 싶지 않은 기억이 밀려온 경우에는 누구나 불쾌감을 보이게 마련이다. 도겸 같은 경우에는 더더욱.

그는 침상에 걸터앉은 채 두 손에 얼굴을 파묻었다. 방울방울 맺혀 있는 식은땀이 바닥으로 뚝뚝 떨어지기 시작했다. 오른 다리가 부러질 듯 쑤시고 아파왔다.

재민이 지키고자 한 것은 무엇이었던가. 재민이 궁극적으로 바랐던 것은 무엇이었던가.

그것은…….


"원이를, 지켜줘."


도겸은 두 눈을 질끈 내리감았다. 아직까지도 제 손에 재민의 피가 묻어 있는 것만 같다. 아직까지도 제 귀에 재민의 마지막 숨소리가 들리는 것만 같다. 아직까지도, 아직까지도.

그러나 자신은 그 위에 다른 이의 피를 덧대었다. 재민의 피를 씻어내고 그 위에 더러운 피를 덮어씌웠다. 이로써 된 것인가? 이로써, 재민을 향한 죄책감이 사라진 것일까?

"대체……."

그의 이마에서 흐르던 식은땀이 차차 굵직한 핏방울로 변해 바닥으로 곤두박질쳤다.

새로운 아침이 시작되었다. 이날은, 필시 무슨 일이 일어나고자 개벽한 것이 틀림없는 날이었다.

＊

"꼬, 꼭……."

한울은 가쁜 숨을 몰아쉬며 두 손을 맞잡았다. 꽉 붙잡은 두 손에 경기와도 같은 떨림이 묻어난다.

"해야만…… 합니까……."

그녀는 결국 고개를 숙였다. 아니, 떨어지는 것처럼 보였다. 그토록 처연하고 애절한 모습이건만, 왜일까. 이리도 비릿한 혈향이 느껴지는 것은.

"자가께서 바라신 것 아니셨습니까."

"하, 하나……."

태위는 머뭇거리는 제 딸의 손을 낚아채듯 잡아 쥐며 인상을 찌푸렸다.

"주십시오."

"무, 무엇을요?"

"자가께서 들고 계신 그것이요!"

태위는 한울이 오른손에 꼭 쥐고 있는 작은 주머니를 노려보며 외쳤다. 아비의 시선에 한울은 그것을 빼앗기기 싫다는 듯 고개를 가로저으며 더욱 주먹을 세게 바르쥐었다. 하루 사이, 마음이 변하기라도 한 것일까.

"하, 하나 아버지…… 이는 독입니다. 탕약에 쓰던 어쭙잖게 약한 독이 아니라, 단번에 목숨을 끊을 수 있는……! 마, 만약 저, 저, 전하께서 드시게 된다면……!"

아니. 단향이 아니라 오직 진원을 생각하는 것이지. 태위의 눈썹이 짙게 좁혀졌다.

"아직도 그런 시정잡배놈을 두둔하시는 겁니까?"

"하오나……."

"자가, 이 아비는 오늘."

탁, 한울의 오른손을 잡아챈다. 그리고 다소 힘이 풀린 그 손가락을 하나씩 펴며 주머니를 끄집어낸다.

"세상을 바꿀 겁니다."

마치 괴수와도 같아 보이는 그 형형한 모습에 한울은 그만 말을 이을 수 없었다. 이는,

"밖에 아무도 없느냐. 자가를 뫼시거라!"

벽에 걸린 거울에 비친 자신의 얼굴과 제 아비의 얼굴이 너무나도 같아 보였기 때문이다.

❋

이른 점심, 어쩐지 겨울 녘의 햇살답지 않게 뜨거운 빛발이 내리쬐고 있는 중이었다.

세상은 한층 달아올랐는데, 그와는 상이하게 세상은 고요하다. 그 흔한 종달새의 울음소리도 들리지 않는다. 바닥을 낮게 쓰는 바람의 괴기한 소리도 들리지 않는다.

김 나인은 어쩐지 의아함을 느끼면서도 서둘러 발을 재우쳤다. 황태자가 내방하였으니, 한시라도 빨리 다과상을 내어가야 한다는 생각이 들었기 때문이다.

차를 내가고, 달큼한 과자도 내가야 했다. 마마께서 좋아하시니, 아니, 아기씨께서 좋아하시니. 김 나인은 그리 즐거운 생각으로 그득한

발걸음을 내디디며 덜컹, 수라간의 묵직한 문을 열었다.

"오, 오, 오셨어요?"

"에구머니!"

별안간 불쑥 튀어나온 인영에 김 나인은 화들짝 놀라 엉덩방아를 찧기에 이르렀다.

햇빛에 의해 드리워진 그림자 속, 가늘게 눈을 떠 바라보니 종종 우물가에서 보았던 무수리가 있는 것이 아닌가.

김 나인은 너무 놀라 방망이질치는 가슴을 쓸어내리며 몸을 일으켰다.

"네가 여긴 어쩐 일이야? 누가 들여보내 줬어? 사람들은 다 어디 가고?"

"그, 그, 그것이……. 화, 황태자 전하께서 내방하셨다 들어 다과상을 주, 준비하고자……."

"그걸…… 네가 왜 해?"

김 나인은 미심쩍은 눈빛으로 무수리를 바라보았다. 시탁을 들고 있는 손이 발발 떨리는 게 여간 의심스러운 것이 아니다. 성큼 그녀의 앞으로 다가간다.

"사실대로 말해. 뭐하고 있었어?"

"아, 아, 아닙니다! 저, 정말 다과상을 주, 준비한 것……!"

"아니, 그니까. 왜 네가 다과상을 준비하냐고!"

김 나인은 한번도 본 적 없는 모습으로 거세게 화를 내며 어깨를 곧추 세웠다.

어쩐지 이상하다. 수상해.

아무리 생각해도 이상타는 듯 미심쩍은 눈빛으로 무수리를 바라보던 김 나인. 그리고 곧,

"너. 소매에 그거 뭐야?"

"아, 안 됩니다!"

무수리의 너른 소매에 들어 있는 작은 주머니를 용케 발견하곤 그녀의 왼손을 부여잡았다. 그네가 말리기도 전에 재빨리 그 주머니를 꺼낸다. 서둘러 주머니의 매듭을 푼다. 김 나인의 눈이 휘둥그레진다. 그 안에 있는 것은,

"이게…… 뭐야? 너, 너, 너……!"

수상해 보이는 하얀 가루.

김 나인은 놀란 토끼눈을 뜨며 제 앞에서 달달 떨고 있는 무수리를 바라보았다. 설마, 마마의 탕약에 들었던 것처럼, 또……! 바로 그때.

"악!"

김 나인은 급작스러운 충격에 단말마의 비명을 내지르며 까무룩 쓰러질 수밖에 없었다. 이는,

"어머, 쥐새끼가 들어와 있었네?"

박 나인이 휘두른 홍두깨에 머리를 얻어맞았기 때문이다.

"말 안 듣는 쥐새끼에겐 매가 약이지."

김 나인은 가물가물한 시야 너머, 자신에게 재차 홍두깨를 들이대는 박 나인의 모습을 끝으로 눈을 감을 수밖에 없었다.

"다 탔니? 한 톨도 남기지 말고 다 넣어야 해."

진득한 피 냄새가 코를 찌른다. 열린 문 너머, 고요했던 세상에 한 마리의 까막새가 지나간다. 이는 곧이어 궐에 피바람이 몰아칠 것임을 암시하고 있는 것이었다.


바깥에는 급변하는 바람이 휘몰아치고 있건만. 창이 굳게 닫혀 있는 향의 방 안에는 나른한 기류만이 그득하다. 손을 대어도 느낄 수

있는 따스하고 부드러운 기류에, 진원은 설핏 웃음을 내지었다. 그리고 자신의 앞에 마주 앉아 있는 향을 바라보았다.

"기분이 좋아 보이는구나. 간밤, 무슨 일이 있었느냐."

"별일이 있었겠습니까. 매 똑같지요."

시큰둥한 대답처럼 들렸으나 실상은 그것이 아니었으니. 향은 더 얘기하고 싶다는 듯 눈을 반짝이며 입술을 달싹였다.

"꿈을 꾸었어요. 전하와, 우리의 아이와, 저와…… 함께 들판을 노니는 그런 꿈이요. 요즘 들어 종종 꾸는 꿈입니다. 하하, 제가 간절히 바라고 있나 봅니다."

향은 양 뺨을 붉히며 고개를 떨어뜨렸다. 그와 동시에 향의 주변을 맴돌던 꽃 내음이 짙어지기 시작했다. 그 아찔하도록 매혹적인 향에, 원은 짐짓 헛기침을 뱉으며 향에게 손을 뻗었다.

"꿈이 아니지."

흐트러진 머리칼을 한 줌 잡으며 그에 코를 박는다. 심장을 어릿하게 만드는 현혹스러운 향기에 눈을 감는다.

"곧 이루어질 현실인걸."

향은 그 대답이 만족스러웠다는 듯, 웃음을 터뜨리며 제 배를 어루만졌다.

"그래, 소둔에 가볼까. 우리가 처음 만났던 그곳에서 새로운 날을 시작하는 게다. 어찌 생각하느냐?"

"전하의 구멍 난 버선만 있다면야 얼마든지요."

"또 그 얘기를 하는구나."

진원은 부끄러운 듯 웃음을 내지으며 향의 코를 살풋 잡아당겼다. 그에 꺄르르 웃음을 터뜨리는 향. 그 모습이 너무도 사랑스러워 원은 향의 어깨를 그러안을 수밖에 없었다.

제 품에 딱 알맞게, 아니, 제 품보다 더 작은 아이. 이러한 여인을 지키는 것이 곧 사내의 의무이거늘.

향아, 괜찮다. 곧 괜찮아질 거야.

원은 향의 등을 보드랍게 토닥이며 속으로 중얼거렸다.

그때, 문 바깥에서 부산스러운 소리가 들려왔다. 동시에,

"저, 전하. 그, 그리고 마마. 다, 다과상을 내왔사옵니다."

낯선 목소리가 창호지를 넘어 들려왔다.

"들라."

진원의 말에 드르륵 열리는 문.

문지방을 밟고 넘어온 이는 예상하던 김 나인이 아니었다. 처음 보는 무수리의 등장에 향은 의아함을 감추지 못하고 고개를 갸웃거리며 물었다.

"응? 김 나인은 어디로 가고?"

"그, 그것이, 나, 나인께서는 그, 급한 일이 이, 있으시다 하여……!"

아, 아……. 무수리는 어깨를 달싹이며 황급히 고개를 숙였다. 데굴데굴 눈동자를 굴리는 것이 여간 이상한 게 아니다. 향이 무어라 말을 하려 하였으나, 진원은 그리 생각지 않는지 무수리가 차를 따른 찻잔을 잡으며 부드러운 미소를 내지었다.

"모과차로구나. 향이 참 좋다."

그리고 입술에 잔을 가져다 댄다. 그 입술이 벌어지고, 모락모락 피어오르는 뜨거운 김이 넘어갈 때.

"악!"

평온하였던 기류를 뒤흔드는 날카로운 비명 소리가 희선당을 그득 메웠다.

✳

"인간은 본디 같은 하늘에 살고 있다 할지언정 바라보고 있는 지평선은 다르다 하였어. 하니, 너와 태위의 지향점도 다를 게다. 그러니 아들아."

어둑한 밤중, 달빛의 스산한 그림자만이 드리워 방을 밝히고 있을 때.

사공의 녹녹하다 못해 흘러내릴 것만 같이 달콤한 목소리가 울려 퍼졌다.

"이제 그만 날 풀어주지 않으련?"

그는 풀지 못하도록 침상의 다리와 함께 묶여 있는 제 오른손을 가리키며 말했다.

전일, 태위의 사가에서 모였던 직후 당장에 황제에게 달려가 이 사실을 고하려 했건만. 제 손을 묶어 가둬 버린 태위 때문에 그리 할 수 없게 되었다. 정녕 이렇게 갇혀 있다간 아무것도 모르는 황태자가 당할 터인데. 제 아들놈은 이 마음을 아는지 모르는지 배실배실 웃고만 있다.

"배은망덕한 놈, 어찌 아비를 이렇게 가둬놓을 수 있단 말이냐! 빌어먹을. 이래서 머리 검은 짐승은 들이지 말라는 건가! 자식새끼 키워봤자 별거 없다니까."

"아버지, 제 머리는 밤색입니다. 그리고 저는 들인 게 아니라 태어나는 거지요. 그리고 키우다니요. 걸음마조차 저 혼자 배웠는걸요. 말은 바로 하셔야지요."

도겸은 빙그레 웃으며 말했다. 그리고 주저앉아 있는 사공의 앞으로 천천히 걸어간다. 그는 분명 웃고 있었으나 또한 웃고 있지 않다.

항시 가득했던 부드러운 미소는 사라진 지 오래. 그 빈자리엔 탐욕이 담긴 비소가 걸려 있을 뿐이었다.

"정말…… 태위 그놈을 도울 생각이냐?"

"아버지께서 바란 것이 아니셨습니까?"

"그건!"

사공은 시선을 떨어뜨리며 이를 꽉 깨물었다.

"그래서 제 손에 피를 묻히게 한 것이 아니셨습니까?"

"그, 그, 그건……!"

"묻고 싶은 것이 있습니다, 아버지."

도겸은 제 아비의 앞에 쪼그려 앉았다.

"왜 돌아오셨습니까."

사 년의 긴긴 시간 동안, 왜 한 번도 찾아오지 않으셨습니까. 그리고 왜 이리도 갑자기 돌아와 제 마음을 흔들리게 한 것입니까. 왜요. 왜 그러셨습니까, 아버지.

그의 사뭇 흔들리는 눈동자가 그리 묻는 것만 같다.

"태자…… 께서."

사공은 진원이 보내었던 서신을 한 자 한 자 떠올리며 대답했다.

"서신을 보내셨다. 황실로 돌아오라고, 돌아온다면 내가 원하는 것을 모두 다 들어줄 수 있노라고."

거짓이다. '사공'이 원하는 것이 아니라 '도겸'이 원하는 것을, 아니, '도겸'이 원하지 않지만 그에게 줄 수 있는 것을 주겠노라고. 서신에는 그리 적혀 있었다.

"아니, 전하는 알고 계셨던 게지. 우리의 조상이 황제 자리를 놓친 것에 대해 얼마나 분통해하고 있었는지."

"……아버지."

도겸은 제 아비의 입에서 나온 검은 말들을 잘라내며 비죽 입꼬리를 올렸다.

"이런 상황에서까지 거짓말하시는 겁니까?"

"도겸!"

"아버지, 그리 부르지 마세요. 태자 전하와 같아 보이지 않습니까. 아, 이제 시간이 되었군요. 이만 나가보겠습니다."

도겸은 어느덧 중천으로 떠오른 보름달을 바라보며 몸을 일으켰다. 제 아비의 손을 풀어줄 생각이 없는 듯, 여전히 여유로운 몸짓이다. 그때.

"너를 비호한다 하였다!"

결국 꽁지를 내린 사공이 이를 악물며 말했다.

"네가 원하는 것을 줄 수 없지만, 그만큼 합당한 것을 준다 하였다! 그리고 그것이…… 황제의…… 자리고."


"도겸이 바라는 것을 줄 수는 없지만, 그가 행복할 수 있게 만들어 줄 수는 있습니다."


사공은 진원이 쓴 서신의 마지막 자락을 제 머릿속으로 읊조리며 재차 소리쳤다.

"황제 자리를 네게 넘겨준다 하였다! 비록 네 성에는 차지 않을 것이지만, 그러해도 네게 사과하고 싶다 하여! 네 다리를, 네 마음을 짓밟은 것에 대한 대가로!"

그 대가로, 황실을 네게 준다 하였다. 천하를 네게 준다 하였다.

그는 말끝을 흐리며 고개를 떨어뜨렸다.

"전하께서…… 그리 말씀하셨습니까?"

도겸은 헛웃음을 뱉으며 재차 주저앉았다. 문득 마주친 그의 눈에 시퍼런 광기 대신 축축한 비릿함이 묻어 있었다.

"아, 이제야 맞춰지는군요. 전하의 행동이나, 아버지의 말이나, 기찬의 그러한……."

도겸은 말을 잇지 못했다. 깨달음에서 비롯된 급작스러운 울렁임이 울대 너머로 몰아쳤기 때문이다.

"한데…… 어찌합니까."

분명 목소리가 떨리고 있었다. 그러나 그가 무슨 생각을 하는지는 알 수 없는 노릇. 사공은 제 아들의 광기 어린 모습을 바라보며, 아니, 무너진 모습을 바라보며 꼴깍 침을 삼켰다.

"이미 너무 늦은 것을."

몸을 벌떡 일으킨다.

재차 힘이 들어간 눈동자에는 그 무엇도 없었다.

오직 무정(無情), 그뿐이리라.

✳

달빛조차 구름 뒤에 숨어버린 밤. 한 치 앞도 보이지 않는 하늘 아래에는 밤을 찢어발길 듯 괴괴한 바람만이 존재할 뿐이다.

태위의 거처에는 얼추 보아도 백여 명. 아니, 그 이상의 사람들이 모여 있었다. 그러나 그들은 누구 하나 입술을 열지 않은 채 누리끼리한 눈알만을 밝히고 있을 뿐이었다.

모여 있는 그들의 주변에는 몸과 머리가 갈가리 찢긴 시체 몇 구가 널브러져 있다. 이는 너무도 당연히, 황실의 대문을 지키고 있던 문지기들의 시신이다. 일말의 비명조차 지르지 못하고 이승의 삶을 끝맺어야 했던 그들. 그 깊은 상흔에서부터 흘러나오는 핏물이 지독히도 고약한 냄새를 흩뿌렸다.

그때, 그 끔찍한 냄새와 뒤틀린 대기를 밟고 누군가가 걸어오기 시작했다.

태위.

그는 주위를 널찍이 둘러보곤 이내 굳은 입매를 매만지며 말했다.

"비서승은 어디 있느냐."

조근조근한 어조였다. 그러나 목소리만큼은 칼날만큼 차갑고 또한 날카로웠다. 그렇기에 혁갑(革甲)을 정돈하고 있던 병사 몇 명이 까치발을 들며 도겸을 찾고자 노력했다. 그때.

"여기 있습니다."

태위의 목소리와는 전혀 상반되는 부드러운 음성이 들려왔다.

비서승. 태위는 눈을 가늘게 뜨며 자신에게로 다가오는 도겸을 바라보았다.

"이런 날에까지 늦장을 부리는 겐가?"

"일이 있었습니다. 죄송합니다."

"쯧."

태위는 혀를 차며 고개를 돌렸다. 설마, 사공과 작당하여 다른 일을 꾸미려는 것은 아닌가 하는 의구심이 들었으나 이내 고개를 흔들며 떨쳐 냈다. 오늘에까지 온 이상, 이 자리에까지 온 이상, 이미 이 많은 사람들이 모인 이상. 그들이 다른 일을 꾸미려 할지언정 달라지는 것은 없다. 그래, 달라지는 것은 필시 없을 테다.

"긴히 드릴 말씀이 있나이다."

그 속삭이는 말에, 태위는 눈을 가늘게 뜨며 고개를 끄덕였다. 둘러싸고 있던 장정들을 모두 물린다.

"양제자가게 다녀왔습니다. 하여 저를 따라 오라 말씀드리자, 대감을 보지 않는 이상 따라올 수 없다 하셨습니다."

"……딸아이가?"

"예. 저를 믿을 수 없다면서요. 하여 제가 뭐라 했습니까. 대감께서 가야 한다 하지 않았습니까."

빌어먹을. 태위는 눈살을 찌푸리며 짧게 욕설을 내뱉었다. 물론, 한울이 보다 경계심을 세운 것은 가히 칭찬할 만한 일이나…… 지금처럼 긴박한 때에 두 번 걸음을 하게 하다니. 주름진 손으로 구겨진 미간을 꾹꾹 누른다.

"잠시 대기한다. 내가 올 때까지 움직이지 말고 있도록."

태위는 모여 있는 병사들에게 명한 후, 도겸에게로 눈길을 보냈다. 자신을 따라오라는 신호였다.

도겸은 느긋하게 웃으며 그를 따라갔다.

그들의 걸음 끝에, 구름이 드리워진다. 더욱이 깊어지는 어둠 속. 들리는 것은 오직 태위와 도겸의 발소리밖에 없었다.

태위는 더욱 바삐 걸음을 재촉했다. 그러나 오른 다리를 올곧이 쓰지 못하는 도겸으로서는 그 걸음을 따라가지 못할 터. 도겸은 사붓 눈썹을 찡그리며 목청을 틔웠다.

"거, 좀. 같이 갑시다, 대감."

"한시가 급하다. 네놈이 빨리 와야 하지 않겠느냐."

"그러고 싶은데, 저는 보시다시피 다리가 이 모양이라 뛸 수가 없어서 말입니다. 먼저 가시지요. 뒤따라가겠나이다."

그 말에, 태위는 도겸의 얼굴과 그의 다리를 한 번 내리 훑고는 쯧 혀를 찼다. 병신 같은 놈. 들리지 않게 중얼거리며 이제는 뛰듯이 발을 재우친다.

그렇게, 당도한 예선당 소문 앞. 태위는 내딛던 발을 잠시 멈추며 숨을 들이마셨다.

공기가 지극히도 고요하다. 마치, 폭풍 전야의 그리도 미묘한 기류처럼. 태위는 피어오르는 불안감을 애써 억누르며 굳건히 닫혀 있는 문을 밀어젖혔다.

내부에는 기이한 바람 소리만 들리는 터. 태위는 그러한 바람을 헤치듯 발을 내디디며 복도를 걸어갔다. 타박, 타박, 넓은 보폭이 끝내 멈춘 곳은 한울의 방문 앞. 태위는 창호지 너머로 비춰지는 인영을 바라보며 잔기침을 내뱉었다.

"아가. 안에 있느냐. 하면 서둘러 채비를 해 나오거라. 가야 할 곳이 있다."

분명 저 그림자는 슬슬 움직이고 있건만, 돌아오는 답은 없다. 태위는 미간을 찌푸리며 재차 목청을 틔웠다.

"아가. 내 말이 안 들리느냐?"

또한 답은 없다. 이에 태위는 왈칵 분이 올라왔던지,

"한울아!"

문을 쾅 열어젖히며 방 안으로 몸을 들이밀었다.

그, 그 찰나의 순간.

"……"

태위는 숨을 들이마실 수밖에 없었다. 이는 제 목에 드리워진 서늘한 칼날 때문이었다.

"오랜만입니다, 대감. 잘 지내셨는지요?"

이 목소리는, 결코 잊을 수 없는 것이었다. 이토록 소름끼치는, 그리고 끔찍한 음성이 '그'말고는 누가 있겠더냐. 아니, 분명히 그는 죽었다 알고 있는데……!

"어찌, 사자(死者)를 본 기분이 어떠십니까? 아니, 다른 사자(使者)로 생각하시려나? 뭐, 둘 다 맞습니다. 저는 대감을 뫼시러 왔으니까요."

정현.

태위는 제 눈앞에 보이는 것을 믿지 못하겠다는 듯 그저 대답조차 하지 못한 채 바들바들 떨고만 있다.

정현은 흰자를 희번덕 드리우며 실실 웃고만 있었다. 이는 흡사 정신을 놓은 이처럼 보이게 하였는데, 그의 벌어진 입술 사이로 흘러오는 침을 보아하니 정히 정신을 놓은 것이라 할 수 있었다.

그때, 태위의 시선을 돌리게 한 것이 있었으니. 태위는 서둘러 정면을 바라보았다. 드리워지는 달빛이 어슴푸레하게 한 인영을 비춘다.

이는, 태위의 하나뿐인 딸 한울. 그녀였다.

"울아!"

소리를 내질렀으나 몸은 움직일 수 없었다. 이는 허투루 움직이다 간 날이 선 칼날에 제 목이 베일 것 같았기 때문이었다.

한울은 포박된 채 바닥에 쓰러져 있었다. 헝클어진 머리요, 생채기가 난 얼굴이요, 흐트러진 옷자락이니. 그 누가 보아도 '잡혀 온' 것임이 분명해 보였다.

"이, 이게 무슨……!"

태위는 더 말을 잇지 못하였다. 이는 꿇어앉은 한울 뒤에 보이는 또 다른 인영 때문이었다.

"태자!"

태위의 목소리가 쩌렁쩌렁하게 울리었다. 이를 여과 없이 받아들이는 것은 울고 있는 한울이요, 비릿한 조소를 짓고 있는 정현이요, 또한 올곧이 서 있는 진원이리니.

"기세가 많이 꺾이셨습니다그려. 안타까워라."

진원은 헛웃음을 내뱉으며 말했다. 그리고 태위에게로 한 걸음씩 천천히 다가간다.

죽은 줄로만 알았던 정현이 눈앞에 나타났을 때, 얼마나 놀랐던가. 또한 정현을 데리고 온 이가 도겸이었을 때, 얼마나 가슴이 철렁했던가.

향과 함께 마주앉아 차를 마시려 할 때, 그 찻잔을 내려친 것은 다름 아닌 도겸이었다. 독이 들어 있다. 이는 태위가 집어넣은 것으로, 그가 오늘 사변을 일으키려 한다고 고하였다. 그리 말하며 정현을 눈앞에 드리우니. 그것 참 기가 막힐 노릇이었다.

오늘 태위가 난(難)을 일으킬 것은 이미 짐작하고 있었다. 하여 병사들을 대기시키고 궐을 비웠건만. 도겸이 그리 나올 줄은 상상도 하지 못하였다. 그래, 그는 여전히도 같은 미소를 지으며,

"저는 떡을 받아먹기만 하는 사람이 아니라서 말입니다."

라고 하였다. 같은 미소를, 오년 전과 다름없는 그 미소를 지으며.

픽, 상념의 흐름을 접어내린 진원은 실소를 내뱉었다. 이는 제 눈앞에서 바들바들 떨고 있는 태위를 보고 있기 때문이었다.

"죽음의 문턱에 다다른 소감이 어떠신지 궁금합니다."

"이, 이……! 빌어먹을 자식 같으니라고!"

"마지막 발악이십니까?"

진원은 너털웃음을 터뜨리며 말했다. 그리고 태위의 어깨에 손을 올린다.

"숲이 아무리 울창할지언정, 나무가 쓰러지면 소리가 난다 합니다. 예. 제가 태위께서 벌인 일을 모를 줄 알았습니까."

"태자!"

"제가 왜 과목거인제를 실시하려 했는지 아십니까."

태위의 어깨에 묻은 먼지를 툴툴 털어낸다.

"그때부터, 저는 황위를 내려둘 생각이었습니다."

"이, 이⋯⋯!"

"그때부터, 태위의 계획을 알아채고 있었다는 뜻이지요."

"빌어먹을 자식!"

"사공이 왜 돌아온 것 같습니까?"

"네놈을 저주할 게다! 죽어서도 네놈을 저주⋯⋯!"

"태위의 눈에는 백태가 끼었나 봅니다. 욕망이라는 백태가."

진원은 부드러이 말했다. 그러나 그 녹녹함 속, 담긴 것은 오직 한 기쁨이리니.

"죗값은 치러야지요. 대감."

그 말에 담긴 뜻이란 참으로 처참하다. 원은 그리 말하며 뒷걸음질을 쳤다. 이는 정현의 행동반경을 늘려주는 것과 다름없었다.

"대감. 저기요. 보십시오. 보이지요?"

정현은 질질 흐르는 침을 닦을 생각조차 하지 않은 채 허공을 응시하며 말했다.

"보이지 않습니까. 대감께 다가오고 있는 것이."

하하, 하하하, 웃음을 터뜨린다. 괴기하게 찢어지는 목소리. 그 안에 서사되는 뜻이란 지극히도 잔인한 것이었다.

"예. 대감에 의해 죽은 형님이요."

"화, 황자 저하. 부, 부디⋯⋯."

"형님께서, 당장에 칼을 빼들고 계시는군요. 이거 어찌하나. 환영은 산 사람을 죽일 수 없는데."

애걸하여도 소용없다는 듯, 정현은 검을 쥔 손에 더욱 힘을 주며 말했다. 허공을 응시하던 눈을 돌려 태위를 내려다본다. 쭉 찢어진 눈매에는 역력한 분기가 담겨 있었다.

"하면, 제가 대신 해야겠군요. 그치요, 대감?"

그 말이 들림과 동시에, 원은 느릿하게 눈을 감았다. 덧붙여 들려오는,

"하하! 하하하!"

끔찍하리만큼 역겨운 웃음소리. 원은 제 코를 찌르는 우악스러운 피 냄새를 느낄 수 있었다. 천, 천, 히 손끝을 말아쥔다. 파르르 떨리는 눈꺼풀. 그 안에는 어떠한 마음이 담겨 있을까.

"전하."

정현의 말이었다. 아니, 말이라기보다는 울부짖음 같기도 하였으니. 원은 느긋하게 시선을 돌려 그를 바라보았다.

"이제 다음 차례는 저입니까?"

그는 허물어지듯 주저앉으며 물었다. 하나 원은 답하지 않았다. 정현은 살아 있는 이라 말하기도 힘들 정도로 엉망진창인 모습이었으므로. 마치, 짐승처럼.

"그럼요. 죗값을 치러야지요. 네. 형님께서도 그걸 원하고 계시는군요."

그는 그리 말하며 눈을 내려감았다. 쨍그랑, 장도가 바닥에 떨어지는 소리가 나고.

"제가 많이 늦었습니다."

"윽!"

정현의 마지막 울부짖음이 들리었다. 원은 재차 눈을 천천히 올려 떴다. 그리고 제 앞에 널브러져 있는 태위와 그리고 정현을 바라본다.

이미, 생명의 빛을 잃은 그들을.

"뭐, 이러면 두 번 죽인 셈이 되려나."

도겸은 어깨를 으쓱 올리며 정현의 허리를 짓밟았다. 그럼에도 몸을 파닥이지 않는 것이, 정히 숨통이 끊어진 것 같았다. 픽, 입술을 비튼다.

달포 전, 정현을 죽이라 명을 받았던 도겸은 그를 찾아가 다른 곳으로 옮기기만 했을 뿐 그를 해하지 않았다. 그저 옥에서 죽은 죄수를 끌어다 놓고 불을 지르기만 할 뿐이었다.

이때를 위하여. 오직, 자신이 황위를 얻게 될 이때를 위하여 말이다. 도겸은 이미 알고 있었던 것이다. 진원이 어떠한 일을 벌이는지.

"미리 언질을 해주어도 좋지 않았겠느냐."

"전하의 심중이 궁금했어서 말입니다."

"내 심중?"

"저를 믿으실지, 아니면 저를 내치실지요. 후자였더라면 태위의 편에 섰을지도 모르지요."

"……내 선택이 옳았군."

"정녕 그리 생각하십니까?"

도겸은 그리 말하며 진원에게로 검을 겨누었다. 본디 실력이 녹슬지 않았다는 것인가. 떨림 하나 없는 저 칼끝이 참으로 매섭기만 하다.

"비마마는 어디에 계십니까."

"아바마마와 함께 가고 있다. 안전한 곳으로 몸을 숨기는 것이니, 걱정하지 않아도 될 것이야."

하나 진원은 동요하지 아니했다. 이러한 상황이 될 것임을 알고 있던 것일까. 눈 하나 깜빡이지 않은 채, 올곧이 서 도겸을 그대로 바라볼 뿐이다.

"제가 지금 여기서 전하를 해하면 비마마가 어디에 계시는지 알 수 없게 된다는 말이로군요."

"나를 해할 생각이 없다는 것, 알고 있다."

원은 또다시 도겸을 믿었다. 제 목에 드리워지는 칼날을 느낌에도, 당장에 힘이 들어가고 있는 것을 알고 있음에도. 거부하는 것 하나 없이 그대로 눈을 내리 감는다.

"참, 어련하시겠나이까."

도겸은 손에 힘을 풀며 웃었다. 잇새에서 튀어나오는 것이 정히 웃음인지 아니면 울부짖음인지는 모를 일이었다.

"작은 반항이라 쳐주십시오. 이렇게라도 하지 않으면 제 분이 풀리지 않을 것 같으니."

윽, 원은 짧은 신음을 내뱉었다. 이는 제 팔을 스친 검날 때문이리라.

뚝, 뚝, 핏방울이 떨어진다. 하나 이는 결코 검지 아니했다. 그저 붉을 뿐. 그 어떠한 격노도 담겨 있지 않단 말이다.

"가십시오."

"겸아."

"궐을 떠나십시오. 하여, 전하께서 원하시던 삶을 사십시오."

도겸은 검을 들고 있던 손을 찬찬히 내리며 말했다. 그 섬려한 입술을 비튼다. 해맑은 웃음을 걸으며, 흘러들어오는 바람에 취한 듯 그리도 밝게 웃는다.

"그게 제게 속죄하는 길입니다."

그 말에, 원은 잠시 고개를 떨어뜨렸다. 사과를 해야 하는 것인가.

아니, 그는 바라지 않을 테다.

원은 다시 고개를 들었다. 그리고 이제 다시는 보지 못할, 그러한 친우를 올곧게 응시한다.

"와신상담(臥薪嘗膽) 끝에 얻은 것이 정인이라니. 참으로 부럽습니다."

도겸은 자신을 지나쳐 걸어가는 원에게, 들릴 듯 말 듯한 목소리로 말하였다. 타박, 타박, 들리는 발걸음 소리. 그리고 점차적으로 멀어지는 그 소리에.

"그래요. 참으로 부럽습니다."

도겸은 주저앉았다. 제 앞에 드리워진 시체 두 구를 애써 보지 않으며, 쓰러져 있는 한울을 바라보지 않으며, 그렇게 전율이 이는 가슴을 억지로 그러안았다.

＊

적나라, 이백사십일년 잎새달 그믐날.

"폐하, 조례가 시작될 시각이옵니다. 서둘러 걸음을 옮기셔야 합니다."

내관은 곤룡포를 길게 늘어뜨린 한 사내의 등을 향해 고개를 수그리며 말했다.

야트막한 바람에 사내의 소맷자락이 펄럭인다. 붉은 비단 위에 금실로 세밀하게 그려진 환조의 형상이 퍽이나 위엄차다.

"폐하."

내관은 재차 사내를 불렀다. 그러나 답하여 돌아오는 것은 사람의 목소리가 아닌 세상을 흩뜨리고 있는 바람 소리뿐이었다.

사내는 뒷짐을 지고 있었다. 비죽 비져 나온 손은 그 커다란 곤룡포와는 어울리지 않을 정도로 새하얗고 가냘팠다. 그러나 손목부터 타고 올라가는 푸르고 두꺼운 핏줄은 그가 무인(武人)의 기질을 가지고 있음을 시사하였다.

폐하. 내관의 입술이 재차 열릴 때였다.

"날이 좋습니다."

보드라운 미성이 바람결을 타고 널리널리 퍼졌다. 그 귓가를 따사롭게 감싸 안는 소리에, 내관은 거듭 고개를 숙이며 두 손을 맞잡았다.

"이런 날, 어찌 편전 같은 곳에 박혀 있을 수 있겠습니까."

"폐, 폐하!"

내관의 외침에 사내는 빙그레 웃으며 뒷짐 지었던 손을 풀어냈다.

"도망치고 싶은 마음은 한결같으나."

사내는 내관을 향해 몸을 돌렸다. 올곧이 서 있는 사내의 등 뒤로 태양의 뜨거운 빛이 쏜살같이 내려온다. 재차 불어오는 바람이 그의 밤색 머리칼 사이를 누비며 나풀거렸다.

내관은 생각하였다. 환조(煥鳥)의 사랑을 받는 것은 비단 태양뿐이 아니었노라고. 환조의 빛을 받아 자라는 것은, 세상을 그러안는 거대한 나무일 것이라고.

사내는 내관의 생각을 아는지 모르는지, 나무껍질의 속살처럼 옅은 갈색 눈동자를 곱게 접어 올리며 입술을 열었다.

"가야지요. 어떻게 얻은 자리인데요."

그는, 아니, 적나라의 새로운 황제는 내관을 지나쳐 걸어갔다. 그가 내딛는 걸음걸음마다 물기가 짙게 묻어 있다. 흡사 눈물과도 같아 보이는 그것이.

날이 따사롭다. 세상을 거칠게 뒤흔들던 소소리바람조차 사라진 때이다.

잘 지내시는 게지요. 그곳에서의 삶은 어떠신지요. 불편한 점은 없으신가요. 걱정이 이만저만이 아니나, 쉬이 찾아갈 수 없기에 이렇게라도 안부를 건네 봅니다.

조금 더 시간이 지나고 황실이, 그리고 제 마음이 보다 안정될 때에 찾아가도록 하겠습니다. 환히 맞아주실 게지요. 필시 환히 웃으며 맞아주셔야 합니다.

황량하였던 겨울이 지나고 꽃피는 봄이 왔건만.

가끔씩 꿈을 꿉니다. 그날의 꿈이요.

노잣돈이라도 쥐어주지 못하였던 그날이 매우 한스럽습니다. 아니요, 그때의 제가 한스럽지요. 하나 당시의 제 선택을 후회하지는 않습니다. 설사 시간이 되돌려진다 할지언정, 저는 같은 선택을 할 것 같습니다. 못났다 하실 겁니까. 그래요, 못났습니다. 이리도 못났기에, 죄송하다는 말만을 전할 뿐입니다.

아직 사내의 마음에는 틔우지 못한 봉오리만 남아 있을 뿐이라.

마마, 그리고 전하.

잘 지내셔야 합니다.

그의 마음에 어떠한 꽃이 만개할지는 모를 일이나,

거듭 당부드리건대, 정말 잘 지내셔야 합니다.

분명히 다시 봄은 올 것이다. 지금과도 같이.

적나라, 이백사십일년 푸른달 초하루날.

하늘 높이 떠 있는 태양에서부터 밝은 빛이 쏟아져 내려온다. 그 빛은 지표면에 닿아 굽이굽이 아지랑이를 만들어내고, 이내 땅을 딛고 서 있는 두 명의 바지자락에 봉긋한 멍울을 만들었더란다. 여타한 부드러운 기류에서,

"폐하."

적나라의 새로운 황제, 도겸의 뒤의 서 있던 대신이 그를 불러보았으나 그는 대답하지 않는다.

"폐하."

재차 부르짖으나 또한 대답하지 않는다. 결국 대신은 어깨를 들썩이며 목청을 틔우기에 이르렀다.

"폐하!"

"아, 예."

도겸은 빙그레 웃으며 몸을 돌렸다. 그의 녹녹한 머리카락이 바람결에 살풋 흩날린다.

"폐하, 편전에서도 그러시고, 바깥에 나와서도 그러시니 소인 어찌할 바를 모르겠나이다."

"무얼요? 아아, 정신머리를 빼놓고 있다, 이 말씀이시지요?"

"폐, 폐하!"

"그럴 수밖에요."

하하, 그는 실소를 터뜨리며 고개를 까딱였다.

"아직도 이 삶이 믿기지 않으니까요."

그리고 제 두 눈에 황실의 정경을 담는다. 붉은 벽돌이 층층이 쌓인 건물이라던가, 마천루처럼 높게 솟아 있는 누각이라던가, 정갈하게 관리된 정원의 모습이라던가.

순간, 손바닥을 폈다가 다시금 주먹을 쥐었다.

이제는 인정해야 할 때가, 아니, 받아들여야 할 때가 온 것이니…….

도겸은 잠시나마 굳었던 얼굴을 바로 펴며 제 앞에 서 있는 대신을 바라보았다.

"병부상서. 아니, 사도(司徒). 아, 이 명칭이 입에 익지 않습니다. 그렇지 않습니까?"

"허허, 저 역시 그러합니다. 한낱 정3품 따위를 최고 대신직에 올려 주시다니, 황은이 망극하옵나이다."

"도움을 받았으니 그리 해야지요."

태세록. 태위의 군을 진압하고 도겸이 황실의 관을 차지할 수 있게 도와준 일등 공신.

물론 이러한 것은 진원이 미리 계획해 둔 것이기도 하였다만.

어쩐지 씁쓸한 웃음이 흘러나왔다. 그가 떠난 지 어느덧 반년이 지났으나 아직도 그의 보살핌하에 있는 것만 같았기 때문이다.

그래. '그날'에, 진원이 자신을 두고 도망쳤더라면, 치밀하게 태세록을 제 편으로 끌어들이지 않았더라면,

'내가 죽었을 테지.'

살면서 두 번 목숨을 잃을 뻔하였다.

첫 번째는 일황자 재민이 자신을 살려주었으며, 두 번째는 황태자

진원이 자신을 살려주었다.

벗어나려 해도 벗어날 수 없는, 이 목이 달려 있는 한. 절대로 그들의 은혜를 잊을 수 없는, 그러한 삶.

아, 왜인지 코끝이 시큰해진다. 감히 내가 살아 있다 칭할 수 있을까.

"먼저 돌아가 계시지요. 저는 산보나 하다 들어가겠습니다."

"알겠습니다."

도겸은 태세록을 향해 빙긋이 웃어주며 다시금 몸을 돌렸다. 그리고 느긋하게 발을 내디딘다.

이제는 오른 다리에 통증이 일지 않을 것이라 생각했건만, 가끔씩 이렇게도 고통이 찾아올 때가 있었다.

진원을 떠올릴 때. 그리고.

'단향……'

그녀를 떠올릴 때.

잊었다 생각하였으나 잊지 못하였다. 이을 수 있을 것이라 생각했던, 그 기대가 너무 컸기에 벌어진 사태일까.

도겸은 허탈한 웃음을 내지으며 고개를 쳐들었다. 그리고 뒤바뀐 정경을 하나씩 눈에 담는다.

불에 탄 이후 재건축을 해 그때의 흔적이 남아 있지 않지만, 이곳은 분명히도 동궁의 후원이었다.

"칠 년 전, 한눈에 마음을 훔쳐간 여인네를 다시 만났는데 어찌 이를 두고 지나칠 수 있겠나이까."

차라리 그때 빼앗을 걸 그랬다. 그랬더라면, 무언가 달라졌을 수 있을까.

　도겸은 우뚝 서 있는 고목나무에 몸을 기대고 스르륵 내려앉았다. 길게 늘어진 곤룡포가 거추장스러워 그를 구기며 내팽개쳤다.

　살랑이는 봄바람이 코끝을 간지럽혔다. 폐부 속으로 들어간 꽃 내음이 그의 가슴을 스멀스멀 기어 다녔다.

　칠 년 전, 단향을 마주했던 그날도 이러했던가. 그래, 이러했었지. 이렇게도 끔찍이 좋은 날씨였지.

　휘이잉.

　이렇게 바람이 한 차례 불고, 분홍 꽃잎이 하늘을 오다니며 몸을 흔들고, 그리고 그 꽃잎이 살포시 반대편 나무에 내려앉고…….

　'단향?'

　도겸은 황급히 몸을 일으켰다.

　모든 시간과 흐름이 멈추고, 새하얀 빛이 나무 주변을 맴돌았다. 햇살 때문일까? 세상이, 그리고 그곳이 밝아 보였다. 다홍색 치마가 눈가에 어른거린다. 설마, 설마!

　도겸은 재빨리 나무를 향해 달음박질하였다. 그리고 굵직한 나무 뒤에 숨어 있는 한 인영의 손목을 움켜쥐었으나,

　"죄, 죄송합니다!"

　단향은 아니었던 듯, 제 어깨만치 오는 한 여인이 거듭 고개를 숙이며 사과했다. 젖살이 오동통하게 올라와 있고, 양 뺨에 불그스름한 홍조가 남아 있는 것이 아직 어리기만 한 아이인 듯싶었다.

　자세히 보아하니 다홍빛 치마가 아니라 야청빛이 도는 치마를 입고 있었다.

　궁인이었던 것인가. 도겸의 눈가가 가늘어진다. 그 모습이 화가 난 것이라 생각했던지,

"정말 죄송합니다! 죽여주시옵소서!"

그녀는 무릎을 꿇고 바닥에 머리를 찧으며 외쳤다.

하, 도겸의 입술에서 바람 빠진 소리가 흘러나왔다.

"고개를 들라."

헉, 여인은 숨을 들이마시며 냉큼 고개를 들었다. 그러나 눈을 마주하면 아니 된다는 법도가 생각났던지 두 눈은 질끈 감고만 있었다. 그 모습이 꽤나 귀엽게 보여 도겸은 작은 실소를 내지었다.

"왜 이런 곳에 혼자 있던 게냐."

"그, 그, 그것이……."

여인은, 아니, 아이는 눈을 질끈 감은 채 파리한 입술만을 달싹인다. 무엇이 그렇게 무서울꼬? 생각이 미처 끝나기도 전에,

"폐, 폐하가 계시기에……."

아이는 양 뺨을 새빨갛게 물들이며 조그맣게 대답했다. 어느덧 들어 올린 눈꺼풀 안에, 보석처럼 밝게 빛나는 눈동자가 담겨 있다. 당장에라도 울음을 터뜨릴 양 축축하게 젖어 있건만, 입새가 올라가 있는 것이 기쁜 듯 보이기도 하였다.

아, 왜일까. 아직 꽃이 만발하지 않았음에도, 달큼한 냄새가 코끝을 찌르는 이유는.

또한 왜일까. 시선을 마주하지 않았음에도, 살에 맞은 듯 눈가가 시큼해지는 것은.

도겸은 슬며시 손을 뻗었다.

"꽃잎이 묻었구나."

아이의 머리칼에 묻어 있던 분홍 꽃잎을 슬며시 떼어주었다. 그리고 또한 환한 미소를 덧그린다. 아이의 얼굴에도 같은 미소가 번진다.

역시나. 꽃잎은 나비를 부르는 터였다.

꽃잎은 재차 날아간다. 바람을 타고, 멀리멀리.

＊

이백오십년 잎새달 엿새날.

따사로운 햇살 아래, 녹색 싱그러움을 띠고 있는 사초(莎草)들이 바람에 휘날려 서로의 결을 맞대고 있었다. 더불어 겨우내 몸을 숨겼다 다시금 돌아와 지천을 누비고 있는 새들의 노랫소리가 정겨이 들려왔다. 그 기분 좋은 소음을 귀에 쓸어 담으며, 사내는 나무 고목에 여유롭게 등을 기대고 앉았다.

혹독한 겨울의 추위에 메말랐던 나무의 팔과 다리에 돋아난 새살들이 널찍한 그림자를 드리워주고 있었다.

사내는 제 품으로 들어오는 살가운 바람을 마음껏 느끼며, 가지고 온 서책의 첫 장을 넘긴다. 차분하게 뻗은 두 다리에는 가벼움이 묻어 있다. 발끝을 까딱이며 눈으론 서책의 문장을 좇는다.

저 멀리서 자연의 소리 이외의 것이 들려왔다. 동시에 사내의 얼굴에 야트막한 미소가 드리워진다.

"……지!"

소리가 커짐을 느끼며 사내는 몸을 일으켰다. 다리에 묻은 풀을 탈탈 털며 소리의 근원지를 향해 몸을 튼다. 그리고 곧.

"아버지!"

달려들 듯 뛰어와 사내의 품에 안기는 작은 아이.

사내는 익숙하다는 듯 아이를 거뜬히 안아 들었다.

"뛰지 말래도. 넘어지면 어쩌려 그러누."

"그럼 아버지가 안아주시면 되지요!"

"어리광은."

사내는 웃음을 터뜨리며 아이를 어르며 훌쩍 들어 올렸다. 어느덧 가슴께까지 내려온 아이의 머리칼을 쓰다듬는다. 그 보드라운 손길에 기분이 좋은지 아이는 즐거운 미소를 그리며 사내의 목을 그러안았다.

"근데요, 아버지. 궁금한 게 있는데요."

"응?"

"아버지는 왜 맨날 놀고 있어요? 옆집 순이네 아버지는 아침마다 장작 패러 가신다 하고, 꽃님이네 아버지는 맨날 장에 나간다 하시던데. 왜 아버지는 놀아요?"

어린아이의 투정과도 같은 말에 사내는 하하 너털웃음을 터뜨렸다.

지난날 쉴 틈 없이 달려왔으니 당분간만큼은 멈춰 있어도 좋지 않을까.

사내는 제 주위를 흐르는 꽃 내음을 들이마시며 입술을 달싹였다.

"왜에, 아비가 나가서 일하길 바라는 것이야?"

"음, 저랑 맨날 놀아준다고 약속하면 일하는 게 싫다고 할게요!"

"약속하지 않으면?"

"그럼 일하는 게 좋다고 할 거예요!"

너무도 당당한 말에 사내는 졌다는 듯 빙긋이 웃으며 아이와 코를 마주했다.

"하하, 그래. 놀자꾸나. 매일매일 같이 있자꾸나."

"약속하신 거예요! 진짜요!"

그럼. 사내는 재차 확답하며 아이의 버둥거림을 어른다. 그때.

"어?"

아이는 지평선 쪽 한 인영을 바라보며 짤막한 말을 뱉었다.

"어머니!"

재빨리 사내에게서 내려와 여인에게로 달려간다. 어찌나 달음박질이 빠른지 금세 여인에게 도달해 그녀의 손을 꽉 붙든다.

"아버지와 놀고 있었니? 아버지를 모시고 오라고 보낸 거였는데 말이야."

여인은 아이의 손에 깍지를 끼며 그 손등을 살짝 깨물었다. 익, 놀라며 화들짝 손을 빼는 아이. 그러고는 배시시 웃으며 뒷머리를 긁적인다.

"헤헤, 깜빡했어요. 죄송해요."

"어서 집으로 가 있으렴. 삼촌이 기다리고 있잖니."

"기찬 삼촌이요? 우와! 네네네!"

아이는 고개를 기차게 주억거리며 집 쪽으로 재차 뛰어가기에 이르렀다. 뛰지 말라니까, 하고 말하는 사내의 중얼거림조차 듣지 못한 채.

여인의 앞에 다다른 사내는 그녀의 어깨를 재빨리 그러안았다. 만삭인 몸, 조금이나마 부축해야 한다는 생각이 들었기 때문이다.

"몸도 무거울 텐데 여까지 나오면 어째. 들어가려 했는데."

그러나 그 말은 거짓말이라는 듯, 여인은 나무 아래 내동댕이쳐진 서책을 바라보며 작은 웃음을 뱉었다.

"점심때가 되었는데도 오지 않으시니 그렇지요. 또 책에 빠지셨나, 저는 잊은 것이 아닌가."

"그럴 리가."

사내는 여인의 뺨에 가볍게 입을 맞추며 능청을 부렸다. 여인의 밤을 닮은 눈동자에 닿았던 시선을 조금씩 내려 그녀의 목덜미로 가져간다. 그리고 그 아래, 쇄골과 가슴팍까지 시선이 닿을 때.

"저고리를 이리 헐겁게 하고 있으면 어째. 가슴팍이 다 보이잖아."

사내는 사붓 눈썹을 찡그리며 자신의 도포를 벗어 둘러주었다.

다심 다정한 그들의 사이로, 봄의 향취를 물씬 담은 바람이 스쳐 지나갔다. 개나리의 생생함이, 벚꽃의 화려함이, 목련의 수수함이 묻어 있는 그러한 바람이.

쉽사리 가라앉지 않는 짙은 꽃 내음 속, 사내는 여인의 뺨을 보드라이 어루만지며 눈을 마주했다.

"향아."

꽃 향보다도 짙은 나만의 향아.

진원은 향의 귓불을 슬며시 잡으며 그녀의 콧등에 입을 맞추었다.

"네, 전하."

"전하는 무슨. 서방님이라 불러야지."

그 낯간지러운 말에 향은 원의 손을 잡아 내리며 작은 웃음을 터뜨렸다.

향의 주변에 만개한 꽃송이들이 하나같이 그녀를 향해 고개를 돌렸다. 나긋나긋하게 하늘을 노닐던 나비 한 마리가 향의 어깨에 사붓 내려앉았다. 나비가 가지고 온 꽃가루가 노랗게 흩날린다.

"은애한다, 향아."

그 정경을 즐거이 보고 있던 원의 말이었다.

마주친 두 눈, 항시 잠식되어 있던 불안함이라는 감정은 심해 속으로 가라앉은 지 오래였다. 그들의 눈동자에 담겨 있는 것은 오로지 행복. 기쁨. 그뿐.

원은 향의 반짝이는 눈가를 톡톡, 건들이며 입을 맞추었다.

"저 역시 그러합니다."

사그라지지 않을 것처럼 보였던 겨울이었으나 언제나 끝은 있었던 터였다. 그리고 봄이 찾아왔다.

또한 이 봄은, 결코 사라지지 않을 영원한 행복이었다.

# 작가 후기

　시작이 언제였는지는 명확히 기억이 나지는 않습니다만, 아주 오래 전부터 글을 쓰고 있었습니다. 왜 글을 쓰기 시작했는지 또한 기억이 나지 않습니다. 지금 와 되돌아보건대, 제 손끝에서 만들어지는 각기의 인물들을 보며 희열을 느껴서가 아닐까, 짐작하고 있습니다.

　그러다보니 어느 순간 제 꿈은 소설가가 되었습니다. 누가 정해준 것도 아니었고, 또한 제가 정한 것도 아니었지요. 마치 물이 흐르는 것처럼, 그렇게 저는 글쟁이가 되었습니다.

　〈단향─색을 탐하다〉는 제가 글쟁이에서 작가로 발돋움을 할 수 있게 만들어준 고마운 작품입니다. 이 작품으로 인해 독자님들과 소통을 할 수 있게 되었고, 더불어 많은 걸 배우고 또 많은 걸 느낄 수 있게 되었습니다.

　〈단향〉은 욕망과 사랑이 합쳐졌을 때 과연 어떤 양상이 만들어질까 하는 의문점에서 시작한 작품입니다. 단향에 등장하는 모든 인물들은 저마다 '탐욕'을 가지고 있으니까요. 대립하는 이유 역시 탐욕 때문이었습니다.

그 때문에 마음을 숨겼고, 또한 가장 소중한 것을 잃게 되었고, 그렇기에 더욱 소중함을 깨닫게 되었지요. 더불어, 탐욕을 비난하다 자신 역시 그에 사로잡힌 경우도 있었고요.

그래서 탐욕을 숨기기 위해 포장된 내면을 표현하기 위해 본문에 삽입되었던 아래 문구는 19세기 미국의 의학자·문필가인 올리버 웬델 홈즈(Oliver Wendell Holmes)의 말을 인용한 것입니다.

세상은, 사람들을 못살게 구는 못된 심술쟁이라 하였다. 그러나 대담한 사람이 이 심술쟁이에게 대들어 그 수염을 움켜잡으면 놀랍게도 수염은 힘없이 뽑혀진다 하였다. 그 수염은 겁쟁이들을 쫓아버리려고 붙여놓은 가짜 수염이기 때문이다.

이처럼 모두의 깨달음이 같을 수는 없듯, 각자의 인물들이 탐욕을 버린 후 원하는 것을 다르게 만들었습니다. 누군가는 자유를, 누군가는 권력을, 누군가는 죽음을 원하였지요.

현실에 빗대어 보았을 때, 이러한 현상은 비일비재하게 일어나고 있다고 생각합니다. 해서 결말만큼은 아름답게 풀어내고 싶었어요.

—부디, 기억해 주십시오—

본편 마지막 소제목처럼, 독자님들 마음속에 좋은 기억으로 남기를 소망합니다.

　마지막으로, 긴 시간동안 제 옆을 든든히 지켜주셨던 동료 작가님들, 노고가 많았던 청어람 편집팀, 세상에서 가장 존경하는 나의 언니, 어머니. 이 순간 후기를 읽고 계시는 독자님들.
　모두 다 감사합니다.
　가까운 시일 내에 다시 뵐 수 있는 기회를 바라며. 항상 행복이 깃들기를 기원하겠습니다.


2015년, 마른 가을과 축축한 겨울 사이
차소희 드림